KB210686

**살로니카의
아이들**

THE LITTLE LIAR

살로니카의

아이들

미치 앨봄 지음
장성주 옮김

**THE
LITTLE LIAR**

윌북

아이들의 눈에 비친 홀로코스트의 참상은 읽는 이의 가슴을 먹먹하게 합니다. 부모가 나치에게 끌려가고 형제자매가 가스실로 끌려가는 모습을 지켜볼 수밖에 없으면서도 삶 쪽으로 나아가기 위해 온몸으로 싸우는 아이들의 모습은 '사람다움이란 무엇인가'라는 질문을 끊임없이 되뇌게 합니다.

혹시 홀로코스트 문학은 이제 지겹다고 생각하는 사람이 있다면, 바로 그런 사람에게 이 책을 건네고 싶습니다. 아직도 제대로 밝혀지지 않은 진실이 너무도 많기 때문입니다. 그들이 견뎌야 했던 상실과 죽음의 고통을 끝까지 바라보는 일, 타인의 고통 앞에서 눈을 돌리지 않는 일이 우리에게도 가능하다는 것을 이 책은 조용히 말해줍니다.

이런 이야기가 너무 슬프고 우울해서 피한 적이 있다면, 그 마음을 잠시 내려놓고 이 책이 내미는 손을 한번 잡아보면 어떨까요. 이 이야기는 우리에게 결코 묻어둘 수 없는 역사의 진실을 전하고 있으니까요. 영원히 잃어버린 사람들을 기억할 권리와 더 나은 세상을 만들 기회를 선택할 권리. 그런 것들을 우리에게 일깨워주는 것이야말로 문학의 존재 이유임을 돌아보게 해주는 소설입니다.

정여울 | 작가, 『데미안 프로젝트』 저자

책장을 덮자마자 여운을 삼킬 새도 없이 곧바로 구글 지도를 열어 테살로니키를 찾았다. 그리스 북부의 한 지역이 빨간색으로 표시되어 나타났다. 지도를 당겨 보니 항구 앞에는 홀로코스트 추모공원이, 그 뒤편엔 유대인 박물관이 있다. 사진 속 추모비는 얼핏 보면 커다란 나무 같지만 자세히 보니 화염에 휩싸인 사람들의 형상을 하고 있다. 책을 읽으며 머릿속에 그렸던 1943년 여름 그 열차의 화물칸 속 모습 그대로였다.

나는 화면을 최대한 확대한 채 한동안 도시 곳곳을 살폈다. 소설 속에서 니코, 세바스티안, 파니가 남긴 흔적이 실제 지도에도 남아 있을 것만 같아 눈을 뗄 수 없었다. 이들이 함께 올라갔던 '하얀 탑'도 찾고 싶었다. 어느 순간부터 나에게 이 소설이 단순한 허구가 아닌 것처럼 느껴졌던 것이다. 소설 속 모든 이야기가 사실은 아니겠지만 그보다 더 중요한 우리의 주인공, '진실'이 이 이야기 속에 또렷이 살아 있기 때문일 것이다.

안현모 | 방송인, 국제회의 통역사

차 례

오래 간직한 비밀 끝에 드러나는 진실

정대건(소설가)

나는 언제나 오랜 세월과 삶의 굴곡 속에서도 꺼지지 않는 마음을 지켜낸 인물들의 이야기에 속절없이 매료되곤 한다. 그것이 사랑에 대한 이야기이든, 신념이나 꿈에 대한 이야기이든 간에 말이다. 모든 게 빠르게 변하는 세상 속에서 무언가를 오래도록 지켜낸다는 것이 더없이 소중하게 느껴지기 때문이다.

『살로니카의 아이들』 역시 그런 이야기다. 열차에서 시작된 비극적인 이야기는 속죄와 진실이라는 가치를 좇아 40여 년의 시간을 따라간다. 그리스 살로니카에서 평화롭게 살아가던 니코와 파니, 세바스티안은 나치에 의해 사랑하는 가족과 일상을 송두리째 빼앗긴다. 니코는 나치 장교에게 속아 사람들에게 거짓을 말하게 되고, 그로 인해 평생 죄책감을 안고 살아간다. 한편 니코의 형 세바스티안은 그러한 진실을 모른 채 동생을 원망하며 오랜 시간을 보낸다. 파니는 "여기서 벌어진 일을 온 세상에 알려주렴"이라는 간절한 부탁을 품고 아우슈비츠 수용소로 향하는 열차 안에서 혼자 탈출하게 된다.

이 아이들이 겪은 고통은 결코 그들의 잘못에서 비롯된 것이 아니기에 큰 연민을 느꼈다. 평생토록 속죄하는 삶을 산 니코도 안타까웠지만, 내가 유독 마음 쓰인 인물은 세바스티안이다. 나 역시 오랜 시간 누군가를 미워해본 적이 있다. 그러나 미움에 사로잡혔던 시간은 결국 마음에 폐허만을 남길 뿐이다. 세바스티안이 진실을 더 일찍 알았더라면 어땠을까, 동생을 미워하지 않고 다른 가능성을 생각할 수 있었다면 어땠을까 하는 생각에 안타까웠다. 어쩌면 그런 마음의 폐허 속에서도 다른 생각을 해볼 수 있는 여지를 주는 것이 이야기의 힘인지도 모르겠다.

이 이야기는 홀로코스트의 비극을 다룬 이야기지만 내게는 하나의 성장 소설로 읽힌다. 성장 소설에 깊은 애정을 가져온 독자이자 작가로서 나는 종종 자문한다. 평화롭던 삶에 감당하기 힘든 비극이 닥쳤을 때에도 우리는 정말 '성장'을 이야기할 수 있을까? 때로는 어두운 그늘을 품은 채 살아가야 할 때도 있다. 그러나 멈추지 않고 삶의 외연을 넓혀가는 모든 순간이 성장이라고 믿는다. 니코, 파니, 세바스티안 역시 그들을 둘러싼 어둠 속에서 앞으로 나아가기를 멈추지 않았다. 마침내 진실이 드러날 수 있었던 건 그들이 끝까지 포기하지 않았기 때문이다.

『살로니카의 아이들』에는 무거운 굴레를 짊어진 세 아이의 40여 년에 걸친 시간과 그 속에 깃든 진실된 삶의 모습 담겨 있다. 진위를 가리기조차 어려운 정보의 홍수 속에서 무엇이든 성급하게 판단되는 오늘날, 이 소설은 담담히 말하고 있다. 어떤 진실은 세상에 드러나기까지 오랜 시간이 걸리며, 그 과정에서 많은 인내와 용기가 필요하다고. 그런 귀한 진실이 드러나는 순간에는 언제나 목격자가 필요한 법이다. 이제 이 책을 펼치는 독자 여러분이 그 여정을 향한 열차에 함께 올라타길 바란다.

에바 네세르와 솔로몬 네세르에게
그 밖에도 팔에 번호를 새기고 살아야 했던 이들에게
그리고 지금도 그들을 추모하는 모든 이에게

당신을 따라다니는 것의 정체는 기억이 아니다.
당신이 적어놓은 글도 아니다.
그것은 당신이 잊어버린 것, 잊어야 하는 것이다.
평생을 살아가며 계속 잊어야 하는 바로 그것이다.
―제임스 펜튼, 『독일 장송곡』

모든 것이 변할 거예요. 진실만 빼고 모든 것이.
―루신다 윌리엄스, 〈진실만 빼고 모든 것이〉

제1부

1943년

"거짓말이야."

그 말을 한 덩치 큰 남자는 목소리가 굵고 거칠었어요.

"거짓말이라니요?" 누군가 소곤거리는 목소리로 물었어요.

"우리 목적지 말이야."

"저들은 우릴 북쪽으로 데려가는 중이잖아요."

"저자들은 우릴 무덤으로 데려가는 중이야."

"그건 사실이 아니에요!"

"사실이야." 덩치 큰 남자가 말했어요. "그곳에 도착하면 우리를 죽일 거야."

"아니에요! 우린 지금 재정착하러 가는 거예요! 새 집이 있는 곳으로 간다고요! 당신도 플랫폼에 있던 그 아이의 말을 들었잖아요!"

"새 집으로 가는 거라고!" 그렇게 말하는 사람이 또 있었죠.

"새 집 같은 건 없어." 덩치 큰 남자가 말했어요.

오가던 말소리는 열차 바퀴가 내는 날카로운 소리에 묻히고 말았어요. 덩치 큰 남자는 이 캄캄한 차량에 하나밖에 없는 창문의 촘촘한 창살을 가만히 바라봤어요. 원래 이 차량은 사람이 아니라 소를 실어 나르는 화물칸이었거든요. 좌석은 하나도 없었어요. 음식이나 물도 없었고요. 사람이 무려 100명 가까이 들어찬 이 화물칸은 꼭 인간을 다져 만든 단단한 벽돌 같았어요. 양복을 입은 노인들, 잠옷을 입은 아이들, 가슴에 아기를 꼭 안은 젊은 엄마……. 그중 앉아 있는 사람은 단 한 명, 드레스 밑단을 걷고 양동이 위에 쭈그려 앉은 십대 여자애뿐이었죠. 그 양동이는 화물칸 승객들에게 볼일을 해결할 때 쓰라며 주어진 물건이었어요. 여자애는 두 손으로 얼굴을 가리고 있었죠.

덩치 큰 남자는 관찰을 다 마쳤어요. 그는 이마의 땀을 훔친 다음, 사람들의 몸을 밀치며 창문 쪽으로 척척 나아갔어요.

"이봐요!"

"조심해요!"

"어딜 가는 거예요!"

창살 앞에 도착한 남자는 굵다란 손가락을 창살 사이로 쑤셔 넣었어요. 그러고는 힘을 쓰느라 커다란 소리를 냈죠. 표정을 일그러뜨리면서, 남자는 철창을 힘껏 당겼어요.

가축 이송용 화물칸에 있는 사람들은 일제히 입을 다물었어요. '지금 뭐 하는 거지? 경비병이 오면 어떡하려고?' 한쪽 구석에서는 세바스티안이라는 깡마른 소년이 벽에 기대어 서서 눈앞에 펼쳐지는 광경을 지켜봤어요. 곁에는 거의 모든 식구가 함께 있었죠. 어머니, 아버지, 할아버지와 할머니, 여동생 둘까지.

하지만 창문의 철창 덮개를 당기는 남자를 발견하고 나서, 세바스티안의 눈길은 몇 발자국 떨어진 곳에 있는 검은 머리 소녀에게 가서 머물렀어요.

소녀의 이름은 파니였어요. 이 모든 고난이 시작되기 전, 그러니까 전차와 군인과 사납게 짖는 군견이 나타나 한밤중에 집 문을 두들겨가며 세바스티안의 고향 도시 살로니카의 모든 유대인을 한곳에 모으기 전까지 소년 세바스티안은 자신이 파니를 사랑한다고 믿었답니다. 열네 살 아이의 세상에도 사랑이라는 것이 있다면 말이지만요.

세바스티안은 그런 자신의 마음을 아무에게도 털어놓지 않았어요. 파니뿐 아니라 다른 누구에게도요. 그런데 이때는 어째선지 파니를 향한 마음이 가슴 한가득 차오르는 기분이 들었고, 그래서 그 덩치 큰 남자가 붙든 철창이 움찔움찔 흔들리다 벽에서 조금씩 떨어져나오는 동안 세바스티안은 파니를 뚫어져라 바라봤어요. 덩치 큰 남자는 마지막으로 한 번 세게 잡아당겨 철창을 떼어낸 다음 바닥에 던져버렸죠. 뻥 뚫린 네모꼴 구멍으로 바람이 불어닥쳤고, 봄날의 하늘이 모두의 눈앞에 나타났어요.

덩치 큰 남자는 1초도 낭비하지 않았어요. 창문으로 냉큼 몸을 끌어올렸지만, 남자에게는 구멍이 너무 작았어요. 몸통이 하도 굵어서 빠져나갈 수가 없었던 거예요.

"더 작은 사람이 가야 해." 그렇게 말하는 목소리가 들렸어요.

부모들은 자기 아이를 꽉 끌어안았어요. 잠깐 동안 아무도 꼼짝하지 않았죠. 세바스티안은 눈을 꾹 감고 깊은 숨을 들이마신 다음, 파니의 양어깨를 붙들고 앞으로 확 밀었어요.

"얘는 빠져나갈 수 있어요."

"세바스티안, 이러지 마!" 파니가 외쳤어요.

"이 애 부모님은 어디 있어요?" 누군가 물었어요.

"죽었어요." 누군가 대답했고요.

"얘야, 이리 오렴."

"서둘러, 꼬마야!"

승객들이 이쪽저쪽으로 피해준 덕분에 파니는 밀치락달치락하는 수많은 몸들 사이로 꾸역꾸역 나아갔어요. 사람들은 파니의 등에 손을 갖다댔어요. 저마다 손에 적은 소원을 아이의 등에 봉인하는 것처럼요. 그렇게 창문 앞까지 도착한 파니를 덩치큰 남자는 번쩍 들어 창틀에 올려줬어요.

"다리부터 착지해야 해." 남자는 요령을 알려줬어요. "땅에 닿으면 곧바로 몸을 동그랗게 옹송그리고 땅바닥을 구르는 거야."

"잠깐만요……."

"꾸물거릴 시간 없어! 당장 가야 해!"

파니는 세바스티안 쪽을 돌아봤어요. 소년의 눈에는 눈물이 그렁그렁했죠. '난 너를 다시 만날 거야.' 소년이 말했지만, 그건 속으로 중얼거린 다짐일 뿐이었어요. 아까부터 기도문을 중얼거리던 턱수염을 기른 남자가 슬금슬금 앞으로 나오더니 파니의 귀에 대고 소곤거렸어요.

"선한 사람이 돼야 한다. 그리고 여기서 벌어진 일을 온 세상에 알려주렴."

파니는 뭔가 질문할 것처럼 입을 벌렸지만, 미처 말을 꺼내기도 전에 덩치 큰 남자에게 떠밀려 창문 구멍 바깥으로 떨어졌어요. 그러고는 그대로 사라져버렸죠.

창문으로 바람이 휭 소리를 내며 불어닥쳤어요. 잠깐 동안, 승객들은 마비된 것처럼 보였어요. 꼭 파니가 구멍으로 다시 넘어오기를 기다리는 사람들 같았죠. 그러다가 아무리 기다려봤자 그런 일이 일어나지 않으리라는 걸 알았을 때, 승객들은 앞다퉈 창문 앞으로 몰려들었어요. 희망이 물결처럼 화물칸 속에 퍼져나갔어요. '여기서 나갈 수 있어! 여길 떠날 수 있어!' 승객들은 서로 몸이 부딪쳐 꼼짝하기도 힘들었어요.

그런데 그 순간.

탕! 총소리가 났어요. 뒤이어 총소리가 몇 번 더 울리자 열차는 날카로운 소리를 내며 속도를 줄였고, 승객들은 서둘러 창문에 철창을 다시 끼우려 했어요. 하지만 운이 없었죠. 철창을 다시 고정할 수가 없었던 거예요. 열차가 완전히 멈춰서자 문이 활짝 열렸고, 문 앞에는 키가 작은 독일인 장교가 서 있었어요. 눈이 멀 것처럼 환한 햇빛 속에서 권총을 높이 쳐들고서요.

"동작 그만!" 장교가 소리쳤어요.

세바스티안은 흔들리는 나뭇가지에서 우수수 떨어지는 낙엽처럼 창문에서 멀어지는 손들을 지켜봤어요. 그러고는 장교를 돌아봤고, 다시 승객들을 보다가, 오물 양동이 위에 쭈그리고 앉아 우는 여자애를 보고 나서야 자신들의 마지막 희망이 방금 꺼져버렸다는 것을 깨달았어요. 그 순간 세바스티안은 이 자리에 없는 식구 한 명에게 저주를 퍼부었어요. 다름 아닌 남동생 니코였죠. 세바스티안은 맹세했어요. 언젠가 니코를 찾아내 이 모든 일의 대가를 치르게 할 거라고. 그러고 나서도 절대로, 절대로 그 애를 용서하지 않을 거라고.

우선
자기소개부터
할게요

지금부터 들을 이야기는 마음 놓고 믿어도 좋아요. 왜냐하면 다른 누구도 아닌 제가 여러분께 들려드리는 이야기이고, 저는 여러분이 이 세상에서 믿을 수 있는 유일한 존재이니까요.

어떤 이들은 자연을 믿어도 된다고 하지만, 제 생각은 달라요. 자연은 변덕스럽거든요. 많은 생물종이 한창 번성하다가도 불이 꺼지듯 금세 사라져버리곤 하죠. 또 어떤 이들은 신념을 믿어도 된다고 해요. 어떤 신념 말일까요? 저도 그게 궁금하네요.

그럼 인간은 어떨까요? 글쎄요. 인간들에게서 믿을 거라곤 그들을 조심해야 한다는 것뿐이에요. 위협과 맞닥뜨렸을 때 인간은 자신이 살아남을 수만 있다면 뭐든지, 그중에서도 특히 저를 없애려고 하니까요.

하지만 저는 여러분의 힘으로는 따돌릴 수 없는 그림자이자,

여러분의 마지막 표정을 비춰줄 거울이랍니다. 지상에서 살아가는 동안 고개를 숙여 제 눈길을 피한 채 평생을 보낼 수는 있을지 몰라도, 장담하건대 여러분이 마지막 순간에 마주 보는 건 바로 저예요.

저는 **진실**이거든요.

그리고 이것은 저를 망가뜨리려 했던 소년의 이야기예요.

오랜 세월 동안 그 아이는 숨어 지냈어요. 홀로코스트 시대에, 그리고 그 시대가 끝난 후에도 이름을 바꿔가며 다른 사람의 삶을 살았죠. 하지만 결국에는 제가 찾아오리라는 걸 그 아이는 알았을 거예요.

어느 누가 저보다 거짓말쟁이 꼬마를 잘 찾아내겠어요?

"남자애가
참
잘생겼네!"

먼저 소개해드릴 사람이 있어요. 그 모든 거짓말이 시작되기 전에 말이죠. 여러분의 시선이 어슴푸레한 잠재의식 속으로 향할 때까지 이 페이지를 가만히 바라보세요. 아하, 저기 있네요. 꼬마 니코 크리스피스예요. 그리스 살로니카에 있는 어느 거리에서 놀고 있군요. 테살로니키라는 이름으로도 알려진 에게해 연안의 이 도시는 역사가 무려 기원전 300년 무렵까지 거슬러 올라간답니다. 고대 목욕탕 유적 사이로 전차와 말이 끄는 짐마차가 오가고, 올리브유 시장에는 인파가 북적이고, 행상들은 이날 아침 항구에 들어온 배에서 내린 과일과 생선과 향신료를 팔고 있네요.

지금은 1936년이에요. 유명한 '하얀 탑' 옆의 포석이 깔린 보도가 여름 햇살을 받아 뜨겁게 달궈지는 중이네요. '하얀 탑'은 15세기에 살로니카 해안을 방어하려고 지은 요새랍니다. 근처

공원에는 아이들이 기쁨의 탄성을 지르며 '아바리자'라는 놀이에 열중해 있군요. 그건 두 편으로 나뉜 아이들이 분필로 땅바닥에 네모 여러 개를 그린 다음, 그 네모들 사이로 서로를 추격하는 놀이예요. 만약 상대편에게 붙잡히면 네모 안에 들어가 서있다가 같은 편 아이가 '해방'시켜줘야 비로소 바깥으로 나올수 있어요.

니코 크리스피스는 자기편에 딱 한 명 남은 '자유인'이었어요. 나이가 더 많은 요르고스라는 남자애가 니코의 뒤를 쫓고 있었죠. 붙잡힌 아이들은 요르고스가 니코를 가까이 따라잡을 때마다 외쳤어요. "조심해, 니코!"

니코가 빙그레 웃는군요. 나이치고는 발이 빠른 아이예요. 가로등으로 달려가 기둥을 붙들고 빙그르르 돌더니, 꼭 자기 몸을 팔매질하듯이 쏜살같이 날아가네요. 한편 요르고스의 양팔은 펌프처럼 번갈아 위로 솟구치는군요. 놀이가 어느새 달리기 경주로 바뀌었기 때문이죠. 분필로 그린 네모 모서리에 니코의 발끝이 닿는 순간, 요르고스가 니코의 어깨를 철썩 쳤어요.

"아바리자!" 니코가 외치자 같은 편 아이들이 뿔뿔이 흩어졌어요. "해방!"

"아니야, 아니라고! 내가 먼저 널 잡았어, 니코!" 요르고스는 엄숙하게 외쳤어요. "네 발이 네모에 닿기 전에 내가 네 어깨를 쳤어!"

아이들은 우뚝 얼어붙고 말았어요. 그러고는 니코를 돌아봤죠. 이제 어떻게 될까요? 니코는 자기 샌들을 내려다봤어요. 그다음엔 요르고스를 돌아봤죠.

"그 말이 맞아." 니코가 말했어요. "내가 먼저 잡혔어."

같은 편 아이들은 탄식했어요. 그러고는 발을 쿵쿵 구르며 뿔 뿔이 흩어졌죠.

"어휴, 니코." 한 아이가 한탄하듯이 말했어요. "넌 왜 그렇게 맨날 사실대로만 말하려고 해?"

니코가 왜 그러는지 저는 알아요.

저는 저를 섬기는 사람이 있으면 반드시 찾아내거든요.

°✳

이제 여러분은 묻고 싶을 거예요. 왜 하필 이 꼬마 한 명에게 집 중하는 거지? 이 아이한테 흥미로운 구석이 뭐가 있길래? **진실** 이 우리에게 보여줄 수 있는 삶은 수십억 개나 되잖아? 그 많은 사람이 이 지상에서 사는 동안 겪었던 내밀한 사연을 **진실**은 드 러낼 수 있는 거 아니야?

그 질문의 답은 '그렇다'예요. 하지만 니코를 따라가면서, 저 는 여러분께 중요한 이야기를 들려드릴 거예요. 여러분이 이제 껏 한 번도 들어본 적 없는 이야기를요. 그 이야기에는 기만이, 그것도 크나큰 기만이 깃들어 있지만 한편으로 크나큰 진실도 깃들어 있어요. 그리고 가슴 아픈 비극과 전쟁과 가족과 복수와 사랑, 그것도 거듭해서 시험받는 사랑이 함께 깃들어 있죠. 심 지어 이야기가 다 끝나기 전에 마법 같은 순간도 한 번 찾아올 거예요. 끝도 없이 이어지는 인간의 연약함을 배경으로 펼쳐지 는 마법 같은 순간이요.

이 이야기가 끝날 때 여러분은 이렇게 말할지도 몰라요. "이 건 말도 안 돼." 하지만 **진실**의 재미난 점이 뭐냐 하면요, 진짜처럼 보이지 않는 것일수록 사람들은 더 믿고 싶어 한다는 거예요.

그러니까 니코 크리스피스의 이러한 면에 대해 한번 생각해 보세요.

열한 살이 되기 전까지 니코는

단 한 번도 거짓말을 하지 않았어요.

이거면 여러분도 관심이 생길 거예요. 적어도 **진실**인 제가 하는 말이니까요. 예컨대 부엌에 있던 달콤한 롤빵을 슬쩍했는데 혹시 빵을 가져갔냐고 누가 물으면, 니코는 금세 자기가 그랬다고 인정할 아이예요. 만약 어머니가 '니코, 너 피곤하니?'라고 물으면 니코는 그렇다고 솔직히 말할 거예요. 자기가 한 말 때문에 일찍 잠자리에 들어야 해도 말이죠.

학교에서도 만약 선생님이 질문했는데 대답이 떠오르지 않으면, 니코는 숙제였던 책 읽기를 하지 않았다고 순순히 털어놨을 거예요. 다른 학생들은 정직한 그 애를 비웃었죠. 하지만 니코가 존경하는 할아버지 라자르는 저의 소중한 가치를 손자에게 일찌감치 가르쳐줬답니다. 니코가 겨우 다섯 살이었을 때 두 사람은 부둣가 근처에 나란히 앉아 만 너머의 웅장한 올림포스산을 가만히 바라봤어요.

"제 친구가 그러는데 저 산 위에 신들이 산대요." 니코가 말했어요.

"신은 하느님 한 분뿐이란다, 니코." 라자르가 대답했어요. "그리고 그분은 산 위에 계시지 않아."

니코는 표정을 찌푸렸어요. "그럼 제 친구는 왜 그렇게 말했을까요?"

"사람들은 이런저런 말을 많이 하지. 그중 어떤 것은 진실이야. 어떤 것은 거짓이고. 그런데 거짓말을 아주 오랫동안 계속하면, 사람들이 그걸 진실로 믿기도 해." 라자르는 뒤이어 이렇게 말했어요.

"넌 거짓말하는 사람이 되면 절대 안 된다, 니코."

"안 그럴게요, 할아버지."

"하느님은 언제나 우리를 지켜보고 계신단다."

니코 크리스피스에 관해 알아둬야 할 세 가지.

1. 니코는 언어 습득 능력이 놀랍도록 뛰어났다.

2. 니코는 그림으로 못 그리는 것이 거의 없었다.

3. 니코는 남들의 마음을 사로잡는 아이였다.

위의 세 번째 특징은 이 이야기가 펼쳐지면서 특별한 의미를 띠게 될 거예요. 니코는 키가 크고 체격이 탄탄한 담배 판매상 아버지와 무대에 서겠다는 꿈을 품고 극장에서 자원봉사를 하던 금발의 어머니에게서 가장 멋진 부분만 물려받는 축복을 타고났어요. 여기서 사람의 신체적 특징이 중요하다고 주장할 생각은 없어요. 하지만 어떤 외모를 타고났든 간에, **진실**은 그 외모를 더 돋보이게 해요.

저에게는 특유의 표정이 있거든요.

니코의 얼굴에도 그 표정이 감돌았어요. 처음 보는 사람조차도 걸음을 멈추고 감탄할 만큼 기분 좋은 표정이었죠. '애가 참

잘생겼네.' 사람들은 니코의 뺨이나 턱을 만지며 말하곤 했어요. 가끔 한마디 덧붙일 때도 있었죠. '얘는 유대인처럼 보이지 않는걸.' 이 말 역시 뒤에 나올 전쟁 기간 동안 중요한 의미를 띠게 될 거예요.

하지만 처음 보는 사람들조차도 니코에게 마음이 끌린 까닭은 곱슬곱슬한 금발 머리와 반짝이는 파란 눈, 도드라지게 하얀 이와 그 위의 도톰한 입술 때문이 아니라 대개는 니코의 순수한 마음 때문이었어요. 그 마음에는 가식이 눈곱만큼도 없었거든요.

니코는 믿어도 되는 아이였던 거예요.

세월이 흐르면서 한동네 사람들은 어느새 니코를 '히오니'라고 불렀어요. 그리스어로 '눈'을 가리키는 말이죠. 니코가 속세의 거짓에 조금도 물들지 않은 것처럼 보였기 때문이에요. 그런 사람을 제가 어떻게 못 알아보겠어요? 거짓으로 가득한 세상에서 정직은 햇살을 반사하는 은박지처럼 번뜩이게 마련인데요.

그 밖의 등장인물들

여러분께 니코 이야기를 완전하게 들려드리려면 여기서 반드시 소개해야 할 사람이 세 명 더 있어요. 니코가 범상치 않은 삶을 살아가는 동안 끊임없이 얽히고설킬 사람들이죠.

첫 번째는 니코의 형 세바스티안이에요. 여러분이 열차에서 이미 만난 소년이죠. 니코보다 세 살 위에 머리는 검고 성격은 동생보다 훨씬 진중했던 세바스티안은 착한 아들이 되려고 애썼지만, 한편으로 집안의 보물 취급을 받는 동생에게 형이 느낄 법한 부러움을 남몰래 품고 있었어요.

"왜 저희 모두 지금 자러 가야 돼요?" 세바스티안은 그렇게 우는소리를 하곤 했어요.

속뜻을 풀이하면 이런 말이었죠. '왜 니코는 어린데도 저랑 똑같이 늦게 자는 거예요?'

"왜 수프를 남기면 안 돼요?"

그 말의 속뜻은 이랬어요. '왜 니코는 수프를 남겨도 돼요?'

형은 비쩍 말라서 행동도 뻣뻣한 반면에 동생은 몸놀림이 유연했고, 성격도 형은 남의 눈을 의식하는 반면에 동생은 태평했어요. 니코가 우스꽝스럽게 남의 흉내를 내면서 식구들을 재미있게 해주는 동안 세바스티안은 창가에 웅크리고 앉아 있었던 적이 여러 번이었답니다. 무릎 위에 책을 펴놓고서, 찌푸린 표정으로요.

세바스티안도 니코만큼 진실을 소중히 여겼을까요? 안타깝게도 그렇지 않았어요. 세바스티안은 사소한 일로 거짓말을 하곤 했어요. 자기 전의 양치질, 아버지 서랍에서 동전을 꺼내간 일, 시너고그(크리스트교의 교회에 해당하는 유대교의 집회 및 예배 시설―옮긴이)에서 예배에 집중했는지, 그리고 사춘기가 되고 나서는 왜 그렇게 욕실에 오랫동안 틀어박혀 있었는지 같은 것들이었죠.

하지만 세바스티안은 가족을 끔찍이 아끼는 큰아들이었어요. 어머니 타나와 아버지 레브, 할아버지 라자르와 할머니 에바, 쌍둥이 여동생 엘리자베트와 안나, 그리고 물론, 집요하게 캐물어야 겨우 대답하기는 했지만, 남동생 니코까지도요. 올리브유 시장을 누비며 달리기 경주를 할 때나 도시 서쪽 해변에서 수영 시합을 할 때 자신과 아슬아슬하게 승패를 겨루는 동생 니코 말이에요.

하지만 세바스티안이 아껴둔 마음속 가장 깊은 자리에는 파니라는 소녀가 있었어요.

파니는 이 거짓말쟁이 꼬마 이야기의 세 번째 등장인물이에요. 삶을 송두리째 바꾸어버린 열차에 타기 전, 파니는 이제 막 여성스러운 티가 나기 시작한 내성적인 열두 살 여자애였어요. 한창 피어나는 꽃처럼 예쁜 아이였죠. 반짝이는 눈은 올리브처럼 까맣고 입술은 도톰하고 웃을 때는 수줍게 살짝 웃는, 소녀티를 다 벗을 날이 얼마 안 남은 날씬한 아이였어요. 구불구불한 검은 머리는 가녀린 어깨를 덮을 만큼 길었고요.

파니의 아버지인 시몬 나미아스는 아내를 여의고 에그나티아 거리에서 약국을 운영했어요. 외동딸인 파니는 약국 진열장을 정리하며 아버지의 일을 돕곤 했죠. 세바스티안은 어머니 심부름을 핑계로 약국에 자주 들렀는데, 실은 파니와 단둘이 시간을 보내려는 속셈이었어요. 둘은 태어나서 이때껏 내내 알고 지낸 사이였고 꼬마였을 적에는 함께 뛰어놀던 친구였지만 몇 달 전부터 사정이 달라졌어요. 세바스티안은 파니가 자신을 볼 때마다 가슴이 방망이질하는 느낌이 들었어요. 손에는 어느새 땀이 배어났고요.

안타깝게도 파니는 세바스티안이 느낀 끌림을 느끼지 않았어요. 더 어렸을 적에 파니는 학교에서 니코와 같은 반이었는데, 실은 니코의 바로 뒷자리에 앉았죠. 열두 살 생일 다음 날, 파니가 선물로 받은 새 드레스를 입고 학교에 갔을 때 늘 정직했던 니코는 웃으며 파니에게 말했어요. "오늘 예뻐 보인다, 파니."

그 순간부터 파니의 마음속에는 니코뿐이었어요.

말했잖아요. 저에게는 특유의 표정이 있다고.

그래도 괜찮아요. 일단 소개부터 마쳐야 하니 열차로 다시 돌아가보죠. 1943년 여름에 살로니카를 출발해 중부 유럽을 질주하던 그 열차 말이에요. 나치가 유럽을 정복하려 날뛰는 과정에서 그리스를 침공해 이 무더운 나라를 자기네 영토로 삼았다는 사실을 아는 사람은 오늘날 그리 많지 않아요. 제2차 세계대전이 일어나기 전까지 유럽에서 다른 민족 출신보다 유대인 인구가 많았던 유일한 도시가 살로니카라는 사실 역시 마찬가지고요. 바로 이 사실 때문에 살로니카는 슈츠슈타펠(SS), 즉 나치 친위대의 먹음직스러운 표적이 되어야 했죠. 그들은 폴란드와 헝가리, 프랑스를 비롯한 다른 나라에서 저지른 짓을 그곳에서도 저질렀어요. 유대계 시민들을 모두 모아 살육장으로 끌고 간 거예요.

살로니카에서 출발한 열차의 종착역은 아우슈비츠-비르케나우 절멸 수용소였어요. 그 덩치 큰 남자의 말이 옳았던 거예요. 그렇다고 해서 그 남자가 이득을 볼 일은 전혀 없었지만요.

"동작 그만!" 독일인 장교는 한 번 더 외치고는 화물칸 승객들 사이를 헤치고 나아가 창문 앞에 도착했어요. 장교는 땅딸막하고 입술이 두툼했고, 얼굴은 이목구비가 빽빽하게 들어찬 것처럼 보였어요. 마치 뾰족한 턱이나 두드러지게 불거진 광대뼈를 좀 더 부드럽게 감싸기에는 살갗이 모자랐던 것처럼요. 장교는 바닥에 떨어진 철창을 권총으로 가리켰어요.

"누구 짓이지?"

사람들은 고개를 숙였어요. 아무도 입을 열지 않았죠. 독일군 장교는 철창을 들어 날카로운 가장자리를 살펴본 다음, 고개를 들어 턱수염을 기른 남자를 바라봤어요. 파니에게 '선한 사람이 돼야 한다'라고, 또 '여기서 벌어진 일을 온 세상에 알려주렴'이라고 말했던 그 남자 말이에요.

"선생님께서 이렇게 하셨습니까?" 장교가 나직이 물었어요.

남자가 뭐라고 대답하기도 전에, 장교는 남자의 얼굴을 노리고 철창을 휘둘러 코와 뺨의 살갗을 찢어놨어요. 남자는 고통에 찬 비명을 질렀어요.

"다시 묻겠다. 네가 한 짓인가?"

"그 사람 짓이 아니에요!" 웬 여성이 소리쳤어요.

장교는 여성의 시선을 눈으로 좇다가 창문 구멍 옆에 서 있는 덩치 큰 남자에게서 눈길이 멈췄어요.

"고맙군." 장교가 말했어요.

그러고는 권총을 높이 들고 덩치 큰 남자의 머리를 쐈어요.

화물칸 벽에 피가 튀고 덩치 큰 남자가 쓰러졌어요. 메아리치는 총소리 때문에 승객들은 신발이 바닥에 붙은 것처럼 꼼짝도 못했죠. 사실대로 말하자면(저로서는 당연히 그럴 수밖에 없죠), 그 화물칸에는 독일군 장교를 덮쳐 꼼짝 못하게 제압하고도 남을 만큼 많은 승객이 타고 있었어요. 하지만 그 순간에 그들은 저를 보지 못했어요. 그 장교가 보여주고자 하는 것밖에 보지 못했죠. 그 순간 그들 운명의 주인은 그들 자신이 아니라 그 장교였던 거예요.

"이 창문으로 나가고 싶은가?" 장교가 모두에게 알리듯 큰 목소리로 말했어요. "좋아. 너희 가운데 한 명을 풀어주마. 누구를 골라볼까?"

장교는 고개를 왼쪽으로, 다시 오른쪽으로 돌려가며 눈앞의 초췌한 얼굴들을 찬찬히 살폈어요. 그러다가 아기를 안은 젊은 여성에게 눈길이 멈췄어요.

"너, 가라."

여성은 이쪽저쪽을 정신없이 두리번거렸어요. 그러고는 창문 구멍 쪽으로 멈칫멈칫 걸음을 옮겼어요.

"잠깐. 그 전에 아기는 이리 넘기도록."

여성은 우뚝 멈춰섰어요. 품속의 아기를 더욱 세게 끌어안고서.

"내 말 못 들었나?"

장교는 여성의 코앞에 권총을 들이대고 반대편 손으로 아기를 붙잡았어요.

"이제 가도 돼. 어서. 창문으로 나가."

"안 돼요, 안 돼요, 제발, 제발요." 아기 엄마는 더듬더듬 애원했어요. "저는 가고 싶지 않아요, 안 갈래요……."

"지금 너한테 떠날 기회를 주는 거잖아. 너희가 감히 내 열차의 창문을 망가뜨린 이유가 그거 아니야?"

"제발요, 안 돼요. 제발, 제발, 제 아이, 제 아이는……."

여성은 일행인 다른 포로들의 발치에 쓰러지고 말았어요. 장교는 고개를 절레절레 가로저었죠.

"너희 유대인들은 도대체 뭐가 문제야? 뭘 원한다고 해서 주려고 하면 또 금세 싫다고 하니 말이야."

장교는 한숨을 쉬었어요. "흠, 내가 아까 너희 중에 한 명은 보내준다고 했지. 한번 뱉은 말은 지켜야지."

장교는 창문 앞으로 걸어가더니 팔을 재빨리 휙 흔들어 창문 구멍 속으로 아기를 던져버렸어요. 아기 엄마가 울부짖고 다른 승객들은 두려움에 떠는 동안, 오직 세바스티안만이 장교와 눈을 마주쳤어요. 장교가 웃고 있다는 걸 알아챌 만큼의 시간 동안요.

그 장교의 이름은 우도 그라프예요.

이 이야기의 네 번째 등장인물이죠.

우화

인간을 창조하기 직전, 하느님은 가장 고귀한 천사들을 모두 모아 그것이 좋은 생각인지에 관해 토론했어요. 꼭 해야 하는 일일까? 그 일에 찬성하는가, 아니면 반대하는가?

자비의 천사가 말했어요. "예, 인간을 창조하는 것이 좋겠습니다. 인간은 자비를 베풀 테니까요."

정의의 천사가 말했어요. "예, 인간을 창조하는 것이 좋겠습니다. 인간은 정의롭게 행동할 테니까요."

진실의 천사만이 반대했어요. "아니요, 인간을 창조하면 안 됩니다. 인간은 거짓되게 살면서 거짓말을 할 테니까요."

그럼 하느님은 어떻게 했을까요? 천사들이 한 모든 말을 곰곰이 생각해봤어요. 그러고는 진실을 천국에서 추방해 낮디낮은 지상으로 던져버렸어요.

*

뭐, 솔직하게 말하자면, 그때는 제 마음에도 금이 좀 갔죠.

위의 얘기는 정확한 사실이에요. 그렇지 않으면 제가 어떻게 여기서 여러분에게 이렇게 이야기를 들려주고 있겠어요?

하지만 제가 하느님에게 인간이 거짓되게 살 거라고 말한 게 잘못이었을까요? 그렇지 않아요. 인간은 늘 거짓말을 하니까요. 특히 자신의 창조주에게요.

그렇다 한들, 제가 천국에서 추방된 이유에 대해서는 의견이 아주 분분해요. 어떤 이들은 제가 땅속에 묻혀 있다가 훗날 인류가 선한 본성을 회복했을 때 지상으로 솟아오를 거래요. 또 어떤 이들은 제가 일부러 감춰져 있대요. 여러분의 능력으로는 저의 가치를 감당할 수 없어서요.

저도 제 나름대로 생각해봤는데요. 저는 수십억 조각으로 부서지라고, 그래서 그 조각들 하나하나가 인간의 마음을 찾아 들어가라고 지상으로 던져졌던 것 같아요.

그리고 거기서 번성하라고 말이에요.

아니면 죽거나.

세 번의
순간

그 이야기는 이쯤에서 그만할게요. 다시 우리 이야기로 돌아가 보죠. 격동의 시대였던 1930년대와 1940년대에 우리 주인공들의 삶은 하루가 다르게 변했어요. 당시는 끓어넘치던 전쟁의 기운이 마침내 온 사방으로 퍼져나간 시절이었거든요.

그중 구체적인 순간을 세 가지 소개해볼게요.

제 말이 무슨 뜻인지 곧 아시게 될 거예요.

지금은 1938년이에요.

살로니카의 베니젤루 거리에 흥겨운 밤이 펼쳐졌어요. 북적이는 카페 안에서 '대관식'이 열리는 중이네요. 유대교 전통에서 이날은 부모가 마지막으로 남은 미혼 자녀를 혼인시키는 날이에요. 기다란 테이블 두 개 위에 음식이 가득해요. 생선, 고기,

치즈와 파프리카를 담은 접시가 잔뜩 놓여 있네요. 허공에는 담배 연기가 피어오르고요. 악사 몇 명이 기타와 그리스의 전통 현악기인 부주키를 연주하고 있어요.

사람들은 땀을 흘리며 열정적으로 춤추고 있어요. 신부 이름은 비비, 그리고 자랑스러운 마음에 우쭐해진 신부의 아버지와 어머니는 라자르 크리스피스와 에바 크리스피스예요. 니코의 조부모님인 두 사람은 어찌나 오랫동안 함께 살았는지, 머리도 동시에 하얗게 변해가고 있어요. 하객들은 이 부부를 나무 의자에 앉혀 높이 들고서 춤을 추며 실내를 돌아다녀요. 에바는 떨어질까 봐 무서워서 뒤로 젖혀진 의자 등받이를 붙들고 있군요. 하지만 라자르는 흥에 겨워 그 순간을 맘껏 즐기고 있어요. 마치 '더 높이, 높이, 높이'라고 말하듯이 손을 번쩍 들고서요.

일곱 살 니코는 음악에 맞춰 발을 구르는 중이에요.

"더 높이요, 할아버지!" 니코가 외치네요. "더 높이!"

그러고 니코네 가족은 테이블에 둘러앉아 바클라바와 시럽에 적신 호두 케이크를 잘라 나눠 먹었어요. 진한 커피를 마시고 담배를 피우며 그리스어와 히브리어, 라디노어 같은 여러 가지 언어를 섞어가며 대화를 나눴죠. 라디노어는 그들의 공동체에서 흔히 쓰던 유대계 에스파냐어예요. 아이들은 디저트를 일찌감치 해치웠고 몇몇은 바닥에서 놀고 있었어요.

"어휴, 피곤해 죽겠어요." 비비가 의자에 앉으며 말했어요. 한참 춤을 춘 탓에 더워졌는지 이마에 맺힌 땀을 훔치고 있네요.

"왜 그런 걸로 얼굴을 가렸어요?" 니코가 물었어요.

"이건 면사포라고 하는 거야." 할아버지가 끼어들어서 비비 대신 대답했어요. "비비가 이걸 쓴 까닭은 일찍이 그 애 어머니도 같은 걸 썼고, 어머니의 어머니도 썼고, 고대부터 지금까지 모든 여성들이 썼기 때문이란다. 수천 년 전 사람들이 했던 일을 오늘날 우리도 똑같이 할 때, 그 일이 우리를 어떻게 바꿔놓는지 아니, 니코?"

"더 늙은 사람이 되나요?" 아이가 대답했어요.

모두가 웃음을 터뜨렸죠.

"우리를 이어주는 거야." 라자르가 대답했어요. "전통이란 곧 자신이 누군지 알아가는 방법이란다."

"난 내가 누군지 알아요!" 아이는 엄지손가락으로 자신을 가리키며 엄숙하게 말했어요. "난 니코예요!"

"넌 유대인이야." 아이 할아버지가 말했어요.

"그리고 그리스인이죠."

"그보다 먼저 유대인이란다."

비비는 신랑 테드로스의 손을 다독거렸어요.

"행복해?" 신부가 물었죠.

"행복해." 신랑이 대답했고요.

라자르는 테이블을 탕탕 치며 함박웃음을 지었어요.

"이제 다음은 손자를 볼 차례구나!"

"어휴, 아빠." 비비가 말했어요. "우선 웨딩드레스부터 좀 벗고요."

"보통은 그런 순서로들 진행하더구나." 라자르가 눈을 찡긋하며 한 말이었죠.

비비의 얼굴이 붉어졌어요. 라자르는 니코를 번쩍 들어 무릎에 앉혔어요. 그러고는 양 볼을 손으로 감쌌죠.

"이런 손자가 하나 더 생기면 얼마나 좋을까?" 라자르가 말했어요. "이렇게 잘생긴 남자애 말이야."

한편 테이블 건너편에 앉아 손끝으로 포크를 톡톡 두드리던 세바스티안은 이 광경을 묵묵히 지켜보고 있었어요. 할아버지가 꼭 닮은 생김새로 한 명 더 갖고 싶어 하는 손자는 동생이지, 자신이 아니라는 사실을 받아들이면서요.

그날 밤 느지막이 니코네 가족은 해변 산책로를 거닐었어요. 밤공기는 따뜻했고 바다에서는 잔잔한 미풍이 불어왔어요. 파니도 아버지와 함께 산책에 동행했고요. 파니는 니코와 세바스티안을 쫄래쫄래 따라가며 조약돌 하나를 셋이서 번갈아 발로 차며 놀았어요. 니코 어머니인 타나는 잠든 쌍둥이 딸을 2인승 유아차에 태워 밀고 갔죠. 앞쪽 멀리, 웅장한 하얀 탑이 테르마이코스만을 내려다보며 서 있는 풍경이 눈에 들어왔어요.

"참 멋진 밤이네요." 타나가 말했어요.

그들은 진열창에 신문이 놓인 문 닫은 가게 앞을 지나갔어요. 레브는 그 신문의 머리기사 제목을 훑어봤어요. 그러고는 아버지에게 슬쩍 말을 건넸죠.

"아버지." 레브의 목소리는 나직했어요. "독일에서 요즘 무슨 일이 일어나는지 보셨어요?"

"그 인간은 제정신이 아니더구나." 라자르가 대답했어요. "사람들이 그 인간을 조만간 끌어내릴 거야."

"아니면 지금 벌어지는 일들이 더 널리 퍼질지도 모르죠."

"여기까지 말이냐? 독일은 여기서 까마득히 멀리 떨어진 곳이야. 게다가 이 살로니카는 유대인 도시 아니냐."

"예전만큼은 아니에요."

"레브, 넌 걱정이 너무 많아." 라자르는 상점 진열창을 가리켰

어요. "유대계 신문이 얼마나 많은지 한번 보렴. 이 도시에 시너
고그가 얼마나 많은지 한번 봐. 누구도 그걸 다 파괴하진 못해."

레브는 조약돌을 차며 노는 아이들 쪽을 돌아봤어요. 아버지
말씀이 옳기를 바라면서요. 그렇게 달빛 속을 거니는 동안 그들
가족이 나눈 대화는 바다 위로 퍼져나가 메아리쳤어요.

지금은 1941년이에요.

문이 벌컥 열렸어요. 레브가 지저분한 흙투성이 군복을 입고
비틀비틀 들어오는군요. 아이들이 달려와 다리와 허리를 끌어
안고 매달리는데도 레브는 소파를 향해 비척비척 걸어갔어요.
산책로를 따라 걸었던 그날 저녁으로부터 3년이 흘렀지만, 레
브는 10년도 더 늙어 보여요. 얼굴은 야윈 데다 거칠거칠하고
검은 머리는 군데군데 희끗해졌거든요. 한때는 우람했던 팔도
이제는 야위었고 상처투성이예요. 왼손에 감은 너덜너덜한 붕
대는 피가 말라붙어 덩어리져 있네요.

"아빠가 앉으시게 비켜드리렴." 타냐는 아이들에게 말하고는
남편의 어깨에 입을 맞췄어요. "아아, 하느님, 하느님, 이 사람을
집에 보내주셔서 감사합니다."

레브는 방금 막 등산을 마친 사람처럼 긴 숨을 내쉬었어요.
그러고는 소파에 주저앉았죠. 얼굴을 세게 문질렀고요. 라자르
는 그런 아들 곁에 앉았어요. 두 눈에 눈물이 그렁그렁한 채로
요. 그는 아들의 다리에 손을 얹었어요. 레브는 움찔했어요.

6개월 전, 레브는 담배 사업을 그만두고 이탈리아에 맞서 싸
우려고 전쟁터로 떠났어요. 이탈리아가 그리스 순양함을 폭파

하고 곧바로 그리스를 침공했을 때였죠. 무솔리니는 이탈리아가 독일에 뒤지지 않는다는 것을 보여주려 했지만, 그리스인들은 용맹하게 싸우며 침략군에 맞섰어요. 그날 신문 1면에는 단한 단어만이 실렸죠.

"오히(어림없다)!"

그래요, 그리스인은 이탈리아인에게 억압당할 사람들이 아니었어요. 이탈리아인이 아니라 그 누구에게도요! 그리스는 명예를 지키려고 싸울 작정이었어요. 방방곡곡의 남자들이 군대에 자원했고 살로니카의 많은 유대인도 거기에 포함됐어요. 유대인 공동체의 노인들은 그 결정에 의문을 품었지만요.

"이건 네가 뛰어들 전쟁이 아니야." 라자르는 아들에게 말했어요.

"여긴 제 나라예요." 레브가 항의했어요.

"네 나라이긴 하지만, 같은 민족은 아니야."

"만약 제가 제 나라를 지키려고 싸우지 않는다면, 저랑 같은 민족인 유대인 동포들이 나중에 어떻게 되겠어요?"

레브는 그 이튿날 입대했어요. 유대인 남자들이 가득 탄 노면전차에 실려 다 함께 서둘러 전쟁터로 향했죠. 전쟁 때문에 잔뜩 흥분한 남자들을 저는 역사 속에서 수도 없이 여러 번 목격했어요. 그런 사람들이 끝까지 무사했던 경우는 거의 없지만요.

그리스군의 공세는 처음에는 굉장히 성공적이었어요. 하도 끈덕지게 몰아붙인 탓에 이탈리아군은 후퇴할 수밖에 없었죠. 하지만 겨울이 되자 추위가 혹독해졌고, 그리스군은 자원이 바닥났어요. 병력이 부족했거든요. 보급도 충분치 않았고요. 이탈리아군은 마침내 강대한 독일 육군에 지원을 요청했고, 그리스군은 그걸로 끝이었어요. 그들은 아무도 없는 줄 알고 무작정 달려나갔다가 사자 무리와 마주친 허허벌판의 말 떼 같은 신세였죠.

"어떻게 된 거냐?" 라자르는 아들에게 물었어요.

"우리 군대는 대포도, 전차도, 다 너무 낡았어요." 레브는 쉰 목소리로 대답했어요. "저희는 온갖 일을 다 겪었어요. 굶주림도, 추위도."

레브는 고개를 들었어요. 애원하는 눈빛으로.

"아버지, 마지막에는요, 심지어 총알도 다 떨어졌어요."

라자르는 레브와 함께 참전한 다른 유대인 남자 이웃들이 어떻게 됐는지 물었어요. 레브는 이름을 들을 때마다 고개를 가로저었어요. 타나는 그런 남편을 보며 손으로 입을 가렸어요.

세바스티안은 거실 건너편에 서서 아버지를 가만히 바라봤어요. 그토록 약해진 아버지를 보며 아이는 왠지 말이 나오지 않았어요. 하지만 니코는 아무렇지 않았어요. 니코는 아버지에게 다가가 귀향 선물로 주려고 그린 그림을 건넸어요. 레브는 그 그림들을 받아들고 억지로 웃었어요.

"아빠가 없는 동안 착하게 지냈니, 니코?"

"맨날 그렇진 않았어요." 니코가 대답했어요. "가끔 엄마 말을 안 들을 때도 있었어요. 음식을 남길 때도 있었고요. 그리고 선생님이 그러시는데 저는 말이 너무 많대요."

레브는 힘없이 고개를 끄덕였어요. "앞으로도 그렇게 정직하게 살렴. 진실은 무엇보다 중요한 거란다."

"하느님이 언제나 지켜보고 계시니까요." 니코가 말했어요.

"그렇지."

"아빠, 우리가 전쟁에서 이겼나요?"

레브는 방금 자신이 했던 충고를 어기고 거짓말을 했어요.

"물론이지, 니코."

"내가 뭐랬어, 형." 니코는 세바스티안을 보며 웃었어요.

타나는 아들을 데리고 그 자리를 떴어요. "가자, 니코. 이제 잘 시간이야." 그러면서 남편을 돌아봤어요. 눈물을 꾹 참으면서요.

라자르는 일어서서 창가로 가 커튼을 다시 쳤어요.

"아버지." 레브는 들릴락 말락 하는 목소리로 말했어요. "이제 머지않았어요. 독일군 말이에요. 그들이 몰려올 거예요."

라자르는 커튼을 끝까지 당겨 창문을 가렸어요.

"그럴 일은 없을 거다. 그들은 이미 와 있으니까."

1942년이 됐어요.

어느 무더운 토요일 오전, 살로니카 사람들이 많이 모이는 도시 중심지인 자유 광장. 레브가 전쟁에서 돌아온 지 이제 1년이 넘었어요. 그가 돌아온 후 곧바로 독일군이 이 도시에 쳐들어왔죠. 전차와 오토바이, 수많은 군인, 그리고 군악대까지요. 그때부터 이 도시에는 식량이 점점 더 부족해졌어요. 상점들은 문을 닫았고요. 나치 군인들이 거리를 어슬렁거리기 시작하면서 유대인들은 섬뜩할 정도로 삶을 제한당했어요. 가게나 식당 창문에 이런 팻말이 걸렸거든요. **유대인 출입 금지.** 모두가 겁에 질렸어요.

오늘은 7월의 태양이 뜨겁게 타오르는 날이에요. 하늘에는 구름 한 점 없군요. 광장의 풍경은 기묘하다 못해 거의 초현실적이에요. 무려 9000명이나 되는 유대인 남자들이 고작 손 한 뼘 간격을 두고 어깨를 나란히 한 채 줄지어 서 있어요. 그들은 지금 이 도시를 지배하는 나치 군대의 명령에 따라 모인 사람들이에요.

"앉아, 일어서! 앉아, 일어서!" 장교들이 외쳤어요. 유대인 남자들은 양손을 앞으로 뻗고 쪼그려 앉았다가, 일어섰다가, 다시 쪼그려 앉았다가, 다시 일어섰어요. 언뜻 맨손체조처럼 보이기도 했지만, 이 경우에는 끝이 없다는 점이 달랐어요. 멈추거나 쉬거나 탈진해서 쓰러지는 사람은 구타당하고 개들에게 공격당했어요.

이곳에 모인 남자들 중에는 레브도 있었어요. 그는 꺾이지 않겠노라고 마음먹었어요. 그렇게 앉았다가 일어섰다가, 앉았다가 다시 일어서는 사이에 온몸이 땀에 흠뻑 젖었어요. 그는 광장 방향으로 나 있는 발코니 쪽을 힐끗 올려다봤어요. 젊은 독일 여성들이 사진을 찍으며 깔깔 웃고 있었죠. '어떻게 웃음이 나올 수가 있지?' 그는 고개를 돌려버렸어요. 머릿속으로는 전쟁의 기억을 떠올렸죠. 그 추웠던 겨울에 무엇을 견뎌야 했는지 떠올렸어요. '이 정도는 식은 죽 먹기야.' 그는 혼잣말을 중얼거렸어요. 지금 당장 추위가 닥치면 얼마나 좋을까 하고 생각하면서요.

"앉아, 일어서! 앉아, 일어서!"

레브는 자기보다 나이가 많은 남자가 무릎을 털썩 꿇는 모습을 목격했어요. 독일군 장교가 그 남자의 턱수염을 홱 잡아당기더니 칼을 꺼내 수염을 잘라냈어요. 남자는 비명을 질렀죠. 레브는 고개를 돌리고 말았어요. 땅바닥에 쓰러진 또 다른 남자는 배에 발길질을 당한 후에 길거리로 질질 끌려나갔어요. 물을 한 양동이 뒤집어쓴 남자는 그곳에 버려진 채 고통스럽게 신음했어요. 행인들은 아무도 그를 도와주지 않았어요.

"앉아, 일어서! 앉아, 일어서!"

이날은 나중에 '검은 안식일'로 알려지게 돼요. 독일군은 유대교의 성일(聖日)을 모욕하려고 일부러 토요일인 이날을 골라 여느 때 같으면 시너고그에서 기도를 올릴 남자들을 공공장소에 억지로 모아놓고는 뚜렷한 이유도 없이 모욕을 줬던 거예요.

하지만 잔학 행위에는 늘 목적이 있게 마련이죠. 독일군은 저를 바꾸고 싶어 했어요. 살로니카의 유대인들로 하여금 새로 바뀐 진실을 받아들이게 하고 싶었던 거죠. 이제 그들에게는 자유도, 신앙도, 희망도 없다는 진실을요. 오로지 나치가 지배한다는 진실을.

레브는 무릎 꿇지 않겠노라고 스스로에게 다짐했어요. 기진맥진해서 온몸의 근육이 덜덜 떨렸는데도요. 속이 울렁거렸지만 감히 토할 수는 없었어요. 그는 아이들을 떠올렸어요. 두 딸, 엘리자베트와 안나. 그리고 두 아들, 세바스티안과 니코. 아이들 덕분에 계속 버틸 힘이 솟았어요.

"앉아, 일어서! 앉아, 일어서!"

이때 레브는 미처 몰랐지만, 니코가 그곳에 다가가는 중이었어요. 평소에 동네를 자유롭게 돌아다니던 니코는 어머니에게 그러지 말라고 주의를 받았어요. 하지만 어떻게 했는지 몰래 집

44

을 빠져나와서는 몇 블록 너머까지 들리는 소음을 따라가다가 그만 이곳까지 왔던 거예요.

자유 광장 주변에 도착한 니코는 인파 너머의 광장을 보려고 까치발을 섰어요. 그러다가 독일군 경비병의 눈에 띄었어요.

"이리 오렴, 꼬마야. 더 잘 보고 싶어서 그러는 거지?"

니코가 빙그레 웃자 경비병은 니코를 번쩍 들어 위쪽으로 올려줬어요.

"더러운 유대인 놈들이 어떻게 됐는지 보이지?"

니코는 머릿속이 혼란스러웠어요. 자신이 유대인이라는 걸 알았거든요. 경비병은 니코의 금발 머리와 두려움 없는 천진한 기색을 보고 유대인이 아닐 거라 짐작했지만요.

"저 사람들은 뭘 하고 있는 거예요?" 니코가 물었어요.

"우리가 시키는 거라면 뭐든 다 한단다." 경비병은 씩 웃었어요. "걱정 마렴. 이제 곧 다 사라질 놈들이니까."

니코는 그들이 어디로 가는지 묻고 싶었지만, 경비병이 갑자기 차렷 자세를 취했어요. 키가 땅딸막한 장교를 태운 군용 트럭이 다가오고 있었거든요. 그 장교는 우도 그라프였어요. 그가 바로 이번 작전의 책임자였죠.

경비병은 오른팔을 번쩍 들어 경례했어요. 우도는 고개를 끄덕였어요. 뒤이어 처음이자 결코 마지막이 되지 않을 이 만남의 순간에, 우도의 시선이 니코에게 향했어요. 그가 눈을 찡긋했어요. 니코도 애써 윙크로 화답했고요.

트럭은 멈추지 않고 계속 나아갔어요. 줄지어 늘어서서 이글거리는 태양 아래 앉았다 일어서기를 반복하는 지친 남자들 앞을 지나서요.

거짓말이
자라는
방법

저는 이따금 사람들이 음식을 먹는 모습을 지켜보곤 해요. 저한 테는 흥미로운 광경이거든요. 음식은 인간으로 하여금 생명을 유지케 하는 물질이기 때문에 저는 여러분이 자기 몸에 가장 좋은 음식을 고를 거라 짐작하죠. 그런데 그러기는커녕, 여러분은 그저 자기 입맛에 맞는 음식만 고르더군요. 뷔페에 간 사람들을 보면 하나같이 이것저것 먹고 싶은 걸 조금 집고는 나머지는 거들떠보지도 않아요. 다른 음식이 몸에 더 좋다는 걸 알면서도 말이에요.

　제가 이 사실을 아는 까닭은 여러분이 저를 대하는 방식도 마찬가지이기 때문이에요. 여러분은 여기서 진실의 한 조각을 고르고, 또 저기서 다른 조각을 한 개 더 골라요. 입맛에 안 맞는 부분은 외면하는데, 그러다 보면 곧 접시가 꽉 차버리죠. 하지만 제대로 된 음식을 무시하면 결국에는 몸이 병들듯이, 진실을 입맛에 맞춰 고르다 보면 결국에는 영혼이 병들게 마련이에요.

어떤 남자애를 예로 들어볼게요. 그 아이는 1889년에 식구가 많은 오스트리아인 가정에서 태어났어요. 아버지는 툭하면 그 아이를 때렸고, 교사들은 아이를 꾸짖었고, 유일하게 아이를 아끼는 것처럼 보였던 어머니는 아이가 열여덟 살이던 해에 세상을 떠났어요. 아이는 침울하고 내성적인 청년으로 자랐어요. 남들과 어울리지 못하고 겉돌던 그는 스스로 화가라고 자부했지만, 미술계에서 조금도 인정받지 못했어요. 세월이 흐르는 사이에 그는 차츰 외톨이로 변했어요. 스스로를 '늑대'라는 별명으로 부를 정도였죠. 그러면서 남들을 비난하는 성격을 길러갔어요. '다 그들 잘못이야, 내 잘못이 아니라.' 그렇게 스스로를 기만하는 버릇이 생겨나기 시작했죠.

전쟁이 일어나자 늑대는 자원해서 입대했어요. 적과 아군이 명확한 전투가 마음에 들었고, 거기에 드러난 선택적 진실도 마음에 들었거든요. 원래 전쟁에서 내세우는 진실은 모두 입맛에 맞게 선택한 것들이죠.

그 전쟁은 좋지 않게 끝났어요. 조국은 적들에게 항복했고, 늑대는 부상당한 몸으로 병원에 누워 겨자 가스의 후유증과 굴욕감에 고통스러워했어요. 그는 패배를 받아들일 수가 없었어요. 그에게 패배란 약해빠졌다는 뜻이었는데, 그는 약한 자를 경멸했거든요. 그랬던 주요한 이유는 그 자신 안에 약한 구석이 너무나 많기 때문이었죠. 조국의 지도자들이 평화 협정에 합의했을 때 그는 언젠가 그 지도자들을 타도하겠노라고 다짐했어요.

그날은 오래지 않아 찾아왔어요.

늑대는 정당에 가입했어요. 그러고는 순식간에 당의 최고 실력자로 올라섰죠. 그는 허공에 총을 쏘며 선언했어요. "혁명은 이미 시작됐다!"

늑대는 거짓말에 힘입어 권력을 잡았어요. 먼저 국민들이 겪는 비통함을 유대인 탓으로 돌렸죠. 유대인을 더 사납게 손가락질할수록 그의 지위는 더욱 높아졌어요. '문제는 바로 저들이다! 우리가 굴욕을 겪는 것은 저들 탓이다!' 그는 유대인들이 비밀스럽게 권력을 휘두르고 남몰래 영향력을 행사한다고, 아무도 의심하지 못할 만큼 거대한 거짓말을 지어낸다고 비난했어요. 그 자신에게 놀랍도록 정확하게 들어맞는 비난이었죠. 그는 유대인이 '질병'이라고, 따라서 건강한 독일을 다시 세우려면 반드시 박멸해야 한다고 선언했어요.

이런 식의 거짓말로 늑대는 권력을, 그것도 막강한 권력을 손에 넣었고 사람들은 구름처럼 모여들어 그의 연설에 환호했어요. 그는 총리로, 대통령으로, 다시 최고 지도자인 '총통'으로 올라섰어요. 정적들은 처형당했죠. 그는 새로운 성공을 거둘 때마다 매번 자신의 열등감이 줄어드는 느낌을 받았어요. 그래서 그는 증오로 지글거리는 거짓말을 접시에 한가득 쌓아올려 자신의 군대에게 먹였어요. 군대는 무럭무럭 자라났죠. 그들은 늑대를 따라 국경을 넘었고, 그들이 이웃 나라들을 짓밟겠다는 희망에 들떠 높이 치켜든 매혹적인 깃발은 *도이칠란트 위버 알레스*, 즉 '만방 위에 군림하는 독일'의 상징이었어요.

그들은 어째서 늑대의 명령을 따랐을까요? 모든 인간은 마음 속 깊숙한 곳에서는 타인을 고문하고 죽이는 식의 잔인한 행위가 선하지도 옳지도 않다는 것을 아는데도 말이에요. 그들은 어떻게 그런 짓을 용납할 수 있었던 걸까요?

왜냐하면 스스로에게 이야기를 들려줬기 때문이에요. 그들은 제가 누군지에 관한 또 다른 이야기를 만든 다음, 그 이야기를 도끼처럼 휘둘렀어요. 여러분은 제가 다른 천사들과 싸운 이유가 뭐라고 생각하세요? 정의? 자비? 저는 그들에게 경고하려 했던 거예요. 저를 남용하는 자들은 다른 모든 미덕을 함부로 짓밟는다는 걸 말이에요. 그리고 그 과정에서 자신이 고결한 사람이라는 확신을 갖게 된다는 것도요.

늑대의 기만술은 점점 더 강력해졌어요. 그는 자신의 악함을 가리려고 말을 지어냈어요. 그건 오래된 속임수죠. 거짓말을 들키지 않으려면 우선 사람들이 쓰는 말부터 바꿔야 하거든요.

그래서 늑대는 '민중의 부담을 줄여주는 법안'이라는 문구를 이용해 스스로에게 법적 권위를 부여했어요. 다른 나라의 영토를 빼앗는 짓은 '생활 공간 확보'라는 말로 정당화했고요. '이송'이나 '퇴거'는 살해했다는 뜻을 더 상냥하게 표현하는 말이었어요. 그리고 '최종 해결책'은 그가 자신의 궁극적인 계획을 가리킬 때 쓰는 완곡한 표현이었어요. 유럽 대륙에서 유대인을 깨끗이 전멸시키는 계획이었죠.

늑대가 충성스러운 부하로 선발하는 사람은 주로 억울해하는 사람, 소외된 사람, 분노에 찬 사람, 야망이 많은 사람, 이웃을 기꺼이 배신하는 어른, 친구를 아무렇지도 않게 밀어서 운동장에 넘어뜨리는 아이 같은 부류였어요.

늑대는 우도 그라프처럼 울분에 차 방황하던 사람도 부하로 삼았어요. 우도의 어머니는 남편을 버리고 유대인 남자를 선택했고, 그 일 이후 우도의 아버지는 욕조에서 면도칼로 스스로 목숨을 끊었거든요.

독일에 있는 대학교에서 과학을 전공한 우도는 늑대처럼 외톨이가 됐어요. 친구가 한 명도 없는 망나니였죠. 스물네 살 때, 그는 광장에서 늑대의 연설을 들었어요. 늑대에게서 새로운 제국의 이야기를 들었던 거예요. 독일이 장차 천년 동안 지배할 제국의 이야기를요. 그는 자기 이름이 적힌 초대장을 받은 느낌이 들었어요. 그 남자를 따르는 부하가 되면 자신의 비참한 삶이 주는 고통을 달랠 수 있을 것만 같았어요.

그리하여 우도는 늑대의 군대에 입대했어요. 그러고는 자신이 따르는 대의(大義)와 한 몸이 됐죠. 진급을 거듭한 그는 나중에 나치 친위대의 대위가 됐어요.

그러다가 1942년 여름에 늑대는 소름 끼치는 계획을 실행하려고 우도를 진급시켜 살로니카로 보냈어요. 그 도시의 유대인 시민을 모조리 제거하는 계획이었죠. 우리가 그 더웠던 7월 아침에 자유 광장을 찾아간 것도 그 때문이었어요. 그렇게 해서 우도는 니코 크리스피스를 처음 만나 윙크를 했던 거예요. 마치 모든 일이 다 잘될 거라는 듯이.

물론 그렇게 될 리가 없었죠. 거짓말의 끝에는 언제나 암흑이 도사리고 있을 뿐이니까요. 하지만 이 이야기가 끝나는 건 아직 한참 후의 일이랍니다.

진실하고 다정한 친절

1942년 가을의 어느 일요일, 라자르는 손자인 니코와 세바스티안, 그리고 파니를 데리고 자기 부모님이 묻힌 곳을 찾아갔어요. 살로니카 동쪽 구역의 도시 성문 바로 바깥쪽에 있는 묘지였죠. 당시 이 묘지는 전 세계에서 가장 큰 유대인 공동묘지였는데, 개중에는 수백 년 전에 만들어진 무덤도 있었어요.

"할아버지." 언덕을 올라가는 사이에 니코가 물었어요. "여기 묻힌 사람들 중에 누가 제일 나이가 많아요?"

"나도 모르겠구나." 라자르가 말했어요.

"여기엔 17세기에 판 무덤도 있어." 세바스티안이 말했어요.

"진짜?" 파니가 물었어요.

"진짜야. 내가 책에서 읽었어."

"난 아무 데도 묻히고 싶지 않은데." 니코가 말했어요.

"그럼 넌 바다에 던져주면 되겠네." 세바스티안이 말했죠.

"그건 너무하잖아." 파니가 니코를 편들어줬어요.

니코는 그런 파니를 보며 빙그레 웃었어요.

"농담이야." 세바스티안은 얼굴이 붉어지는 느낌이 들었어요.

일행은 벽돌과 돌로 만든 묘비를 지나 걸어갔어요. 커다란 묘비가 빽빽이 늘어서서 눈길이 닿는 모든 곳을 온통 뒤덮고 있었어요. 마침내 일행은 라자르 할아버지 부모님의 무덤을 찾아냈어요. 라자르는 깊은 숨을 들이마시고 눈을 감았어요. 그런 다음 몸을 살짝 숙이고 기도를 시작했어요. 턱수염을 쓰다듬으며 혼잣말을 하듯 히브리어를 중얼거렸죠.

니코는 그 모습을 가만히 지켜봤어요. 그러다가 자신도 눈을 감고 몸을 굽혔다 폈다 했어요.

"쟤는 기도문을 알지도 못해." 세바스티안은 파니에게 소곤소곤 말했어요.

"그럼 왜 저러는 거야?"

"나도 몰라. 쟤는 원래 저래."

기도를 마친 라자르는 땅에 무릎을 꿇고 주머니에서 걸레를 꺼냈어요. 그다음엔 지니고 있던 조그만 물병에서 물을 따라 걸레를 적셔 묘비를 닦기 시작했죠.

"할아버지, 왜 그렇게 하는 거예요?" 니코가 물었어요.

"네 증조할아버지와 증조할머니께 존경을 표하려고."

"저도 도와드릴까요?"

라자르는 걸레를 조그맣게 찢었어요. 니코는 그 조각을 받아 들고 묘비 앞에 쪼그려 앉았어요. 파니도 니코 곁에 앉았고 세바스티안도 나란히 앉았죠. 이제 네 사람은 다 함께 묘비에 묻은 흙먼지를 닦았어요.

"이런 걸 가리켜서 우리는." 라자르는 부드러운 목소리로 말했어요. "*체세드 셸 에멧*이라고 한단다. '진실하고 다정한 친절'이라는 뜻이지. 너희는 진실하고 다정한 친절이 어떤 건지 아니? 응? 얘들아, 나를 좀 보렴."

아이들은 묘비를 닦던 손을 멈췄어요.

"우리는 누군가에게 결코 돌려받지 못할 친절을 베풀 때가 있지. 죽은 이의 무덤을 청소해주는 일처럼 말이야. 그게 바로 진실하고 다정한 상냥함이란다."

라자르는 목소리를 낮췄어요. "대가가 있는 일을 할 때는 친절해지기도 쉬운 법이란다. 하지만 자신 말고는 아무도 모르는 선을 행하는 건 그보다 더 어려운 일이야."

아이들은 다시 묘비를 닦기 시작했어요. 두 무덤이 다 깨끗해졌을 때, 니코는 일어서서 다른 무덤 쪽으로 걸어갔어요.

"얼른 와." 니코는 뒤를 돌아보며 말했어요.

"왜?" 세바스티안이 물었어요.

"저쪽에 있는 사람들 묘비도 닦아줘야지."

세바스티안은 앉았던 자리에서 일어섰어요. 파니도 나란히 일어섰고요. 이윽고 세 아이는 걸레를 물에 적셔 모르는 사람들의 묘비 앞면을 하나씩 차례로 닦았어요. 라자르는 눈을 감고 감사 기도를 중얼거렸죠.

잠시 후, 이들 일행은 환하게 쏟아지는 가을 햇살을 받으며 집까지 걸어갔어요. 니코는 할아버지의 손을 잡았어요. 파니는 노래를 흥얼거렸죠. 세바스티안도 따라서 흥얼거렸고요. 이날 이후 그들 중 아무도 그 묘지를 다시 찾지 못했어요. 석 달 후, 묘지가 통째로 파괴됐으니까요.

—— 맨 먼저,——————————————
—— 그들은 당신의 생업을 ——————————
——————————————— 빼앗아 가고...... —

니코는 아버지의 담배 가게에서 나는 냄새를 무척이나 좋아했어요. 가게는 니코네 가족이 운영하는 담배 수출 회사의 사무실 아래 1층에 있었죠. 니코는 학교가 끝나면 그곳으로 달려가 가게 문을 열고 달콤한 나무 향에 푹 빠져들었어요. 어른이 되고 나서도 평생 동안 니코는 아버지 레브를 생각할 때마다 그 향기를 함께 떠올렸어요.

1943년 1월 어느 날, 레브가 새 시가 한 상자를 선반에 올려놓는 사이에 남자 둘이 가게에 들어섰어요. 그때 니코는 한쪽 구석에서 공책에 그림을 그리고 있었죠. 세바스티안은 계산대 뒤편에서 바닥을 쓸고 있었고요.

"어서 오세요." 레브가 인사했어요.

두 남자는 그리스인이었는데 한 명은 키가 컸고 다른 한 명은 땅딸막했어요. 레브는 키 큰 남자가 이따금 가게에 들러 비싼

파이프 담배를 사가는 손님이란 걸 알아차렸어요. 두 방문객은 당황한 표정으로 서로 마주 봤어요.

"무슨 문제라도 있으신가요?" 레브가 물었어요.

"미안해요." 키 큰 남자가 말했어요. "우린 그냥…… 사장님이 아직 여기 계셔서 놀랐어요."

"그게 왜 놀랄 일인가요? 여긴 제 가게인데요."

땅딸막한 남자가 종이 한 장을 내밀었어요.

"그게 실은, 그렇지가 않아요." 남자가 말했어요. "이걸 봐요."

레브는 앞으로 걸어나와 그 종이를 들여다봤어요. 종이에 적힌 글을 읽는 사이에 레브는 속이 울렁거리는 동시에 소름이 돋았어요.

> **유대인 재산 처분 사업 안내**
>
> 보치가 10번지에 위치한 유대인 레브 크리스피스 소유의 점포가 귀하에게 양도되었음을 알려드립니다. 위 주소의 점포를 인수하려면 해당 사업의 전담 부서를 오늘 중으로 방문하시기 바랍니다.

레브는 그 안내문을 다시 읽어봤어요. 가슴이 사무치도록 아픈 이유가 무엇 때문인지 알 수 없었거든요. 자신의 가게를 빼앗는다는 문구 때문인지, 아니면 외국 군대가 자신을 '유대인 레브 크리스피스'로 지칭한다는 사실 때문인지 몰랐죠.

"우린 당신이 벌써 가게를 비운 줄 알았죠." 그 남자가 말했어요.

레브는 남자를 노려봤어요. "내가 내 가게를 왜 비우겠어요?"

"아빠?" 니코가 말했어요.

레브는 두 남자를 향해 다가갔어요. "이것 봐요, 이 가게를 연 사람은 바로 나예요. 위층의 회사도 내가 차린 거고요. 여기 보이는 것들 전부, 담배하고 시가, 파이프, 다 내가 돈을 주고 사온 거예요."

"아무래도 내일 다시 와야 할 것 같네요." 땅딸막한 남자가 더듬더듬 말했어요.

한패인 키 큰 남자는 헛기침을 했어요. "하지만 크리스피스 씨, 보시다시피 이 가게는 저희한테 넘어왔어요. 여기 분명히 그렇게 적혀 있는데……."

"뭐라고 적혀 있든지 내 알 바 아니에요!" 레브는 그렇게 외치며 종이를 움켜쥐었어요. "당신들은 부끄러운 줄도 몰라요? 여긴 내 가게라고요!"

니코는 놀라서 입이 헤 벌어졌어요. 세바스티안은 빗자루를 쥔 손에 힘이 들어갔고요. 바로 그 순간, 트럭이 가게 앞에 멈춰 서더니 나치 장교 두 명이 차에서 내렸어요. 레브는 손에 움켜쥔 종이를 내려다보고는 다시 방문객들에게 내밀었어요.

10분 후, 레브와 니코와 세바스티안은 가게 문까지 억지로 터덜터덜 걸어가서는 문 바깥으로 쫓겨났어요. 그날 이후 그들 가족은 두 번 다시 그 담배 가게에 발을 들여놓지 못했어요. 쫓겨날 때 코트를 챙겨가도 좋다는 허락조차 받지 못했는데 말이에요.

......뒤이어
당신의 신앙을 빼앗아 가고

그 주 토요일, 라자르와 니코와 세바스티안은 아침 예배에 참석하러 시너고그로 걸어갔어요. 평소 라자르는 안식일마다 손자들을 데리고 시너고그에 갔어요. 아이들이 종교 의식을 빠짐없이 따르고 히브리어 성전 읽는 법을 배우는 걸 자기 눈으로 확인하고 싶어서였죠.

니코는 반소매 셔츠 위에 조끼를 입었어요. 세바스티안은 재킷에 넥타이, 멜빵을 갖춰 입고 기도용 숄인 탈리트가 담긴 가방을 들고 있었어요. 세바스티안도 이제 성인식인 '바르 미츠바'를 마친 나이였기 때문에 할아버지와 마찬가지로 안식일 예배에 참석할 때 드는 가방이 따로 있었던 거예요. 날씨는 화창했고, 두 아이는 시합이라도 하듯이 보도블록에서 보도블록으로 폴짝폴짝 뛰며 걸었어요. 블록 사이의 빈틈을 밟지 않으려고 조심하면서요.

"너 실수했어." 세바스티안이 말했어요.

"형도 마찬가지야." 니코도 대꾸했죠.

"아냐, 난 안 했어."

그때 니코가 고개를 들었어요.

"봐, 저기 파니가 있어!"

세바스티안이 길 건너편을 힐끗 보니 파니와 파니 아버지가 보였어요. 두 사람도 시너고그에 가는 길이었죠. 파니가 손을 흔들어 인사하자 니코도 손을 마주 흔들었지만, 세바스티안은 고개를 숙였어요.

"형 쟤랑 키스하고 싶지." 니코가 소곤거렸어요.

"아니야."

"아니긴, 하고 싶으면서."

"아니라고!"

"누가 누구하고 키스한다는 거냐?" 라자르가 물었어요.

"니코가 거짓말하는 거예요." 세바스티안이 말했어요.

"니코는 거짓말을 안 하는데."

"거짓말 아니에요. 형 쟤한테 키스하고 싶어 하잖아. 나한테 그랬잖아."

"그건 절대 말하면 안 되는 거야!" 세바스티안이 말했어요. 얼굴이 빨개진 채로요. 니코는 라자르를 돌아봤어요. 손가락을 펴서 흔들고 있는 라자르를요.

"세바스티안이 너한테 비밀을 털어놨다면, 너는 그 비밀을 지켜야 해."

"잘못했어요, 할아버지."

"사과는 네 형한테 하려무나."

"미안해, 형."

세바스티안은 입술을 앙다물었어요.

"나랑 달리기 시합 할래?" 니코가 물었어요.

세바스티안의 얼굴에 미소가 번졌어요. 자신이 어린 동생보다 빠르다는 걸 알았거든요. 동생과 자신이 달리는 모습을 파니가 보리라는 것도 알았고요.

"시작!" 그렇게 외치고서 세바스티안은 냅다 전력 질주를 시작했어요.

니코는 형의 뒤를 쫓아가며 '잠깐!'을 외쳤지만 세바스티안은 이미 저 멀리 달려가며 웃고 있었고, 니코도 덩달아 웃음을 터뜨렸어요. 길모퉁이까지 간 세바스티안은 파니의 감탄 어린 눈길이 자신에게 향하기를 바랐어요. 그렇게 모퉁이를 도는 사이에 니코의 발소리가 들려왔어요.

세바스티안은 느닷없이 멈춰섰고, 그 바람에 뒤에서 달려오던 니코는 형을 들이받고 말았어요. 하마터면 형을 땅에 쓰러뜨릴 뻔했죠. 두 아이가 도착한 시너고그 입구에는 나치 군인 세 명이 어깨에 소총을 메고 서 있었어요. 군인들은 담배를 피우고 있었어요. 그중 한 명이 세바스티안의 탈리트를 알아봤어요.

"오늘은 교회가 문을 닫았다, 유대인." 군인이 말했어요.

세바스티안은 긴장해서 침을 꿀꺽 삼켰어요. 그러고는 뒷걸음으로 물러났어요. 시너고그에서 나오는 다른 독일인들을 보니 손에 상자를 들고 있었어요.

니코는 살금살금 앞으로 걸어나왔어요. "그치만 저희는 토요일마다 여기 오는데요."

군인은 금발 머리 아이를 미심쩍은 듯이 쳐다봤어요.

"너는 여기 무슨 일로 왔니, 꼬마야? 넌 저 녀석 같은 유대인 돼지가 아니잖아, 안 그래?"

니코는 세바스티안을 흘깃 봤어요. 니코의 형은 고개를 가로저었어요. 동생에게 아니라고 대답하라는 뜻이었죠.

"전 그리스인이자 유대인이에요." 니코가 대답했어요. "하지만 돼지는 아니에요."

"그럼 그 금발 머리는 어디서 난 건데?" 군인은 씩 웃었어요. "혹시 너희 엄마가 독일인을 좋아하니?"

"그래." 다른 군인이 맞장구를 쳤죠. "어쩌면 한 10년 전에 베를린에 다녀간 적이 있는지도 모르지."

군인들은 웃었지만 니코는 그들이 왜 웃는지 이해가 가지 않았어요. 그런데 뭐라고 대꾸하기도 전에, 누가 어깨에 양손을 얹는 느낌이 들었어요. 위를 올려다보니 할아버지가 보였죠.

"가자, 얘들아." 할아버지가 소곤소곤 말했어요.

라자르는 손자들을 데리고 길모퉁이를 돌아 걷다가 파니와 파니 아버지와 마주쳤어요. 두 사람이 귀 기울여 듣는 동안 라자르는 나지막한 목소리로 얘기했어요. 오늘 이 시간부로 시너고그는 살로니카의 다른 많은 것과 마찬가지로 더는 유대인들의 것이 아니라는 얘기였어요.

"할아버지, 우리 이제 집에 가는 거예요?" 니코가 물었어요.

"기도를 안 하고 갈 수는 없지."

"그치만 시너고그가 문을 닫은걸요."

"반드시 건물이 있어야 기도를 할 수 있는 건 아니란다."

그들 다섯 명은 부두 쪽으로 걸어갔어요. 바닷가를 따라 뻗어 있는 보도의 빈자리를 발견하고 나서 라자르는 기도서를 꺼내어 기도문을 외우기 시작했고, 다른 사람들은 기도문에 맞춰 그와 함께 몸을 앞뒤로 움직였죠. 파니는 남자애들 곁에 나란히 서 있었고 파니 아버지는 독일 군인들이 오지나 않는지 경계하며 주위를 살폈어요. 그들이 그렇게 기도를 올린 30분 동안 하늘 위에서는 새들이 쏜살같이 땅으로 내려앉았고, 호기심 많은 구경꾼들은 멍하니 이들을 바라봤어요.

"뭐라고 기도하면 좋을까요?" 니코가 소곤거리는 목소리로 물었을 때, 라자르는 눈을 꾹 감은 채 대답했어요. "세상의 모든 선함에 대해 주님께 감사드리렴."

그러고는 잠시 입을 다물었다가 덧붙였어요.

"그리고 이 전쟁이 끝나게 해주십사 기도하자꾸나."

......그다음엔
당신의 집을
빼앗아 갈 거예요

열한 살이 될 때까지 니코가 아는 집은 한 곳뿐이었어요. 클레이소라스가 3번지의 2층 연립주택이었는데, 회칠한 벽과 나무 문이 있고 창문마다 갈색 덧문이 달린 집이었죠. 집 앞에는 심은 지 오래된 아까시나무가 서 있었어요. 봄철이 되면 하얀 꽃이 잎을 뒤덮었죠.

집 아래층에는 부엌과 식사 공간, 방 두 칸이 있었고 니코의 조부모님이 사는 위층에도 방이 두 칸 있었어요. 널따란 창문에서는 거리 쪽이 내다보였고요. 담배 사업이 번창한 덕분에 레브는 열심히 일해 모은 돈으로 안락한 소파와 커다란 괘종시계를 사서 집을 멋지게 꾸몄어요. 몇 해 전에는 새 도자기 접시 세트를 사서 아내 타나에게 선물했고, 타나는 그 접시들을 나무 장식장에 자랑스레 진열해뒀어요.

그 집은 시내 중심가에서 가까운 살기 좋은 동네에 있었어요.

라다디카 올리브유 시장도 가까웠고, 크리스트교 교회와 이슬람교 모스크, 유대교 시너고그가 모두 몇 블록 안에 있었죠. 살로니카는 수십 년 전부터 유대교도와 크리스트교도와 이슬람교도가 다 함께 조화롭게 어울려 사는 도시였어요. 금요일과 토요일, 일요일까지 일주일 중 무려 사흘을 종교 공휴일로 정할 정도로요.

하지만 인류와 조화는 오랫동안 함께하기는 힘든 사이예요. 반드시 무슨 사건이 일어나게 마련이거든요.

그래서 우리는 1943년 2월 28일,
비 오는 일요일로 거슬러 올라갈 거예요.

일요일 아침, 아이들 한 무리가 커다란 자루를 들고 니코네 집에 찾아왔어요. '늑대'가 통치하기 시작한 후로 살로니카의 유대인들은 학교에 다니는 것도, 대중교통을 이용하는 것도 금지된 상황이었어요. 소유한 재산은 빠짐없이 신고해야 했는데 거기에는 반려동물도 포함됐죠. 라디오는 모조리 압수당했어요. 심지어 식량까지 내놓아야 했어요. 밀가루와 버터, 치즈, 기름, 올리브, 과일, 테르마이코스만에서 잡은 물고기까지, 독일인들이 전쟁 물자로 쓰려고 죄다 가져가버렸어요. 유대인 남성들은 집에서 끌려나와 먼 곳으로 징용되어 땡볕 아래서 오랜 시간 동안 강제로 노동하는 신세가 됐어요. 그런 곳에서 죽지 않고 살아남은 사람들은 살로니카의 유대인 공동체가 독일에 일시 석방의 대가로 무려 20억 드라크마를 지불하고 나서야 비로소 고향에 돌아왔어요.

이런 식의 대우에 저항하려면 위험을 무릅써야만 했어요. 살로니카의 일상생활은 사실상 모든 면에서 독일군의 통제를 받았거든요. 그들은 유대계 신문을 폐간했어요. 유대인들의 도서관도 파괴했고요. 유대계 시민 모두에게 옷에다 노란색 별을 달라고 강요하기도 했어요. 독일군은 심지어 라자르와 아이들이 몇 달 전 성묘하러 갔던 유서 깊은 유대인 공동묘지를 약탈하기까지 했는데, 놀랍게도 지방 정부의 허가를 받고 한 짓이었어요. 그들은 시신과 함께 묻혔을 금니를 찾으려고 30만 기나 되는 무덤을 파헤치고 유골을 헤집어놨어요. 유대인 유족들이 가족의 유골 더미 사이에서 통곡하는 동안에요. 인간이 다른 인간을 그토록 무시하는 행위를 있는 그대로 묘사하는 말이 있다면, 저는 그 말을 여러분께 알려드리고 싶어요. 하지만 그런 말은 존재하지 않죠. 나치는 심지어 유대인들의 묘비마저 건축 자재로 팔아치웠는데, 어떤 묘비는 보도블록이 되거나 교회의 벽에 쓰이기도 했어요.

하지만 유대인 공동체가 겪은 가장 뼈아픈 타격은 아마도 아이들의 학교가 폐쇄당한 일이었을 거예요. '배움을 멈추면 우리에게는 미래가 없는데…….' 노인들은 탄식했어요. 그래서 남몰래 서로의 집에서 학교를 열었죠. 그들은 나치의 의심을 피하려고 장소를 옮겨가며 수업을 이어갔어요.

이날 아침은 크리스피스 씨네 집에서 수업이 열릴 차례였어요. 아이들이 들고 온 자루 속에는 책이 가득했고, 이제 그 책들이 부엌 테이블 위에 펼쳐져 있었어요. 레브는 학생들에게 앉을 자리를 안내했어요. 그러고는 아들들을 불렀죠. "니코! 세바스티안!"

그 순간 니코는 집에서 가장 좋아하는 비밀 장소에 숨어 있었어요. 할아버지와 할머니가 지내는 2층으로 올라가는 계단 아래의 좁다란 공간이었죠. 문손잡이도 없는 벽장이었어요. 손으로 문을 들어올려야 안으로 들어갈 수 있었어요. 니코는 자주 그 안에 틀어박혀 팔로 무릎을 끌어안고 쪼그려 앉은 채 바깥세상의 분주한 소음에 귀를 기울였어요. 부엌에서 어머니가 칼질하는 소리, 고모들이 수다를 떠는 소리, 할아버지와 아버지가 담배 공장 노동자들의 임금을 놓고 토론하는 소리 같은 것들에요. 캄캄한 벽장 안에 몸을 옹송그리고 있으면 안전한 느낌이 들었어요. 그렇게 니코는 어머니가 '니코! 저녁 먹자!'라며 부르는 소리가 들릴 때까지 기다리곤 했어요. 가끔은 조금 더 기다릴 때도 있었어요. 그저 자기 이름이 두 번 불리는 걸 듣고 싶어서요.

한편 세바스티안은 부모님 방의 거울 앞에서 매무새를 가다듬는 중이었어요. 파니가 다른 아이들과 함께 집에 오리란 걸 알았기 때문에, 세바스티안은 멜빵을 고쳐 메고 검은 머리를 이쪽저쪽으로 빗어넘기기도 하면서 외모를 더 돋보이게 꾸밀 방법을 궁리했어요.

세바스티안은 난데없이 들려온 쾅 하는 문소리와 쿵쿵대는 발소리 때문에 몸단장을 그만둘 수밖에 없었어요. 낯선 남자들의 목소리가 들려왔어요. 어머니의 고함 소리도 들려왔고요. 문을 열어보니 단박에 눈에 띄는 검정색과 갈색 제복 차림의 독일군인들이 가구를 들어 나르고, 커다란 목소리로 알아듣지 못할 언어를 외치며 지시를 내리는 중이었어요. 군인들과 함께 집에 들어온 콧수염을 기른 남자가 고함 소리 같은 독일어 지시 내용을 라디노어로 통역해줬어요. 세바스티안은 그 남자가 유대인 경찰대 소속인 핀토 씨인 걸 알아봤어요.

"짐을 챙겨! 5분 남았다! 5분 안에 출발해야 돼!"

그다음에 이어진 것은 혼란과 공포가 빚은 불협화음이었고, 그 화음의 음표는 앞뒤가 안 맞는 짧은 문장들이었어요.

"우리 어디로 가는 거예요?"

"5분!"

"타나, 손에 잡히는 대로 뭐든 다 챙겨!"

"얘들아, 다들 지금 당장 집으로 돌아가!"

"5분 남았다!"

"니코는 어디 있어?"

"세바스티안!"

"우리 어디 가는 거예요?"

"4분!"

"니코!"

"빵! 빵부터 챙겨!"

"여보, 당신 현금 가진 거 있어?"

"쌍둥이가 신을 신발도!"

"세바스티안, 가서 네 동생을 찾아봐!"

"걔 집에 없어요, 아빠!"

"3분!"

"레브, 이건 내 힘으로는 못 들겠어!"

"우리 지금 어디 가는 거예요?"

"조리 도구도 좀 챙겨야 해!"

"2분!"

"우리 어디로 가는 거냐고요!"

그들 가족은 자신들도 모르는 새에 바깥의 보도에 서서 머리에 보슬비를 맞고 있었어요. 레브는 커다란 여행 가방과 손가방을 들고 있었죠. 세바스티안은 겨드랑이에 옷가지를 끼고 있었고요. 타나는 쌍둥이 딸의 손을 한 손에 하나씩 잡고 독일군 장교들에게 애원했어요.

"우리 아들 말이에요!" 타나가 외쳤어요. "아들이 하나 더 있어요! 그 애를 찾아야 돼요!"

독일군 장교들은 눈도 깜박하지 않았어요. 거리 이곳저곳의 집에서 다른 유대인 가족들이 쫓겨나는 중이었어요. 그들은 집 현관 계단 앞에 다 함께 웅크리고 앉아 마치 불이 나서 대피한 사람들처럼 자기 소지품을 꼭 끌어안고 있었어요. 다만 불은 어디에도 나지 않고 그저 나치 군인들이 담배를 피우고 있을 뿐이었죠. 몇몇 군인은 이 아비규환을 보고 즐거워하며 킬킬 웃었어요. 몽둥이와 소총을 쳐들고 유대인들을 에그나티아가 쪽 방향으로 내몰면서요.

"출발!" 독일 군인 한 명이 크리스피스 씨네 가족을 향해 소리쳤어요. 타나는 울부짖었어요. "니코!" 군인이 다시 외쳤어요. "출발!" 그러자 레브가 악을 썼어요. "제발요! 우리 아들 좀 찾게 해주세요!" 다른 군인이 소총으로 레브의 가슴을 내리찍어 보도 위로 쓰러뜨렸어요.

세바스티안은 아버지를 구하려고 뛰어나갔지만, 타나가 붙잡아 한쪽으로 이끌었어요. 레브가 비틀비틀 일어서는 사이에 세바스티안은 이제 남겨 두고 떠나야 하는 가족의 집을 돌아봤어요. 그때 2층 창문 안쪽에서 뭔가 반짝하고 움직이는 것이 보였어요. 커튼이 열렸어요. 그 틈새로 두 사람의 얼굴이 빼꼼히 바깥을 내다봤어요. 니코와 파니였어요.

세바스티안은 온몸이 부르르 떨렸어요. 살아 있는 동생을 봤으니 당연히 기뻐해야 했어요. 어머니에게 '니코는 무사해요! 저 안에 있어요!'라고 외쳐야 했죠. 마음 한구석으로는 그러고 싶었어요. 하지만 마음의 다른 한구석은 소리 없는 분노 때문에 부들부들 떨렸어요. 그 한구석에는 만약 파니를 지키는 사람이 있다면 바로 세바스티안 자신이어야 한다는 생각이 도사리고 있었거든요.

그래서 세바스티안은 아무 말도 하지 않았어요. 그리고 그 한순간의 침묵으로 세바스티안은 동생의 삶을 영영 바꿔버렸어요.

때로는 우리가 말하지 않은 진실이 가장 큰 메아리를 남기기도 한답니다.

°✳

유대인들은 마치 떠돌이 무리처럼 소지품을 손에 들고 줄지어 거리를 걸어갔어요. 알카자르 극장 앞을 지나서, 비엔나 호텔 앞을 지나서, 에그나티아가의 여러 가게와 아파트 앞을 지나서 계속 걸었어요. 주민들은 집 발코니에 나와 그 광경을 구경했죠. 레브가 고개를 들어보니 몇몇 주민은 신이 나서 환호하거나 비꼬듯이 손을 흔들어 작별 인사를 하는 시늉을 했어요. 레브는 그만 눈을 돌리고 말았어요.

바르다리스 광장에 도착한 유대인들은 바다 쪽을 향해 걷다가 기차역 옆의 황폐한 동네로 들어섰어요. 바론 히르슈 구역으로 알려진 이 동네는 1917년 대화재가 일어난 후에 노숙인들을 수용하려고 마련한 곳이었어요. 건물은 대부분 낡아빠진 단층집이나 판잣집이었죠.

독일 군인들은 사나운 목소리로 여러 집안의 성씨를 외쳤어요. 무슨 수를 썼는지 그들은 살로니카의 모든 유대인이 기록된 명단을 손에 넣었는데 거기에는 유대인 가구의 구성원 수와 그들의 성별, 나이, 체격 같은 세부 정보가 담겨 있었어요. 끌려온 당사자들로서는 어안이 벙벙할 뿐이었죠. 각 가구는 이 건물 또는 저 건물에 들어가라는 명령을 받았어요.

"너희는 앞으로 더 많은 지시를 받을 것이다!" 나치 친위대 장교가 소리쳤어요. "이곳을 벗어날 생각은 버려라. 그러지 않으면 대가를 치를 것이다!"

이날 밤 크리스피스 가족은 자신들의 새 '집'에서 잠들었어요. 욕실도, 침대도, 부엌 개수대도 없는 지저분한 단층 아파트였죠. 그 공간에서 다른 두 가족, 모두 합쳐 열네 명이나 되는 사람이 함께 지냈어요. 급히 싸서 가져온 짐이 벽에 기대어 쌓여 있었죠. 이날 아침까지 그들이 알던 삶에서 남은 거라곤 고작 그게 다였어요.

타나는 전에 살던 집의 부엌이나 침실, 아끼는 접시를 올려놓던 장식장 따위는 없어지든 말든 아랑곳하지 않았어요. 다만 잃어버린 아들을 생각하니 울음이 멈추질 않았죠. "레브, 니코를 찾아야 해! 그 애를 저 바깥에 혼자 둘 순 없어!"

그래서 레브는 거리를 샅샅이 뒤지며 돌아다녔지만, 알아낸 거라고는 바론 히르슈 구역이 판자벽과 가시철조망으로 둘러싸였다는 사실뿐이었어요. 그러던 중에 담배 판매업을 할 때 알고 지낸 땅딸막하고 턱수염을 기른 상인이 눈에 띄었어요. 이름이 요세프인 그 남자는 무슨 수학 문제를 푸는 사람처럼 골똘한 표정으로 장벽을 물끄러미 바라보고 있었어요.

"여기서 나가려면 어떻게 해야 하지?" 레브가 물었어요.

요세프는 그를 돌아봤어요.

"아직 못 들었어? 독일군은 저 바깥에 나가려고 하는 유대인은 발견하는 즉시 총살한다고 했어."

우도,
숙소를 정하다

클레이소라스가에 저녁 땅거미가 드리우자 공기가 싸늘해졌고, 비도 싸라기눈으로 바뀌었어요. 이제 빈집이 된 크리스피스 씨네 연립주택 앞에 트럭 한 대가 멈추더니 우도 그라프가 차에서 내렸어요. 그는 먼저 병사에게 자기 여행 가방을 가져오라고 지시했어요. 뒤이어 아까시나무 앞에 서서 새순이 돋은 하얀 잎사귀 아래쪽을 손끝으로 훑었어요. 그런 다음 1층으로 이어지는 계단을 올라갔고, 그러는 동안 통역인 핀토는 그가 지나가도록 문을 열어 손으로 잡고 서 있었어요.

우도는 집 안을 둘러봤어요. 그는 시내 중심가와 그 근처의 나치 본부에서 가까운 곳에 숙소를 마련하고 싶었어요. 이 집 정도면 훌륭해 보였죠.

"제일 넓은 방이 어딘지 보고 내 짐을 그 방에다 갖다놔." 우도는 핀토에게 지시했어요. 그는 크리스피스 가족의 집이 자기 것이라고 선포했어요. 다른 독일군 장교들이 탐나는 유대인 소유 주택을 모조리 자기네 것이라고 선포한 것처럼 말이에요. 그들은 집 안의 물건들까지 모조리 빼앗았죠. 유대인 주택의 옷장에서 발견한 양복을 자기들 마음대로 꺼내어 입는가 하면, 멋진 드레스는 고향에 있는 아내에게 부치기까지 했어요.

우도가 보기에 그런 행위는 전혀 잘못이 아니었어요. 오히려 정반대였죠. 재산을 고분고분하게 내놓는 유대인들이 우도에게는 정말이지 한심해 보였어요. 꼭 살던 구멍에서 쫓겨나는 쥐 떼를 보는 기분이 들 정도였죠. 우도에게는 그들의 그런 모습이 곧 애초에 그런 재산을 가질 자격이 없다는 증거였어요.

우도는 소파에 털썩 앉아 몸을 몇 번 튕겨봤어요. 어차피 이 나라에 처박혀 있어야 할 처지라면, 적어도 저녁에 집에 돌아왔을 때 앉을 소파는 푹신했으면 했거든요. 그는 '늑대'에게서 막중한 임무를 부여받아 기뻤어요. 무려 5만 명이나 되는 살로니카의 유대인 공동체를 통째로 추방하는 임무였죠. 하지만 마음속에는 고향과 조국의 서늘한 하늘에 더 가까운 곳으로 발령받았으면 하는 소망을 남몰래 품고 있었어요. 그는 그리스라는 나라가 도무지 마음에 들지 않았거든요. 그리스의 무더운 여름도, 시끄러운 사람들도 질색이었죠. 그들이 쓰는 다양한 언어는 도무지 알아들을 수가 없었어요. 음식도 낯설고 느끼했고요.

푹신한 쿠션 속으로 몸이 스르르 내려앉는 동안, 우도는 이날 아침까지도 이 집에 살던 가족의 흔적을 힐긋 봤어요. 한쪽 구석에 떨어진 장난감 몇 개, 낡은 초록색 식탁보, 장식장에 진열된 도자기 접시, 액자에 들어 있는 결혼식 가족사진……

"지금 몇 시지, 핀토?" 우도가 물었어요.

"8시가 막 지났습니다, 대위님."

"이 집에 브랜디가 있는지 한번 찾아봐. 아니면 위스키나."

"예, 대위님."

우도는 소파에 등을 기대고 군복 주머니에서 조그만 수첩을 꺼냈어요. 매일 밤 그날 하루 이룬 일들과 생각한 것들, 동조자들의 이름 따위를 적어두는 수첩이었어요. 늑대의 이야기를 책으로 읽고 나서 그는 언젠가 자신의 삶을 기록할 날도 올지 모른다는 생각이 들었어요. 그렇게 되면 세부 사항이 정확하게 기록되기를 바랐죠.

수첩에 글을 적다 보니 허벅지가 권총에 눌리는 느낌이 들었어요. 어제 이후로 총을 쏘지 않았다는 생각이 그제야 떠올랐죠. '훌륭한 군인은 적어도 하루에 한 번은 사격을 해야 해.' 언젠가 선임 장교에게서 들은 말이었어요. '하루에 한 번씩 화장실에 가서 볼일을 보는 것과 같은 이치지.'

그래서 우도는 루거 권총을 총집에서 뽑아 눈높이로 들고 손을 가로로 천천히 움직이며 표적을 물색했어요. 그러다가 사진 액자에서 손을 멈췄죠. 방아쇠를 당겨 총을 쏘자 액자가 테이블 위에서 허공으로 날아갔어요. 유리가 박살 난 액자는 공중에서 빙글빙글 돌다가 바닥에 떨어졌죠.

그 순간 쿵 하는 소리가 들려왔어요. 호기심이 동한 우도는 벌떡 일어나 계단 쪽으로 갔어요. 좁다란 벽장의 문 틈새가 보여 그 사이에 손톱을 끼워 넣었어요. 그 문을 당겨 열고 안을 들여다보니 금방이라도 튀어나올 것 같은 파란 눈을 부릅뜬 금발 머리 남자애가 안에서 그를 마주 보고 있었어요.

"이런, 세상에." 우도는 니코에게 물었어요. "넌 대체 누구냐?"

——— 인정받고 싶은 마음 ———

여러분이 스스로에게 하는 거짓말 가운데 가장 흔한 거짓말은 아마도 이것일 거예요. '이렇게만 하면, 또는 저렇게만 하면 남들이 나를 인정해줄 거야.' 그리고 그 거짓말은 여러분이 학교 친구나 이웃, 동료, 연인에게 하는 행동에 영향을 미치죠. 인간은 남에게서 호감을 사려고 굉장히 애쓰게 마련이거든요. 인간이란 저로서는 이해하기 힘들 만큼 애정에 굶주린 존재예요.

여기서는 딱 이 말만 할게요. 그런 노력은 헛수고로 끝나는 경우가 잦아요. 진실은(아, 제 입으로 제 이름을 말하고 있네요) 사람들이 남에게 잘 보이려고 하는 행동을 결국에는 꿰뚫어본다는 말이에요. 이를 때도 있고 늦을 때도 있지만, 결국에는 다 꿰뚫어본답니다.

우도 그라프에게 잘 보이려고 애쓴 남자는 야키 핀토라는 유대인 부두 노동자였어요. 거의 한평생을 남들에게 인정받으려고 전전긍긍하며 살아온 사람이었죠. 콧수염을 길렀고 체격은 갈대처럼 깡말랐으며 쉰세 살이 되도록 평생 독신이었던 핀토는 살로니카 동쪽 끄트머리의 변두리에 살며 매일 아침 한 시간이나 걸어서 부두로 출근했어요. 친구는 없다시피 했고 학교도 거의 다니지 못했죠. 그는 말을 더듬는 버릇이 있었어요. 제2차 세계대전이 일어나기 전까지 그의 삶에는 일터인 배와 즐겨 피우는 필터 달린 담배 말고는 사실상 아무것도 없었어요.

하지만 핀토의 할머니는 독일의 함부르크 출신이었어요. 핀토는 어렸을 때 할머니와 함께 살면서 할머니에게 독일어를 배웠죠.

살로니카에 진군한 나치는 '유덴라트'라는 기관을 만들었어요. 말 자체의 뜻은 '유대인 평의회'였지만, 왜곡된 언어의 힘이 얼마나 강력한지는 제가 앞에서 이미 말했을 거예요. 그건 그저 유대인들이 자기네 운명을 스스로 결정하는 것처럼 보이게 하려는 속임수일 뿐 평의회 같은 건 만들어진 적도 없어요. 유덴라트에 가입한 사람은 독일군의 명령을 실행할 임무를 부여받았는데 이는 유덴라트의 지휘를 받는 유대인 '경찰'도 마찬가지였어요. 일부 유대인 경찰은 나치가 저지르는 가혹한 모욕 행위를 막으려 애썼지만, 이들을 제외한 대부분은 같은 유대인들 사이에서도 신뢰할 수 없는 적의 끄나풀로 여겨졌어요.

핀토는 유덴라트가 만들어지자 곧바로 가입했고 우도 그라프는 그런 핀토의 독일어 실력이 써먹을 만하다고 판단했어요. 핀토는 이곳의 유대계 그리스인들이 사용하는 낯선 언어를 통역할 수 있었거든요.

"너의 임무는 간단해." 우도는 핀토에게 말했어요. "내가 하는 말을 통역하고, 유대인들이 하는 말을 나에게 정확히 전달하는 거야. 거짓말은 안 돼. 원뜻에서 벗어나도 안 되고."

핀토는 그 조건을 받아들였어요. 나치의 직인이 찍힌 공식 임명장을 받았을 때는 빙그레 웃기도 했죠. 그는 적의 편에서 일하면 적의 분노로부터 자신을 지킬 수 있을 거라 믿었어요.

바보 같은 생각이죠. 양이 늑대와 나란히 걷는다고 해서 늑대에게서 보호받을 수 있겠어요?

°✳

"이 애 이름은 니코인데, 사람들은 '히오니'라고 부릅니다." 핀토가 말했어요. 그러는 동안 아이는 거실 벽을 등지고 서서 불안한 듯 자기 옷자락을 아래로 잡아당겼죠.

"히오니가 무슨 뜻인데?" 우도가 물었어요.

"'눈'이라는 뜻입니다."

"왜 하필 눈이지?"

"왜냐면……." 핀토는 '순수함'을 뜻하는 독일어 낱말이 떠오르지 않아 말을 더듬었어요. "왜냐면 이 애는 거짓말을 안 하거든요."

"거짓말을 안 한다고?" 우도는 문득 흥미가 동했어요. 그래서 니코 쪽을 돌아봤죠. "어디 대답해봐라, 거짓말을 안 하는 꼬마야. 우리 전에 만난 적이 있던가?"

핀토는 그 말을 통역해줬어요. 니코가 대답했어요.

"전에 광장에서 한 번 본 적이 있어요. 그때는 트럭에 타고 계셨죠."

우도는 기억이 떠올랐어요. 자신을 보며 윙크하려고 했던 그 애였어요.

"너 몇 살이지?"

"열한 살이요. 곧 열두 살이 돼요."

"거짓말을 왜 안 하는데?"

"할아버지가 거짓말은 죄악이라고 하셨어요."

"그래." 우도는 잠시 말이 없었어요. "대답해봐라, 니코. 넌 유대인이냐?"

"예."

"하느님이 있다고 믿니?"

"예."

"시너고그에 가서 기도도 하고?"

"지금은 못 해요. 누가 빼앗아 갔거든요."

그 말에 우도는 씩 웃었어요.

"하지만 그 전에는 어때, 니코. 시너고그에 다녔니?"

"전에는 토요일마다 갔어요." 니코는 콧물을 닦고 나서 계속 대답했어요. "그리고 유월절(이집트에서 탈출한 이스라엘 민족의 역사를 기념하는 유대교 축제일—옮긴이) 질문도 제가 했어요. 저한텐 어린 여동생들이 있는데도요. 그건 원래 집안에서 가장 어린 아이가 맡는 일이지만, 제 동생들은 아직 말을 못하거든요. 그래서 제가 했어요(유대인들은 유월절에 집안의 가장 어린 아이에게 성서와 유대 경전에 관한 질문을 하도록 시키는 풍습이 있다—옮긴이)."

우도는 아이의 얼굴을 가만히 살펴봤어요. 파란 눈 한 쌍이 절묘한 간격을 두고 자리 잡고 있었어요. 이는 가지런하고 뺨은 보드라워 보였고 턱은 갸름했으며, 머리는 금발에 코는 아무리

봐도 유대인에게 흔한 매부리코와 조금도 닮지 않은 생김새였어요. 만약 아이가 자기 핏줄을 솔직하게 밝히지 않았다면 우도는 이 아이를 아리아인 소년의 훌륭한 본보기로 여겼을지도 몰라요.

우도는 아이를 더 시험해보기로 했어요.

"계단 밑 벽장에는 왜 숨어 있었지?"

"시끄러운 소리가 엄청 많이 나서요. 다들 겁먹은 목소리로 말하기도 했고요. 그래서 그 안에 계속 있었어요."

"너 혼자 숨어 있었니?"

"아니요."

우도는 눈이 동그래졌어요. "또 누가 너랑 같이 있었지?"

"파니요."

"파니가 누군데?"

"저랑 같은 반 아이예요. 저희 형이 그 앨 좋아해요. 형은 그 애한테 키스하고 싶대요."

우도는 웃음을 터뜨렸어요. 핀토도 덩달아 웃었어요.

"그래서 파니는 지금 어디 있는데?"

"그 애는 집에 갔어요."

우도는 소파에서 일어섰어요.

"니코, 너 내가 누군 줄 아니?"

"아니요. 그치만 검은 코트를 입으셨네요. 엄마가 그러는데 검은 코트를 입은 남자들한테는 가까이 가면 안 된댔어요."

"어째서?"

"저도 몰라요. 그냥 엄마가 그렇게 말했어요."

우도는 턱을 긁적거렸어요. 아이 목소리에서 아이 어머니의 두려움이 느껴졌거든요.

"이제 저희 식구들한테 가도 돼요?" 니코가 물었어요.

우도는 창가로 걸어갔어요. 그러고는 커튼을 당겨 열었죠. 가로등 불빛 아래 클레이소라스가를 살포시 덮은 눈이 보였어요.

'눈이라.' 우도는 속으로 생각했어요. '이곳의 유대인들은 이 애를 눈이라고 부른다고 했지.' 이건 일종의 징조일까요? 우도는 징조를 믿는 사람이었어요. 이 집으로 이사 와서 이 아이를 발견하고 어떤 목적에 이용하는 것은 어쩌면 그의 운명인지도 몰랐어요.

"나한테 생각이 하나 있단다, 니코. 잘하면 넌 가족에게 영웅이 될 수도 있어. 내 말대로 한번 해볼래?"

니코는 울음을 터뜨렸어요. 우도를 만나면서 느끼기 시작한 압박감이 갈수록 더 버거워졌거든요. 아빠가 보고 싶었어요. 엄마도 보고 싶었고요. 바깥은 이미 캄캄했어요.

"저희 식구들이 다시 집으로 돌아올 수 있을까요?" 니코가 물었어요.

"내 말 잘 들으렴." 우도는 쩝쩝대며 입맛을 다시고 말을 이었어요. "내가 시키는 대로 하면 너희 가족은 다시 다 함께 모일 수 있어."

우도가 고개를 숙이자 니코의 눈에서 한 뼘도 안 떨어진 곳까지 턱이 내려왔어요.

"자, 이제 나를 도와줄 거냐?"

니코는 자신도 모르게 침을 꿀꺽 삼켰어요. 파니가 집에 도착했을지도 궁금했어요. 차라리 아까 파니와 함께 갈걸 하는 생각도 들었어요.

잠깐만요. 그런데 파니는 어떻게 됐을까요?

우리가 마지막으로 본 파니는 니코와 나란히 창문 커튼 사이로 바깥을 내다보는 중이었어요. 그런데 파니는 거기서 뭘 하고 있었을까요?

그래요. 어린애는 어디까지나 어린애라는 걸 명심해야 해요. 그래서 설령 더없이 급박한 상황에 처한다 해도 순간순간 자기 나이에 딱 맞게 행동한다는 것도요.

열두 살인 파니는 나이에 걸맞게 남자애들에 관해, 남자애들의 외모에 관해, 또 자신을 보는 남자애들의 눈빛에 관해 자주 생각하곤 했어요. 특히 니코라는 남자애 생각을 많이 했죠. 앞서 말했듯이 반에서 파니 바로 앞자리에 앉는 그 남자애 말이에요. 나이가 더 많은 남자애들 몇몇은 여드름과 인중에 새로 돋은 털 때문에 우락부락해 보였지만 니코는 그 애들과 달랐어요. 니코는 거의…… 예쁘다고 할 만한 아이였죠. 수업 시간에 파니는 니코의 뒷모습을 물끄러미 보곤 했어요. 하얀 셔츠 목깃 바로 위까지 내려오는 숱 많은 금발 머리, 등교해서 자리에 막 앉았을 때 보면 이따금 물기에 젖어 있곤 했던 그 머리를요. 손을 뻗어 그 뒷머리를 쓰다듬는 상상을 할 때도 있었어요.

파니가 다른 학생들과 함께 크리스피스 씨 댁에 갔던 날, 아무리 찾아봐도 니코의 모습이 보이지 않았어요. 그러다 계단 쪽으로 간 파니는 살짝 열려 있는 벽장문을 발견했죠. 안에서 밖을 빼꼼히 내다보는 니코가 눈에 들어왔어요. 니코는 빙그레 웃고는 문을 다시 당겨서 닫아버렸어요. 파니는 그 문을 두드렸죠.

"그 안에서 뭐 해?"

니코는 벽장문을 살며시 열었어요.

"여긴 내가 가끔 숨는 곳이야."

"좀 봐도 돼?"

"되게 캄캄한데."

"괜찮아. 그래도 보고 싶어."

"좋아."

니코는 파니가 안으로 기어 들어오게 비켜줬어요. 안에 들어온 파니는 등 뒤의 문을 닫았어요. 니코 말이 옳았어요. 벽장 안은 캄캄했고 움직일 공간도 별로 없었어요. 니코와 그렇게 가까이 있는데도 얼굴조차 보이지 않다니, 우습다는 생각이 들었어요. 조금은 어지럽고 조금은 후텁지근했지만 그래도 기분은 좋았어요.

"여기 얼마나 오래 있는 거야?" 파니는 나직이 물었어요.

"그때그때 달라." 니코도 소곤거리듯 대답했어요. "난 가끔 바깥에 있는 사람들이 하는 말을 여기서 듣곤 해."

"그건 염탐 아니야?"

"글쎄. 그럴지도. 네가 보기엔 그러면 안 될 것 같아?"

파니는 어둠 속에서 빙긋 웃었어요. 니코가 자신의 의견을 물어서 기뻤거든요. "내 생각엔 괜찮을 것 같아. 따로 목적이 있는 게 아니라면 염탐이 아니니까."

파니의 귀에 다른 아이들이 얘기를 나누는 소리와 의자를 당기는 소리가 들려왔어요. 수업을 시작한다며 출석을 부르는 소리가 금방이라도 들려올 게 뻔했어요. 파니는 니코에게 한 가지 질문을 할 때까지 선생님이 자신의 이름을 부르지 않으면 좋겠다고 생각했어요. 파니는 한동안 그 질문을 머릿속으로 연습했어요. 바로 이 질문이었죠. '니코, 너 나 좋아하니?'

하지만 파니는 끝내 물어보지 못했어요. 바깥에서 요란한 소리가 나더니, 뒤이어 육중한 발소리와 독일어로 명령을 내리는 커다란 목소리와 물건을 이리저리 옮기는 소리가 들려왔거든요. 겁에 질린 파니는 어둠 속에서 니코의 팔을 발견하고 손을 아래로 뻗어 니코의 손목과 손가락을 잡았어요.

바깥에서는 갖가지 물건을 바닥 위로 질질 끄는 소리가 들려왔어요. 문이 열리는 소리도 났어요. 문이 닫히는 소리도요. 니코 어머니가 니코를 목청껏 부르는 소리가 들렸지만 두 아이 모두 너무 무서워서 꼼짝도 못했어요.

"우리 어떡하지?" 파니가 소곤소곤 물었어요.

"우리 아빠는 독일군이 오면 숨으랬어." 니코가 대답했어요.

"그럼 여기 계속 있어야 해?"

"그래야 할 것 같아."

파니는 무릎이 덜덜 떨리는 느낌이 들었어요. 그래서 니코의 손을 꼭 잡았어요. 둘은 그렇게 몇 분 동안 가만히 있었어요. 마침내 바깥의 시끄러운 소리가 멈췄을 때, 니코는 벽장문을 살며시 열었어요. 집은 휑하니 비어 있었어요. 창가로 살금살금 걸어가 커튼을 걷고 아래를 내려다 본 두 아이는 군인들에게 둘러싸인 니코네 가족을 목격했어요. 니코는 커튼을 닫고 파니와 함께 허겁지겁 벽장으로 돌아갔어요.

파니는 울고 있었어요. 손바닥으로 눈물을 닦으면서요.

"난 무서워 죽겠어." 파니가 나직이 말했어요.

"무서워할 것 없어." 니코가 말했어요. "우리 아빤 엄청 강하거든. 전쟁에서도 이겼어. 아빠가 우릴 데리러 돌아오실 거야."

"네 손 다시 잡아도 돼?"

"그래."

두 아이는 어둠 속을 더듬거리다가 마침내 손을 잡았어요.

"손이 축축해서 미안해." 파니가 말했어요.

"괜찮아."

"네 생각엔 사람들이 어디로 간 것 같아?"

"모르겠어. 아마 질문에 대답해야 집에 보내주는 곳으로 데려간 것 같아."

"난 독일군이 싫어. 넌 안 그래?"

"다른 사람을 미워하면 안 돼."

"독일군은 미워해도 돼. 그 사람들은 달라."

"우린 다른 사람을 좋아해야 해."

파니는 한숨이 나왔어요. 당장은 질문 같은 걸 할 때가 아니었지만, 그래도 이것저것 묻다 보면 덜 무서운 느낌이 들었죠.

"니코."

"왜?"

"너 나 좋아하니?"

니코는 잠시 대답이 없었어요. 파니는 긴장해서 목이 꽉 막힌 것만 같았어요.

"응, 난 널 좋아해, 파니." 니코는 조그맣게 속삭였어요.

✳

한 시간 후, 두 아이는 벽장문을 살짝 열었어요. 집에는 여전히 인기척이 없었지만 이제는 바깥의 거리도 마찬가지였어요. 니코는 옷장에 가서 형의 비옷을 꺼내어 파니에게 건넸어요.

"이걸 머리에 쓰면 사람들이 네가 누군지 모를 거야." 니코가 말했어요.

"알았어."

"넌 이제 어디로 갈 거야?"

"우리 아빠 가게에 가보려고. 아빠는 거기 계실 거야. 평소엔 언제나 가게를 지키고 계시니까."

"좋아."

"만약 아빠가 안 계시면, 여기로 돌아와도 돼?"

"응."

"고마워, 니코."

그러다가 갑자기, 미처 생각할 겨를도 없이 파니가 앞으로 휘청 움직이더니 니코의 목을 두 팔로 감싸고 니코와 뺨을 맞댔어요. 그러고는 입술로 니코의 볼을 쓸어내렸는데 아주 짧은 순간 동안 서로의 입술이 맞닿았어요.

"안녕." 파니가 중얼거렸어요.

니코는 눈만 깜박거렸죠.

"안녕." 곧 니코도 조그마한 목소리로 중얼거렸어요.

파니는 문을 열고 살며시 거리로 나섰어요.

°*

파니 아버지의 약국은 에그나티아가를 따라 서쪽으로 1킬로미터 조금 더 간 곳에 있었어요. 파니는 니코가 준 비옷을 걸쳤는데, 가녀린 체격에 비해 너무 커서 헐렁했죠. 파니는 옷깃을 귀까지 바짝 세웠어요.

젖은 포석 보도를 따라 걸어가며 파니는 아까 했던 키스를 떠올렸어요. 그건 분명 키스였어요. 그렇지 않나요? 파니는 이때껏 남자애와 키스해본 적이 없었는데 말이에요. 니코가 먼저 다가왔더라면 더 좋았겠지만 그래도 키스는 어디까지나 키스였고, 그 애도 거부하기는커녕 심지어 좋아하는 것처럼 보였다는 사실 때문에 파니는 머릿속이 어질어질했어요. 벌써부터 니코를 언제 다시 만나러 갈지 생각하는 중이었죠.

그 생각 덕분에 파니는 발걸음이 가벼워졌고, 약국까지 가는 동안 내내 그렇게 가벼운 걸음을 유지했어요. 길모퉁이를 돌아 얼어붙은 사람처럼 우뚝 멈춰서기 직전까지는요.

거리를 가득 메운 유대인들이 머리를 푹 숙인 채 보슬비를 맞으며 줄지어 느릿느릿 걸어가고 있었어요. 그들은 상자나 여행 가방을 들고 있었죠. 개중에는 수레를 미는 사람도 있었어요. 그들 또한 자기네 집에서 쫓겨나 마치 가축처럼 바론 히르슈 구역으로 끌려가는 중이었어요.

파니는 멀찍이서 나는 아버지의 목소리를 들었어요.

"부탁이에요! 잠깐이면 됩니다!"

약국 앞에 있는 아버지가 파니의 눈에 들어왔어요. 아버지는 소총을 든 독일 군인에게 애원하고 있었어요.

"이건 약이에요. 모르시겠어요?" 파니 아버지가 말했어요. "사람들은 약이 있어야 해요. 병에 걸리거나 사고를 당하거나 다치기라도 하면 어떡하겠어요? 무슨 말인지 아시잖아요, 그렇죠? 들어가서 가방에 약만 챙기게 해주세요. 금방 나와서 다시 출발할게요."

파니는 한숨을 돌렸어요. 아버지는 달변가였거든요. 파니 아버지의 약국은 병원 처방약을 조제하는 곳이었기 때문에 다른 유대인 상점들이 폐쇄되는 와중에도 계속 문을 열도록 허가받았어요. 파니는 아버지가 가게 안으로 들어갈 거라 믿어 의심치 않았어요. 일단 아버지가 가게에 들어가면 파니는 뒷문으로 들어가 가게 안에서 아버지를 만날 작정이었어요. 파니가 지켜보는 동안 고개를 가로젓던 군인은 화가 잔뜩 난 표정으로 하늘을 올려다봤어요. 그러다 마침내 옆으로 비켜섰어요.

"고맙습니다. 금방 나올게요." 파니 아버지가 말했어요.

그러고는 군인 앞을 지나 가게 문으로 향했어요.

뒤이어 일어난 일은 파니의 눈에 마치 느리게 흘러가는 물과 비슷한 슬로모션으로 보였어요. 아버지가 약국 문으로 다가가는 사이에 다른 나치 군인이 원래 서 있던 군인을 옆으로 밀치더니 권총을 뽑아들고 파니 아버지의 등을 두 번 쐈어요. 파니 아버지는 문손잡이를 잡은 채 숨을 거뒀어요.

파니는 비명을 질렀지만 자신의 목소리가 들리지 않았어요. 머릿속이 온통 쿵쿵 울렸기 때문이었어요. 꼭 폭탄이 바로 옆에서 폭발해 주위의 소리를 모조리 빨아들인 것처럼요. 파니는 꼼짝도 하지 못했어요. 숨조차도 쉴 수 없었죠. 정신을 잃기 전의 마지막 기억은 누군가 두 팔로 몸을 받쳐주는 느낌, 그리고 기다랗게 줄지어 느릿느릿 걸으며 '게토'로 향하는 사람들의 행렬 속에 자신도 함께 들어섰다는 느낌이었어요.

세바스티안은 좀처럼 잠이 오지 않았어요.

이 가엾은 소년은 부모님에게 니코 이야기를 하지 않았다는 죄책감 때문에 가슴이 무거웠어요. 새로 배정받은 집에서 보내는 첫째 날 밤에 아이는 바닥에 누워 복통에 시달렸어요. 어머니의 얼굴을 보면 볼수록 가슴은 점점 더 무거워졌어요. 파니 생각을 하면 할수록 점점 더 괴로워졌고요. 그러다 니코가 불속에 갇혀 비명을 지르는 악몽을 꾸다가 잠에서 깨고 나서 세바스티안은 다 털어놓기로 마음먹었어요.

그런데 마치 운명처럼, 세바스티안은 그럴 필요가 없어졌어요. 아침 8시가 되기 직전에 바깥에서 누가 창문을 살짝 두드렸어요. 전날 입었던 옷을 갈아입지도 못한 세바스티안이 그 소리를 맨 먼저 들었어요. 현관으로 느릿느릿 걸어가 문을 연 아이는 가슴이 철렁했어요. 현관문 앞에 서 있는 할머니가 빵집 아주머니인 팔리티 부인인 것을 아이는 알아봤어요. 부인 곁에 자기 것인 비옷을 입고 서 있는 사람은 다름 아닌 파니였죠.

"엄마 아빠는 어디 계시니?" 팔리티 부인이 물었어요.

미처 대답하기도 전에 부모님이 현관으로 달려오는 기척이 났어요. 세바스티안은 파니의 관심을 끌려고 해봤지만 파니는 정신이 딴 데 가 있는 사람처럼 표정이 멍했어요. 꼭 눈을 뜨고 잠든 사람처럼요.

레브와 타나가 나타나자 팔리티 부인이 말했어요. "파니가 댁의 아들 소식을 안대요."

팔리티 부인은 팔꿈치로 파니를 슬쩍 건드렸어요.

"저희 둘은 크리스피스 씨 댁에 있었어요." 파니는 웅얼거리는 목소리로 말했어요. "계단 밑에요. 숨어 있었어요."

"아아, 하느님 맙소사." 타나는 파니의 손을 꼭 쥐며 말했어요. "니코는 괜찮니? 지금 어디 있어? 무사한 거야?"

"제가 그 집에서 나올 땐 무사했어요."

"왜 거길 떠났는데? 왜 그 애만 놔두고 온 거야?"

"저희 아빠를 찾으러 가느라고요."

"너희 아빠는 니코를 데리러 가신 거니?"

빵집 아주머니는 타나와 눈을 맞추고는 고개를 살며시 가로 저었어요.

"그분은 이제 주님 곁에 계세요." 아주머니가 말했어요.

"저런, 세상에." 레브가 중얼거렸어요.

"아아, 파니." 타나가 탄식했어요. "아아, 파니, 이리 오렴." 파니의 얼굴에 눈물이 흘러내렸어요. 파니는 다리가 묶인 사람처럼 쭈뼛거리며 타나의 품에 기댔어요.

세바스티안은 어떡해야 좋을지 알 수가 없었어요. 그저 파니를 끌어안고, 파니의 머리카락이 어깨에 닿는 기분을 느끼고, 뭔가 위안이 될 만한 말을 파니의 귀에 속삭여주고 싶은 마음이 굴뚝같았어요.

하지만 실제로 입 밖에 낸 말은 이것뿐이었어요. "그 비옷 네가 가져도 돼."

꿈에서
하얀 탑을 본
니코

살로니카는 뛰어난 아름다움과 장대한 역사와 그 둘을 하나로 잇는 수많은 이야기를 모두 지닌 도시예요. 처음으로 가족과 떨어져 지낸 외로웠던 밤, 니코는 침대에 누워 샘솟는 눈물을 꾹 참으며 그런 이야기 가운데 하나를 떠올렸어요. 그러자 그 이야기 덕분에 마음이 편해졌고, 이내 그 이야기를 소중히 품은 채 잠들 수 있었어요.

그 이야기에는 위풍당당한 하얀 탑, 그러니까 외부의 침략으로부터 살로니카를 지키려고 15세기에 지은 그 요새가 나왔어요. 그곳은 모든 시민의 자랑거리인 명소이자 할아버지인 라자르가 니코의 여덟 살 생일을 축하하려고 니코와 세바스티안, 파니를 데려간 곳이기도 했어요. 점심 특선 메뉴인 비프스튜와 잣밥을 먹고 후식으로 튀르키예식 푸딩까지 먹고 나서 라자르와 아이들은 테르마이코스만을 따라 나 있는 산책로를 걸었어요.

그들이 지나가면서 본 오래된 호텔과 야외 카페는 조그만 테이블을 놓고 색색의 차양을 쳐서 손님들에게 내리쬐는 햇빛을 가려줬어요. 이윽고 하얀 탑 앞에 도착하자 가설 건물과 식당, 그리고 주위를 둘러싼 초록빛 공원이 일행의 눈에 들어왔어요.

"깜짝 선물이 있단다." 라자르가 말했어요. "여기서 기다리렴."

니코와 파니와 세바스티안이 지켜보는 가운데 라자르가 경비원에게 다가가더니 소나무 아래서 얘기를 나눴어요. 라자르는 경비원에게 슬쩍 돈을 건넸어요. 그러고는 아이들 쪽을 보며 어서 오라고 고갯짓을 했죠.

"우리 어디 가는 거예요, 할아버지?" 니코가 물었어요.

라자르는 빙그레 웃었어요. "저 위쪽."

니코는 형 세바스티안의 팔을 철썩 때렸고 세바스티안은 웃음으로 화답했어요. 파니는 아예 신이 나서 폴짝폴짝 뛰었고요. 이윽고 세 아이는 요새 안쪽에 구불구불 만들어진 까마득히 높은 계단을 따라 위쪽으로 올라갔고, 그러는 동안 중간 중간 나 있는 조그마한 창문과 금속 창살 너머로 바깥을 내다봤어요. 아이들에게는 몇 시간에 걸쳐 등산을 하는 것 같은 경험이었죠. 마침내 아이들은 아치 모양 문을 지나 요새 꼭대기에 발을 디뎠어요. 파란 하늘이 얼굴을 때릴 것처럼 바로 코앞에 보이고 발밑으로는 살로니카 전체가 펼쳐져 있는 곳이었죠.

아이들은 그런 풍경을 그때껏 한 번도 본 적이 없었어요. 서쪽에는 도시에 있는 집들의 지붕과 항구가, 북쪽에는 산비탈과 고대의 성채가, 동쪽에는 여러 으리으리한 저택과 거기에 딸린 공들여 꾸민 정원이, 그리고 남쪽으로는 테르마이코스만과에게해 북부와 눈 덮인 올림포스산이 그림처럼 또렷하게 보였어요.

"이제 너희 모두에게 이야기를 하나 들려주고 싶구나." 라자르가 말했어요. "너희는 이 요새의 별명이 왜 '하얀 탑'인지 아니?"

아이들은 모른다는 뜻으로 어깨를 으쓱했어요.

"예전에 이곳은 감옥이었단다. 지저분하고 어두웠고, 바깥에는 죽은 죄수들의 핏자국도 남아 있었어. 이곳에서 처형당한 죄수가 어찌나 많았던지 '피의 탑'으로 불릴 지경이었지. 어느 날, 감옥의 책임자들이 이곳을 청소하기로 결정했어. 하지만 비용이 많이 들고 까다로운 작업이었지. 아무도 그 일을 맡으려 하지 않았단다. 그러다 마침내 한 죄수가 나섰어. 그는 혼자 힘으로 탑 전체를 새하얗게 칠하는 대신, 한 가지 조건을 내세웠어. 자신을 사면하고 자유롭게 풀어달라는 조건이었지."

"탑 전체를요?" 니코가 물었어요.

"탑 전체를." 라자르가 대답했죠.

"그 사람이 그 일을 해냈나요?"

"그래. 무려 1년도 넘는 오랜 시간이 걸렸지만, 그는 혼자 힘으로 그 일을 다 마쳤어. 그래서 책임자들은 약속대로 그를 풀어줬지. 그때부터 사람들이 이곳을 '하얀 탑'으로 부르게 되었단다."

"그 사람이 누군지 아세요?" 세바스티안이 물었어요.

"그를 기억하는 사람은 많지 않지만, 나는 안단다. 그의 이름은 나탄 귀딜리였어." 라자르는 잠시 입을 다물었다가 말을 이었어요. "그는 유대인이었어. 우리처럼."

아이들은 서로를 바라봤어요. 해가 저물어서 지평선이 주황빛으로 물들어갈 무렵이었죠. 라자르는 손자들의 손을 잡았어요.

"이 이야기에는 교훈이 있단다. 그게 뭔지 알겠니?"

아이들이 답을 기다리는 동안 라자르는 바다를 바라봤어요.

"사람은 용서받을 수만 있다면 무슨 일이든 해낸다는 교훈이지."

또 하나의 우화

언젠가 아주 먼 옛날, 진실의 천사는 인간들 사이에서 살아가며 긍정의 힘이라는 메시지를 전하기로 마음먹었어요. 그런데 아뿔싸, 사람들은 진실이 가까이 다가오면 어김없이 등을 돌렸어요. 눈도 가렸고요. 아예 반대쪽으로 달아나기까지 했죠.

진실은 낙담한 나머지 골목으로 숨어버렸어요. 바로 그때, 이 모든 일이 벌어지는 동안 가만히 지켜보던 '우화'가 진실 곁으로 다가왔어요.

"무슨 일이야?" 우화가 물었어요.

"모두가 나를 싫어해. 내가 오는 걸 보면 바로 외면해버려."

"저기, 네 모습을 한번 봐." 우화가 말했어요. "완전히 발가벗고 있잖아. 사람들이 달아나는 것도 당연하지. 네가 무서워서 그러는 거야."

색색의 옷을 여러 벌 걸치고 있었던 우화는 그중 한 벌을 벗어 진실에게 건넸어요.

"자. 이걸 입고 사람들에게 다시 다가가봐."

진실은 우화가 시키는 대로 했어요. 그랬더니 아니나 다를까, 색이 고운 새 옷을 걸친 진실을 사람들은 따뜻하게 환영해줬어요. 전에는 달아났던 바로 그 사람들이요.

그럼 여기서 우리가 배울 교훈은 무엇일까요?

어떤 이들은 이것이야말로 적나라한 진실이 가르쳐주지 못하는 것을 우화가 가르쳐주는 이유라고 말해요. 제 생각을 말하자면, 여러분 모두가 뭘 그렇게 두려워하는지 잘 모르겠군요.

그렇다 하더라도 말이죠.

어쩌면 그 교훈이 이다음에 일어난 일을 이해할 실마리일지도 모르겠어요.

재정착이라는

거짓말

이 이야기에 나오는 어마어마한 거짓말에 관해서는 이미 언급한 적이 있어요. '늑대'가 자신의 악을 위장하려고 언어를 어떻게 왜곡했는가 하는 것 말이에요. 그리고 늑대의 나치 끄나풀들이 그를 똑같이 따라하며 어떻게 명단과 양식과 공신력 있어 보이는 서류를 끝도 없이 만들어냈는가 하는 것도요. 그 모든 게 오로지 그들의 잔학성을 감추려고 고안한 것들이었죠.

살로니카에서 거짓말은 어디에나 널려 있었어요. 그중에는 유대인들이 라디오를 반납하고 받은 분홍색 가짜 영수증처럼 사소한 거짓말도 있었지만, 그들이 살다가 쫓겨난 집을 아무도 건드리지 않을 거라는 심각한 거짓말도 있었어요. 실제로는 그들이 쫓겨난 지 고작 몇 시간 만에 독일군 장교들이 이사를 와서 혹시 숨겨놓은 돈이 있는지 찾아보려고 집 마룻바닥을 뜯어냈으니까요.

하지만 나치는 마지막을 위해 가장 큰 거짓말을 아껴두고 있었어요.

'재정착'이라는 거짓말의 핵심은 유대인들에게 가상의 '고향'이 있다는 것, 그래서 그곳에 '재정착'해 일하고 가족을 부양하며 살아갈 수 있다는 것이었어요. 늑대는 하나의 민족을 압박하는 일은 그 정도가 한계라는 것을 잘 알았어요. 어차피 파멸할 운명이라는 것을 아는 민족은 죽음을 무릅쓰고 싸울지도 모르니까요. 늑대는 이미 자신의 표적인 유대인들에게 수모를 안겼고, 그들의 힘을 약화시켰고, 그들을 굶주리게 하고, 그들의 생계 수단을 빼앗았고, 마침내 그들을 굴복시켰어요. 하지만 바론 히르슈 구역처럼 허름한 게토에 갇힌 상황에서도 그들은 여전히 대중의 눈에 띄었어요. 그리고 대중이 지켜보는 한 늑대는 자신의 가장 어두운 충동을 실현할 수 없었죠. 1942년 여름, 부하 장군들이 그의 지시에 따라 독일의 반제에 있는 호수가 내려다보이는 저택에서 회의를 열어 이미 그 충동을 구체적인 계획으로 발전시켰는데도 말이에요.

영국 제도의 해안선부터 소련의 산악 지대까지, 유럽 전역에 흩어져 있던 1100만 유럽 유대인 전체의 운명을 좌우할 최종 결정은 바로 그 별장에서 내려졌어요. 과자와 코냑, 담배를 곁들인 두 시간도 안 되는 짧은 회의에서 내려진 그 결정은 단 한 문장으로 요약할 만큼 간단했어요.

'그들을 모두 죽일 것.'

물론 그 말은 비밀공작을 의미했어요. 악은 어둠을 추구하게 마련이거든요. 부끄러워서가 아니에요. 단지 어둠이 더 효율적이기 때문이죠. 일이 복잡해질 염려도 더 적고요. 분노도 덜 불러 일으키죠. 늑대는 자신의 소름 끼치는 최종 결정을 실현할 장소도 이미 마련해뒀어요. 아우슈비츠, 트레블링카, 다하우 같은 절멸 수용소를요. 하지만 이송이라는 힘든 문제가 남아 있었어요. 희생자들을 어떻게 그곳으로 데려갈 것인가? 진실을 어떻게 포장해야 그토록 많은 사람이 자신들을 위해 마련된 도살장으로 순순히 출발할 것인가?

늑대에게는 신기루 같은 것이 필요했어요. 저를 빈틈없이 가릴 만큼 현란한 옷이요.

재정착이라는 거짓말은 그렇게 탄생했어요.

*

레브는 바론 히르슈 게토에서 맞이한 둘째 날 밤에 그 거짓말을 처음으로 들었어요. 그때 그는 작은 원통에 모닥불을 피워놓고 남자들 몇 명과 함께 둘러서서 몸을 녹이는 중이었죠. 바트로스라는 젊은 어부가 그들 곁에 다가오더니 나치 장교가 부하들에게 하는 얘기를 몰래 들었다고 했어요. 장교는 살로니카의 유대인들을 북쪽 어딘가로 이주시켜 그곳에서 일하며 살아가게 할 거라고 했어요. 아마도 폴란드 같은 곳으로요.

"폴란드라고? 왜 하필 폴란드야?" 레브가 물었어요.

"누가 알겠어요?" 바트로스가 대답했어요. "그나마 거기 가면 안전하기는 할 거예요."

"하지만 폴란드는 여기서 너무 멀어. 게다가 독일하고는 오히려 더 가깝지. 저자들은 우릴 그토록 미워하는데 왜 우릴 자기네 나라 가까이로 데려가겠어?"

"아마도 우릴 통제하려고?" 다른 남자가 말했어요.

"거 말 되네." 또 다른 남자가 끼어들었어요.

"전혀 말이 안 돼." 레브가 말했어요.

"여기 계속 사는 것보단 낫지."

"그걸 어떻게 알아? 우리 집은 여기잖아."

"이젠 아니야."

"난 안 갈 거야!"

"그렇다고 여기 계속 눌러살면 우리한테 무슨 이득이 있는데? 우린 가게를 잃었어. 집도 잃었고. 자넨 이 쓰레기장 같은 곳에 계속 살고 싶어?"

"그래도 폴란드보다는 낫지."

"그걸 어떻게 알아?"

사람들은 한참 더 말다툼을 하다가 끝내 합의하지 못하고 흩어졌어요. 하지만 재정착이라는 거짓말은 사람들을 따라 그들의 집으로 함께 돌아갔고, 이내 밀밭에 부는 바람처럼 게토 곳곳으로 퍼져나갔어요.

계략이 필요했던 우도

우도는 담배를 피우며 자기 앞의 책상을 내려다봤어요. 서류 작업이 끝날 줄을 몰랐거든요. 명단과 화물 목록, 절멸 수용소행 열차 운행 시간표……. 서류가 얼마나 많았던지! 시간표에는 모든 정차역이 분 단위로 자세히 적혀 있었어요. 늑대의 지시는 명확했어요. 어떤 것도 효율적인 열차 운행을 방해해선 안 된다는 뜻이었죠.

우도는 총통이 열차에 집착하는 까닭이 뭔지 남몰래 궁금해했어요. 위풍당당한 크기 때문일까요? 아니면 위협적인 포효와도 같은 기적 소리 때문에? 이유가 뭐든 간에, 만에 하나 계획에 차질이 생기면 어떤 일이 벌어질지 그는 알고 있었어요. 프랑스에서 플랫폼에 모여 있던 유대인들이 봉기를 일으켜 달아난 사건의 소문을 들었거든요. 그 혼란 속에서 독일군 병사 두 명이 살해당했어요. 늑대는 불같이 화를 냈죠.

우도는 자신에게는 그런 일이 결코 벌어지지 않기를 바랐어요. 그러려면 자신이 통제하는 유대인들이 고분고분하게 열차에 올라야 했죠. 재정착이라는 거짓말은 이미 퍼뜨려둔 참이었어요. 하지만 부하 장교들이 그 거짓말을 독일어로 외친다고 해서 유대인들이 안심할 것 같지는 않았어요. 우도는 유대인들을 설득해 그 거짓말을 믿게 할 사람이 필요했어요. 그들의 언어로 말이에요.

여기서 니코 크리스피스가 등장하게 됐죠.

니코는 이때껏 클레이소라스가에 있는 자기 집에서 우도와 함께 머물렀어요. 그 아이는 핀토 말마따나 지나칠 정도로 정직해서 우도가 질문을 할 때마다 망설이지 않고 대답했어요. 아쉬운 점이라면 아이가 더 쓸 만한 정보를 알지 못한다는 것뿐이었죠. 예컨대 산으로 달아난 유대인들이 어디에 숨어 있는지, 이웃 사람들이 금과 보석을 숨겨둔 곳은 어디인지 같은 정보 말이에요.

그런데도 우도는 그 아이를 요긴하게 써먹을 수 있으리라는 확신이 점점 더 커졌어요. 아이는 유대인 공동체에 아는 사람이 많은 것 같았고, 보아하니 아이 가족도 꽤 발이 넓은 사람들 같았거든요. 만약 아이가 기차역 플랫폼에서 승차 작업이 수월하게 진행되도록 도와준다면 아이를 살려두는 수고쯤은 감수할 만했어요.

니코는 그때껏 기차역 안에 들어가본 적이 없었어요.

식구들이 끌려가고 나서 2주 후, 니코는 처음으로 기차역을 구경했어요. 바깥에서 본 역사 건물은 생김새가 커다란 집과 비슷했어요. 지붕은 경사가 졌고 1층에는 커다란 유리창이 있었어요. 입구는 가장자리에 유리판 다섯 장이 둘러져 있었는데 그중 두 장은 길이가 길었고 세 장은 짧았죠. 건물 앞쪽의 하얀 벽에는 나치가 걸어놓은 거대한 브이(V) 자가 보였어요. 그 글자는 '승리'의 상징이었죠.

니코는 역사 안으로 들어서서 천장을 올려다봤어요. 한쪽 곁에 우도가 서 있었어요. 반대쪽에는 핀토가 있었고요.

"이 아이를 믿어도 된다는 거 확실해?" 우도는 독일어로 물었어요.

"보십시오. 이 애는 자기가 무슨 모험을 떠나는 줄 알잖습니까." 핀토가 대답했어요.

니코는 다른 데 정신이 팔린 것처럼 보였지만, 실은 귀를 쫑긋 세우고 두 남자가 주고받는 독일어 대화를 고스란히 머릿속에 받아들이는 중이었어요. 그 과정은 다른 언어를 알아듣는 타고난 청각과 이미 그리스어와 라디노어, 프랑스어, 히브리어, 게다가 영어까지 조금 할 줄 아는 언어 능력 덕분에 더욱 속도가 붙었어요.

"니코, 오늘은 네가 앞으로 할 일이 뭔지 우리가 보여줄 거다." 우도는 통역하라는 뜻으로 핀토에게 고개를 끄덕였어요. "너 전에도 일을 해본 적 있니?"

"진짜 일은 해본 적 없어요."

"그래, 그럼 이게 네 인생의 첫 번째 일이 되겠구나. 만약 잘해내면 어떤 상을 받게 될지 알고 있니?"

"노란 별인가요?"

우도는 터지려는 웃음을 꾹 참았어요. "그래. 너한테 노란 별을 줄 거다."

"그리고 저희 식구들은 집에 돌아오게 되나요?"

"네가 맡은 일을 잘해내면."

"저희 아빠는 제가 훌륭한 일꾼이랬어요. 그치만 저보다는 저희 형이 일을 더 열심히 해요. 가게 바닥을 비질하는 건 언제나 형 몫이에요. 저는 비질을 잘 못하거든요."

우도는 고개를 절레절레 흔들었어요. 이 아이는 도무지 멈출 줄을 모르고 계속해서 정보를 쏟아냈거든요.

그들은 널따란 대기실 한복판에 멈춰 섰어요. 우도가 역무원들에게 모두 나가 있으라고 지시했기 때문에 그곳에는 그들 세 사람뿐이었어요.

"자, 니코. 내 말 잘 들으렴." 우도는 플랫폼으로 나가는 문 쪽을 가리켰어요. "내일 네가 이곳에 오면 저 바깥에 사람들이 많이 모여 있을 거야. 그리고 열차가 서 있을 거다. 사람들은 그 열차가 어디로 가는지 잘 모를 거야. 당황한 사람들도 있겠지. 아마 겁먹은 사람도 있을 테고."

"왜 겁을 먹어요?"

"음, 너도 네가 가는 곳이 어딘지 모르면 겁을 먹지 않니?"

"가끔은요."

"네가 할 일은 그 사람들을 돕는 거야. 넌 그 사람들이 겁먹지 않게 열차가 어디로 가는지 알려줘야 해. 할 수 있겠니?"

"할 수 있을 것 같아요."

"좋아. 그런데 만약 아는 사람을 만난다면, 그 사람은 네가 이때껏 어디에 있었는지 궁금해할지도 몰라. 넌 그 사람한테 남의 눈을 피해 숨어 있었다고 말하면 돼. 그리고 계급이 아주 높은 독일군이 열차가 북쪽의 폴란드로 간다고 말하는 걸 들었다고 해. 그곳에 가면 모두에게 일자리가 생길 거라고 했다는 말도 함께."

"하지만 전 숨어 있지 않았는데요."

"넌 내가 발견했을 때 숨어 있었잖아. 안 그래?"

"그래요."

"그럼 그 말은 진실이잖아."

니코는 찡그린 표정으로 말했어요. "그런 것 같네요."

"좋아. 자, 이제 한번 시험해보자." 우도는 팔짱을 끼었어요. "네가 사람들한테 해야 할 말이 뭐지?"

"열차는 북쪽으로 갈 거예요."

"그리고 또?"

"거기 가면 일자리가 생길 거예요."

"넌 그걸 어떻게 알지?"

"대위님이 말씀하시는 걸 들었어요."

"맞았어. 그리고 모든 유대인 가족이 다시 함께 살 거라는 말도 같이 하렴."

"모든 유대인 가족이 다시 함께 살 거예요."

"잘했다." 우도는 플랫폼으로 나가는 문을 손짓으로 가리켰어요. "이제 저 바깥에 나가서 연습해보렴."

니코의 눈이 휘둥그레졌어요. 설령 교묘한 술수의 그늘에 가려졌다 한들, 아이들의 호기심은 늘 반짝이게 마련이니까요. 그리고 태어나서 열차를 한 번도 안 타본 이 아이는 철로를 직접 본다는 생각에 진심으로 흥분했어요. 그래서 부리나케 문을 뛰처나갔죠.

"자, 큰 소리로 말해봐, 니코!" 우도가 외쳤어요. "열차는 폴란드로 간다!"

"열차는 폴란드로 가요!" 니코가 소리쳤어요.

"거기 가면 새 집이 생긴다!"

"거기 가면 새 집이 생겨요!"

"그리고 모든 유대인 가족이 다시 함께 산다!"

"가족들이 다시 함께 살 거예요!"

니코는 멈춰서서 고개를 쳐들었어요. 마치 저 먼 곳의 피에리 아산맥까지 퍼져나가는 자기 목소리를 지켜보는 것처럼요.

저도 함께 지켜봤어요. 저는 태어나서 이때껏 저에게 충실했던 이 소년이 냉혹한 사기꾼의 유혹에 넘어가는 광경을 목격했어요. 우화에 따르면 진실은 하느님의 손으로 이 지상에 던져졌을 때 풀이 죽었다고 해요. 어쩌면 그랬을지도 모르죠. 하지만 니코 크리스피스가 자기 일생의 첫 번째 거짓말을 외친 그 순간, 저는 울었어요. 숲속에 홀로 버려진 아기처럼 엉엉 울었어요.

아주 성대한 결혼식

첫 열차의 출발 예정일 전날 밤, 바론 히르슈 게토에 사는 유대인 수십 명이 어느 판잣집 바깥에 모였어요. 쌀쌀하고 습한 날이라 다들 온기를 찾아 서로 어깨가 닿도록 옹기종기 모여 있었죠. 몇 분에 한 번씩, 몇 명 안 되는 사람들 한 무리가 안내를 받아 문 안쪽으로 들어갔어요.

그날 낮에 독일군은 모든 유대인이 이튿날 아침에 그곳을 떠날 준비를 해야 한다고 발표했어요. 그리고 가져갈 수 있는 짐은 무게와 크기가 정해진 가방 한 개뿐이라고 했어요. 사람들은 그것 말고는 아무 말도 듣지 못했어요. 그저 소문만 무성했는데, 그중에는 목적지에 도착하자마자 적용될 규칙에 관한 흥미로운 소문도 있었어요.

'혼인한 부부는 전용 아파트에 들어갈 우선권을 얻는다.'

어디서 시작된 소문인지는 아무도 알지 못했어요. 하지만 만약 사실이라면? 사람들은 나중에는 기회가 없으리라는 걸 눈치 채고 서둘러 혼인을 준비했어요. 당사자들의 성격이 맞는지 어떤지는 중요하지 않았어요. 나이도 상관없었고요. 사랑으로 맺어진 결혼은 미래를 그리는 게 목적이지만, 두려움으로 맺어진 결혼은 당장 살아남는 게 목적이니까요.

이날 밤, 랍비는 남녀 다섯 쌍을 한 조로 묶어 차례차례 판잣집 안으로 불러들였어요. 그러고는 촛불을 켜놓고 그들을 부부로 맺어주는 간단한 의식을 집전했죠. 그들 중 일부는 이탈리아와 벌인 전쟁에서 남편을 잃은 여성과 노인들이었어요. 나머지는 십대 아이들이었고요. 그들은 히브리어 문장 한 줄을 담담한 목소리로 빠르게 중얼거렸어요. 떠들썩하게 축하해주는 하객은 없었어요. 춤추는 사람도 없었고요. 케이크도 없었죠. 그들은 반지를 주고받고 나서 다음 조를 위해 판잣집을 나섰어요. 개중에는 종이 클립을 둥그렇게 구부려 만든 반지도 있었죠.

마지막 조가 들어갈 차례가 됐을 때, 세바스티안은 뒤쪽에서 발을 질질 끌며 따라갔어요. 울음을 참으려고 이를 앙다문 채로요. 아이는 이제 막 열다섯 살 생일을 맞은 참이었어요. 식구들은 여분의 빵 한 덩이와 딱딱한 사탕 한 개로 아이의 생일을 축하해줬죠. 이제 그 애 곁에는 리브카라는 통통한 열여섯 살 여자애가 서 있었어요. 세바스티안은 리브카에 관해 아는 게 없다시피 했어요. 전에 학교에서 자신을 괴롭히던 아이가 그 애 오빠라는 것 말고는요. 손에 쥔 반지는 할머니가 주신 것이었어요. 세바스티안은 손바닥에 둥그란 자국이 생길 만큼 세게 그 반지를 쥐었어요.

세바스티안은 그 방법을 강력히 거부했어요. 부모님에게 자신은 너무 어려서 결혼할 수 없다고, 리브카를 좋아하지도 않는다고 말했어요. 부모님은 무엇보다 안전이 중요하다고, 이 지독한 고난이 끝나면 어떻게든 없었던 일로 돌릴 방법이 있을 테니 당장은 자신들이 시키는 대로 해야 한다고 고집했어요. 세바스티안은 달아났어요. 화가 나서 벌게진 얼굴로 '바보 같은 아파트' 따위 필요 없다고 악을 쓰면서요. 그렇게 장벽 앞까지 달려가 가시철조망을 바라봤죠. 뜨거운 눈물이 그렁그렁한 눈으로요.

저는 그 가여운 소년이 짠했어요. 하지만 그 아이는 진실하지 않았죠. 아이가 리브카라는 여자애와 결혼하려 하지 않았던 진짜 이유는 마음속에 파니가 있었기 때문이니까요. 아이는 두려웠던 거예요. 다른 사람과 결혼했다가는 자신이 더럽혀질까 봐, 임자가 있는 사람으로 찍힐까 봐, 파니에게서 영원히 멀어질까 봐요. 게토로 끌려오고 나서 몇 주가 흐르는 동안 세바스티안과 파니는 함께 얼마간 시간을 보내곤 했어요. 다른 아이들과 함께 카드 게임을 하거나 눈에 띄는 책은 뭐든 닥치는 대로 읽으면서요. 아버지를 여읜 충격에서 아직 헤어나지 못한 파니는 말수가 별로 없었어요. 그래도 세바스티안에게는 그런 순간순간이 끝없이 이어지는 잿빛 나날 속의 유일한 빛처럼 느껴졌죠.

이제 곧 신혼부부가 될 사람들 사이에 선 세바스티안은 다시금 파니의 얼굴을 떠올리며 자신이 하려는 일을 파니는 절대 모르게 해달라고 기도했어요. 그러고는 눈길을 딴 데로 돌린 채 리브카의 손가락에 반지를 끼웠어요. 열다섯 살이었던 세바스티안 크리스피스는 그렇게 자신의 신부를 보지도 않은 채 남편이 됐어요. 마치 보지 않으면 상대가 사라질 거라고 생각하는 사람처럼요.

───────────────────── 세 번의 배신 ─────────────────────

하느님께서 이런저런 자질을 나눠 주실 때, '신뢰'는 모두에게 부족함 없이 돌아갔어요. 인간과 동물이 저마다 제 몫을 받았죠. 그런데 '배신'은 어땠을까요?

그 자질은 인간에게만 돌아갔어요.

그래서 우리에게 이날이 닥쳐온 거예요.

1943년 8월 10일

이날은 우리 이야기에서 세 번의 배신이 일어난 날이에요. 그 세 번 모두 바론 히르슈 기차역에서 오전 느지막이, 아우슈비츠 절멸 수용소로 가는 마지막 열차가 살로니카를 출발할 때 일어났어요.

지난 몇 달 동안 열여덟 번에 걸쳐 이송 작전이 실행됐어요.

우도 그라프가 판단하기에는 꽤나 훌륭하게 끝난 작전들이었죠. 일정이 지켜졌고 아무런 사건도 없었죠. 우도는 절차가 수월하게 진행되도록 자잘한 속임수를 동원했어요. 이를테면 유대인들에게 현금을 폴란드 화폐인 즈워티로 미리 바꿔두라고 알려주고, 환전하러 온 사람에게는 돈으로 바꿀 날이 오지 않을 입금 전표를 발행해주는 식으로 말이에요. 우도는 그들이 수중에 남은 마지막 현금을 기꺼이 내놓는 광경을 만족스럽게 지켜봤어요. 그들은 이때까지도 나치가 결국에는 자신들을 제대로 대접하리라 믿었던 거예요. 우도는 심지어 경비병들에게 지시를 내려 마치 짐꾼처럼 유대인의 짐을 열차에 실어주라고 했어요.

하지만 우도가 준비한 최고의 속임수는 니코 크리스피스였어요. 그는 그 속임수가 사소하지만 천재적인 발상이라고 속으로 자부했죠. 아이는 정확히 지시받은 대로 행동했어요. 플랫폼의 인파 사이를 요리조리 헤집고 다니며 일자리와 집과 '재정착'이 보장돼 있다고 소곤거린 거예요. 그 말은 불안해하던 승객들의 마음속에 열차 탑승구에 올라서는 데 필요한 마지막 한 줌의 신뢰를 심어줬어요.

니코는 우도에게서 받은 노란 별을 가슴에 달았고, 이 때문에 가족들이 다시 상봉할 거라는 독일군 장교의 말을 우연히 들었다는 니코의 얘기는 몹시도 설득력이 있었어요. 몇몇 승객은 열차에 오르기 전 고마운 마음에 실제로 니코를 끌어안기까지 했죠. 같은 동네에 살거나 같은 시너고그에 다닌 까닭에 니코를 알고 지내며 '히오니'라는 별명으로 불렀던 많은 사람들은 살아 있는 그 아이를 본 것만으로도 기운이 솟았고, 그래서 그 아이가 하는 말에 귀가 솔깃했어요. 우도는 이 '거짓말쟁이 유대인' 전술을 고안한 것이 자랑스러웠던 나머지 다음에 늑대에게 보고하러 갈 때 이 일을 꼭 얘기하기로 마음먹었어요. 그렇게 하면 늑대와 군사 전략에 관한 대화를 나눌 기회가 생길지도 몰랐으니까요.

*

작전을 준비하는 과정에서 우도는 그 아이가 예전 자기 방에서 자도록 허락했어요. 그렇게 하면 아이가 차분해질 것 같아서였죠. 저녁 식탁에서 우도는 빵과 고기를 허겁지겁 먹어치우는 아이를 가만히 지켜봤어요.

"천천히." 우도가 말했어요. "꼭꼭 씹은 다음에 삼켜야지."

"*아베르 이히 빈 훙리그 제어.*" 니코는 연습 삼아 독일어로 대답했어요.

"*제어 훙리그.*" 우도는 니코의 말을 바로잡아줬어요. "아주 배고프다. '아주'가 앞에 와야 해."

"*제어 훙리그.*" 니코는 우도의 말을 따라했어요.

우도는 이따금 자신도 모르게 그 아이를 가만히 지켜보곤 했어요. 아이가 사전을 읽거나 이상한 장난감을 갖고 놀거나 창밖을 바라보는 식으로 무료한 시간을 때우는 모습이 신기했기 때문이었어요. 우도에게는 아이가 없었거든요. 그는 결혼한 적도 없었어요. 그저 가끔 전쟁에서 승리한 후에 인품이 훌륭하고 미모도 뛰어난 적당한 독일인 여성을 찾을 거라고 혼잣말을 중얼거리곤 했죠. 고위급 장교라는 신분 덕분에 신붓감 후보를 폭넓게 고를 수 있으리라는 건 의심할 여지도 없었어요. 당연히 나중에는 아이도 생길 터였고요.

한편으로 우도는 니코의 천진한 면모에 깜짝 놀랐어요. 어쨌거나 그 아이는 이제 겨우 열두 살이었으니까요. 우도는 그 나이 때 이미 처음으로 담배를 피우고 맥주를 마시고 베를린의 고향 동네에서 손위 아이들과 걸핏하면 싸움질을 하곤 했지만요.

하지만 이 아이는 달랐어요. 어느 날 밤, 우도가 머리가 아프다고 불평하자 니코는 우도가 자는 방의 문을 노크하고 들어오더니 뜨거운 물수건을 건넸어요. 또 어느 날 밤에는 우도가 브랜디를 마시고 있는데 니코가 독일어 책을 들고 와서 내밀었어요.

"이걸 읽으라고?"

니코는 고개를 끄덕였어요.

"너한테 읽어달라고?"

"야."

우도는 깜짝 놀랐어요. 분명 그에게는 유대인 꼬마에게 책을 읽어주는 것보다 더 중요한 일들이 있었죠. 하지만 그는 이내 자신도 모르게 책장을 넘겨가며 책을 읽었어요. 심지어는 목소리까지 바꿔가면서요.

우도가 책을 읽는 사이에 니코는 우도의 어깨에 스르르 몸을 기댔어요. 몸이 닿자 우도는 마음이 흔들렸어요. 어린애와 이렇게 가까이 있었던 적이 한 번도 없었거든요. 저는 어떤 면에서는 그 경험 덕분에 그의 마음이 부드러워졌다고, 그래서 나중에 그의 행동 또한 부드러워졌다고 말하고 싶어요. 하지만 저는 정확하게 말하지 않으면 안 돼요.

우도는 그 일 이후로도 전혀 변하지 않았어요.

✳

마지막 열차가 출발하는 날, 아침부터 비가 내려 대기가 후텁지근하고 끈적거리는 느낌이 났어요. 전쟁이 시작될 무렵 살로니카에 살던 유대인은 5만 명이 넘었어요. 그런데 이날 열차가 역을 나서면 그중 4만 6000명이 추방되는 셈이었죠. 나치는 이 도시에서 유대인을 모조리 쓸어 없앨 작정이었던 거예요.

오전 10시가 조금 지나서 레브와 타나, 에바, 라자르, 세바스티안, 어린 쌍둥이 자매, 비비와 테드로스 부부, 파니, 그리고 빵집 아주머니까지 다 함께 거리로 나와 기차역으로 느릿느릿 걸어가는 인파에 합류했어요. 어떤 이유 때문인지는 아무도 설명하지 못했지만, 다른 가족들이 왔다가 떠나는 동안에도 그들은 바론 히르슈 게토에 몇 달이나 머물렀어요.

쌍둥이는 나란히 손을 잡고 걸었어요. 어른들은 저마다 가방을 한 개씩 들었고요. 레브는 막내아들의 안부를 전혀 모르는 채로 이 도시를 떠난다는 생각에 눈물짓는 아내 타나의 어깨를 한 팔로 감쌌어요. 세바스티안은 이들 뒤에서 느릿느릿 걸었지만 리브카와 그 애 가족들보다는 한 걸음 앞서 걸었어요. 리브카네 가족도 함께 열차에 오를 예정이었죠. 리브카가 빙그레 웃었어요. 그러자 세바스티안은 고개를 돌렸고요.

기차역에서는 핀토가 화물칸을 점검하는 중이었어요.

핀토는 마지막 이송 열차 때문에 들떴어요. 우도 그라프는 살
로니카의 '유대인 문제'를 다 해결하면 독일로 돌아갈 거라고
말한 적이 있었어요. 핀토는 그때가 되면 남몰래 아테네로 달아
나겠다는 희망을 품었어요. 비교적 안전한 그곳에서 전쟁이 끝
날 때까지 기다릴 작정이었죠.

핀토는 수만 명이 고향에서 추방당하도록 거들었으면서도 양
심의 가책을 전혀 느끼지 않았어요. '살아남으려면 어쩔 수 없
어.' 그는 스스로를 그렇게 다잡았어요. 하지만 저는 그보다 더
깊은 진실을 알아요. 핀토는 이 마지막 열차가 출발하기를 기다
리느라 죽을 지경이었어요. 가축 이송용 화물칸의 문이 잠길 때
자신을 바라보는 절망에 찬 얼굴들을 이제 도저히 더 볼 수가
없었기 때문이에요. 그 사람들의 푹 꺼진 눈을, 축 처진 입을 말
이죠. 산 사람과 죽은 사람 사이가 이렇게나 가까울 줄이야. 핀
토는 속으로 생각했어요. 정말이지 몇 센티미터 차이였어요. 문
짝 하나의 두께만큼이었죠.

50미터쯤 떨어진 곳에서
니코는 지친 다리를 쭉 뻗고 있었어요.

니코는 열차 시간표도, 우도와 핀토의 꿍꿍이도, 이 열차가
아우슈비츠행 마지막 열차라는 사실도 알지 못했어요. 그저 또
한 번의 금요일이 지나가버렸다는 것만 알 뿐이었죠. 전쟁이 일
어나기 전에는 이런 날 아침이면 어머니가 부엌에서 안식일 식
사를 준비했어요. 멋진 그릇과 촛대를 꺼내고, 음식 재료를 이
것저것 휘휘 저어 섞고, '팡 아세이테 이 아수카'를 구울 준비를

했죠. 그건 니코가 제일 좋아하는 기름과 설탕을 뿌린 빵이었어요.

니코는 다른 어느 때보다도 가족들과 함께 보낸 금요일 저녁이 가장 그리웠어요. 시끌벅적한 소음, 노랫소리, 할아버지가 기도를 시작하기 전에 내는 헛기침 소리, 또는 축복 기도를 드리는 사이에 함께 웃음이 터진 형이 식탁 아래로 발을 뻗어 자신을 찼던 기억 같은 것들이요. 이따금 우도 그라프가 집을 비우면 니코는 옛 부엌을 거닐며 찬장을 열고 빵과 와인과 촛대를 꺼내어 차려놓고 안식일 기도를 외우곤 했어요. 그저 그 기도를 잊어버리고 싶지 않았기 때문에 한 일이었죠.

오전 10시 30분, 니코는 역으로 들어오는 인파를 목격했어요. 이전과 마찬가지로 사람들은 빠르게 몰려들어 플랫폼을 가득 채웠고, 독일군 장교들은 그들을 가축처럼 몰고 다니며 경사진 발판을 올라가 화물칸에 타게 했어요. 니코는 그 아수라장 속을 헤치고 나아갔어요. 심호흡을 하면서요. 사람들 사이로 파고드는 건 싫었어요. 사람들의 슬픈 표정을 보는 것도, 사람들이 여행 가방을 내던지거나 마치 마지막 작별 인사를 하듯 먼 산을 바라보는 모습을 보는 것도 싫었고요. 니코는 사람들이 왜 그렇게 걱정스러운 표정을 짓는지 이해가 가지 않았어요. 새 일자리와 집이 기다리는 곳으로 가는데 말이에요. 그곳은 어쩌면 여기보다 더 좋은 곳일 텐데.

하지만 니코는 그라프 대위의 지시대로 자신이 해야 할 일을 했어요. 그건 식구들을 집으로 데려오려고 한 일이었어요. 식구들이 다 함께 재회하는 날을 그리며, 착한 아들이 되어줘서 고맙다고 칭찬하는 어머니와 머리를 쓰다듬고 고개를 끄덕이며 자신의 수고를 인정해주는 할아버지를 상상하면서요. 니코는 그 순간이 오기를 애타게 기다렸어요. 매일 밤 집 안방 침대에서 자는 우도 그라프를 볼 때마다 자신이 원래의 삶에서 뽑혀나와 다른 삶으로 던져진 것 같은 기분이 들었거든요. 니코는 예전의 삶을 되찾고 싶었어요.

우도는 역사 안에서 플랫폼을 지켜봤어요.

이제 한 시간도 남지 않았어요. 임무는 그걸로 끝이었죠. 마지막 서류를 작성해 제출한 다음 더러운 부둣가와 비린내 나는 생선 시장이 있는 이 도시를 벗어날 참이었어요. 그는 고향인 독일로 돌아가고 싶었어요. 이곳보다 더 서늘하고 더 깨끗한 독일로요. 늑대를 만나고 싶었어요. 전략상으로 더 중요한 새 직위에 관해 늑대와 논의하고 싶었어요.

'이제 한 시간도 안 남았어.' 우도는 속으로 중얼거렸어요. '모든 게 계획대로만 진행되면 말이야.'

그런데 그때, 계획에 없던 일이 일어났어요. 우도가 고개를 들어보니 독일군 연락병 두 명이 서둘러 그가 있는 쪽으로 다가오는 중이었어요. 군홧발을 역사 바닥에 부딪혀 딱딱 소리를 내면서요. 두 병사는 경례를 한 다음 그에게 봉투 하나를 내밀었어요.

우도는 속에 든 종이를 꺼내자마자 거기에 찍힌 휘장을 알아봤어요. 그의 상관인 대령이 보낸 편지였어요. 지시 사항은 간결하고 명확했어요.

아우슈비츠행 이송 열차를 타고 이동하도록.

그곳에서 새 임무가 귀관을 기다릴 것임.

우도는 충격에 빠졌어요. 혹시 더 적힌 내용이 있는지 보려고 편지지를 뒤집어봤죠. 이게 다라고? 나를 수용소로 보낸다고? 저 열차에 태워서? 말도 안 되는 일이었어요. 그는 이런 대접을 받을 사람이 아니었어요. 이 혐오스러운 유대인들 곁에 더 붙어 있어야 한다고? 어째서?

의심이 그의 온 몸을 휘감았어요. 호흡은 거칠어졌고요. 목덜미에서부터 뜨거운 기운이 스멀스멀 번져나갔어요.

'누군가 나에게 앙심을 품은 자가 있군.'

첫 번째 배신이었어요.

°*

분노에 휩싸인 우도는 문을 지나 플랫폼으로 나가 수척하고 기진맥진한 유대인 승객들을 밀치며 걸어갔어요. 머리가 하얗고 허리가 굽은 할머니도, 숨쉬기가 힘들어 쌕쌕거리는 덩치 큰 남자도, 손수건으로 눈물을 닦으며 엉엉 우는 여성을 안고 있는 형제일 법한 콧수염 기른 남자 두 명도 인정사정없이 밀치면서요.

"내 앞에서 비켜!" 우도는 역겨워하며 으르렁댔어요. 그러고는 부하 병사 둘을 붙잡고 클레이소라스가 3번지로 서둘러 가서 자신의 짐을 모조리 챙겨오라고 지시했죠. 병사들은 부리나케 달려갔어요. 인파 속을 지나가면서 우도는 불만에 가득 찬 명령을 외쳤어요. "더 빨리! 뭘 그렇게 꾸물거리나! 어서 움직여, 이 더러운 돼지들아!" 승객들은 그의 눈을 피하려고 서로 더 가까이 붙어 섰어요.

멀찍이 있던 핀토는 자기 쪽으로 다가오는 우도를 목격했어요. 그래서 억지로 웃는 표정을 하고 그쪽으로 걸어갔죠. 방금 무슨 일이 일어났는지 몰랐던 핀토는 그 독일군 장교에게 열차가 출발한 후의 계획을 물어볼 생각이었어요.

타이밍이 이보다 더 나쁠 수는 없었죠.

"내 계획?" 우도는 소리를 빽 질렀어요. "내 계획은 변경됐어! 그리고 네 계획도!"

부하 장교 한 명이 우도의 눈에 띄었어요. 우도는 핀토를 가리키며 그 장교에게 외쳤어요. "이놈도 같이 간다!"

핀토는 그 자리에 얼어붙고 말았어요. '내가 방금 무슨 말을 들은 거지?' 그러다가 키가 큰 승객 한 명이 와서 부딪히는 바람에 하마터면 넘어질 뻔했어요. 모자를 쓴 남자가 지나가다가 팔에 세게 부딪히기도 했고요. 핀토가 몸의 균형을 되찾았을 때, 우도는 이미 돌아서서 열차가 있는 쪽으로 걸어가고 있었어요.

"잠시만요! 그라프 대위님!"

다음 순간, 핀토는 독일군 경비병이 그의 어깻죽지 사이를 소총 끄트머리로 쿡쿡 찌르며 열차 탑승구 쪽으로 밀어대는 것을 알아차렸어요.

"안 돼요! 안 돼!" 핀토는 악을 질렀어요. "저는 대위님 부하예요! 그라프 대위님의 부하라고요!"

그것은 핀토가 보호받는 계층의 일원으로서 남긴 마지막 말이었어요. 가축 이송용 화물칸 안으로 떠밀려 인파 속에 삼켜진 그는 자신이 그토록 벗어나고 싶었던 절박한 표정의 얼굴들 가운데 하나가 됐어요.

화물칸 문에 빗장이 걸렸어요.

두 번째 배신이었죠.

✳

"열차는 북쪽으로 갈 거예요." 니코는 사람들 사이를 돌아다니며 소곤소곤 말했어요. "괜찮아요. 무서워하지 않아도 돼요."

사람들은 니코 쪽으로 고개를 돌렸어요. 불안해하는 눈빛과 떨리는 입술을 보이면서요.

"방금 뭐라고 했니?"

"독일군 장교가 얘기하는 걸 들었는데요, 우릴 북쪽으로 보낸대요. 우린 새 집이 생길 거예요. 일자리도 같이요."

"일자리?"

"예. 그리고 가족들이 다시 함께 모여 살 거예요."

니코가 가는 곳마다 수군거리는 소리가 번져갔어요. "방금 그 말 들었어? 일자리가 생길 거래. 그렇게 형편없진 않은데." 아마 여러분은 죄수나 다름없는 신세인 이 여행자들이 어째서 니코의 말을 믿었는지 궁금하겠죠. 하지만 절박한 순간에 사람들은 자신이 듣고 싶은 것을 듣게 마련이에요. 눈앞에 무엇이 보이든 간에 말이에요.

니코는 멈추지 않고 인파 속을 요리조리 헤집고 다녔어요. 눈에 익은 얼굴이 몇몇 보였어요. 그러다가 빵집 아주머니를 발견했는데, 아주머니는 니코를 보고 왈칵 울음을 터뜨렸어요.

"히오니! 살아 있었구나!"

"예, 팔리티 아주머니! 우린 재정착하러 가는 거래요! 무서워하지 않으셔도 돼요."

"니코, 그게 아니라……."

아주머니는 말을 다 맺지도 못하고 경비병에게 떠밀려 앞쪽으로 가버렸어요. 니코도 그 자리를 떠났어요. 역 플랫폼은 귀가 아플 정도로 시끄러웠어요. 너무나 많은 사람들이 울었고, 큰소리로 뭔가 질문했고, 경비병들은 악을 쓰며 명령을 내렸어요.

"가족들이 다시 함께 살 거예요." 니코는 소곤소곤 말했어요. 꼭 비밀 얘기를 하는 사람처럼 손으로 입 한쪽을 가리고서요. "일자리도 생길 거예요. 독일군 장교가 그렇게 말하는 걸 제가 들었어요!"

겨드랑이에 땀이 나서 축축한 느낌이 났어요. 이날은 다른 어떤 날보다도 열차의 탑승객이 더 많은 것 같았어요. 니코는 일을 다 마치고 집에 돌아가고 싶은 마음이 굴뚝같았어요.

그런데 그때 파니가 니코의 눈에 들어왔어요.

파니는 고개를 숙인 채 자기보다 앞서가는 여성의 팔을 잡고 있었어요. 새까만 머리카락은 모자 속에 넣어 감췄고요. 니코는 이름을 부르면 들릴 만큼 가까이 파니 쪽으로 다가갔어요.

"파니!"

파니는 고개를 들고 주위를 느릿느릿 두리번거렸어요. 마치 입에 뭐가 붙어 있어서 그걸 떼어내야 얼굴을 움직일 수 있는 사람처럼요.

"파니! 괜찮아! 우리 모두 다시 만날 거야! 저 사람들이 우릴 안전한 곳으로 데려갈 거야!"

파니는 니코 쪽을 홱 돌아봤어요. 그러고는 빙그레 웃었어요. 그러다가 표정이 변하더니, 눈길이 위로 올라가 니코 등 뒤의 누군가에게 향했어요. 그 순간 니코는 누군가 억센 양손으로 자신의 겨드랑이를 잡고 허공으로 번쩍 들어올리는 기척을 느꼈어요.

"그딴 소리는 이제 그만해!" 누군가 굵은 목소리로 투덜거렸어요. "그건 거짓말이야. 저놈들은 우릴 죽이려고 데려가는 거라고."

니코는 땅으로 떨어졌어요. 신발이 플랫폼 바닥에 철썩 닿는 순간 쓰러지고 말았죠. 고개를 들어보니 웬 덩치 큰 남자가 열차에 오르며 이쪽을 향해 눈을 부라리더니, 이내 열차 안쪽으로 사라져버렸어요. 니코는 비틀비틀 일어서서 양 손바닥을 비비며 파니를 찾아 두리번거렸지만, 파니 역시 인파에 휩쓸려 사라진 후였어요.

니코는 가슴속에서 뭔가 뜨거운 것이 솟구치는 느낌이 들었어요. 그때까지 니코는 대위가 시키는 일을 순순히 실행하며 그 일이 옳다고 믿어 의심치 않았어요. 그런데 그 남자는 왜 그런 말을 했을까요? 거짓말이라고? 니코의 머릿속에 할아버지가 떠올랐어요. '거짓말하는 사람이 되면 절대 안 된다, 니코. 하느님은 언제나 우리를 지켜보고 계신단다.' 아니. 그럴 리 없어. 저 사람들이 우릴 죽이려고 데려가는 거라고? 사실이 아니야! 그 라프 대위님이 모두에게 일자리가 생길 거라고 장담하셨으니 까. 가족들은 다시 함께 살 거라고 하셨고. 그 덩치 큰 남자야말 로 거짓말쟁이야! 틀림없어!

니코는 빙그르르 돌아서서 '대위님'을 찾아 두리번거렸어요. 어떻게 된 일인지 물으려고 필사적으로 찾아봤지만, 주위에 사람이 너무 많았어요. 귓속에서는 아까 그 덩치 큰 남자가 한 말이 계속 맴돌았어요. 잠깐 동안 니코가 들은 소리는 오로지 그것뿐이었어요.

그러다가 니코의 귀에 다른 소리가 들려왔어요.

계단 아래 벽장에 숨었던 그날 아침부터 이때껏 내내 애타게 듣고 싶었던 소리.

엄마의 목소리였어요.

"니코!"

결코 잘못 들을 리 없는 소리였어요. 다른 수많은 목소리가 시끄럽게 들려온다고 해도요. 뒤로 돌아선 니코는 눈이 휘둥그레졌어요. 선로 방향으로 10미터쯤 떨어진 플랫폼 위에 엄마가 있었어요. 곁에 아빠도 서 있었어요. 할아버지와 할머니와 고모와 고모부와 형과 쌍둥이 동생들까지, 모두가 믿기 힘들다는 표정으로 이쪽을 보고 있었어요.

"엄마!" 니코는 비명을 지르듯이 외쳤어요.

갑자기 식구들 모두 니코의 이름을 외쳤어요. 마치 그들이 쓰는 언어 전체가 단어 하나로 줄어들어버린 것처럼요. "니코!" 아이의 눈에는 눈물이 가득했어요. 다리는 미처 생각할 겨를도 없이 이미 달려가는 중이었고요. 앞을 보니 엄마도 이쪽으로 뛰어오고 있었어요.

그러다가 어느 순간 갑자기 엄마가 보이지 않았어요. 회색 군복을 입은 사람 셋이 앞으로 나와서 엄마를 에워쌌거든요.

"안 돼요!" 엄마가 악을 지르는 소리가 들려왔어요. 니코는 누가 등 뒤에서 자신을 붙잡는 기척을, 그리고 팔뚝으로 목을 감싸는 기척을 느꼈어요.

우도 그라프였어요.

"제 가족이 저기 있어요!" 니코가 소리쳤어요.

"다시 만날 거라고 내가 그랬잖아."

"저도 같이 갈래요! 저도 같이 보내주세요!"

우도는 이를 앙다물었어요. '같이 보내야 해.' 그는 속으로 중얼거렸어요. '이제 이 아이한테는 볼일이 없어.' 절차대로라면 그렇게 해야 했어요. 하지만 그는 이 열차의 목적지에서 피할 수 없는 죽음이 니코를 기다린다는 걸 알았어요. 바로 그 순간, 자신의 상관에게 배신당한 기분에 휩싸여 있던 우도는 규칙을 거스르고 말았어요.

"아니." 우도가 말했어요. "넌 여기 남는다."

이때 니코네 가족은 이미 나무로 된 화물칸 안으로 떠밀려 들어간 후였어요. 이제 니코에게는 식구들의 모습이 보이지 않았죠. 니코는 미친 듯이 울부짖으며 독일군 장교의 손에서 벗어나려고 버둥거렸어요.

"보내주세요!"

"진정해라, 니코."

"약속하셨잖아요! 약속하셨잖아요!"

"니코……."

"폴란드로 갈래요! 우리 새 집이 있는 곳으로……."

"새 집 같은 건 없어, 이 멍청한 유대인 꼬마야!"

니코는 얼어붙고 말았어요. 입을 헤 벌리고서, 눈은 튀어나올 것처럼 휘둥그레진 채로.

"하지만…… 저는 모두에게……."

우도는 코웃음이 나왔어요. 아이의 표정이 너무나 놀란 것 같아서, 너무나 엄청난 충격에 빠진 것 같아서 그는 그만 눈을 돌리고 말았어요.

"넌 솜씨가 썩 훌륭한 거짓말쟁이 꼬마였어." 우도가 말했어요. "목숨을 살려준 걸 고맙게 여겨라."

증기가 쉭쉭거리는 소리가 났어요. 기관차가 포효하는 소리였죠. 우도가 나치 병사에게 손짓하자 병사는 냉큼 니코를 데려갔어요. 뒤이어 자신 때문에 마음이 무너져버린 어린애를 한 번 더 돌아보지도 않은 채로 우도는 열차 앞쪽 차량의 탑승구를 향해 걸어갔어요. 이 열차에 자신도 함께 타야 한다는 사실에 화를 내며, 자신의 공헌이 인정받지 못했다고 화를 내며, 방금 제 목숨을 구해줬는데도 고맙다는 말 한마디 하지 않는 그 뾰로통한 꼬맹이에게 화를 내면서요.

몇 분 후, 열차가 출발했어요. 니코를 붙잡고 있던 병사는 육아 도우미 노릇에 싫증이 났는지, 니코를 놔주고 담배를 피우러 갔어요. 니코는 플랫폼 위를 부리나케 달려가 선로로 뛰어내렸어요. 정신없이 휘청거리며 넘어지지 않으려고 손으로 땅을 짚고 버텼어요. 다시 똑바로 선 니코는 쉬지 않고 달렸어요. 손바닥과 무릎의 살갗이 까졌지만 아랑곳하지 않았죠. 플랫폼 위에서 지켜보던 독일군 병사 세 명이 그 모습을 보고 웃기 시작했어요.

"꼬마야, 열차 놓쳐서 어떡해!" 한 병사가 외쳤어요.

"너 오늘 지각하겠다!" 다른 병사도 외쳤어요.

니코는 달렸어요. 플랫폼 끄트머리를 지나 선로가 자갈로 둘러싸인 탁 트인 곳까지 내처 달렸어요. 양팔은 펌프질하듯 위아래로 흔들고 다리는 쉬지 않고 앞으로 내뻗으며 주 선로의 레일 사이를 따라 선로 분기점을 지나 가로로 기다랗게 깔린 선로 침목을 힘껏 밟으며 달렸어요. 더는 숨도 쉴 수 없을 때까지, 더는 달릴 수 없을 때까지, 더는 아무것도 보이지 않을 때까지 그렇게 뜨거운 오전 햇살 아래 점점 사라져가는 열차를 쫓아갔어요. 그러고는 흐느껴 울며 주저앉고 말았어요. 가슴에 불이 난 것 같았어요. 신발 속의 발바닥에서는 피가 흘렀고요.

이 아이는 살아남을 거예요. 하지만 니코 크리스피스는 이날 오후에 죽고, 그 이름은 두 번 다시 쓰이지 않을 거예요. 그 죽음은 배신 때문에 일어났어요. 그리고 같은 날, 수많은 배신이 저질러졌죠. 기차역 플랫폼에서 세 번, 그리고 이제 지옥으로 향하는 열차의 숨 막히게 답답한 가축 이송용 화물칸 안에서 셀 수 없이 여러 번.

제2부

──────────────────────────────
──────────────────────────────
──────────────── **전환점** ────────────────
──────────────────────────────
──────────────────────────────
──────────────────────────────

진실은 곧게 뻗은 선이지만, 인간의 삶은 구불구불 이어지는 여정이에요. 여러분은 동그랗게 웅크린 모습으로 모태에서 빠져나와 새로운 세계와 만나고, 바로 그 순간부터 줄곧 스스로를 구부리며 적응해나가죠.

　앞서 여러분께 반전에 반전을 거듭하는 이야기를 들려드리겠다고 약속했죠. 그래서 우리 이야기의 등장인물 넷 가운데 셋이 단 일주일 동안에 마주친 전환점들을 지금부터 여러분과 함께 살펴보려고 해요. 각각의 전환점을 지나면서 그들의 인생은 영영 바뀌고 말았어요.

우선 열차에서 떨어진 파니부터 시작할게요.

이제 파니는 강가에 우거진 덤불 속에 숨어 있어요. 시원한

물에 손을 담가 물을 떠서는 꼭 갈퀴에 긁힌 것처럼 심하게 다친 왼다리와 왼쪽 팔꿈치에 끼얹고 있어요. 상처에 물기가 닿자 통증 때문에 몸이 움찔하네요.

파니는 전날 아침부터 쉬지 않고 이동했어요. 배가 고프고 기운이 하나도 없었죠. 아직 그리스 땅 안에 있는지 어떤지도 알 수가 없었어요. 파니는 강둑의 나무와 나무 주변의 거무스름한 흙을 가만히 살펴봤어요. 그리스 나무일까요? 그런데 그리스 나무란 건 뭘까요? 그걸 파니가 분간할 수 있을까요?

열차에서 탈출할 때의 기억이 순간순간 떠올랐어요. 화물칸 창문으로 순식간에 떨어졌던 것, 지면에 닿았을 때 충격 때문에 숨이 턱 막혔던 것, 몸이 느닷없이 데굴데굴 구르기 시작한 것, 그때의 딱딱하고 거친 느낌, 하늘, 땅, 하늘, 땅이 번갈아 보였던 것, 그러다 마침내 멈춰서 땅에 등을 대고 숨을 헐떡거렸던 것까지. 거기 그렇게 누워 있는 동안 파니의 온몸에는 고통이 밀려왔고 열차 소리는 점점 더 희미해졌어요. 그러다가 멀리서 끼익 하는 소리가 났어요. 열차가 멈춰서는 소리였죠.

누군가 파니가 탈출하는 광경을 목격한 거예요.

파니는 땅에 발을 딛고 몸을 일으켰어요. 몸이 어찌나 욱신거렸던지 꼭 유리 조각이 가득 찬 자루가 된 것 같았고, 위로 들어 올린 그 자루 속의 조각들이 일제히 흔들리는 것만 같았어요. 총소리가 들렸어요. 뒤이어 한 발 더.

파니는 달렸어요.

가슴이 터질 것처럼 숨이 찰 때까지 달렸어요. 그러다가 휘청휘청 걸었어요. 그러고 나서 조금 더 달렸어요. 사람 그림자도 보이지 않는 탁 트인 초원을 그렇게 몇 시간이나 달린 끝에 마침내 해가 뉘엿뉘엿 기울 무렵, 굽이진 강변을 에워싸듯 자란 나무 덤불이 눈에 띄었어요. 파니는 손으로 강물을 떠서 꿀꺽꿀 꺽 마신 다음 커다란 나무의 둥치 옆에 몸을 옹송그리고 숨었어 요. 금방이라도 나치 경비병들의 총소리가 들릴까 봐 두려워하 면서요.

밀려오는 졸음을 도저히 더 버틸 수가 없게 되자 파니는 깊은 잠에 빠져들었어요. 꿈에 기차역에서 자신의 이름을 부르는 니 코가 나왔지만 파니는 대답할 수가 없었어요. 그러자 니코는 사 라지고 그 대신 세바스티안이 나타나 화물칸 안에서 파니의 손 을 잡고 앞으로 밀쳤어요. '얘를 보내주세요!'

파니는 헉 소리를 내며 잠에서 깼어요. 나뭇가지 사이로 볕 뉘가 비치고 새들이 지저귀는 소리가 들려왔죠. 머릿속에 세바 스티안의 모습이 여전히 남아 있어서 파니는 몹시 화가 났어 요. '대체 왜 그랬을까? 왜 나를 다른 사람들한테서 떼어놓은 거 지?' 파니는 그 창문 바깥으로 나가고 싶지 않았어요. 짐승처럼 쫓기는 것도, 얼굴이 흙투성이가 된 채로 돌멩이가 목덜미를 콕 콕 찌르는 강가에 누워 잠드는 것도 원치 않았어요. 그 기차의 목적지가 어딘지는 몰라도 분명 여기보다는 나은 곳이었어요.

파니는 햇빛이 눈부셔서 눈을 찡그렸어요. 자기 숨소리가 들 릴 정도로 주위가 고요했어요. 숨이 막힐 것처럼 외로웠고, 그 외로움은 점점 커지는 반면에 파니 자신은 점점 더 작아지는 느 낌이 들었어요. 그러다 마침내 찌르륵대는 벌레 한 마리 한 마 리와 졸졸 흐르는 강물 한 줄기 한 줄기가 이렇게 외치는 것만 같았어요. '외톨이야, 파니! 넌 외톨이야!'

다시 눈물이 흐르려고 하자 파니는 눈을 질끈 감았어요. 잠시 후, 웬 여성의 목소리에 파니는 화들짝 놀랐어요.

"지도?"

뒤를 돌아보니 나이가 지긋한 여성이 빨래 바구니를 들고 서 있었어요. 여성은 기다란 황갈색 치마에 소매를 걷어올린 흰 면 블라우스와 갈색 조끼 차림이었어요.

"지도?" 여성이 다시 말했어요.

파니는 가슴이 방망이질하듯 두근거렸어요. 여성이 하는 말이 무슨 뜻인지 알아듣지 못했는데, 이는 곧 여기가 그리스 땅이 아니라는 뜻이었죠.

"지도?" 여성이 다시 한번 말했어요. 이번에는 파니의 가슴을 손으로 가리키면서요. 파니는 아래를 내려다봤어요. 여성이 손 끝으로 가리키는 것은 파니의 스웨터에 붙은 노란 별이었죠. 여성이 쓰는 언어는 헝가리어였고요.

그 말은 '유대인'이라는 뜻이었어요.

이제 열차가 진짜 목적지에 도착했으니,

세바스티안의 전환점을 한번 살펴보죠.

화물칸 문이 드르륵 열리자 승객들은 눈에 강렬하게 내리쬐는 햇빛을 손차양으로 가렸어요. 잠깐 동안 사방이 고요했어요. 이윽고 기다란 검은색 코트 차림의 독일군 병사들이 승객들에게 고함을 질렀어요.

"움직여! 움직여! 바깥으로 나와! 움직이라고!"

세바스티안과 레브와 다른 식구들은 화물칸 안쪽에 모여 있었어요. 기분이 꼭 깊은 잠에 빠졌는데 누가 흔들어 깨우는 것만 같았죠. 그 화물칸에 8일 동안 갇혀 지내고 나니 팔다리는 힘이 없어서 부들부들 떨렸고, 머릿속은 몽롱하기만 했어요. 그들이 먹은 것이라고는 빵 부스러기와 소시지 쪼가리가 다였어요. 물은 거의 마시지 못했고요. 목이 타들어갈 지경이었어요. 배설물을 수거하는 양동이는 첫날에 이미 가득 차버렸어요. 그 후로 사람들은 구석에서 볼일을 봤기 때문에 화물칸 안의 공기에는 입자 하나하나까지 악취가 배어 있었어요.

승객들이 열차에서 내리는 데에는 꽤 시간이 걸렸는데, 왜냐면 죽은 사람이 많았기 때문이에요. 산 자들은 죽은 자들 사이를 휘청휘청 걸으며, 생기 없는 쭉정이 같은 몸뚱이를 조심조심 넘어갔어요. 마치 그들을 깨우지 않으려고 조심하는 것처럼요. 식구들과 함께 햇빛이 비치는 쪽으로 움직이던 레브는 아래를 흘깃 내려다봤는데, 파니에게 '선한 사람이 돼야 한다'라고 소곤거린 그 턱수염 남자가 보였어요. 독일군 장교가 휘두른 철창에 얼굴이 베인 그 남자 말이에요. 바닥에 모로 누운 그 남자는 이미 숨이 끊어진 후였고, 엉망으로 찢어진 코와 뺨은 피와 고름이 말라붙어 지저분했어요.

"세바스티안." 레브가 말했어요. "이분을 여기다 두고 갈 순 없어. 이분은 랍비야. 넌 다리를 잡으렴."

두 사람은 랍비의 주검을 함께 들고 경사로를 비틀비틀 힘겹게 내려왔어요. 그들 뒤로 타나와 쌍둥이 자매가, 그다음에는 라자르와 에바가, 다음으로 비비와 테드로스가 따라왔어요. 그렇게 모두 진흙투성이 땅에 발을 디뎠죠. 나치 병사들이 사방에 널려 있었어요.

"우린 하나로 뭉쳐야 해. 무슨 일이 있어도!" 레브가 외쳤어요. "다들 알았지? 절대 흩어지면 안 돼!"

　뒤이어 벌어진 일은 눈과 귀를 동시에 덮친 폭격과 같았고, 열다섯 살 세바스티안에게는 격렬한 폭풍에 휩쓸리는 듯한 경험이었어요. 꼭 번개와 돌풍과 비와 천둥이 한꺼번에 내리꽂히는 것만 같았죠. 그 시작은 절규였어요. 장교들은 독일어로 고함을 지르며 명령을 내렸고, 승객들은 사랑하는 가족의 이름을 외쳤어요. *아론! 루나! 아이다!* 군견은 이를 드러내며 짖어댔고, 금방이라도 달려들 것처럼 목줄이 팽팽하게 당겨졌죠. 랍비의 주검은 선로 근처에 시신을 쌓아놓던 병사 두 명이 세바스티안의 손에서 빼앗아 갔어요. 절규는 계속 이어졌어요. *로자! 이삭!* 나치 병사의 고함도 들려왔죠. "여자들은 이쪽으로!" 그리고 세바스티안은 남편 곁에서 끌려가는 아내를, 아이들 곁에서 끌려가는 어머니를, 손을 뻗어보지만 허공밖에 움켜잡지 못하는 여성들을 목격했어요. "안 돼요! 우리 아기!" 고개를 돌린 세바스티안은 자신의 어머니가, 고모가, 할머니가, 저마다 남편에게 도와달라고 외치며 끌려가는 광경을 봤어요. 세바스티안은 그들 쪽으로 달려가려 했지만 고작 세 걸음 만에 머리를 관통하는 충격을 느끼고 비틀거렸어요. 경비병이 나무 곤봉으로 머리를 후려쳤던 거예요. 그 애는 이때껏 머리를 맞아본 적이 한 번도 없었는데 말이에요. 목덜미로 손을 뻗는 사이에 눈앞이 흐릿해졌어요. 뜨끈한 피가 흘러나와서 손끝이 끈적거리는 느낌이 들었어요. 그 순간 아버지가 뒤에서 아이를 홱 잡아당기며 소리쳤어요. "내 옆에 있어라, 세비! 내 옆에 딱 붙어 있어!" 아이는 엄마가 어디 있는지 찾아보려 했지만 이쪽저쪽으로 뛰어가는 수백 명의 얼굴에 가려 보이지 않았어요. 그나저나 뛰어가다니, 왜 다들 뛰어가는 걸까요?

'잠깐, 동생들! 쌍둥이 동생들은 어디 있지?' 세바스티안은 그 애들을 놓치고 말았어요. 군견이 사납게 짖어댔어요. 경비병이 너무 많았고 그들이 멘 소총도 너무 많았고, 줄무늬 죄수복 차림의 비쩍 마른 사람들은 미치광이 개미 떼처럼 이리저리 종종거리며 운동장을 돌아다녔어요. 세바스티안은 열차 쪽을 흘깃 돌아봤어요. 사람들이 여행 가방을 한곳에 던져서 수북하게 쌓는 중이었죠.

절규가 또 터져나왔어요. *야파! 엘리! 요세프!* 명령도 더 들렸고요. "움직여! 너희 모두!" 남자들은 다섯 명씩 나뉘어 한 줄로 서서 앞쪽으로 나아갔어요. 그들은 다양한 제복 차림의 나치 장교들 앞을 지나갔는데 개중에는 검은색 스탠드칼라를 빳빳하게 다림질한 제복도 눈에 띄었어요. 그런 제복을 입은 장교가 지목한 수용자는 줄에서 빠져 다른 곳으로 끌려갔어요. 보아하니 노약자를 따로 골라내는 모양이었지만, 확실치는 않았죠. 세바스티안이 지나갈 차례가 되자 웬 검열관이 아이를 위아래로 훑어봤어요. 무슨 가구를 꼼꼼히 뜯어보는 사람 같았죠. 검열관이 눈길을 다른 사람에게로 돌리자 세바스티안은 비틀비틀 앞으로 나아갔어요. 아버지의 재킷 뒤꽁무니를 잡고서 몽롱하고 혼란스러운 정신으로 그저 질질 끌려갔을 뿐 지금 이곳이 어느 나라 땅이며 자신이 들이마시는 공기는 어느 곳의 공기인지 여전히 모르는 채였고, 심지어는 당연히 떠올려야 할 질문조차 떠오르지 않았어요. 바로 이런 질문들 말이에요. 지금 대체 무슨 일이 벌어지는 거지? 난 어떻게 되는 걸까? 우리 부모님은? 다른 식구들과 저 열차에 탄 다른 모든 사람들은?

그러니 남동생 생각을 할 여유는 전혀 없었죠.

니코는 철로 위에서 뒤로 돌아섰어요.

마지막 이송 열차가 떠난 지 몇 시간 후, 니코는 여전히 열차가 다시 나타나기를 바라며 철로를 따라 비틀비틀 걷고 있었어요. 서쪽으로 계속 걸어간 니코는 마침내 갈리코스강과 그 강 위로 서 있는 철제 다리 앞에 도착했어요. 밤이 되자 다리 근처에 주저앉은 니코는 기진맥진한 나머지 곯아떨어지고 말았죠.

그러다가 누군가 소총의 총구로 가슴을 쿡쿡 찌르는 바람에 잠에서 깼어요. 찡그린 표정으로 눈을 떠보니 쨍한 햇살 속에 나치 병사의 얼굴이 보였어요. 병사는 독일어로 소리를 지르고 있었죠.

"여기서 뭐 하는 거냐, 꼬마야? 일어서!"

니코는 진흙투성이가 된 얼굴을 문질렀어요. 일어서려고 보니 다리가 욱신거렸죠. 이날 아침은 왠지 여느 때와 기분이 달랐어요. 몸이 거의 마비된 느낌이었던 거예요. 니코는 병사를 보며 그의 모국어로 말했어요.

"그 열차요. 어디로 갔어요?"

"너 독일어를 할 줄 알아?" 병사는 깜짝 놀라서 물었어요. "누구한테서 배웠지?"

"저는 그라프 대위님 밑에서 일하는데요."

병사의 표정이 변했어요.

"그라프? ……우도 그라프 대위님?" 병사는 더듬더듬 말했어요. "그게 사실이라면, 넌 대위님하고 같이 있어야 하는 거 아니야?"

병사는 나이가 세바스티안보다 그리 많아 보이지 않았어요. 니코는 발을 꼼지락꼼지락 움직이다가 키가 더 커 보이게끔 슬그머니 까치발로 섰어요.

"열차는 어디로 갔지?" 니코는 다시 물었어요. 이따금 듣곤 했던, 부하들에게 얘기하는 그라프 대위의 말투를 흉내 내면서요. "어제 그 열차 말이야. 유대인들을 싣고 출발한. 어서 얘기해."

병사는 고개를 갸웃했어요. 이 아이가 영리한 건지 아니면 그냥 좀 덜떨어진 건지 분간이 안 갔거든요. 어쩌면 자신을 시험하려고 이러는 걸까요?

"수용소로 갔어." 병사가 대답했어요.

"수용소?" 니코는 그 독일어 단어의 뜻을 알지 못했어요. "어디 있는 건데?"

"아우슈비츠-비르케나우라고 했던 것 같아. 폴란드에 있대."

"그 수용소라는 곳에서는 무슨 일을 하지?"

병사는 손가락 두 개를 목 앞에서 가로로 획 움직였어요. 꼭 목을 자르는 것처럼요.

니코의 온몸이 전율에 휩싸였어요. 머릿속에는 플랫폼에서 자신의 이름을 부르며 뛰어오는 어머니의 모습이 보였어요. 아버지와 할아버지, 할머니, 어린 동생들이 자신의 이름을 부르는 모습도 보였어요. 눈물이 뺨을 타고 주르륵 흘러내렸어요. 그 덩치 큰 남자가 옳았던 거예요.

니코는 거짓말쟁이였어요.

그 모든 것의 무게 때문에 아이는 어깨가 축 처졌어요. 고개는 묵직한 바위처럼 수그러졌고요. 이 병사가 자신에게 무슨 짓을 하든 상관없었어요. 자신은 이미 가족을 잃었으니까요.

'내가 무슨 짓을 한 거지?'

병사는 아이의 어색한 행동거지와 어설픈 독일어 때문에 혼란스러워하다가, 굳이 위험을 감수할 필요는 없다고 판단했어요. 아이를 총으로 쐈는데 만약 정말로 친위대 대위의 부하였다면 자신은 강등당할지도 몰랐기 때문이죠. 하지만 만약 아이를 그냥 보내준다면, 어쩌면 그 사실을 알아줄 사람이 있지 않을까요?

병사는 강둑 쪽을 슥 훑어봤어요. 도로 쪽도 올려다봤고요. "얘, 꼬마야." 병사가 말했어요. "너 돈은 갖고 있니?"

니코는 없다는 뜻으로 고개를 가로저었어요. 병사는 주머니에 손을 넣어 조그맣게 접은 지폐 몇 장을 꺼내어 건넸어요.

"그라프 대위님께 에리히 알만 상병이 널 도와줬다고 말씀드려. 에리히 알만이야. 알겠어? 그분께서 내 이름을 기억하시도록 알려드리란 말이야. 난 에리히 알만이야."

니코는 그 돈을 받은 다음 떠나가는 병사를 지켜봤어요. 그러고는 날이 저물 때까지 기찻길 옆에 머물렀죠. 마침내 사방이 캄캄해지자 니코는 다시 살로니카를 향해 걷기 시작했어요. 기찻길을 따라 걷다 보니 바론 히르슈 기차역이 나왔죠. 거기서부터 다시 길을 찾아 클레이소라스가로 향했어요. 가족이 살던 집의 현관 계단을 올라갈 때는 이미 자정이 지난 한밤이었어요. 니코는 안방으로 가서 방 안을 둘러봤어요. 서랍을 열어보니 아버지의 가게에서 팔던 오래된 시가가 나왔어요. 그 시가의 냄새를 맡자 울음이 터졌어요. 니코는 부모님의 침대에도 올라가봤어요. 이불 아래 몸을 옹송그리고 누워서, 잠들었다가 깨어나면 모든 것이 1년 전으로 돌아가 있으면 좋겠다고 생각했어요.

하지만 날이 밝았을 때 집은 어느 때보다 더 텅 빈 것처럼 보였어요. 이제는 그라프 대위의 소지품마저 사라졌으니까요.

니코는 계단을 내려갔어요. 자신이 좋아했던 비밀 벽장이 눈에 띄었어요. 니코는 벽장문을 살며시 열어봤어요. 안에는 갈색 가죽 가방이 오도카니 놓여 있었어요. 니코는 그 가방을 꺼냈어요.

가방은 우도 그라프가 안전하게 보관하려고 벽장에 숨겨둔 것이었어요. 병사들은 서두르느라 그만 벽장 속을 들여다보지 않았던 거예요. 니코는 자신이 찾아낸 게 뭔지 보려고 가방을 열었어요. 그리스 돈과 독일 돈이 상당히 많이 있었고 각종 문서와 서류, 나치 배지가 몇 개 들어 있는 조그마한 상자도 하나 있었어요.

니코는 그것들을 한참 동안 바라봤어요. 그러면서 자신이 한 일을 생각했어요. 시계가 오전 10시를 알렸을 때, 니코는 결심했어요. 삶을 바꿔놓는 결심이 대개 그렇듯이 니코의 결심 또한 소리 없이 이루어졌어요. 팡파르 같은 것은 울리지 않은 채로요.

니코는 깨끗한 셔츠를 찾아 입고 나치 배지 한 개를 가슴에 달았어요. 돈 가운데 일부는 신발 밑창에 숨겼어요. 그러고는 먹을거리를 가죽 가방에 한가득 채워넣고 현관문을 나선 다음, 다시 기차역으로 돌아가 북쪽으로 가는 다음번 열차의 표를 샀어요. 폴란드가 있는 방향 말이에요.

호기심 많은 역무원이 이름을 물었을 때 니코는 망설이지 않았어요. 흠잡을 데 없는 발음의 독일어로 거짓말을 했죠.

"에리히 알만이요."

빛과 어둠의 세계

저는 가끔 천국에 있는 천사들 생각을 하곤 해요. 그들이 저에 관해 뭐라고 얘기할지, 이 거칠고 험한 세상을 어떻게 볼지 궁금하거든요. 혹시 여러분이 제가 이 지상에서 몇몇 시기를 보내고 나서 천국에 계속 있었으면 좋았겠다는 생각을 했을지 안 했을지 궁금하다면, 답은 '했다'예요.

앞의 사건 이후 몇 달 역시 그런 시기에 해당돼요. 그때는 미치광이들의 시대였어요. 권력에 취한 나치가 자신의 잔인성을 마음껏 만끽한 시절이었죠. 세상 사람 대부분은 그 광경을 외면했어요. 하지만 저는 그럴 수 없었어요. **진실**은 모든 고문과 굴욕을, 진흙탕에서 짐승처럼 기어야 했던 모든 수감자를, 희생자들을 싣고 수용소에 도착하는 모든 화물 열차를, 널빤지 문 사이로 꾸물거리며 자비를 구하지만 아무것도 얻지 못하는 모든 손을 억지로 눈에 담아야 하니까요.

당시의 세계는 둘로 쪼개져 있었어요. 한쪽은 참상을 그저 구경만 했고, 다른 한쪽은 멈추려고 했죠. 빛과 어둠의 세계였어요.

그러니까, 맞아요. 제가 천국에 있었으면 좋았겠다고 생각한 때도 있었어요. 하지만 그렇지 않은 때도 있었죠. 다정함과 뜻하지 않은 온정을 느낀 순간들이요.

파니가 강가에서 만난 그 여성은 뜻밖에도 파니를 고발하지 않았어요. 그러기는커녕 파니를 자기 집으로 데려가 양고기와 당근이 든 수프를 대접했죠.

세바스티안은 아우슈비츠에서 맞은 첫째 날 밤이 도무지 잊히지 않았어요. 아이는 더러운 침상에서 아버지 곁에 웅크리고 누웠고, 레브는 아들의 몸이 더 이상 떨리지 않기를 바라며 팔로 꼭 감싸안았어요.

니코는 며칠 동안 열차를 타고 이동하며 자기 몫의 음식 값을 지불하는 방법과 의심을 사지 않고 열차표를 보여주는 방법을 터득했어요. 어느 날 짐꾼이 니코의 멋진 나치 배지를 보고 어디로 가는 길이냐고 물었어요.

"저희 가족을 만나러 가요." 니코가 대답했어요.

빛과 어둠의 세계. 가장 지독한 잔인성과 가장 위대한 용기. 진실을 다루는 분야에 몸담은 자들이 보기에 그 시절은 아주 기이한 시대였어요. 그래도 저는 거기에 있었죠. 고개도 돌리지 못하는 채로요.

열두 달 후

"쳐!" 경비병이 외쳤어요.

세바스티안은 남자의 등에 대고 조그만 채찍을 휘둘렀어요.

"더 세게!"

세바스티안은 시키는 대로 했어요. 남자는 꼼짝도 하지 않았어요. 이미 몇 분 전에 작업반에서 쓰러진 그 남자는 경비병의 눈에 띌 때까지 땅바닥에 가만히 쓰러져 있었어요. 남자의 얼굴은 검붉은 반점 때문에 얼룩덜룩했고, 입은 흙을 먹기라도 하려는 것처럼 진흙탕 속에서 헤 벌어져 있었어요.

"넌 너무 약해빠져서 이놈을 일으켜 세울 힘도 없는 거냐?" 경비병은 담배에 불을 붙이며 세바스티안에게 물었어요.

세바스티안은 한숨을 쉬었어요. 남을 고통스럽게 하기가 싫었거든요. 하지만 그 남자 처지에서 보면 만약 아무 반응도 하지 않으면 죽었다고 간주될 테고, 그랬다가는 붉은 벽돌로 지은 화장터에서 몸이 불태워질 판이었어요. 그 시점이 되면 살았는지 죽었는지 따위는 중요한 문제도 아니었죠.

"허튼 생각은 하지도 마." 경비병이 으르렁대듯 말했어요.

소 힘줄로 만든 채찍을 휘둘러 수감자가 죽었는지 확인하는 일은 독일어 이름이 '콘첸트라치온슬라거 아우슈비츠'인 이 수용소에서 세바스티안이 가장 최근에 맡은 업무였어요. 이곳에 도착하고 나서 1년 동안 세바스티안은 여러 임무를 거쳤어요. 늘 이 일이 끝나면 또 저 일을 하러 뛰어다녔고(걷기는 금지돼 있었거든요), 그러다가도 친위대 장교가 가까이 오면 어김없이 모자를 벗고 눈을 내리깔며 인사를 했죠. 종일 일하는데도 식사라곤 저녁에 먹는 빵 한 조각과 맛이 고약한 수프 한 그릇이 고작이었어요. 경비병들은 이따금 잔뜩 모인 수감자들 틈에 고깃덩이를 던져놓고 그걸 차지하려고 개처럼 싸우는 사람들을 구경했어요. 승자는 그 고깃덩이를 꿀꺽 삼켰고, 패자들은 엉금엉금 기어 자기 자리로 돌아갔죠.

세바스티안처럼 젊고 튼튼한 사람은 아우슈비츠에서 기쁘기도 하고 슬프기도 한 상황에 처했어요. 그런 사람은 도착한 날 가스실에서 죽는 꼴을 면할 수 있었죠. 하지만 그 대신 한 주가 다르게 시들어가는 자신의 몸을 지켜봐야 했어요. 굶주리고, 구타당하고, 추위에 꽁꽁 얼고, 아파도 치료받지 못한 채 살아가다가 결국에는 눈 속에 웅크린 이 남자처럼 쓰러지고 말았던 거예요.

"더 세게 쳐. 안 그러면 내가 널 후려칠 거다." 경비병이 화난 목소리로 말했어요.

세바스티안은 채찍을 휘둘렀어요. 오십대 초반으로 보이는 그 수감자는 세바스티안이 모르는 사람이었어요. 아마도 그는 바로 얼마 전에 기차를 타고 도착해 다른 사람들과 마찬가지로 옷을 죄다 벗고 몸의 털을 죄다 깎은 다음 샤워장에 방치돼 밤새도록 서 있었을 거예요. 맨발은 똑똑 떨어지는 차가운 물에 흠뻑 젖었을 테고, 날이 밝은 후에는 독한 소독약을 몸에 바른 후에 알몸으로 운동장을 가로질러 달려가서는 줄무늬 죄수복과 모자를 받았겠죠. 어쩌면 이날이 강제 노역에 투입된 첫날이었을지도 몰라요. 그런데 벌써 기진맥진한 파리처럼 쓰러지고 말았던 거예요.

아니면 이곳에 온 지 몇 년은 됐는지도 모르고요.

"다시!"

세바스티안은 시키는 대로 했어요. 어째선지 세바스티안은 이곳에서 유독 섬뜩한 임무를 많이 맡았어요. 다른 이들이 벽돌을 만들거나 참호를 파는 동안 세바스티안은 수레에 시체를 실어 나르거나 살아서 열차 여행을 마치지 못한 이들의 시신을 열차에서 내리는 일을 맡았죠.

"한 번 더, 그리고 그걸로 끝이다." 경비병이 말했어요.

세바스티안은 채찍을 세게 휘둘렀어요. 그러자 그 남자가 눈을 살짝 떴어요.

"살아 있습니다." 세바스티안이 말했어요.

"젠장. 일어나라, 유대인. 어서!"

세바스티안은 남자의 얼굴을 가만히 내려다봤어요. 눈이 꼭 옆으로 누운 생선처럼 멍했고 생기가 없었어요. 남자가 병사의 명령을 알아듣기는커녕 소리 자체를 들을 수나 있을지 궁금할 지경이었죠. 지금이 이 세상에 남느냐 아니면 연기로 변해 저세

상으로 가느냐를 결정짓는 절체절명의 순간이라는 걸 그 남자
는 알았을까요?

"내 말 안 들리나, 일어나라, 유대인!"

남의 일에 상관하면 안 된다고 스스로를 타이르는 한편으로
세바스티안은 피가 뜨거워지는 느낌이 들었어요. '이봐요, 아저
씨. 누구신지는 몰라도 이거 하나는 명심하세요. 저놈들이 이기
게 놔두면 안 돼요. 일어나세요.'

"5초 주겠다!" 경비병이 외쳤어요.

남자는 살며시 고개를 드는가 싶더니, 세바스티안을 똑바로
올려다봤어요. 뒤이어 녹슨 철문이 닫힐 때 날 것 같은 날카로
운 소리가 남자의 입에서 나왔어요. 세바스티안은 사람에게서
그런 소리가 날 수도 있다는 걸 그때 처음 알았죠. 한순간, 둘은
서로를 응시했어요. 그러다가 남자의 눈이 감겼어요.

"안 돼요, 안 돼." 세바스티안이 중얼거렸어요. 그러고는 채찍
을 휘둘렀죠. 한 번 더, 또 한 번 더, 계속 후려치면 남자가 정신
을 차릴 거라는 듯이.

"이제 됐어." 경비병이 말했어요. "더 해봐야 시간 낭비다."

경비병이 다른 수감자 두 명을 손짓으로 부르자 그 둘은 냉큼
달려와 남자를 들고 화장터로 향했어요. 아직 숨이 붙어 있는지
어떤지는 확인조차 하지 않고서요. 시체를 들어 옮기는 동안 두
수감자는 키가 홀쭉하고 깡마른 검은 머리 소년에게는 눈길도
주지 않았어요. 땅에 무릎을 꿇고 몸을 숙인 채 채찍을 내려다
보는 그 소년은 자신도 모르는 사이에 죽음의 천사 노릇을 하고
있었죠.

그 소년은 열여섯 살이었어요.

°＊

그날 밤, 세바스티안은 아버지와 할아버지와 함께 지내는 막사에서 어떤 기도도 드리지 않겠다고 거절했어요. 기도는 과거와 신앙과 하느님을 잊지 말자는 라자르의 권유에 따라 그들이 정한 의식이었는데 말이에요. 그들이 지저분한 침상에 누워 어둠 속에서 기도문을 암송할 때면 경비병의 귀에 기도 소리가 들어가지 않도록 다른 수감자가 일부러 기침 소리를 내주곤 했어요. 기도가 다 끝나면 예전의 우람한 체격은 간데없고 이제는 뼈만 앙상한 라자르가 모두에게 그날의 감사한 일을 한 가지씩 들려달라고 부탁했어요.

"오늘은 수프를 한 숟가락 더 얻었습니다." 한 남자가 말했어요.

"썩은 이가 드디어 빠졌어요." 다른 남자가 말했죠.

"오늘은 한 대도 맞지 않았어요."

"발에서 나던 피가 멈췄습니다."

"밤에 깨지 않고 푹 잤습니다."

"저를 괴롭히던 경비병이 다른 막사로 배치됐어요."

"저는 오늘 새를 봤어요."

세바스티안은 할 말이 없었어요. 그래서 할머니 에바를 위해 아버지와 할아버지가 올리는 '카디시' 기도, 즉 추모 기도에 가만히 귀를 기울였어요. 할머니는 이곳에 도착한 첫날 나치에게서 나이가 너무 많아 쓸모가 없다는 판정을 받고 가스실로 끌려가 죽었거든요. 두 사람은 쌍둥이 안나와 엘리자베트를 위해서도 카디시 기도를 올렸어요. 그 애들은 나치 군의관들이 실험을 하겠다며 데려갔는데, 자세한 실험 내용은 알려지지 않아서 차라리 다행이었어요. 이곳의 첫 겨울을 견디지 못하고 먼저 떠난 비비와 테드로스를 위한 기도도 이어졌어요. 그리고 마지막으로, 그들은 타나를 위한 카디시 기도를 올렸어요. 타나는 이곳에 온 지 다섯 달 만에 발진티푸스에 걸려 숨을 거뒀거든요. 같은 막사에 살던 여성들은 타나에게 생긴 발진이 눈에 띄지 않게끔 일하러 나가기 전에 타나의 몸에 건초를 덮어줬어요. 하지만 침상에서 오한에 떨다가 그만 나치 경비병에게 발견됐고, 그날 오후에 곧바로 처형됐죠. 땅에 묻을 거라고는 아무것도 남지 않았고 그저 화장터 굴뚝에서 뿜어나오는 검은 연기의 재뿐이었어요.

기도가 다 끝나고 나서 라자르와 레브는 세바스티안 곁에 웅크리고 앉았어요. 연장자인 두 남자의 자세를 보면 꼭 이 십대 소년을 보호하려는 것 같았어요. 아마도 이제는 그 아이가 집안에서 가장 어린 자녀였기 때문이겠죠.

"무슨 일로 그러는 거냐, 세비?"

"기도드리고 싶지 않아요."

"하고 싶지 않을 때도 하는 게 기도란다."

"뭘 위해서요?"

"지금 이 현실을 끝내기 위해서."

세바스티안은 고개를 가로저었어요. "우리가 다 죽어야 끝날 거예요."

"그런 식으로 말하지 마라."

"사실이 그렇잖아요."

세바스티안은 고개를 돌렸어요. "오늘 본 남자는 살아 있었어요, 잠깐 동안은요. 난 그 남자를 되살리려고 안간힘을 썼어요. 그런데 그자들이 막무가내로 들고 가서 태워버렸어요."

라자르는 레브를 돌아봤어요. 아이에게 무슨 말을 해줘야 할까요?

"그 남자의 영혼을 위해 기도하려무나." 라자르가 나직이 말했어요.

세바스티안은 대꾸가 없었어요.

"그리고 네 동생을 위해서도 기도하렴." 레브가 덧붙였어요.

"그런 걸 왜 해야 하는데요?"

"우리는 하느님께서 그 애를 굽어봐주시기를 바라니까."

"지금 이렇게 우리를 굽어보시는 것처럼요?"

"세브……."

"니코는 나치 밑에서 일했어요, 아빠."

"그 애가 뭘 하고 있었는지는 모르는 일이잖아."

"그 녀석은 우릴 속였어요. 거짓말을 했다고요!"

"니코는 거짓말을 하지 않아." 라자르가 말했어요. "틀림없이 놈들이 그 애한테 무슨 짓을 했을 거다."

"할아버지는 왜 맨날 그 녀석 편만 드세요?"

"세브, 목소리 낮춰라." 아버지는 나직이 말하며 아들의 어깨를 다독였어요. "동생을 용서해야 해. 너도 알잖아."

"아뇨. 원하신다면 기도는 드릴게요. 하지만 그 녀석을 위한 기도는 아니에요. 다른 걸 위해 기도드릴 거예요."

레브는 한숨이 나왔어요. "그래. 뭔가 좋은 걸 생각하며 기도드리렴."

세바스티안은 기도의 주제가 될 만한 좋은 것들을 모조리 떠올려봤어요. 자신이 원하지만 더는 가질 수 없는 것들을 모조리요. 따뜻한 음식, 하루 종일 푹 자는 잠, 이 지옥 밑바닥의 문을 열고 걸어나가 다시는 뒤돌아보지 않을 자유.

어린 소년들이 대개 그렇듯이, 결국 세바스티안은 마음 깊이 품은 솔직한 소원을 위해 기도했어요.

파니를 한 번 더 만나게 해달라고 기도했죠.

건초 더미에서

보낸 밤들

강가에서 파니를 발견한 여성은 기젤라라는 통통한 헝가리인 재봉사였어요. 기젤라의 남편인 산도르는 2년 전 전쟁터에서 숨을 거뒀죠.

헝가리는 '늑대'와 느슨한 동맹 관계였기 때문에, 산도르 역시 표면적으로는 나치의 대의를 위해 싸운 셈이었어요. 하지만 기젤라는 전쟁의 냉혹한 진실을 이미 터득한 사람이었어요. 슬픔은 편을 가리지 않고 찾아온다는 진실 말이에요. 산도르는 전사했어요. 시신이 되어 집에 돌아왔죠. 기젤라는 삼십대의 나이에 남편을 떠나보내고 매일 밤 혼자 잠들었는데, 거기에 대의명분 따위는 아무 상관도 없었어요.

강가에 숨은 파니를 발견했을 때 기젤라는 그 아이가 유대인인 것을 알았고 그 신분 때문에 닥친 비극에서 달아나는 중이라는 것도 알았어요. 그리고 그건 둘 모두에게 해당되는 공통점이었죠.

그래서 두 사람은 해가 질 때까지 함께 기다렸어요. 그런 다음 기젤라가 남의 눈을 피해 파니를 데리고 자신이 사는 산비탈 마을로 돌아갔어요. 집에 도착하고 나서 기젤라는 수프를 한 그릇 줬고, 아이는 단숨에 먹어치웠죠. 기젤라는 집 뒷마당의 닭장에 파니의 잠자리를 마련해줬어요. 그러고는 낡은 옷을 몇 벌 주고 노란 별이 붙은 드레스는 벽난로로 가져가 태워버렸어요. 기젤라는 파니에게 그렇게 하는 게 좋다고 얘기해주고 싶었어요. 이웃에 사는 헝가리인들은 나치와 마찬가지로 유대인을 위협적인 존재로 여기기 때문에 기젤라가 유대인을 숨겨주는 걸 남들이 알면 둘 다 살해당할지도 몰랐거든요. 하지만 여성과 소녀는 통하는 말이 단 한 단어도 없었어요. 그들은 서로에게 말을 건네는 것이 아니라 단지 서로를 향해 말을 내뱉었고, 손짓을 이용해 자신의 의사를 겨우 전달했어요.

기젤라는 땅바닥을 손으로 두드리며 헝가리어로 말했어요.

"여기. 넌 여기 있어야 해. 이곳에. 이 안에."

파니는 그리스어로 대답했어요. "음식을 주셔서 감사합니다."

"바깥은 위험해."

"저는 열차를 타고 가고 있었어요. 거기서 탈출했어요."

"여기 사람들은 유대인을 좋아하지 않아. 나는 그런 거 상관하지 않지만. 우린 모두 하느님의 자녀니까."

"그 열차가 어디로 가는지 아세요?"

"여기. 넌 여기 있어야 해. 알겠지?"

"그자들이 제 아버지를 죽였어요."

"수프? 수프 좋아하니?"

"무슨 말씀을 하시는지 모르겠어요. 죄송해요."

"뭐라고 하는지 모르겠구나. 미안하다."

기젤라는 한숨을 쉬더니, 손을 내밀어 파니의 손을 잡았어요. 그러고는 그 손을 자기 가슴에 갖다댔어요.

"기젤라." 기젤라는 부드러운 목소리로 말했어요.

파니도 방금 그 몸짓을 따라했어요.

"파니." 파니가 말했어요.

첫째 날 밤은 그걸로 충분했어요. 닭장을 나선 기젤라가 나무 문을 닫자 파니는 커다란 건초 더미 위에서 깊은 잠에 빠져들었어요.

✲

이후 몇 달 동안 기젤라와 파니는 하루하루의 리듬을 함께 맞춰 갔어요. 파니는 해가 뜨기 전에 일어나 집으로 들어가 기젤라와 함께 귀리 비스킷과 잼으로 아침을 먹은 다음, 헝가리어로 조금씩 대화를 나눴어요. 나중에 기젤라가 마을을 돌며 빨랫감이나 바느질감을 모으는 동안 파니는 닭장에 숨어 있었죠. 해가 지면 파니는 다시 기젤라와 함께 구할 수 있는 재료는 뭐든지 다 모아 저녁을 만들어 먹었어요. 감자나 파, 오래된 빵 쪼가리를 넣어 끓인 수프 같은 음식을요. 아주 드물게 한 번씩, 기젤라는 발효시킨 밀가루 반죽 속에 커드 치즈를 넣어 만두를 빚곤 했어요. 그럴 때면 파니는 반죽을 밀대로 미는 일을 거들었죠.

일요일이면 기젤라는 교회에 가서 소녀가 살아남게 해달라고 소리 없이 기도드렸어요. 그럴 때면 빨간 묵주가 든 쌈지를 챙겨가 하느님께 기도를 드리는 동안 손에 꼭 쥐고 있었죠.

　시간이 흐르면서 둘 사이에는 특별한 유대감이 형성되었어요. 이해하는 어휘의 폭도 점점 넓어졌고요. 파니와 기젤라는 각자의 가족 이야기를 상대에게 자세히 들려주는 일도 해냈고, 이로써 같은 상실을 겪은 사람들 특유의 동질감을 느꼈어요. 기젤라는 닭장이 원래 마구간이었는데 남편이 죽고 나서 거기 살던 말을 파는 수밖에 없었다고 설명했어요. 파니는 달리는 열차에서 던져져 거친 풀밭 위를 데굴데굴 구른 이야기, 또 총소리를 듣고 냅다 달린 이야기를 들려줬죠.

　파니의 이야기를 들은 기젤라는 고개를 가로저었어요. "이 전쟁이 끝나면 더 이상 도망치지 않아도 될 거야. 그때까지는 아무도 믿으면 안 돼, 알겠니? 이웃들도 믿지 마. 경찰도, 아무도."

　"전쟁은 언제 끝날까요?" 파니가 물었어요.

　"이제 곧."

　"기젤라?"

　"응?"

　"전쟁이 끝난 후에……."

　"그 후에?"

　"제가 알던 사람들을 다시 찾으려면 어떻게 해야 할까요?"

겨울이 찾아왔고, 1944년이 시작되었어요.

　치열한 전쟁이 계속되면서 물자가 부족해졌어요. 식량도 점점 더 줄어들었고요. 심지어 빵조차도 값이 비싸졌죠. 기젤라는 바느질거리와 빨랫거리를 전보다 더 많이 맡았어요. 밤에는 거의 새벽까지 바느질을 했고 오전에는 강가에 나가 빨래를 했으며 오후에는 마을을 돌며 배달을 했죠. 하루는 저녁이 되어 파니가 몰래 집에 들어가 보니 기젤라가 재봉틀 앞에서 고개를 숙인 채 잠들어 있었어요. 그때 기젤라는 숲에서 처음 만났던 날보다 더 나이 들어 보였어요.

"제가 도와드릴게요." 파니가 제안했어요. "저도 예전에 어머니를 따라 옷을 수선하곤 했거든요."

"그래." 기젤라가 말했어요.

저녁을 먹고 나서 둘은 함께 몇 시간 동안 바느질을 했어요. 그러는 동안 기젤라는 파니에게 단추 다는 법이나 드레스 밑단을 감침질하는 법을 가르쳐줬죠. 그런 날들이 몇 주 동안 이어졌어요. 어느 날 밤, 기젤라는 옷을 내려놓고 손을 뻗어 파니의 손을 쥐었어요.

"너한테 뭐 하나만 얘기해도 될까?"

"뭘요?"

"난 하느님께서 너를 나에게 보내주셨다고 믿는단다. 산도르가 전쟁터로 떠나기 전에, 우린 아기를 갖고 싶어 했어. 그이는 딸이 좋겠다고 했지. 내가 물었어. '아들은 왜 안 되는데요?' 그이가 말하길 아들은 군인이 돼서 전쟁터에 나가 죽을지도 모른다고 했어. 내가 아이를 잃을까 봐 걱정하는 건 싫다고 했지."

기젤라는 입술을 깨물었어요. "그런데 아이를 잃지 않는 대신, 나는 남편을 잃었단다."

파니는 기젤라의 손을 꼭 쥐었어요.

"내가 하고 싶은 말은." 기젤라는 나직이 말했어요. "이 전쟁이 끝나고 나서도 네가 나랑 같이 살고 싶다면, 그래도 된다는 거야."

파니의 마음속에서 오랫동안 느껴보지 못한 따스한 기운이 샘솟았어요. 아직 열세 살이었던 파니는 그 기분을 설명할 말을 알지 못했죠. 하지만 저는 그 감정의 이름이 뭔지 알아요.

그건 소속감이에요.

∘
✳

이튿날, 기젤라가 집을 나선 후에 파니는 일을 더 많이 해서 기젤라를 돕기로 마음먹었어요. 집에는 아직 다 마치지 못한 바느질거리가 수북했거니와, 건초 더미에 숨어 기젤라에게서 받은 책 몇 권을 거듭 읽으며 시간을 보내다 보면 스스로가 쓸모없다는 느낌이 들었거든요. 파니는 이웃들의 눈을 피하려고 슬그머니 닭장을 나와 땅바닥을 엉금엉금 기어 집으로 숨어들었어요. 일단 집에 들어가고 나서는 곧바로 일을 시작했죠. 이따금 창문으로 스며드는 햇살을 보면 기운이 솟고 각오가 새로워지는 느낌이 들었어요. 살로니카에서 그 모든 광란이 시작된 후로 이토록 평화로운 기분이 드는 건 처음이었어요.

한낮이 됐을 무렵, 물을 세 잔 마셨던 파니는 화장실에 가고 싶었어요. 바깥에 나갈 때는 남의 눈에 띄지 않게 조심했죠. 하지만 잠시 후에 집에 돌아와 바느질하는 방에 들어갔을 때, 초록색 코트를 걸치고 같은 색 모자를 쓴 머리가 하얀 여성과 그만 똑바로 마주치고 말았어요. 그 여성은 옷가지를 한 뭉치 들고 서 있었어요.

여성의 표정에는 놀란 기색이 역력했어요. 눈이 휘둥그레지면서 굵다란 눈썹이 위로 쑥 올라갔죠.

"넌 누구지?" 여성이 물었어요.

파니는 그 여성을 보고 놀라서 가슴이 철렁했어요. 아니, 누구를 봤더라도 놀라기는 마찬가지였겠죠. 그래서 아무런 대답도 할 수가 없었어요.

"이름이 뭐냐고 묻잖아." 여성이 말했어요.

파니는 침을 꿀꺽 삼켰어요. 머리가 제대로 돌아가질 않았죠.

"기젤라……." 파니는 기어들어가는 목소리로 중얼거렸어요.

"넌 기젤라가 아니야. 난 기젤라하고 아는 사이거든. 기젤라한테 이 셔츠에 단추를 달아달라고 해뒀는데."

"그러니까 저는…… 기젤라의 일을 거들어요." 뒤이어 파니는 이렇게 덧붙였어요. "초콜롬." 그 말은 나이 지긋한 여성에게 건네는 헝가리어 인사말이었어요.

여성은 고개를 뒤로 살짝 젖혔어요. 마치 파니 주위의 공기를 쿵쿵대며 냄새를 맡는 것처럼요.

"그 억양은 뭐지? 불가리아 출신이니?"

"아니요."

"머리는 또 왜 이래. 너 그리스 출신이니? 고향이 어디야?"

"몰라요……."

"네 고향이 어딘지 모른다고?"

"전 여기 출신이에요. 여기요!"

"거짓말. 기젤라는 어딨어? 기젤라는 네가 자기 집에 있는 걸 알아? 기젤라를 좀 만나야겠어!"

파니는 가슴이 하도 빠르게 두근거려서 금방이라도 바닥에 쓰러질 것만 같았어요. 떠오르는 생각은 그저 달아나는 것뿐이었죠. 그래서 그렇게 했어요. 뒷문으로 뛰쳐나가 숲속을 향해 달리는 동안 "얘, 너 어디 가는 거야?"라고 외치는 여성의 목소리가 파니의 등 뒤에서 점점 더 희미해졌어요.

✳

파니는 해가 질 때까지 숲속에 숨어 있었어요. 사이렌 소리나 묵직한 군홧발 소리가 들리기를 기다리고 또 기다리면서요. 하지만 아무 소리도 들리지 않았어요. 마침내 기젤라네 집 부엌에 켜진 불빛이 파니의 눈에 들어왔어요. 평소에 그 불빛은 닭장에서 나와도 안전하다는 뜻으로 파니에게 보내는 신호였죠. 파니는 집까지 무릎으로 엉금엉금 기어간 다음, 문을 살며시 두드렸어요. 기젤라가 문을 열어줬어요.

"무슨 일이야? 왜 땅바닥에 엎드려 있어?" 기젤라가 물었어요.

파니는 집 안 이쪽저쪽을 두리번거렸어요. 모든 게 평소와 같아 보였어요.

"파니? 무슨 일 있었니?"

그 순간, 파니는 진실을 고백할 수도 있었어요. 기젤라에게 그 흰머리 여성과 만났다고 얘기할 수도 있었어요. 그랬다면 아마 사정이 달라졌겠죠.

하지만 거짓은 여러 가지 모습으로 변장하고 우리를 찾아오게 마련이죠. 때로는 거짓말이 안전한 길처럼 보이기도 해요. 파니는 기젤라가 겁을 먹는 것도, 자신을 머물게 놔두면 너무 위험하겠다고 판단하는 것도 바라지 않았어요. 그래서 앞서 일어난 일 얘기를 한마디도 하지 않았어요.

"아무 일도 없었어요." 파니는 일어서며 말했어요. "놀라시게 해서 죄송해요."

"네가 바느질해놓은 거 봤어. 고맙다."

"별말씀을요."

"하지만 파니, 다시는 그러지 마라. 위험해. 누가 널 봤을지도 몰라."

파니는 고개를 끄덕였어요. "네. 아주머니 말씀이 맞아요."

기젤라는 잠시 입을 다물고 있다가, 침실로 가서 묵주가 든 쌈지를 들고 돌아왔어요. 손에는 교회에 갈 때 끼는 하얀 장갑을 끼고 있었죠.

"이 구슬을 엮은 띠가 보이니?"

"네."

"이게 뭔지 알아?"

"기도드릴 때 쓰시는 묵주잖아요."

"그래. 하지만 이건 평범한 묵주가 아니야. 이 구슬은 콩이란다. 홍두라는 거야."

"예쁘게 생겼네요."

기젤라는 목소리를 낮췄어요. "홍두에는 독이 들어 있어. 한 알만 먹어도 사람이 죽을 정도로 강한 독이."

파니는 그 조그맣고 빨간 구슬 모양 물체들을 물끄러미 바라봤어요. 조금도 해로워 보이지 않았죠. 기젤라는 묵주를 다시 쌈지에 넣었어요. "남편이 전쟁터로 떠나기 전에 준 거야. 그이는 이 물건을 취급하는 수입상한테 큰돈을 주고 샀다고 했어. 나한테 두 개가 있어. 내 거하고 남편 거."

기젤라는 한숨을 내쉬었어요. "난 네가 그중 한 개를 가지면 좋겠어."

"왜요?"

"난 우리 적이 어떤 자들인지 알거든. 그자들이 무슨 짓을 하는지도 알고."

기젤라는 파니의 눈을 똑바로 마주 봤어요. "만약 우리가 붙잡힌다면, 만약 빠져나갈 희망이 전혀 없는데 적들이 너한테 무슨 짓을 하려고 한다면, 그렇다면 때로는……."

"때로는, 뭔데요?" 파니가 물었어요.

"때로는 남에게 죽임을 당하느니 내 손으로 이 세상에서 벗어나는 게 더 나은 경우도 있어."

기젤라는 쌈지를 파니의 손에 쥐여준 다음, 일어서서 방을 나갔어요.

그 후 다섯 달 동안, 여름이 왔다가 서서히 떠나가는 사이에도 둘은 일상을 계속 이어갔어요. 바느질을 하고, 빨래를 하고, 식사를 하고, 잠을 잤죠. 파니는 닭장에 계속 머물다 보니 암모니아 같이 지독한 닭 배설물 냄새에도 익숙해졌어요. 집에 찾아와 소리를 질렀던 그 흰머리 여성은 거의 잊어버렸고요.

하지만 여러분이 거짓을 잊어버렸다고 해서 거짓도 여러분을 잊어버리진 않아요.

°*

앞서 이 이야기에는 진실과 거짓이 한가득 담겨 있다고 얘기했죠. 여러분은 그중 큰 것들과 작은 것들이 서로 연결되어 있다는 사실을 알게 될 거예요.

헝가리의 지도자였던 호르티 미클로시는 '늑대'와 동맹을 맺을 때 자신이 늑대의 적들과 대화를 계속 이어간다는 사실을 숨겼어요. 그러다가 그 사실이 들통났을 때, 늑대 역시 그에게 거짓말을 했어요. 거짓으로 회의를 열어 호르티를 헝가리 바깥으로 유인해놓고는 그 틈을 타 나치가 헝가리를 침공한 거예요.

자신이 속은 것을 안 호르티는 격분했어요. 늑대를 만나기 전에 그는 옷 속에 권총을 숨겨뒀다가 나치의 수괴를 무참히 처형할 계획을 세웠어요. 하지만 방을 나서기 직전에 권총을 다시 제자리에 돌려놨고, 나중에는 사람의 목숨을 빼앗는 것은 자신의 권한이 아니라고 생각했어요. 만약 호르티가 계획을 끝까지 실행했다면 전쟁은 더 일찍 끝났을지도 모르고, 그랬더라면 뒤이어 니코와 파니, 세바스티안, 그리고 우도에게 일어난 일들은 영영 일어나지 않았을지도 몰라요.

하지만 그건 환상일 뿐이죠. 그리고 저는 환상은 취급하지 않아요.

현실은 이러했어요. 호르티의 자리는 즉시 다른 사람으로 대체됐고 헝가리에는 괴뢰 정부가 세워졌으며, 전황이 차츰 자신들에게 불리해지는 것을 눈치챈 나치 군대는 피 흘리는 짐승처럼 악에 받쳐 헝가리로 진군했죠. 늑대는 자신의 최고위급 부하들에게 헝가리의 모든 유대인을 절멸 수용소로 추방하는 임무를 맡겼어요. 부하들은 그 임무를 수행하며 헝가리의 파시스트 정치 단체인 '화살십자당'에게 큰 도움을 받았어요. 늑대의 왜곡된 관점을 고스란히 받아들인 이 집단은 헝가리인 또한 인종적으로 순수하기 때문에 마땅히 유대인으로부터 보호받아야 한다고 믿었죠.

화살십자당은 나치 패거리만큼이나 악랄했어요. 그들이 거느린 군대는 시골 곳곳을 휩쓸고 다니며 자신들이 보기에 바람직하지 않은 사람은 모조리 잡아들였어요. 학교와 시너고그, 빵집, 벌목장, 상점, 아파트, 주택가, 어디든 가리지 않고 쳐들어가서요.

그러다가 10월 어느 아침, 아직 해도 뜨기 전에 그들은 녹색 코트를 입은 흰머리 여성의 제보에 따라 산비탈 마을에 집결했어요. '저 집에 사는 여자가 유대인을 숨겨주고 있어요'라는 제보였죠. 그들은 집 현관문을 발로 차고 들어가 귀리 비스킷을 나눠 먹고 있던 재봉사 여성과 십대 여자애를 찾아냈어요.

"이 애는 누구지?" 그들 중 한 명이 소리쳤어요.

"내 딸이에요!" 기젤라가 대답했어요. "우리 집에서 나가요!"

병사 한 명이 곤봉으로 기젤라를 후려치고는 유대인을 그렇게 사랑해서 좋겠고, 이제 유대인들과 함께 죽을 운명이 됐으니 행복하겠다고 말했어요. 파니는 화살십자당에게 끌려가는 동안 비명을 질렀어요. 끌려가는 길에 본 흰머리 여성은 팔짱을 낀 채 만족스러운 듯 고개를 끄덕이고 있었죠. 파니는 믿을 수 없다는 표정으로 그저 바라볼 수밖에 없었어요.

작은 거짓말이 파니를 몰래 따라와 덮쳤던 거예요.

전쟁의 참상은 멈출 줄 모르고 반복되게 마련이에요.

가축 이송용 화물칸에 갇혔던 그날로부터 14개월 후, 파니 나미아스는 다시 또 다른 화물칸에 갇히는 신세가 됐어요. 이번

행선지는 부다페스트. 하늘에서 폭탄이 떨어져 건물들이 폐허가 된 도시였죠. 나중에 파니는 자기 삶의 두 번째 게토로 끌려갔고, 불도 켜지지 않는 방에서 끝내 통성명조차 하지 못한 다른 사람 아홉 명과 함께 자야 했어요.

그리고 1944년 11월 어느 날, 파니는 다른 유대인 수십 명과 함께 총으로 위협당하며 부다페스트 시내를 행진해야 했어요. 자정이 다 된 캄캄한 밤이었어요. 허공에는 눈발이 날렸죠. 포로들은 기다란 다리 위로 느릿느릿 올라갔다가 다뉴브강의 기슭으로 이어지는 계단을 내려갔어요. 강기슭에서 그들은 추위에 덜덜 떨며 억지로 신발을 벗었어요. 사람들은 서너 명씩 무리를 지어 서 있었는데 무리마다 제각각 하나의 밧줄로 연결돼 있었죠. 파니는 젊은 화살십자당 병사와 눈이 마주쳤어요. 병사가 파니의 예쁜 얼굴을 물끄러미 보고 있었거든요. "아프진 않을 거야." 병사는 그렇게 중얼거리고는 고개를 돌렸어요.

포로들은 병사들의 명령에 따라 빠르게 흘러가는 강물 쪽으로 돌아섰어요. 파니는 포로들의 긴 줄이 어디까지 이어지는지 보려고 목을 길게 뺐어요. 적게 잡아도 칠팔십 명, 상당수가 어린애들이었어요. 아이들의 머리와 맨발에 눈송이가 내려앉았어요. 잠시 동안 병사들이 한데 모여 이쪽저쪽을 가리키며 얘기를 나눴어요. 마침내 줄 끄트머리에서 화살십자당 병사가 앞으로 걸어나오더니 총을 들어 유대인 남자의 머리를 쏘고는, 남자와 몸이 하나로 묶인 사람들이 얼어붙을 듯이 차가운 강물 속으로 줄줄이 빠지는 광경을 지켜봤어요. 쏜살같이 흐르는 물살은 사람들을 재빨리 삼키고는 그대로 흘러가버렸죠.

병사는 다음 사람들 쪽으로 가서 다시 총을 쐈어요.

파니는 눈을 질끈 감아버렸어요. 심장이 꼭 문을 두드리는 주먹처럼 쿵쿵 뛰었거든요. 기젤라가 생각났고, 아직 무사히 살아 있는지 궁금했어요. 이미 돌아가신 걸 알면서도 아버지가 생각났고, 마찬가지로 이미 세상에 없을 살로니카의 이웃들도 생각났어요. 열차에서 본 턱수염 남자, 자신에게 이렇게 속삭였던 그 남자 생각도 났어요. '선한 사람이 돼야 한다. 그리고 여기서 벌어진 일을 온 세상에 알려주렴.' 파니는 이제 그 말을 실현할 기회가 영영 없으리라는 걸 깨달았어요. 무릎이, 손이, 턱이, 주체할 수 없을 만큼 심하게 떨렸어요. 나란히 선 다른 포로들이 흐느끼는 소리를 들으며 파니는 스스로를 타일렀어요. 잠깐이면 끝날 거라고, 죽으면 천국에서 사랑하는 이들과 함께할 거라고, 이제 이 세상에 미련을 둘 것은 하나도 없다고.

갑작스레 고함 소리가 들리더니 소란한 기척이 났어요. 차가운 바람이 얼굴을 스치는 순간, 어째선지 파니는 니코가 생각났어요. 머릿속에 니코의 모습이 어찌나 또렷하게 떠올랐던지, 실제로 자신을 부르는 니코의 목소리를 들은 것만 같았어요.

"파니?"

파니는 숨이 턱 막혔어요.

"파니? 너 파니 맞아?"

눈을 떴을 때, 파니 앞에는 이때껏 살면서 유일하게 키스한 남자애가 전보다 키가 더 커진 모습으로 서 있었어요. 나치 장교가 입는 기다란 코트를 걸치고 말이에요. 그 모습을 보자마자 파니는 곧바로 기절해버렸고, 손목을 묶은 밧줄 때문에 한 덩어리로 연결된 다른 두 사람과 함께 땅바닥에 쓰러졌어요. 그러다 하마터면 피로 물든 강에 빠질 뻔했죠.

꼬리에 꼬리를 무는 니코의 거짓말

이제 니코의 여정이 어땠는지 알려드려야겠군요. 저로서는 가슴 아픈 이야기예요. 정말이지 교도소에 간 아들이 어떻게 지냈는지 남에게 얘기하는 어머니가 된 심정이랍니다.

거짓말을 결코 하지 않던 그 소년은 1943년 살로니카의 기찻길 위에서 정직이라는 허물을 벗어버렸어요. 그리고 열네 살이 다 되어 다뉴브강의 강기슭에 나타났을 때 그 소년은 거의 알아보기 힘들 만큼 변한 모습을 하고 있었어요. 저도, 심지어는 소년의 어린 시절 모습을 알던 파니조차도 알아보기가 힘들었죠.

니코의 경우에 사춘기는 슬며시 다가온 것이 아니라 느닷없이 덮쳐왔어요. 키가 무려 15센티미터나 쑥쑥 자랐거든요. 귀엽던 이목구비는 선이 더 또렷해졌어요. 목소리는 부드러운 바리톤 음역까지 낮아졌고 몸무게는 10킬로그램이나 늘었죠. 거기에 니코가 부리는 속임수의 무게는 포함되지 않았어요. 그건 숫자로 따질 수 없는 무게니까요.

하지만 니코는 바로 그 속임수 덕분에 목숨을 부지했어요. 니코는 우도 그라프가 붙여준 꼬리표대로 '솜씨가 썩 훌륭한 거짓말쟁이 꼬마'가 됐어요. 태어나서 그때껏 내내 가꿔온 정직함을 거의 하룻밤 사이에 끝장내버린 거예요. 전례가 없는 일은 아니에요. 아담은 사과를 한 입 깨문 것만으로 낙원을 잃어버리지 않았던가요? 루시퍼는 천국에서 영원토록 추방당하기 전까지 선한 천사가 아니었나요? 우리는 누구나 한 발짝만 잘못 디뎌도 운명이 뒤바뀌는 처지예요. 그리고 그럴 때 치르는 대가는 헤아릴 수 없을 만큼 커지기도 하죠.

니코도 바로 그런 대가를 치렀어요.

저를 잃어버린 거예요.

이제 니코는 진실을 입에 담을 수가 없었어요. 무슨 악마의 숨결이라도 되는 것처럼 진실을 피했죠. 잠시라도 거짓말을 하지 않으면 자신이 정직했기 때문에 식구들을 죽음으로 몰아넣었는지도 모른다는 생각만 떠오를 뿐이었어요. 그런 식으로 마치 이글거리는 태양처럼 가혹하게 책임을 추궁당할 때, 과연 우리 가운데 누가 그 태양을 똑바로 보며 눈이 멀지 않을 수 있을까요?

그래서 거짓말은 니코의 새로운 언어가 되었어요. 니코는 수없이 많은 거짓말에 힘입어 이곳저곳으로 옮겨다녔답니다. 그러는 동안 만난 몇몇 사람들 덕분에 일이 더 수월해지기도 했어요.

하지만 맨 먼저 니코를 구해준 것은 여권이었어요.

그 여권의 원래 주인은 한스 데글러라는 어깨가 떡 벌어진 독일군 병사였어요. 데글러는 살로니카에서 유대인을 체포하는 임무를 수행하다가 어느 날 밤 그리스인이 운영하는 선술집에서 코가 비뚤어지도록 술에 취했어요. 그리고는 어떤 여성을 데리고 재미를 보려고 술집 옥상에 올라갔다가 그만 땅으로 추락하고 말았죠. 그의 시체는 이튿날 아침 뒷골목에 버려진 자동차 옆에서 발견됐어요.

우도는 독일에 돌아가면 반납할 생각으로 청년 데글러의 여권을 보관하고 있었어요. 이때는 아직 배신의 날이 찾아오기 전이었고, 따라서 니코는 벽장 속에 숨겨진 가죽 가방을 운 좋게 발견한 덕분에 돈과 배지뿐 아니라 이제는 고인이 된 한스 데글러의 신분 증명 수단까지 손에 넣었어요. 그때껏 니코를 괴롭혔던 인간의 가방 한 개가 그토록 많은 혜택을 안겨주다니, 어쩌면 이상한 이야기로 들리겠죠. 하지만 우리에게 가장 큰 해를 끼치는 자는 때때로 우리를 뜻밖의 좋은 결과로 인도하기도 한답니다. 만약 우리가 그자를 이겨내고 살아남는다면 말이죠.

북쪽으로 가는 열차에 탄 니코는 카메라를 가진 사람을 찾으려고 그리스의 작은 도시 에데사에서 내렸어요. 에데사는 유고슬라비아 국경에서 가까운 곳이었죠. 니코의 목표는 자신의 사진을 한스 데글러의 여권에 붙여 데글러와 같은 나이인 열여덟 살로 행세하는 것이었어요. 무리한 방법인 줄은 니코도 알았지만, 달리 뾰족한 수가 있었겠어요? 나치 병사들이 언제 신분증을 내놓으라고 요구할지 모르는 판국이었는데요. 만약 독일 여권이 있으면 그들이 더 이상 귀찮게 하지 않을지도 몰랐어요.

셔츠에 나치 배지를 달고 시내를 걷는 동안 니코는 주민들의 눈길을 한 몸에 받았지만, 감히 나서서 말을 거는 사람은 아무도 없었어요. 에데사 주민들도 살로니카 주민들과 마찬가지로 나치 군대의 분노를 이미 체감했기 때문이었죠. 그들은 더 이상의 소동은 원하지 않았어요.

니코는 사진관을 찾으려고 몇 시간이나 돌아다녔지만 한 곳도 보이지 않았어요. 그날 오후 느지막이, 땀에 젖어 녹초가 된 니코는 이발소 앞을 지나가다가 유리창에 걸린 손님들의 사진을 봤어요. 그래서 땡그랑거리는 종소리와 함께 문을 열고 이발소 안으로 들어섰죠. 가게 안쪽에서 키가 크고 얼굴에 얽은 자국이 있는 남자가 나왔어요. 반소매 스탠드칼라 셔츠 차림이었던 그 남자의 콧수염은 니코가 이때껏 본 수염 중에 가장 부숭부숭했어요.

"뭘 도와드릴까요?" 이발사는 니코의 차림새를 흘깃 보고 물었어요. 니코는 자신이 독일인 행세를 하는 중이란 걸 떠올렸어요. 그래서 애써 근엄한 표정을 지었죠.

"*이히 브라우헤 아인 포토.*" 니코가 말했어요.

이발사는 영문을 모르겠다는 표정으로 니코를 봤죠.

"사진? 사진이 필요하다고요?"

"*야.*" 니코는 유리창에 걸린 사진들을 가리켰어요. "*아인 포토.*"

"알았어요. 일단 머리부터 깎읍시다. 알겠죠?"

이발사는 손짓으로 이발 의자 쪽을 가리켰어요. 니코는 머리를 깎고 싶은 마음이 없었지만 괜한 의심을 사고 싶지는 않았어요. 그래서 의자에 앉았죠. 20분 후 금발 머리가 짧게 잘린 니코는 전보다 더 나이 들어 보였어요. 콧수염 이발사는 가게 안쪽으로 들어갔다가 오래된 카메라를 들고 나와 니코의 사진을 몇 장 찍었어요.

"이틀 후에 다시 와요." 이발사는 손가락 두 개를 펴들었어요. 니코는 이발 의자에서 벌떡 일어나 가게를 나서려 했어요. 그러자 이발사는 헛기침을 하고 손바닥을 비볐어요. 돈을 달라는 뜻이었죠. 니코는 가방을 열고 그리스 동전을 몇 개 꺼냈어요. 그러다 빤히 쳐다보는 이발사의 기척을 알아채고 재빨리 가방을 닫았어요.

"아인 클라이네스 포토." 니코가 말했어요.

"예?" 이발사가 물었죠.

니코가 같은 말을 몇 번 되풀이하자 이발사는 그제야 알아들은 모양이었어요. 작은 사진. 여권용 크기. 그게 니코가 원하는 거였어요.

"이히 베르데 추뤼크코멘." 니코가 말했어요. '다시 올게요.'

그 후 니코는 기차역에서 이틀 밤을 보냈어요. 가방에 넣어둔 빵과 소시지를 조금 먹었고, 물은 화장실 세면대에서 받아 마셨죠. 그러다 근처에서 서점을 발견하고 독일어 회화 책을 구입해 몇 시간씩 공부했어요. 상상 속에서 혼자 대화를 나누며 책에 적힌 단어들을 연습했죠.

사흘째 되는 날, 이발소로 돌아가 보니 콧수염 이발사가 기다리고 있다가 니코에게 가게 뒷방으로 들어오라고 손짓했어요.

"저 안에 사진을 준비해놨어요." 이발사가 말했어요.

니코가 문으로 들어서자마자 십대 남자애 둘이 번개같이 달려들어 니코를 바닥에 쓰러뜨리고 움직이지 못하게 꽉 눌렀어요. 그러는 동안 이발사는 니코의 가방을 열었죠. 그는 음식과 옷, 돈을 뒤적거리다가 배지를 보고 움찔 놀랐어요.

"너 누구 밑에서 일하는 거야? 왜 나치 배지를 갖고 있지?"

니코는 두 소년에게 깔린 채 버둥거렸어요.

"난 우도 그라프 씨 밑에서 일해. 그분은 대위님이셔! 그분께서 너흴 사형에 처하실 거야!"

그 말을 그리스어로 외쳤다는 사실은 말이 다 끝난 후에야 떠올랐어요.

이발사는 두 십대 남자애를 흘깃 보고는 니코를 놔주라는 뜻으로 고개를 끄덕였어요.

"너 살로니카 출신이구나." 이발사가 말했어요. "억양을 들어보니까 알겠어. 생김새는 독일인 같고 말도 독일어로 하지만, 넌 우리랑 출신이 같아. 그리스인이지. 그런데 왜 독일인 행세를 하지?"

니코는 이발사를 향해 눈을 부라렸어요. "내 가방 돌려줘!"

"가방은 돌려줄 수도 있지만, 안에 있는 건 다 내 차지다. 네가 지금 뭘 하고 다니는지 털어놓지 않으면 말이야."

"난 사진이 필요해. 여권에 쓸 사진이."

"어디로 가는 길인데?"

니코는 망설이다 대답했어요. "수용소로."

"수용소? 나치가 만든 수용소 말이야?"

이발사는 남자애들을 돌아보고는 웃음을 터뜨렸어요.

"그런 수용소에 제 발로 가는 사람이 어디 있어. 거긴 사람이 무슨 사냥당한 짐승처럼 끌려가는 곳이야. 한번 가면 다시는 못 돌아오는 곳이라고."

니코는 굳은 표정으로 이를 앙다물었어요.

"어디 말해봐라, 꼬마야. 수용소에 대체 누가 있길래 그렇게 애타게 보고 싶어 하는 거냐?"

"당신은 몰라도 돼."

"너 유대인이냐?" 이발사가 물었어요.

"아니야."

"그거야 네 바지를 내려보면 금세 알 수 있는데(유대인 남성은 관습에 따라 생후 며칠 만에 성기 끄트머리의 포피를 잘라내는 할례를 받는다—옮긴이)."

니코는 주먹을 불끈 쥐었어요. 남자애들은 자기들끼리 눈길을 주고받았고요. 이발사는 아이들에게 물러나라는 뜻의 손짓을 했어요.

"상관없어. 유대인일 수도 있고 아닐 수도 있지만, 독일어를 할 줄 아는 데다 수용소로 들어가려고 여권을 만들겠다는 꼬맹이라니. 거 참 재미있군."

이발사는 옆으로 물러나 니코의 가방 속을 샅샅이 뒤졌어요. 옷가지와 소시지 아래쪽 가방 밑바닥에 꼭꼭 접은 서류가 숨겨져 있었어요. 이발사는 서류 한 장을 꺼내어 읽어보고는 혼자 쿡쿡 웃었어요. 그러고는 소년들 쪽으로 돌아섰죠.

"이 녀석을 할아버지께 데리고 가." 이발사가 말했어요.

이 사람들은 정체가 뭐였을까요?

이발사의 이름은 자피 만티스, 그리고 십대 남자애 둘은 그의 아들인 크리스토스와 코스타스였어요. 이들은 당시에는 흔히 '집시'라 불리던 로마니인이었어요. 그들 역시 나치를 피해 숨어 지내는 형편이었기 때문에 이발소는 진짜 목적을 감추기 위한 위장이었죠.

세 사람은 니코를 데리고 시내 외곽으로 향했어요. 건물이 달랑 두 채만 서 있는 황폐한 동네였어요. 니코는 건물 한 채의 뒤쪽에 천막촌이 있는 것을 알아챘어요. 그곳에서 여성 몇 명이 아이들을 커다란 금속 욕조에 담가 씻기고 있었어요. 니코는 세 사람을 따라 계단을 올라갔어요. 2층에 도착하자 만티스가 문을 네 번 두드리더니 잠시 기다렸다가 세 번 더 두드렸고, 또 잠시 있다가 한 번 더 두드렸어요.

문이 열리고 작업복 차림의 턱수염을 기른 키 작은 남자가 나와 그들을 안으로 들였어요.

"얘는 누구냐?" 남자가 물었어요.

"우리한테 굴러들어온 노다지예요." 만티스가 대답했어요.

니코는 실내를 둘러봤어요. 물감이 든 깡통과 캔버스와 갖가지 그림이 놓인 이젤 여러 개가 눈에 띄었어요. 안쪽 깊숙한 곳에는 천장부터 바닥까지 널따란 방수포가 걸려 있었고 그 앞에 의자가 몇 개 놓여 있었어요. 꼭 모델이 앉는 자리 같았죠.

"이것 좀 보세요." 만티스는 니코의 가방을 열어 서류를 꺼냈어요. "신분증명서예요. 독일 정부가 발행한 신분증명서라고요!"

턱수염 남자의 얼굴에 겁먹은 표정이 번개처럼 스쳤어요.

"안심하세요. 이 아이 것이 아니니까요. 얘는 도망 중인 유대인이에요. 아닐 수도 있고요. 보세요."

만티스의 말에 턱수염 남자는 서류를 들어 전구 불빛에 비춰 봤어요. 그러고는 눈을 돌려 니코를 봤죠. 남자가 입은 파란 작업복은 물감 얼룩으로 뒤덮여 있었어요.

"너 이걸 어디서 구한 거냐?"

"내 가방을 돌려주지 않으면 아무것도 안 가르쳐줄 거야." 니코가 말했어요. "그리고 내가 돈을 주고 부탁한 사진도 같이 내놔." 니코는 당당하게 말하려고 애썼지만, 목소리가 떨렸어요.

"얘 독일어를 할 줄 알아요." 만티스가 말했어요.

"정말로?" 턱수염 남자는 놀랐는지 눈썹이 쓱 올라갔어요. "그럼 독일어를 읽을 줄도 아는 거야?"

니코는 별것 아니라는 듯이 코웃음을 치고 고개를 끄덕였어요. 남자는 주머니에 손을 넣어 꼬깃꼬깃 접은 종이를 꺼냈어요.

"당장 읽어봐. 여기 뭐라고 적혔지?"

니코는 종이를 읽었어요. 사람들 이름이 적힌 공식 문건이었는데, 맨 위의 한 문단은 지시 사항이었어요. 니코가 우도 그라프의 책상에서 본 문서들과 비슷했죠.

"여기 있는 명단에 이름이 적힌 사람들을 8월 28일에 체포해 기차역으로 데려가라고 적혀 있어. 그 사람들이 휴대하는 가방 무게는 6킬로그램을 넘으면 안 된다고 적혀 있고. 그리고 여자와 아이들은 열차에 오르기 전에 남자들과 분리해야 한다는 말도 있어."

만티스는 표정을 찌푸렸어요. "28일이라고? 모레잖아."

니코는 종이를 턱수염 남자에게 돌려줬어요.

"당신들 다 유대인이에요?" 니코가 물었어요.

턱수염 남자는 고개를 가로저었어요.

"그보다 더 안 좋아."

그보다 더 안 좋을 수도 있을까요?

여기서 제가 좀 끼어들게요. 로마니인들은 유럽 전역에 흩어져 살던 방랑자 공동체였어요. 역사가 깊고 신앙이 독실하고 음악과 춤을 사랑하며 가족애가 깊은 사람들이었죠. 하지만 '늑대'는 그들을 유대인과 마찬가지로 악한 존재로 여겼어요. 그들에게 '치고이너'라는 이름을 붙이고 국가의 적으로 취급했죠. 나치 군대는 어디서든 로마니인을 발견하면 절멸 수용소로 이송하거나 아예 그 자리에서 사살했어요. 늑대의 병사들은 그들을 몹시 혐오해서 '집시 돼지'라고 부르며 유독 잔인하게 굴었어요. 여성은 겁탈하고 남성은 목매달아 죽였고, 재미 삼아 그들에게 머리에 총을 맞고 죽든가 전기 철조망에 제 발로 뛰어들든가 둘 중 하나를 선택하게 하기도 했죠.

제2차 세계대전이 끝나기 전까지 유럽에 거주하던 로마니인 가운데 절반이 제거당했어요. 4분의 3이 살해당했다고 주장하는 이들도 있고요. 후손들은 이 시기를 가리켜 파괴를 뜻하는 '포라이모스'나 절멸을 뜻하는 '파라이모스', 또는 집단 학살을 뜻하는 '사무다리펜'이라는 이름으로 부르죠. 용어가 여러 개라고 해서 그들의 언어가 잘못된 건 아니에요. 그런 참상을 어떻게 하나의 단어로만 표현할 수 있겠어요?

하지만 지금은 일단 그 다락방으로 돌아가보죠.

니코는 자기 가족이 열차 화물칸으로 끌려가던 광경을 떠올렸어요. 자신의 겨드랑이를 잡고 들어올렸던 덩치 큰 남자도 떠

올랐고요. '저놈들은 우릴 죽이려고 데려가는 거야.'

"지금 당장 이 도시를 떠나야 해요." 니코가 경고했어요.

남자들은 서로를 보며 고개를 끄덕였어요. 만티스는 가죽 가방의 지퍼를 잠그고 니코에게 건넸어요.

"수용소까지 잘 도착하길 빈다."

만티스는 그렇게 말하고는 두 아들을 돌아봤어요. "이 애를 가게로 데려다줘."

"잠깐만." 턱수염 남자가 끼어들었어요. "이 애는 사진이 필요하다고 했잖아."

만티스는 코웃음을 쳤어요. "우리가 얘를 왜 도와줘요?"

"왜냐면 이 애가 우릴 도와줬으니까."

턱수염 남자는 니코 쪽을 돌아봤어요. "네가 번역해준 서류는 나치 장교의 집에서 일하는 하녀가 훔친 거다. 우리는 읽을 수가 없었어. 그런데 이제 네 덕분에 떠나야 한다는 걸 알았지."

니코는 고개를 끄덕였어요. 그들에게서 동질감을 느꼈죠. 그저 살아남으려고 안간힘을 쓰는 사람들이었으니까요. 니코 자신과 마찬가지로.

"이쪽은 내 아들 만티스야." 턱수염 남자는 손으로 이발사를 가리키며 말했어요. "그리고 이쪽은 내 손자, 크리스토스와 코스타스. 너도 저 애들처럼 나를 '파포'라고 부르면 돼. '할아버지'라는 뜻이거든."

"파포." 니코는 그 말을 따라했어요.

"그런데 넌 뭐라고 불러야 하지?"

니코는 긴장해서 침을 꿀꺽 삼켰어요.

"에리히 알만."

"알았다, 에리히 알만. 네가 손봐야 하는 여권은 어디 있지?"

니코는 망설였어요. 마음 한편에는 이 사람들에게 이미 너무 많은 걸 털어놨다는 생각이 있었거든요. 하지만 턱수염 남자의 눈빛에는 어딘가 니코 자신의 할아버지를 떠올리게 하는 구석이 있었어요. 그 눈빛을 보자 니코의 마음속엔 그리움과 신뢰의 기억이 차올랐어요. 그래서 신발을 벗고 밑창에 숨겨둔 한스 데글러의 여권을 꺼내 파포에게 건넸어요. 파포는 갈색 여권의 표지를 내려다봤어요. 검은 독수리와 갈고리 십자 아래에 '도이체스 라이히(독일국)'라는 말이 적혀 있었죠. 그의 얼굴에 웃음이 가득 번져갔어요.

"독일 여권이라. 네가 우리한테 두 번째 선물을 주는구나, 에리히 알만."

"가져가면 안 돼요!" 니코가 외쳤어요.

"아, 내가 가지겠다는 말은 아니야."

파포가 방수포를 휙 당기자 그 뒤에 있던 제도용 책상과 잉크병, 약품 단지, 재봉틀이 드러났어요.

"난 이걸 복제할 거란다." 파포가 말했어요.

물감으로 얼룩진 작업복을 입기는 했지만,
파포는 화가가 아니었어요.

실은 위조꾼이었죠.

파포의 가족은 로마니인 공동체에 벌써 1년이 넘게 위조 서류를 제공했어요. 로마니인이라는 걸 들키지 않도록 신분증과 혼인 증명서에 이름을 적을 때는 반드시 철자를 바꿨죠. 화가의 화실처럼 위장한 채 비밀리에 운영하는 이 조그만 공방은 그 자체로 감동을 자아냈어요. 종이 더미와 고무도장, 물감이 든 컵, 색색의 염색약, 심지어 색깔이 제각각인 여러 나라의 여권까지 니코의 눈을 사로잡았어요.

"독일 여권을 손에 넣은 건 처음이야." 파포가 말했어요.

"거기 내 사진을 붙여줄 수 있을까요?" 니코가 물었어요.

파포는 여권의 속지를 살펴봤어요. "이 파란 스탬프를 지우고 새 스탬프를 만들어야겠어. 젖산을 쓰면 될 거야. 지우는 데는 그게 직방이거든."

니코는 파포가 무슨 말을 하는지 알아듣지 못했어요. 그러면서도 홀린 듯한 기분을 느꼈죠. 이곳, 이 황폐한 건물은 재창조의 현장이었어요. 예전의 신분을 파기하고 새로운 신분을 창조하는 곳이었어요. 카멜레온처럼 살아가는 니코 같은 사람에게 더없이 어울리는 장소였죠.

"지금 하려는 일을 나한테도 가르쳐줘요." 니코가 말했어요.

"너한테 가르쳐달라고?" 파포가 물었어요.

"예."

"안 돼."

"돈 줄게요."

"잘 들어라, 얘야." 만티스가 말했어요. "우린 짐을 싸서 몇 시간 후에 떠날 거야. 내일 밤까지는 여기서 사라져야 해."

니코는 뭔가 결심한 듯 이를 앙다물었어요. "그럼 나도 같이 갈게요."

── 새 임무를 받은 ──
우도

죄송해요. 니코와 파니와 세바스티안의 이야기를 너무 자세히 하다 보니 그만 깜박했지 뭐예요. 그들에게 고통을 안겨준 우리 네 번째 등장인물, 즉 우도 그라프가 어떻게 됐는지 들려드리는 걸 말이에요.

우도는 아우슈비츠라는 이름으로 알려진 수용소에 니코 가족과 같은 날 도착했어요. 자신의 객차에서 내린 우도는 승객들과 경비병들이 뒤섞인 아수라장을 목격했어요. 끔찍한 악취가 진동하고 시체가 산처럼 쌓여 있고, 해골처럼 비쩍 마른 사람들이 파자마 같은 줄무늬 죄수복 차림으로 진흙탕을 뛰어다녔어요. 우도는 무슨 일을 하러 여기에 온 걸까요?

답을 알기까지는 채 한 시간도 걸리지 않았어요. 도착한 수감자들이 떠밀리고, 곤봉에 맞고, 머리를 깎이고, 소독약이 뿌려지고, 일부는 가스실로 끌려가는 동안 우도는 수용소 맨 구석에 있는 저택으로 안내받았어요. 잘 가꾼 정원으로 둘러싸인 위풍당당한 벽돌 건물이었죠. 그곳에서 일하는 관리인과 하녀 몇 명은 우도가 지나가는 동안 눈을 내리깔고 있었어요. 저택 안에 들어선 우도는 창밖을 내다봤어요. 높다란 담과 아름드리나무가 수용소를, 특히 화장터의 높다란 굴뚝을 거의 다 가렸어요. 그곳은 시골 별장 같은 느낌이 났어요. 쾌적하면서도 목가적인 분위기가 풍겼죠.

우도는 마호가니 책상이 있는 서재로 안내받았어요. 책상 위에 보드카가 담긴 크리스털 병이 놓여 있었어요. 우도가 그곳에서 기다리는 동안 바깥에서 시끄러운 엔진 소리가 쉬지 않고 들려왔어요. 수감자들을 가스실에서 처형할 때 나직이 퍼져나가는 단말마의 비명을 감추려고 경비병이 오토바이 엔진을 시끄럽게 공회전시킨다는 것은 우도가 나중에야 알게 된 사실이었죠.

느닷없이 웬 나치 친위대 고위 간부가 광이 나는 나무 바닥에 군홧발을 딱딱 부딪히며 서재로 들어왔어요. 그는 보드카를 두 잔 따라 우도에게 한 잔 건네고는 자신을 보좌해 수용소 운영을 거드는 것이 우도가 이곳에 발령받은 이유라고 말했어요. 이 남자가 수용소의 신임 소장이었던 거예요. 영문을 모르는 우도가 전임 소장은 어떻게 됐냐고 묻자 신임 소장은 목소리를 낮췄어요.

"어떤 여성 수감자와 부적절한 관계를 맺었어. 아주 친밀한 관계를 말이야. 그러다 아기가 생겼지. 전임 소장은 본국으로 소환돼서 철저한 조사를 받게 될 거야."

사령관은 잠시 뜸을 들이다 말을 이었어요. "자네가 그런 문제에 휘말릴 일은 없을 거라고 믿어도 좋겠지, 경비 감독관?"

경비 감독관이란 '수용소 보안 책임자'라는 뜻이었어요. 그러니까 그게 우도의 새 직함이었던 거예요. 우도가 이곳으로 불려온 이유가 바로 그거였어요. 배신이 아니었던 거죠. 일종의 진급이었어요.

"그런 문제는 절대 없을 겁니다, 소장님." 우도가 대답했어요.

"좋아. 그건 그렇고. 이곳엔 최우선으로 따라야 하는 규칙이 하나 있어. 바로 '챙길 것은 챙기고, 나머지는 다 버린다'야."

"더 자세히 설명해주시겠습니까?"

소장은 술잔을 내려놨어요. "이렇게 설명하면 어떨까? 더러운 유대인 놈들이 도착하면 놈들의 본모습에 걸맞게 마치 쓰레기를 분류하는 것처럼 분류하는 거야. 나이 든 여자, 아기가 딸린 어미, 약해빠진 늙은이, 또는 눈곱만큼이라도 반항할 기미를 보이는 놈이 있으면? 그 자리에서 처치해버려. 그 밖에 다른 놈들, 즉 힘센 남자나 쓸 만한 여자는 노역에 투입해. 자네도 수용소 정문에 걸린 표어를 봤겠지? '*아르바이트 마흐트 프라이*(노동이 너희를 자유롭게 하리라)'."

소장은 씩 웃었어요. "물론 진짜 '자유'를 주는 건 아니지만."

우도는 소장을 따라 애써 웃었어요. 속은 울렁거렸지만요. 그는 보드카를 한 모금 홀짝이며 자신이 앞으로 얼마나 많은 사람을 죽여야 할지 궁금해했어요.

°*

아우슈비츠에 도착하기 전까지 우도는 주로 살육을 간접적으로 지원하는 이송 업무를 맡았어요. 적을 포위하고 굴복시킨 다음 다른 곳으로 보내 처리시키는 일이었죠. 이번 임무는 달랐어요. '그 자리에서 처치하라고?' 우도는 멈칫할 수밖에 없었어요. 양심이 더 온전한 사람이었다면 꺼릴 임무였어요. 손을 떼고 그곳을 떠났겠죠. 전근 요청을 해서요.

하지만 우리는 하느님을 섬기거나 인간을 섬기거나 둘 중 하나를 택해야 해요. 그리고 만약 인간을 섬기는 쪽을 택한다면 우리가 복종해야 할 명령과 거기에 따르는 잔인성에는 한계라는 것이 존재하지 않는 경우도 있어요.

그래서 우도는 학살자가 되기로 했고, 곧 자신이 그 일에 꽤나 능숙하다는 것을 깨달았어요. 그의 감독 하에 수용소에 도착한 열차의 하차 작업은 빠르게 이뤄졌고, 수감자들은 몇 시간도 안 되어 가스실로 향하는 경우가 많았어요. 겁에 질려 울부짖는 그들 모두 누군가의 어머니나 아버지, 또는 자녀였지만 똑같이 무자비하게 죽음이 기다리는 곳으로 치워졌어요. 마치 테이블 위에 흩어진 쌀알을 손으로 휙 쓸어버리는 것처럼요. 우도는 자신의 일기장 수첩에 그날의 인원수와 누적 집계치, 하루의 처형이 순조롭게 끝났을 때의 뿌듯한 마음 따위를 꼼꼼히 기록했어요.

우도는 또한 자기 손에 피를 묻히느라 시간을 낭비하는 일이 결코 없었어요. 아우슈비츠에 오기 전까지 그는 직접 사람을 죽인 적이 그리 많지 않았어요. 병사들이 살로니카의 시너고그를 불태우지 못하게 막아달라고 간청하던 늙은 유대인 랍비 한 명을 총으로 쏴 죽인 적은 있지만요. 그리고 바론 히르슈 게토에서 탈출한 남자 두 명을 처형하기도 했어요. 마침 친위대 병사의 소총이 고장났기 때문이었죠. 우도는 무릎을 꿇은 두 유대인 앞에서 소총을 만지작거리며 쩔쩔매는 병사를 보고 창피한 기분이 들었어요. 유대인들이 흐느껴 우는 소리를 참을 수가 없었던 그는 자신의 루거 권총을 뽑아 문제를 재빨리 해결했어요.

하지만 이는 피치 못할 상황이었어요. 우도는 자신이 쏜 총에 맞아 꼼짝 않고 널브러진 시체들을 가만히 바라보며 일말의 가책을, 심지어 분노를 느꼈어요. 대치 상황이 그토록 격렬해질 때까지 놔둔 자신에 대해서요.

수용소에서 우도는 경비병들이 자신의 행동을 모범으로 삼을 거라 생각한 나머지 유대인을 평일에는 하루에 한 명씩, 토요일에는 두 명씩 꾸준히 총으로 쐈어요. 그들이 죽고 나면 우도는 그들의 팔뚝에 파란색 잉크로 새겨진 번호를 불러달라고 했어요. 그러고는 그 번호를 자기 수첩 속 목록에 기록했어요.

아우슈비츠에서 지내는 동안 내내,
우도는 어떤 수감자의 이름도 알지 못했어요.

단 한 명만 빼고요.

세바스티안 크리스피스.

우도가 부리던 거짓말쟁이 꼬마의 형이었죠.

우도는 역 플랫폼에서 본 세바스티안의 모습을 떠올렸어요. 돌이켜보면 식구들 모두가 소리를 지르고 울부짖으며 니코를 향해 달려올 때 오로지 형인 세바스티안만이 잠자코 있었어요.

그리고 화물칸에서 우도가 창문 바깥으로 아기를 던졌을 때에도 다른 승객들은 모두 고개를 돌렸지만 이번에도 이 아이만

이, 니코의 형만이 우도를 물끄러미 바라봤어요. 우도는 그것을 빌미로 그 소년을 쏠 수도 있었어요. 실제로 그렇게 생각한 적도 있었고요.

하지만 그 대신 아우슈비츠에 도착하고 나서 경비병들에게 그 소년에게는 가장 끔찍한 작업만 시키라고 지시했어요.

"저 녀석이 그렇게 싫으시면 그냥 처리하시지 그러십니까?" 어느 장교가 물었어요.

"육신을 죽이는 건 식은 죽 먹기야." 우도가 대답했어요. "하지만 영혼을 죽이는 건 아무나 할 수 있는 일이 아니지."

약해진 동시에
강해진
세바스티안

소년의 영혼을 죽이는 일은 우도가 상상했던 것과 달리 간단치 않았어요. 어머니와 형제들을 잃고 지난날의 치졸한 질투심 대신 굶주림과 피로에 시달리는 사이에 세바스티안은 빠르게 성숙해갔어요. 힘도 더 세졌고 더 용감해졌어요. 또한 매번 다른 임무를 수행하는 사이에 수용소 사정과 거기서 살아남을 방법을 더 폭넓게 파악했죠. 세바스티안은 쓰레기통에서 감자 껍질을 몰래 챙겼어요. 군견의 밥그릇에서 사료를 훔쳤고요. 다른 그리스 출신 수감자들과 인맥을 쌓아 어느 막사가 검열을 가장 적게 받는지, 또 어떤 경비병이 곧잘 한눈을 파는지 같은 정보를 주고받았어요. 경비병들에게는 별명을 붙여 누가 누군지 구분했죠.

"오늘은 '당나귀 귀'를 조심해요. 아무나 잡아서 화풀이하려고 눈이 벌게졌으니까요."

"아까 '흡혈귀'가 변소 옆에서 졸고 있는 걸 봤어요."

"어제 '족제비'가 수감자 둘을 쐈어, 그놈 곁에는 얼씬도 마."

세바스티안은 심지어 일용직 노동자로 수용소에 들어와 유대인 수감자와 함께 일하는 폴란드 민간인들하고도 아는 사이가 됐어요. 두 집단은 서로 얘기를 나누지 못하게 금지됐는데도 말이에요. 그런데 어느 날 아침, 자갈밭을 삽으로 고르는 작업을 하던 세바스티안은 목이 굵다랗고 한쪽 눈에 안대를 한 폴란드인 노동자가 자신과 나란히 일하고 있는 걸 알아차렸어요.

"너 아주 해골이 따로 없구나." 그 남자는 세바스티안에게 나직이 말했어요. "저놈들이 여기서 너한테 무슨 짓을 하고 있는 거냐?"

세바스티안은 긴장해서 침을 꼴깍 삼켰어요. 남들 눈에 자신이 어떻게 보일지 생각해본 적이 없었거든요. 수감자들은 서로의 외모에 대해 결코 언급하지 않았어요. 모두가 똑같이 초라한 몰골이었으니까요. 머리가 박박 깎이고, 멍이 들고, 흉터가 생기고, 상처는 아무는 법이 없고, 기름때가 얼룩덜룩하고, 빼빼말라 뼈와 가죽만 남은 상태였죠. 그런데 그 폴란드인은 이렇게 물었어요. '저놈들이 여기서 너한테 무슨 짓을 하고 있는 거냐?' 보아하니 이 근처에 사는 모양인데 이 남자는 어떻게 자기 동네에서 무슨 일이 일어나는지 이토록 까맣게 모를 수가 있을까요?

세바스티안의 마음 한구석에는 죄다 얘기하고 싶은 충동이 솟았어요. 가축 이송용 화물칸, 분리 수감, 소독, 구타, 아침 체벌, 저녁에 배급받는 밍밍한 수프 한 그릇, 기침, 구토, 발진티푸스, 성홍열, 침상에서 자다가 죽은 채로 발견된 사람들…….

한편으로 만약 여기서 하는 얘기가 경비병의 귀에 들어가기라도 했다가는 온 수용소 사람들의 눈앞에서 아버지와 할아버지와 나란히 목이 매달릴 처지였어요. 나치가 '죽음의 곱셈법'을 적용했기 때문이죠. 식량을 훔치다가 적발된 수감자가 한 명 나올 때마다 다섯 명이 고문당했어요. 탈출을 시도하는 수감자가 한 명 나올 때마다 열 명이 처형됐고요. 진실이 목구멍까지 올라왔다고 한들 나치가 그렇게 목을 단단히 틀어쥐고 있는데 세바스티안이 어떻게 저를 입 밖의 세상에 내보낼 수 있었겠어요?

"먹을 것 좀 갖다줄 수 있어요?" 세바스티안이 한참 만에 중얼거린 말이었어요.

안대를 한 남자는 고개를 가로젓고는 삽질만 이어갔어요. 그 모습이 마치 이렇게 말하는 듯했어요. '내가 왜 굳이 그런 수고를 해?' 하지만 이튿날, 경비병들이 다른 곳에 있는 틈을 타 그 남자는 세바스티안에게 감자 한 알과 정어리 통조림 한 개를 건넸고, 세바스티안은 그것들을 속옷 깊숙이 숨겨 막사로 돌아갔어요. 그러고는 아버지와 할아버지와 함께 나눠 먹었어요.

"오늘 밤에는 우리 영리한 세바스티안 덕분에 감사 기도를 드려야겠구나." 라자르는 입맛을 다시며 말했어요. "이렇게 맛있는 감자는 생전 처음 먹어본다."

레브는 빙그레 웃으며 아들의 머리를 쓰다듬었어요. 그러다가 아들의 쇄골 위쪽에 곡선 모양으로 나 있는 상처가 눈에 띄었어요. 그 상처는 경비 감독관 그라프가 군견들에게 수감자 무리를 공격하라고 명령했을 때 얻은 '기념품'이었죠.

"상처는 좀 아물었니?" 레브가 물었어요.

세바스티안은 아래를 흘긋 내려다봤어요. "아직 아파요."

"나중에 목깃이 달린 셔츠를 입으면 표도 안 날 거다."

세바스티안은 히죽 웃었어요. "목깃이 달린 셔츠를 입을 날이 언제 오는데요?"

"언젠가 올 거다." 레브가 말했어요.

라자르는 두 사람 쪽으로 몸을 숙였어요. "흉터를 부끄러워하면 안 돼. 우리가 어떻게 살아왔는지 보여려주는 건 결국 흉터란다. 우리를 상처 입힌 모든 것과 우리를 치유해준 모든 것을 말이야."

세바스티안은 상처를 살짝 만져봤어요.

"네가 자랑스럽구나, 세브." 레브는 나직이 말했어요. 그러고는 눈물을 감추려고 눈을 깜박였어요. "난 네가 얼마나 강한지 까맣게 몰랐지 뭐냐. 미안하다. 내가 그동안 너한테 신경을 많이 못 쓴 것 같구나."

"괜찮아요, 아빠." 세바스티안이 말했어요.

"사랑한다, 아들아."

세바스티안은 오싹한 느낌이 들었어요. 그는 방금 들은 그 말을, 그리고 아버지가 그 말을 해줬으면 하고 바랐던 많은 순간들을 떠올려봤어요. 하지만 이제 말은 중요하지 않았어요. 음식이 중요했죠. 물이 중요했고요. 경비병의 시선을 피하는 것도 중요했어요. 제가 인간들에게서 발견한 슬픈 사실이 바로 그거랍니다. 사랑하는 이가 간절히 듣고 싶어 했던 말을 여러분이 마침내 들려줄 때, 정작 당사자에게는 그 말이 더 이상 필요하지 않은 경우가 많다는 것 말이에요.

○※

1944년 늦여름의 어느 밤, 수감자들은 멀리서 들려오는 폭발음에 깜짝 놀랐어요. 이튿날 그들은 원래 하던 작업 대신 방공호 공사에 급히 투입됐어요.

"수용소가 폭격당하는 중이야." 수감자 한 명이 나직이 말했어요.

"우릴 해방시키러 오는 거야!" 다른 사람이 소곤거렸어요.

"하지만 저 폭탄에 우리가 맞으면 어떡해?"

"이제 전쟁이 끝난다는 뜻이잖아! 모르겠어?"

안타깝게도, 전쟁은 끝나지 않았어요. 연합군이 실제로 공습을 퍼붓기는 했지만 표적은 절멸 수용소 자체가 아니라 그 주위의 군수 공장이었죠. 날이면 날마다 비행기 소음이 하늘을 울렸어요. 독일군은 방공호로 서둘러 대피했지만 수감자들은 방공호 출입이 금지됐기 때문에 그저 더러운 진흙탕에 엎드리는 게 고작이었어요. 서로 몸을 포개어 뒤엉킨 채로요.

공습이 계속되는 사이에 라자르는 바이러스에 감염됐어요. 아마도 몇 시간씩이나 동료 수감자들의 몸에 깔려 있었기 때문일 거예요. 날이 갈수록 쇠약해진 라자르는 자기 몫의 노역을 견뎌내려고 안간힘을 다했어요. 한 걸음 한 걸음이 시련처럼 보였죠. 그는 담배 파이프 청소용 솔처럼 허리가 심하게 굽은 나머지 척추뼈 윤곽이 살갗에 도드라져 훤히 보일 정도였어요.

라자르의 기침이 점점 더 심해지자 레브와 세바스티안은 그가 다음번 '선별'을 통과하지 못할까 봐 불안해졌어요. 선별이란 나치가 신입 수감자들의 자리를 마련하려고 몸이 약해진 사람을 솎아내 처치하는 절차였어요. 이 무렵 수용소에는 헝가리 출신 유대인들이 물밀듯이 들어와 막사가 미어터질 지경이었어요. 수감자들 가운데 일부는 자리를 비워줘야만 했죠.

"네 몫을 할아버지께 드리렴." 저녁에 수프가 배급되면 레브는 아들에게 그렇게 말했어요. 세바스티안은 아버지 말을 따랐어요. 레브도 똑같이 했고요. 둘은 노인이 더 건강해지기를 바라는 마음에 음식을 나누려 했던 거예요. 하지만 선별의 날이 닥쳤을 때 라자르의 병세는 거의 차도가 없었어요.

그날 오후, 수감자들은 강제로 옷이 벗겨진 채 커다란 방에 집결했어요. 그들은 한 명씩 차례로 운동장 맞은편으로 달려가 자기 수감자 번호가 적힌 쪽지를 감독관에게 제출하라는 명령을 받았어요. 감독관은 고작 2초 정도 대강 훑어본 다음 누가 처형되고 누가 살아남을지 결정할 예정이었어요.

"할아버지를 뒤쪽으로 보내드려야겠다." 레브가 나직이 말했어요. 그러고는 세바스티안과 함께 라자르를 데리고 옹기종기 모여선 수감자 무리 뒤쪽으로 이동했어요. 일단 이날 배정된 인원수가 다 차면 감독관이 별 신경을 쓰지 않을 거라 짐작했기 때문이었죠.

"명심하세요, 할아버지." 세바스티안이 말했어요. "고개를 꼿꼿이 들고, 가슴은 쭉 펴고, 최대한 빨리 움직이면서 튼튼한 척해야 해요."

라자르는 고개를 끄덕였지만 서 있는 것조차 힘들어 보였어요. 이제 앞쪽에는 벌거벗은 남자 몇 명만 남아 있었죠. 그때 느닷없이 라자르가 기침을 시작했어요. 거칠고 요란한 기침이 터져나왔어요. 그는 고통을 못 이기고 허리를 숙였어요.

레브는 입술을 깨물었어요. 눈에는 눈물이 그렁그렁했죠. 그가 아들을 돌아봤을 때 세바스티안은 아버지의 얼굴에서 이때껏 본 적 없는 표정을 목격했어요. 그 순간, 레브는 은밀하게 손을 뻗어 아버지의 손에서 쪽지를 빼앗은 다음 자기 수감자 번호가 적힌 쪽지를 아버지의 손안에 쑤셔 넣었어요. 그러고는 운동장으로 뛰어나가 벌거벗은 몸으로 감독관 앞을 지나 달려갔어요. 그렇게 아버지의 목숨을 구한 레브는 가슴을 쭉 편 채 천국이 있을 하늘을 올려다보며 죽음의 구렁텅이로 달려갔어요.

부다페스트

파니는 롤빵에 잼을 발라 재빨리 한 입 베어물었어요. 이때는 부다페스트의 어느 아파트 지하에 머무는 중이었지만 파니는 여전히 언제 음식을 빼앗길지 몰라 불안해하는 사람처럼 서둘러 식사를 해치웠어요.

파니 주위에는 스물두 명이나 되는 아이들이 있었어요. 가장 어린 아이는 다섯 살에 나이를 웬만큼 먹은 아이의 경우는 열여섯 살까지 나이대도 다양했어요. 아이들은 숟가락이나 포크가 부딪히는 소리가 나지 않게끔 조용히 음식을 먹었어요. 모두 다 뉴브강변에서 구조돼 거의 3주째 이곳에 머무는 중이었죠.

긁어모은 정보에 따르면, 파니가 목숨을 구한 건 몹시도 기이한 사건이 연이어 일어난 덕분이었어요. 화살십자당이 처형을 막 시작한 순간, 헝가리의 유명한 여성 배우가 처형 현장인 강기슭에 도착했던 거예요. 그 배우는 금과 모피를 들고 경비병들 사이를 누비며 포로들을 풀어주면 뇌물을 주겠다고 제안했어요. 파니는 일찌감치 기절하는 바람에 그 배우를 보지 못했지만, 나이를 조금 먹은 남자애들은 눈화장을 짙게 하고 선홍색 립스틱을 바른 그 배우가 굉장히 매력적이었으며 심지어 관능적이었다고 말했어요. 이따금 경비병들을 유혹하는 것처럼 보였다는 말도 했죠.

하지만 그 배우의 노력은 부분적으로만 성공을 거뒀어요. 화살십자당은 아이들은 데려가도 좋다고 허락했지만 어른들은 놔주지 않았거든요. 아이들은 한밤중에 차 여러 대에 나누어 탄 채 이 텅 빈 아파트까지 실려왔어요. 보아하니 그 배우가 사는 곳이 아니라 도시 반대편에 있는 건물 같았어요. 그러고는 서둘러 지하실로 내려와 덮고 잘 담요를 건네받았죠.

지하실에서는 아마도 그 배우가 고용한 듯한 요리사가 하루에 두 번 음식을 나눠 줬어요. 거기에는 읽을 책뿐 아니라 여럿이 함께 즐길 보드게임도 있었어요. 매일 요리사가 음식을 가져올 때마다 파니는 똑같은 질문을 했어요. '혹시 니코라는 남자애 보셨어요? 그날 밤 강기슭에 그 애도 있었나요?'

대답은 늘 똑같았어요. 그런 이름을 지닌 사람은 아무도 모른다는 대답이었죠. 12월이 되어 요리사가 초록색 사탕 알갱이를 뿌린 설탕 쿠키를 연말 선물로 가져왔을 때, 파니는 그 모든 일이 자신의 상상이었는지 궁금할 지경이었어요.

그게 상상이 아니었다는 건 제가 장담할 수 있어요.

그렇다면 니코는 다뉴브강변에서 뭘 하고 있었을까요?

모든 일은 니코가 로마니인 난민들과 함께 지내며 통달한 재주, 즉 위조에서 시작됐어요. 그리스와 유고슬라비아 국경 근처의 고원 지대 숲속에 숨어 지내는 동안 파포는 니코에게 잉크와 염색약을 사용하는 법과 나무토막을 깎아 도장을 만드는 법, 종이에 구멍을 뚫는 법, 세탁소에서 훔친 젖산으로 잉크 자국을 지우는 법 따위를 가르쳐줬어요. 그림 실력이 뛰어났던 니코는 타고난 위조꾼이었어요. 그래서 1943년 겨울 무렵에는 이미 신분증 수십 장과 식량 배급표 몇 다발을 만들어냈는데, 이 모든 게 로마니인 난민들에게는 구명줄이나 다름없었어요. 게다가 니코 본인은 이제 자기 몫의 여권을 세 개나 갖고 있었어요. 헝가리 여권, 폴란드 여권, 그리고 가장 중요한 한스 데클러 명의의 독일 여권이었죠.

밤이면 니코는 나치의 눈을 피해 조그맣게 피운 모닥불 앞에 로마니인 가족들과 나란히 둘러앉았어요. 그러고는 양파를 넣어 끓인 토끼 스튜를 나눠 먹으며 통기타로 연주하는 노래를 들었죠. 노인들의 구슬픈 노랫소리를 듣다 보면 살로니카에서 보낸 안식일 저녁이 생각났어요. 할아버지가 우렁찬 목소리로 히브리어 축복 기도를 암송했던 일, 그러다가 고음에 이르러 목소리가 갈라지면 세바스티안과 함께 소리 죽여 쿡쿡댔던 일이 떠올랐죠. 니코는 그런 기억들이 가슴에 사무쳤어요. 다시 그들을 보고 싶어 애가 탔어요.

어느 날 아침, 만티스가 일어나 보니 옷을 차려입은 니코가 가죽 가방의 지퍼를 잠그는 중이었어요.

"얘야, 너 뭐 하는 거냐?"

"전 가야 해요."

"식구들을 찾으러?"

"제 가족은 독일에 있어요. 무사태평하게요."

만티스는 의외라는 듯 눈이 동그래졌어요. "그래?"

"네. 아무튼 전 가야 해요."

"잠깐만."

만티스는 자기 천막으로 다시 들어갔어요. 잠시 후에 파포와 함께 나온 그는 식빵 두 덩이와 잼 깡통 한 개, 그리고 펜과 잉크, 고무도장, 훔친 헝가리 여권 세 개가 든 서류 가방을 들고 나왔어요. 그러고는 따뜻한 미소를 머금고 니코에게 가방을 건넸어요.

"이런 날이 올 줄 알았지."

"미안해요, 파포."

"몸조심해라. 아무도 믿지 말고."

니코는 목이 메었어요. 한편으로는 여기 머물고 싶었거든요. 밤이면 모닥불을 피우고 즐거운 노래를 부르며 아무것도 묻지 않고 자신을 받아들여준 로마니인 동료들과 함께요. 니코는 그들이 가족처럼 느껴졌어요. 하지만 지금은 진짜 가족에게 니코의 도움이 필요했어요. 위조 기술을 배운 니코는 서류를 잔뜩 위조해 식구들 모두를 해방시킬 작정이었어요.

"감사합니다. 모든 게 다요." 니코는 파포에게 말했어요.

"감사는 우리가 해야지. 네 덕분에 목숨을 건졌으니까."

만티스는 깊은 한숨을 내쉬었어요. "너도 알겠지만, 수용소에 가면 나치가 널 대번에 죽이려고 들 거야."

니코는 말이 없었어요.

"이거 하나는 인정해주마, 에리히 알만. 진짜 이름이 뭐든 간에, 넌 배짱 하나는 두둑한 녀석이야."

바람에 떨어진 나뭇잎이 꽁꽁 언 진흙탕 위로 날아갔어요. 파포는 야영지 가장자리까지 니코를 바래다줬어요.

"이 말을 늘 기억하렴. *시 코하이모 메이 파치발로 사르 오 차치모.*"

"무슨 뜻이에요?" 니코가 물었어요.

"우리 로마니인들의 격언이야. '어떤 거짓말은 진실보다 더 믿음직스럽다.'"

°∗

니코는 파포가 들려준 말을 곱씹으며 걷고, 열차를 타고, 마차와 자동차를 얻어타기도 하며 폴란드로 향했어요. 유고슬라비아를 지나 헝가리까지 들어가 이동하는 동안 자신에게 어울리는 신분이 있으면 뭐든 위장으로 삼았죠. 베오그라드에서는 학생 행세를 하며 학교 식당에서 일주일 동안 끼니를 해결했어요. 오시예크에서는 인쇄 기술자의 조수로 취직해 한동안 머물며 위조 작업에 필요한 종이와 부재료를 쏠쏠하게 훔쳤고요. 니코는 경찰이나 군인이 자신을 불러세울 때를 대비해 언제나 사연을 준비해뒀어요. 자신은 헝가리 출신 음악가 지망생인데 조부모님을 뵈러 왔다거나, 자신은 폴란드 출신 운동선수인데 휴일을 맞아 삼촌을 뵈러 왔다거나……. 어떤 거짓말은 진실보다 더 믿음직스럽죠. 니코의 진실, 그러니까 실은 나치 대위에게 독일어를 배운 그리스 출신 유대인 소년이고, 기차역 플랫폼에서 동포들을 속였으며, 로마니인들에게서 위조 기술을 배웠고, 지금은 자신이 운 좋게 피해 갔던 절멸 수용소에 제 발로 찾아가는 중이라는 진실은 니코가 꾸며낸 거짓말보다 훨씬 더 믿기 힘들었어요.

어느 날 밤, 헝가리 도시 커포슈바르의 붐비는 거리를 니코가 걷고 있을 때 나치 군인 한 무리가 트럭을 타고 와 길가에 멈춰서더니 백화점으로 우르르 들어갔어요. 백화점 주인인 유대인 삼형제는 총구가 겨눠진 채 끌려나와 진열창 앞에 줄줄이 세워졌어요. 얼굴이 각지고 몸은 근육질인 어린 독일군 병사가 코트와 모자를 벗더니 옆의 벤치에 올려놨어요. 삼형제가 꼼짝도 못하고 붙잡혀 있는 동안 어린 병사는 그들을 정신없이 구타했어요.

구경꾼이 몰려들었어요. 개중에는 병사가 주먹을 날릴 때마다 환호하는 사람도 있었죠. '더 때려라!'나 '이제 맛을 보여줄 때가 됐지!' 같은 말을 외치면서요. 기세등등한 독일군 병사는 삼형제가 정신을 잃고 쓰러지자 자기 동료들에게 더 때려야 하니 일으켜 세우라고 요구했어요. 마침내 폭행이 끝났을 때 병사의 주먹은 살갗이 벗겨지고 소매는 피로 물들어 있었죠. 동료 병사들이 축하하는 뜻으로 어깨를 두드려주자 병사는 만족감에 젖어 깊은 숨을 내쉬었어요.

하지만 코트와 모자를 가지러 벤치로 가보니 모두 사라지고 없었어요.

니코는 이미 몇 블록 떨어진 곳에 있었고요.

몇 주가 지나는 사이에 니코는 갖가지 신분으로 위장한 채 지내며 만나는 사람들에게서 헝가리어를 배웠어요. 세게드에서는 아예 카페 주방의 설거지 담당으로 취직했죠. 그를 마음에 들어 한 주방장은 일과가 끝나고 카드놀이를 할 때 이런저런 표현들을 가르쳐줬어요. 이미 여덟 개 언어를 조금씩 배운 니코에게는 자기 나름의 체계적인 공부법이 있었어요. 특정한 핵심 동사(하다, 원하다, 보다, 만들다, 가다, 오다, 먹다, 자다 등)와 특정한 핵심 명사(음식, 물, 방, 친구, 가족, 나라 등)를 배워 익히고 대명사는 모조리 암기한 다음, 나머지 빈틈을 차차 채워가는 식이었어요.

어느 날 밤, 니코는 독일군 병사의 코트와 모자를 걸치고 시내 중심가로 산책을 나갔어요. 나치 제복을 입기에는 누가 봐도 앳된 외모였지만 아무도 시비를 걸지 않았죠. 오히려 정반대였어요. 사람들은 억지로 웃으며 니코에게 길을 비켜줬어요.

시내 한복판에 가까워졌을 무렵, 극장 앞에 잔뜩 모여 있는 인파가 눈에 띄었어요. 니코는 무슨 일인지 보러 그쪽으로 향했어요. 인파 한가운데에 아름다운 곱슬머리 여성이 서 있었는데, 듣자하니 그 극장에서 상영하는 신작 영화에 출연한 배우인 모양이었어요. 영화 홍보차 세게드에 들른 참이었죠. 여성은 반짝이는 드레스 차림에 하얀 장갑을 끼고 있었는데, 사인을 받으려는 사람들이 사방에서 몰려들었어요.

"커틸린!" 사람들이 소리쳤어요. "여기 좀 봐줘요, 커틸린!"

니코는 이때껏 영화를 본 적이 한 번도 없었어요. 그래서 사람들이 극장 앞에서 야단법석을 떠는 틈을 타 몰래 건물 뒤쪽으로 돌아가 자물쇠가 걸리지 않은 문을 찾았어요. 그러고는 슬그머니 극장 안으로 들어가 뒷줄에 앉았죠. 다른 자리가 다 차고 실내가 어두워졌을 때, 니코는 한순간 두려움을 느꼈어요. 뒤이어 스크린이 환해졌어요.

영화는 헝가리의 한 백작이 마법의 타임머신을 이용해 2세기 전으로 거슬러올라가 어떤 여성에게서 결혼 승낙을 받으려 하는 이야기였어요. 극장 앞에 있던 그 배우가 영화 속의 여성을 연기했죠. 니코는 거기에 단단히 사로잡히고 말았어요. 영화 자체, 그러니까 이미지와 연기와 실제보다 과장된 인물들뿐만 아니라 영화의 스토리와 시간을 거슬러올라간다는 발상에도 매료되고 말았죠. 영화를 본다는 경험 전체가 마법 같았어요. 잠깐이나마 니코의 머릿속에는 전쟁도, 열차도, 자신이 한 수많은 거짓말도 떠오르지 않았어요. 니코는 그저 입을 헤 벌린 채 스크린만 주시했어요. 그러면서 영화가 끝나지 않기를 바랐죠.

하지만 영화는 끝났어요. 그것도 갑작스럽게. 시끄러운 소란 때문에 평화롭던 분위기가 깨지자 니코는 자신이 벽장에 숨어 있는 사이에 군인들이 집에 쳐들어왔던 때가 생각났어요. 극장 안의 전등이 일제히 켜졌고, 남자들이 독일어로 외치는 고함 소리가 니코의 귀에 들려왔어요. 나치 친위대 병사들이었어요. 관객들에게 바깥으로 나가라고 지시하는 중이었죠.

"슈넬러!" 병사들이 외쳤어요. '서둘러!'

니코는 극장 안이 거의 다 빌 때까지 기다렸다가 뒷짐을 지고 어슬렁어슬렁 바깥으로 나갔어요. 꼭 자신도 관객을 내쫓는 일에 동참한 병사인 것처럼요. 그러다가 다른 나치들이 눈에 띄자 쿵쾅거리는 가슴을 안고 한쪽으로 슬금슬금 물러났어요. 남들에게 가짜 신분증을 보여주거나 제복을 입고 거리를 활보하는 것도 쉬운 일은 아니었어요. 하지만 진짜 나치들 앞에서 나치 행세를 하는 건 차원이 다른 문제였죠. 니코에게는 다행스럽게도 이 무렵 독일은 전황이 불리해지는 바람에 병력이 전보다 많이 줄어든 상태였고, 그래서 나치 소년단의 단원들을 점점 더 많이 징집했어요. 십대 소년이 현역병이 되는 것도 그리 드문 일은 아니었죠.

고작 다섯 명이었던 이 극장의 나치 병사들은 극장주와 그 여성 배우에게 불법 선전물 상영 혐의를 씌우는 일에 정신이 팔려 있었어요. 그들은 그 영화가 '상영 금지'됐으며 규정을 '위반'했다고 고함을 질렀죠. 그러고는 배우를 트럭 짐칸에 태웠어요. 아무래도 체포하려는 모양이었어요.

니코는 아직 시간이 있을 때 도망쳐야 한다는 걸 잘 알았어요. 하지만 방금 전 거대한 스크린에서 본 눈앞의 그 배우 때문에 니코는 차마 발길이 떨어지지 않았어요. 정말이지 딴 세상 사람 같았거든요. 너무나 매혹적이었죠. 트럭 짐칸에 태워진 상황에서도 그 여성은 두려움에 떠는 기색이 전혀 없었어요. 무릎 위에 손을 포갠 채 앞을 똑바로 바라볼 뿐이었죠.

극장주에게 표 값을 돌려달라고 요구하는 일부 관객들과 나치 병사들 사이에 말다툼이 시작됐어요. 그러다가 싸움이 벌어졌고, 병사들은 싸움을 말리러 뛰어들었어요. 한 병사가 니코 곁을 지나 뛰어가다가 니코의 제복을 보고는 트럭 쪽을 가리키며 독일어로 외쳤어요. "저 여자 잘 보고 있어!"

니코는 고개를 끄덕이고 서둘러 트럭으로 갔어요. 그 여성은 여전히 시선을 앞쪽에 고정한 채였죠. 겁먹었다기보다는 화난 것처럼 보였어요.

"혹시 여기서 빠져나갈 방법이 있나요?" 니코는 그 헝가리인 여성에게 나직이 물었어요.

그 말에 여성이 고개를 돌리자 니코는 소름이 돋는 느낌이 들었어요. 단지 눈만 마주쳤는데도 놀라서 뒤로 자빠질 것처럼 아름다웠거든요. 여성은 니코의 얼굴을 가만히 보다가, 이내 립스틱을 바른 입술 아래로 손가락 두 개를 폈어요.

"저쪽에 내 운전사가 있어요." 여성이 말했어요.

광장 건너편에 검은 차가 서 있고 그 안에 한 남자가 타고 있었어요. 니코는 생각할 겨를도 없이 트럭 문을 열었어요.

"가세요."

그 배우는 이 상황이 속임수일 거라 생각했는지 이쪽저쪽을 두리번거렸어요. 그러다가 극장 앞에서 벌어진 싸움이 더욱 격해지자 재빨리 트럭에서 내려 자신을 기다리는 차가 있는 곳으로 달려갔죠.

니코는 트럭 문을 닫고 고개를 숙인 채 길모퉁이를 돌아 그곳을 떠났어요. 그러고는 아무도 없는 곳에 도착하자 곧바로 나치 병사용 코트와 모자를 벗어던지고 짐 가방을 챙기러 자신이 일하던 카페로 돌아갔죠. 가쁜 숨을 몰아쉬며 연방 눈을 깜박거리는 모습이 꼭 자신이 방금 무슨 짓을 했는지 스스로도 믿기 힘든 사람 같았어요. 혹시라도 나치 패거리한테 발견되기라도 하면 니코는 얼마나 큰 곤경에 처하게 될까요? 어째서 그런 위험을 감수했을까요? 그것도 모르는 사람을 위해?

가방을 챙긴 니코는 곧장 기차역 쪽으로 달려갔어요. 뒷골목으로 들어서서 몸을 수그리고 냅다 달렸죠. 골목 끄트머리로 나오던 순간 니코는 급정거하는 차의 타이어 소리를 듣고 뒤로 펄쩍 뛰었는데, 그 덕분에 자신을 향해 달려오던 차에 치이는 사태를 간신히 모면했어요.

차 뒷문이 활짝 열렸어요.

"타요." 아까 그 배우가 말했어요.

°*

그 여성의 이름은 커털린 커라디, 일찍이 헝가리 영화계의 으뜸가는 스타였어요. 구두장이의 딸로 어렵게 자란 커털린은 가수이자 영화계의 우상과도 같은 존재가 되어 큰 명성을 얻었어요. 아름다운 커털린의 목소리는 구름 같이 많은 팬을 매혹시켰고, 고혹적인 외모와 옷맵시는 수많은 헝가리 여성들이 따라하는 선망의 대상이었어요. 그들은 옷도, 머리 모양도, 화장법까지도 모두 커털린을 똑같이 따라했죠.

커털린은 사생활이 뉴스에 자주 오르내리면서 더욱 유명해졌어요. 하지만 전쟁이 터졌을 때 커털린은 독일에 극렬히 반대했는데, 이 때문에 톡톡히 대가를 치러야 했어요. 행동 하나하나와 말 한마디가 곧바로 대중에게 알려지는 인물이었기 때문이죠. 헝가리가 나치 지배하에 들어가면서 커털린이 부른 노래는 금지곡이 됐고, 결국에는 출연한 영화마저 상영이 금지됐어요.

니코를 차에 몰래 태운 그날 밤, 커털린은 부다페스트로 가서 자기 아파트에 니코를 머물게 했어요. 그곳은 니코가 살면서 본 집 가운데 가장 호화로운 곳이었어요. 널따란 거실 중앙에는 샹들리에가 달려 있었고 창문마다 레이스 커튼이 드리워져 있었죠.

"그나저나." 커틸린은 자기 몫의 와인을 잔에 따르며 말했어요. "아직 당신 이름을 못 들었는데요."

"한스 데글러입니다." 니코가 말했어요.

"독일인이에요?"

"야."

커틸린은 씩 웃었어요. "이봐요, 젊은 친구. 난 배우예요. 눈앞에 가식을 떠는 사람이 있는데 내가 못 알아볼 것 같아요?"

니코가 독일 여권을 보여주자 커틸린은 더욱 활짝 웃었어요.

"잘됐네요. 신분증까지 갖춘 배우라니."

커틸린은 그 말을 하고는 어깨를 으쓱했어요. "상관없어요. 나도 본명을 쓰지 않은 지 오래니까. '커라디'는 매니저가 지어낸 성이에요. 그게 더 헝가리식 성처럼 들린다면서." 커틸린은 와인을 홀짝였어요. "요즘은 누구나 필요에 따라 마음대로 정체를 바꾸는 시대니까요."

니코는 그 여성을 유심히 관찰했어요. 여성의 뺨 색깔을, 여성의 눈 화장을 말이죠.

"그자들이 다시 체포하러 올까 봐 두렵지 않으세요?" 니코가 물었어요.

"아, 그자들이 나를 잡으러 올 거라는 건 나도 알아요. 전쟁 기간에 어느 한쪽을 편들고 나섰다면 그에 따른 대가를 치를 수밖에 없죠."

커틸린은 니코의 눈을 똑바로 마주 봤어요.

"당신은 누구의 편이 되고 싶은가요? ……한스 데글러?"

니코는 머뭇거렸어요. 그런 질문은 처음 받아봤거든요. '난 누구를 편들고 싶은 걸까?' 그때 떠오른 것은 자신이 아는 사람 중에 가장 철저한 원칙주의자인 할아버지뿐이었어요. 하얀 탑에서 할아버지가 자신과 세바스티안 형에게 들려줬던 이야기, 자유를 얻기 위해 탑을 칠하겠다고 나선 죄수의 이야기가 생각났죠.

"용서받기 위해 무슨 짓이든 하려고 하는 사람이요." 니코가 말했어요.

그 말에 커털린은 쿡쿡 웃었어요. "얼굴은 소년처럼 앳되고, 옷은 나치 제복을 입고, 말은 철학자처럼 하다니." 커털린이 이어서 말했어요.

"당신은 나중에 꼭 영화계에서 일해야겠네요."

니코는 커털린이 매력적이라고 생각했어요.
커털린은 니코가 재미있다고 생각했고요.

그날 밤 둘은 새벽까지 함께 깨어 있었어요. 니코가 영화에 관해 끝도 없이 질문을 퍼부었기 때문이죠. 의상은 어디서 가져오나요? 극본은 누가 쓰는 건가요? 영화에서 시간을 거슬러올라간 것처럼 보이게 한 부분은 어떻게 촬영한 거죠? 커털린은 니코의 천진한 모습에 반했고, 그 덕분에 세게드에서 일어난 일이 조만간 이곳에서도 벌어질지 모른다는 불안을 떨칠 수 있었어요.

불안이 현실이 되기까지는 오래 걸리지 않았어요. 이틀 후에 독일군 트럭이 요란한 소리를 내며 커털린의 아파트 앞에 멈추더니, 커털린을 체포해 구치소로 끌고 갔으니까요. 처음 겪는

일은 아니었어요. 마지막일 리도 없었고요. 헝가리 당국은 커털
린을 간첩 혐의로 기소했고, 감방에 갇힌 커털린은 그곳에서 구
타와 고문을 당했어요. 그런 상황이 몇 달이나 계속됐죠.

그러다 마침내 커털린은 정부 관료에게서 도움을 받아 석방
됐어요. 하지만 나치는 커털린이 수감된 사이에 주인 없는 아파
트를 샅샅이 뒤져 약탈했어요. 커털린이 돌아왔을 때 집 안은
텅 비어 있었어요. 심지어 커튼마저 사라지고 없었죠.

커털린은 한쪽 구석에 주저앉아 무릎을 끌어안았어요. 팔다
리에 베인 상처가 깊이 패어 있었어요. 아름다웠던 얼굴은 검푸
른 멍 때문에 얼룩덜룩했고요.

커털린이 눈물을 닦고 있을 때 거실 창문 바깥에서 무슨 소리
가 들려왔어요. 커털린은 숨을 헉 하고 들이마셨어요. 창틀 테
두리 안쪽에 손 두 개가 나타나더니 숱이 풍성한 금발 머리에
이어 빙그레 웃는 니코의 얼굴이 나타났어요. 니코는 유리창을
위로 밀어올리고 그 아래 틈새로 들어왔어요.

"또 너니?" 커털린이 말했어요.

"괜찮아요?"

"네 눈엔 괜찮아 보여?"

"아뇨."

"망할 자식들." 커털린은 손을 휘휘 저어 텅 빈 집 안을 가리
켰어요. "나를 완전히 빈털터리로 만들었어. 전부 다 빼앗아 갔
잖아."

니코는 빙긋 웃었어요.

"전부 다는 아니에요."

축복기도

유대인들에게는 누가 죽었다는 소식을 들었을 때 암송하는 기도문이 있어요. 히브리어 기도문인데, 뜻을 옮기면 대강 이런 내용이에요.

진실의 심판자이신 우리 주 하느님, 복을 받으소서.

사람이 죽었을 때 할 말은 많고 많은데 왜 하필 저를 언급할까요? 왜 굳이 저를 끌어들이는 걸까요? 차라리 용서받기를 바라는 게 낫지 않을까요? 자비는 어떨까요? 으리으리한 천국에 가뿐히 도착하게 해달라는 건요?

아마도 사람이 죽으면 주님께서 가장 먼저 그 사람이 품고 간 거짓을 바깥에 드러내시기 때문이겠죠. 사람이 살면서 했던 거짓말, 그리고 그 사람을 둘러싸고 남들이 했던 거짓말을요.

아니면 제가 여러분이 생각하는 것보다 더 중요하기 때문인
지도 모르고요.

✳

레브가 선별 대기 줄에서 자기 아버지와 번호표를 바꾼 후, 독
일군이 그를 잡으러 오는 건 시간 문제였어요. 그날 밤 침상에
서 라자르는 아들에게 무슨 짓을 했는지 자백하라고 애원했어
요. 친위대 병사에게 단지 연로한 아버지를 구하려고 그랬을 뿐
이라고 털어놓으라는 말이었죠. 하지만 레브는 고개를 가로저
었어요.

"그랬다간 우리 둘 다 저들 손에 죽을 거예요."

물론 그 말이 옳았어요. 그래서 레브는 입을 꾹 다물었고, 그의
아버지는 흐느껴 울었고, 세바스티안은 가만히 기다렸어요. 어
찌나 무력한 기분이 들었던지 손발이 다 마비된 것만 같았죠. 셋
째 날 아침, 싸늘하게 퍼붓는 빗속에서 친위대 병사가 '선별'된
수감자의 번호를 불러 해당되는 사람들을 점호 줄에서 끌어냈어
요. 레브도 그중 한 명이었죠. 세바스티안은 아버지가 가쁜 숨을
몰아쉬며 손을 덜덜 떠는 것을 목격했어요. 병사들에게 끌려가
기 직전에 레브는 아들 쪽으로 몸을 기울이고 나직이 말했어요.

"사랑한다, 세비. 절대로 포기하지 마라. 나를 위해 살아남아
주렴, 알았지? 할아버지를 부탁하마. 그리고 언젠가 네 동생을
찾으렴. 아무리 오랜 세월이 걸리더라도 꼭 찾아. 그리고 그 애
한테 용서한다고 말해줘야 해."

"안 돼요, 아빠." 세바스티안은 애원했어요. "제발요, 제발 가

지 마세요……."

레브가 끌려가는 사이에 세바스티안은 경비병에게 얼굴을 얻어맞았어요. 뜨거운 눈물이 뺨을 타고 흘러내렸죠. 세바스티안은 악을 지르고 싶었어요. 경비병들을 죽여버린 다음 아버지의 손을 잡고 달아나고 싶었어요. 하지만 어디로 갈 수 있을까요? 그들 가운데 누가 이곳을 벗어날 수 있을까요?

문득 이런 말이 세바스티안의 귀에 들려왔어요.

"진실의 심판자이신 우리 주 하느님, 복을 받으소서."

할아버지가 구부정하게 서서 히브리어 축복 기도를 중얼거리고 있었어요. 세바스티안의 영혼은 이글거리는 분노로 타들어갔어요. 그 순간 그는 두 번 다시 기도를 올리지 않겠다고 맹세했어요. 이곳에는 하느님이 없었으니까요. 하느님은 어디에도 없었으니까요.

"돌아가서 일을 시작해!" 나치 장교가 외쳤어요.

사이렌이 울렸어요. 수감자들은 서둘러 저마다 맡은 일로 돌아갔어요. 하늘은 짙은 구름에 가려 보이지 않았고요.

20분 후, 레브 크리스피스는 머리에 박힌 총알 한 발 때문에 영혼과 육신이 분리되어 이 지상을 떠났어요. 그의 육신이 굴러떨어진 진흙 구덩이는 그 전날 초췌한 수감자 여남은 명이 파놓은 것이었어요. 그중 한 명은 세바스티안이었죠.

아들에게 아버지의 무덤을 파라고 시키는 건 절대 있어서는 안 되는 일이에요. 저는 그것 또한 레브가 천국의 문 앞에 도착했을 때 주님께서 판단하신 진실의 일부라고 생각하고 싶어요.

하지만 그렇다고 한들, 저는 이 지상에 여러분과 함께 머무는 신세예요. 그러니 제가 그걸 무슨 수로 알겠어요?

네 사람의 눈 내리는 하루

전쟁이 완전히 사라지는 날은 오로지 죽은 자만이 볼 수 있어요. 하지만 각각의 전쟁은 반드시 결말이 나게 마련이라, 제2차 세계대전도 나치가 패망하면서 끝을 맞았죠. 다만 그 패망의 날이 한날한시에 모든 곳에 찾아온 것은 아니었어요. 그러기는커녕 전쟁의 막은 몇 달에 걸쳐 천천히 내려졌어요. 한 곳에서는 해방을 축하하는 동안에도 다른 곳에서는 마지막 대가를 혹독하게 치르는 식으로요.

지금부터 1945년 1월 27일 토요일 하루를 네 사람의 시점에서 서로 다르게 펼쳐지는 이야기들로 설명해볼게요. 파니와 세바스티안, 우도, 니코의 전쟁이 제각각 어떤 방식으로 끝났는지 여러분께 보여드리려는 거예요.

네 명의 이야기에 공통적으로 등장하는 건 눈이에요.

파니는 포로들과 함께 긴 줄을 이루어 걷고 있었어요.

파니는 이날이 무슨 요일인지 알지 못했어요. 이때가 몇 월인 지도 알지 못했고요. 아는 건 그저 끔찍하게 춥다는 것, 자신과 다른 사람들 모두 매일 밤 꽁꽁 언 땅바닥에서 자야 한다는 것, 따뜻하게 덮을 이불 한 채 없다는 것 정도였죠.

나치의 마지막 발악은 붙잡았던 유대인들을 고국까지 걸어서 돌아가도록 내몬 것이었어요. 유대인들이 이제 곧 유럽을 해방 시킬 연합군에게 나치의 잔학 행위를 알리지 못하게 막고, 그들 을 죽이기에 앞서 남아 있는 체력을 모조리 고갈시키기 위해서 였죠.

상상하기 힘든 일이지만, 강제 수용소가 불태워지고 버려진 후에도 그곳의 생존자들이 당하는 고문은 끝나지 않았어요. 끝 나기는커녕 이번에는 다 함께 모여 유령처럼 초췌한 몰골로 음 식이나 물도 없이 수백 킬로미터를 억지로 걸어야 하는 신세가 됐죠. 도중에 쓰러진 사람이나 잠깐 쉬려고 멈춘 사람, 심지어 용변을 보려고 쭈그려 앉은 사람조차도 곧바로 총살당했어요. 시체는 묻히지도 못하고 길가에 그대로 버려졌고요.

이런 궁금증이 생길지도 모르겠군요. 당시 '늑대'는 세계 정 복이라는 야심이 전보다 시들해진 데다 당장의 전투에 집중하 기에도 병력이 모자랄 판이었는데 어째서 힘없는 유대인을 죽 이는 일에 그토록 몰두했을까 하는 거죠. 하지만 이 미치광이의 행동에 의문을 제기하는 건 거미에게 왜 거미줄을 계속 치느냐 고 캐묻는 것과 마찬가지예요. 둘 다 허술하기 짝이 없는 집을 쉬지 않고 짓지만, 그래봤자 결국에는 누가 와서 그 집을 손으로 쳐 찌부러뜨리게 마련이니까요.

커털린 커라디 덕분에 몸을 숨긴 파니와 다른 아이들은 어느 날 밤 화살십자당에게 발각됐어요. 이웃 건물 주민이 옆 건물에 비정상적으로 많은 음식이 배달된다고 신고했기 때문이었죠. 병사들은 지하실로 쳐들어와 명령을 외치며 소총을 휘둘렀어요. 가장 어린 아이들은 붙잡혀서 어디론가 끌려갔죠. 파니 같은 십대 아이들은 텔레키 광장에 있는 유치장으로 실려간 다음 그곳에 잔뜩 갇힌 굶주린 성인들과 함께 앞날이 어떻게 될지 까맣게 모른 채 대기했어요.

그러던 어느 날 아침, 아이들은 차가운 겨울바람을 맞으며 거리를 가득 메운 수많은 유대인의 대열에 합류했어요. 대열 양옆에는 나치 경비병들이 서서 한쪽 방향을 가리키며 외쳤어요.

"앞으로 가!"

그들은 오스트리아 국경을 향해 걸어갔어요.

그들의 여정은 수없이 자행된 총살형과 쓰러져서 다시는 일어서지 못한 희생자들 때문에 훗날 '죽음의 행군'이라는 이름으로 알려졌어요. 파니는 거기서 살아남을 유일한 방법이 무엇인지 깨달았어요. 바로 앞사람의 신발 자국을 고스란히 밟고 따라가며 앞만 똑바로 보는 것, 또 결코 멈춰서지 않고 뒤를 돌아보지도 않는 것이었어요. 곁에 가던 할머니가 눈 속에 쓰러져도, 숨을 헐떡이던 빼빼 마른 남자가 소변을 보려고 걸음을 멈췄다가 나치 친위대 병사에게 떠밀려 땅바닥에 쓰러져도 그쪽으로 눈을 돌리지 말아야 했어요. 파니는 총소리가 날 것을 예감하고 눈을 꾹 감았어요. **탕!** 그래도 그저 몸을 부르르 떨고 계속 걸어 가야 했어요.

전쟁이 가하는 압박감에 끊임없이 시달린 탓에 이 가엾은 소 녀는 혈액 속에 분비돼야 할 아드레날린이 그만 바닥나고 말았 어요. 몸은 갈퀴처럼 야위었고 볼은 푹 꺼져 있었죠. 정신적으 로도 남은 것이 거의 없다시피 해서 자신도 모르는 사이에 기젤 라에게서 받은 빨간 묵주 쌈지를 만지작거리곤 했어요. 그러는 동안 머릿속에서는 이렇게 소곤거리는 목소리가 들렸어요. '이 제 됐어. 우린 지푸라기나 다름없는 신세야. 묵주 구슬을 삼켜. 여기서 끝내는 거야.'

어쩌면 파니는 얼마 안 가 그 목소리에 투항했을지도 몰라요. 머릿속에서 끝나지 않고 반복되는 한 가지 기억이 없었다면요. 살로니카에서 출발한 붐비는 열차, 그리고 그 열차 안에서 턱수 염을 기른 낯선 남자에게 들었던 말.

'선한 사람이 돼야 한다. 그리고 여기서 벌어진 일을 온 세상 에 알려주렴.'

그 말대로 하는 유일한 방법은 살아남은 것뿐이었어요. 그것 이 파니에게 남은 마지막 한 가지 목적이었죠. 그래서 파니는 한쪽 발을 다시 내디뎠고, 얼굴에 차가운 눈을 비비며 잠을 쫓 았어요. 경비병이 한눈을 팔 때면 입에 눈을 쑤셔 넣어 수분을 보충했어요.

행군 닷새째 날, 파니는 자기 곁에 어린 남자애가 있는 것을 알아차렸어요. 일곱 살쯤으로 보이는 그 아이는 등에 배낭을 메 고서 쓰러지지 않고 똑바로 걸으려고 안간힘을 썼어요.

"배낭을 벗어." 파니는 아이에게 나직이 말했어요. "버리고 가야 해."

"안 돼요." 아이가 말했어요. "안에 치즈를 넣어뒀어요. 나중에 도착하면 먹을 거예요."

파니는 아이가 무슨 수로 치즈를 구했는지, 애초에 다른 사람들은 조그마한 손가방도 가져오지 못하게 금지됐는데 어떻게 배낭을 메고 왔는지 궁금했어요. 하지만 배낭은 아이에게 도움이 되지 않았어요. 아이는 배낭이 무거워서 자꾸만 휘청거리다 울음을 터뜨리며 눈밭에 쓰러진 적도 몇 번이나 있었어요. 파니는 경비병들의 눈에 띄기 전에 아이를 냉큼 일으켜 세웠어요.

"배낭 이리 줘. 내가 들게."

"안 돼요. 이건 내 거예요."

아이는 다시 넘어졌고, 파니는 그런 아이를 다시 일으켜 세웠어요. 그 후 세 시간에 걸쳐 파니는 아이의 팔을 잡고 부축해줬지만 아이는 결국 기절하기 직전까지 쇠약해졌어요.

"내가 도와줄게. 이따가 꼭 돌려준다고 약속할게."

아이도 더는 거부하지 않았어요. 파니는 아이의 배낭을 자기 어깨에 멨어요. 묵직한 배낭 때문에 걸음을 내딛기가 더 힘들어졌어요. 그 안에 정말로 치즈가 들어 있는지도 의심스러웠죠.

"넌 집이 어디니?" 파니는 아이에게 물었어요.

"집 없어요."

"식구들은?"

"아무도 없어요."

아이는 자기 말을 스스로 바로잡았어요. "이제는요."

그러고는 다시 울음을 터뜨렸고, 파니는 아이에게 기운이 빠지니까 울음을 그치라고 했어요. 어깨가 뻐근하게 아팠어요. 발도 욱신욱신 아팠고요. 밤이 되어 행군 대열이 멈춰선 후에 파니는 아이에게 잠을 자라고, 날이 밝으면 자신들은 자유의 몸이 될지도 모른다고 말했어요.

"그럼 난 어디로 가야 해요?" 아이가 나직이 물었어요.

"나랑 같이 살면 돼."

"어디서요?"

"적당한 곳을 찾아보자."

둘은 나란히 잠들었어요. 파니는 새벽에 나치 병사가 외치는 명령을 듣고 잠에서 깨어났죠. 주위의 포로들은 느릿느릿 일어섰지만 어린 소년은 일어서지 않았어요. 파니는 아이를 흔들어 봤어요.

"애, 일어나."

아이는 꼼짝하지 않았어요.

"일어나. 어서."

"그 녀석은 내버려둬!"

나치 친위대 병사가 총을 뽑아들고 파니 앞에 서 있었어요.

"안 돼요, 제발요, 쏘지 마세요! 얘는 잠들었을 뿐이에요."

"앞으로 가!"

파니는 앞을 향해 비틀비틀 걸었어요. 배낭을 어깨에 멘 채 뒤에 오는 사람들에게 떠밀리다시피 걸어갔어요. 그러다가 아이의 조그마한 주검을 흘깃 돌아봤어요. 카디시 기도문을 암송하려고 떠올려봤지만 맨 처음 두 줄밖에 기억나지 않아서 그 구절만 나직이 읊조렸어요. 곁에서 걷던 남자가 그 소리를 듣고 따라서 나직이 중얼거리기 시작했죠.

다섯 시간 후, 눈꺼풀이 무겁게 느껴질 만큼 기진맥진한 파니

는 배낭을 어깨에서 벗어 진흙탕에 버렸어요. 한번 열어보지도
않은 채로요.

✳

자, 반전이 거듭 등장하는 이 이야기를 읽다 보면 특정 사건들
이 그토록 겹쳐 일어나는 우연이 정말로 가능한지 의문스러울
거라고 저는 미리 일러드린 바 있어요. 여기에 관해 제가 확인
해드릴 수 있는 건 아래에 기록한 내용뿐이에요.

  1945년 1월 27일 토요일, 하늘이 흐렸던 그날, '죽음의 행군'
대열에는 이제 곧 오스트리아 국경 근처의 마을 헤기에살롬에
도착한다는 소문이 돌았어요. 파니는 그 소문을 듣고 소름이 돋
았어요. '오스트리아라고?' 그럴 수는 없었어요! 일단 '늑대'가
태어난 땅으로 들어서면 파니를 도와줄 사람은 아무도 없었어
요. 설령 파니가 대열에서 탈출한다고 해도 말이에요. 그 전에
무슨 수를 써야만 했어요. 하지만 뭘 어떻게 해야 할까요?

  파니가 고심하던 바로 그 순간, 눈이 내리기 시작했어요. 그
러다가 바람이 눈보라로 바뀌어 휘몰아칠 무렵, 헝가리인 난민
이 잔뜩 모인 무리가 갑자기 나타나더니 나치 군대가 이끄는 행
군 대열이 가는 길과 수직 방향으로 난 길을 터덜터덜 올라갔어
요. 나치 친위대 경비병들은 호루라기를 불고 고함을 지르며 난
민들을 통과시키려 했어요. 하지만 난민 무리는 친위대 군인들
을 둘러싸고 필사적으로 손을 내밀었어요.

  "먹을 것 좀 주세요……. 물 좀 주세요! 제발요! 물 좀!"

  난민 무리가 만든 아수라장 속에서 파니는 기회를 포착했어

요. 경비병들이 딴 데 정신이 팔렸던 거예요. 파니는 심호흡을 한 다음 고개를 숙이고 대열에서 빠져나왔어요. 그러고는 종종 걸음으로 난민 무리 속에 들어가 사람들 사이에 섞여 그쪽 사람들이 헝가리어로 외치는 말을 함께 외치기 시작했어요.

짜증이 난 독일군 병사들은 난민들에게 꺼지라는 뜻으로 손을 흔들었어요. "저리 비켜! 너희한테 줄 건 아무것도 없어! 어서 움직여!"

파니는 노란 비옷을 입은 남자에게 다가가 그 남자의 어깨를 잡았어요. 그런 다음 마지막으로 남은 기지를 발휘해 억지로 매력적인 미소를 지었는데 그러자 남자도 웃는 얼굴로 화답했어요. 남자는 자신이 입은 비옷을 냉큼 벗어 파니에게 걸쳐주고 한 팔로 파니의 목을 감쌌어요. 둘은 나치 친위대 군인들의 초조한 시선을 받으며 나란히 교차로를 지나갔어요. 파니는 가슴이 어찌나 거세게 쿵쾅거렸던지 심장 박동 소리가 나치 군인의 귀에 틀림없이 들리고 말 거라고 생각했어요.

'고개 숙여. 걸음을 내딛고. 다시 한 걸음 더.'

잠시 후, 나치 친위대는 허공에 총을 쏴 포로들을 출발시킨 다음 국경이 있는 북쪽으로 계속 행군하게 했어요. 서쪽으로 향하던 난민 무리는 한 치 앞도 보기 힘든 하얀 눈보라 속으로 사라졌죠. 파니는 무릎이 스르르 풀리는 느낌이 들었어요. 비옷을 붙잡은 남자가 파니의 턱을 잡고 자신 쪽으로 돌리더니 헝가리어 단어 하나를 거듭 되뇌었어요.

"릴레그지크."

'숨 쉬어요.'

그리고 파니에게는 그 말이 곧 전쟁의 끝이었어요.

한편 우도는 군화를 벗었어요.

그런 다음 불이 피워진 벽난로 안에 던져넣었죠. 불 속에서는 이미 제복과 모자, 코트가 활활 타고 있었어요. 이로써 그는 몇 년 만에 처음으로 권위의 상징을 하나도 걸치지 않은 차림을 했어요. 그가 입은 옷은 플란넬 셔츠와 검은 바지, 작업화, 그리고 수용소로 식재료를 배달하는 농부에게서 빼앗은 모직 코트뿐이었죠.

이날은 1945년 1월 27일이었어요. 그 전날, 아우슈비츠 수용소 주변에는 폭발음이 들렸어요. 소련 군대가 코앞까지 닥친 상황에서 아직 살아 있는 수감자들은 독일로 철수시키라는 지령이 내려왔어요. 단, 걸어서 독일까지 갈 기운이 남아 있는 수감자들만이 대상이었어요. 다른 이들, 그러니까 몸이 약하거나 병들었거나 나이가 많은 이들은 그곳에 버려질 운명이었어요. 이제는 죽일 시간조차 없었으니까요.

우도는 불길이 자신의 군복을 삼키는 광경을 물끄러미 바라봤어요. 만약 그가 저를 똑바로 바라볼 수 있는 유형의 사람이었다면 이제 다 끝났다는 걸 알았을 거예요. 늑대는 끝났어요. 독일은 무너졌고요. 하지만 자기 동포들이 우월한 민족이라는 신념에 철저하게 도취된 우도는 오로지 전쟁의 다음 단계에만 몰두했어요. 다름 아닌 자신이 저지른 악행의 증거를 모조리 파괴하는 일이었죠.

가스실과 화장터는 이미 허물어버렸고 그곳에서 일하던 유대인은 모조리 살해했기 때문에 그 건에 관해 증언할 사람은 아무도 없었어요. 압수한 귀중품이 가득했던 창고는 불태워졌어요.

기록은 모두 파쇄했고요. 하나씩 하나씩 우도는 자신의 흔적을 감춰나갔어요.

하지만 그런 작업을 다 마치기까지는 시간이 걸렸는데, 우도는 자신에게 시간이 얼마나 남았는지 알지 못했어요. 상관인 수용소장은 일찌감치 달아난 후였죠. '겁쟁이 같으니.' 우도는 남아서 업무를 마무리했어요. 이제 수감자들은 독일로 철수하고 경비병들은 수감자 대열을 호송하러 가거나 소련군과 싸우는 지금, 우도에게는 스스로를 지켜야 할 시간이 왔어요. 늑대에게 돌아갈 시간이었죠. 살아남아 장차 또 한 번의 싸움을 도모할 때였어요.

탈출 계획은 간단했어요. 우도는 미리 폴란드 노동자에게 돈을 주고 신분증을 사서 요제프 발차스라는 새 신분을 만들어뒀어요. 지금의 사복 차림 그대로 수용소를 나선 다음 인근 마을에 숨어 지내다가, 미리 마련해둔 차편으로 독일 국경까지 갈 생각이었죠. 거기까지만 가면 지인들이 마중을 나와서 집으로 데려갈 예정이었어요.

우도가 몰랐던 사실이 하나 있어요. 바로 그 순간, 소련군이 눈보라와 거의 분간되지 않는 하얀 위장복을 입고 아우슈비츠 정문을 향해 빠르게 접근하는 중이었던 거예요. 금방이라도 기마대와 지프차가 들이닥칠 판이었어요. 20분만 더 일찍 출발했어도 우도는 그들을 피했을 거예요. 하지만 그는 권총에 장전할 총알을 찾고 그 권총을 지니고 갈지 말지 고민하는 데 그 20분이라는 시간을 써버렸어요. 만약 그 총을 지니고 있다가 적군에게 들키면 끝장일지도 몰랐어요. 하지만 한편으로, 감히 몸을 지킬 수단도 없이 달아나는 게 가당키나 한 일일까요?

권총을 들고 있는 동안 우도의 머릿속은 갈팡질팡했어요. 어째선지 살로니카의 그날 밤이 떠올랐어요. 총을 쏘자 벽장에서 쿵 소리가 들려왔고 그렇게 거기 숨어 있던 니코라는 그리스인 소년을 발견했던 그날 밤 말이에요. 니코는 거의 5만 명이나 되는 유대인들을 추방하는 임무를 성공리에 마치도록 거들어준 장본인이었죠.

'그때는 정말 대단했지. 그토록 강고한 권력이라니. 그토록 철저한 통제력이라니.' 우도는 자신이 '만방 위에 군림하는 독일'을 위해 이룬 업적에 샘솟는 긍지를 느꼈고, 그 긍지야말로 자신이 권총을 지녀야 하는 이유라고 생각했어요. 그는 총알을 장전한 권총을 허리춤에 꽂은 다음 농부의 코트를 걸치고 머리에 모자를 눌러썼어요. 그러고는 벽난로 속의 장교 제복이 다 타기도 전에 문밖으로 나섰어요.

°*

그다음에 벌어진 일을 머릿속에 그려보려면, 우선 삼각형의 세 꼭짓점을 떠올려보세요.

첫 번째 꼭짓점은 소련군이에요. 수용소를 해방시키려고 비탈을 올라오는 중이죠.

두 번째 꼭짓점은 우도 그라프예요. 민간인으로 변장하고 소련군 쪽으로 향하는 중이죠.

세 번째 꼭짓점은 가시철조망 울타리예요. 울타리 안쪽에 쇠약해진 아우슈비츠 생존자들이 양옆으로 기다랗게 서 있어요. 목발을 짚거나 너덜너덜한 담요를 걸치고서 뼈만 남은 앙상한 몸에 여전히 더러운 줄무늬 죄수복을 걸친 몰골로 말이에요. 너무나 쇠약해진 나머지 말조차 할 수 없었던 이 수감자들은 소련군이 접근하는 동안 호기심에 찬 혼란스러운 표정으로 그저 멍하니 앞만 바라볼 뿐이었어요. 꼭 강을 건너던 사슴이 자기 쪽으로 다가오는 인간을 물끄러미 바라보는 것처럼요.

우도는 군대를 발견하고 심호흡을 했어요. 그러고는 자신의 발을 내려다봤죠. 이제 뛰어서 달아나기란 불가능했어요. 그저 계속 걸어가는 수밖에 없었죠. 주머니에 손을 꽂은 채, 지금 벌어지는 모든 일이 다 남의 일인 것처럼요. '넌 농부야. 그냥 지나가던 길이야. 배달을 마치고 돌아가는 중이야.' 사람들은 곤란한 상황에 마주했을 때 거짓말을 연습하는 경우가 많아요. 우도도 자기 몫의 거짓말을 되뇌었어요. '난 농부야. 양배추하고 감자를 배달하러 왔어. 그냥 계속 걸어.'

첫 번째 기마병이 탄 말이 우도 곁을 사뿐사뿐 지나갔어요. 우도는 비어져나오는 웃음을 꾹 참았어요. 뒤이어 지프차 한 대도 우도 곁을 그냥 지나갔어요.

'저놈들은 하도 멍청해서 날 알아보지도 못해. 계획대로만 하면 돼.'

지프차가 한 대 더 지나갔어요. 또 한 대. 계략이 효과를 발휘하는 중이었어요.

그러다 난데없이 웬 목소리가 들렸어요.

"저놈을 잡아요! 누가 저놈 좀 잡아줘요!"

가시철조망 안쪽에서 갈라지고 긴장한 목소리가 터져나왔어요. 꼭 상처 입은 짐승이 내지르는 포효 같았죠.

"저놈을 잡아요! 저놈은 살인자예요! 저놈을 잡아요!"

우도가 곁눈으로 옆을 슬쩍 보니 웬 남자 수감자 한 명이 다른 이들을 밀치고 폴짝폴짝 뛰고 팔을 휘저으면서 울타리 너머를 가리키며 악을 지르고 있었어요. 우도는 그 수감자가 누군지 대번에 알아봤어요.

그 꼬마의 형이었어요.

세바스티안 크리스피스.

'저 녀석이 왜 아직도 안 죽었지?'

* ✳

이제 열여섯 살이 된 세바스티안이 어쩌다가 그날 병자와 노인 무리 속에서 악을 지르게 됐는지 얘기해드려야겠군요.

나치 친위대가 아우슈비츠의 생존자들을 행군시킬 거라는 소문이 퍼졌을 때, 세바스티안은 결심했어요. 아무 데도 가지 않기로 마음을 정한 거예요. 그의 할아버지 라자르가 아직 살아 있었거든요. 걷지도 못할 만큼 쇠약해지기는 했어도 여전히 살아 있었어요. 라자르는 머릿니가 옮았는데 나중에 그 머릿니에게서 발진티푸스까지 옮았어요. 그 병으로 눈에 뿌옇게 고름이 끼는 바람에 앞이 거의 안 보이다시피 했죠. 라자르는 의무실로 옮겨졌고, 그곳에서 세바스티안은 자신이 수용소 창고에서 훔쳐온 물건들을 뇌물로 활용해 경비병들이 할아버지를 처형하지 않게끔 막았어요.

"저는 절대 혼자 떠나지 않을 거예요, 할아버지." 세바스티안은 마지막으로 나눈 대화에서 그렇게 말했어요. "무슨 일이 일어난다고 해도요. 난 여기 있을 거예요."

"어리석은 소리 마라……." 라자르는 쉰 목소리로 말했어요. "난 얼마 안 남았다……. 혹시 달아날 기회가 생기거든 얼른 달아나렴."

"하지만……."

"내 걱정은 마라, 세바스티안!"

"하지만, 할아버지……."

라자르가 잡은 손을 부드럽게 꽉 쥐자 아이는 말을 끝맺지 못했어요. 다 끝맺었더라면 이렇게 덧붙였을 텐데 말이에요.

"이제 나한테는 할아버지밖에 안 남았단 말이에요."

*

결국 세바스티안의 운명은 우도 그라프가 저지른 어떤 행동 때문에 바뀌고 말았어요. 1945년 1월 즈음에는 아우슈비츠는 더이상 예전처럼 효율적인 학살의 중심지가 아니었어요. 수용소 내부의 질서는 무너졌죠. 경비병들은 적군에 포로로 잡힐까 봐두려웠던 나머지 탈영을 감행했어요. 수용소 대부분이 아수라장이거나 쓰레기장인 상황이다 보니 수감자들의 행방을 추적하기란 여간 힘든 일이 아니었어요.

철수 명령이 떨어지자 세바스티안은 아침 점호 대열에서 몰래 빠져나와 삽과 기다란 파이프 한 개를 찾아낸 다음, 마지막 남은 화장터 근처의 눈을 삽으로 퍼서 커다란 나무 상자 위에 쌓기 시작했어요. 화장터 건물은 이제 사용하지 않았기 때문에 경비병이 그 안을 확인할 것 같지는 않았어요. 게다가 이때 세바스티안은 바쁘게 일하는 것처럼 보였기 때문에 혼란스러웠던 당시 상황에서 굳이 그를 말리는 사람은 아무도 없었죠. 그의 계획은 병사들이 수감자 무리를 모조리 데리고 나갈 때까지 눈 속에 파묻힌 상자 안에 숨어 있는 거였어요.

상자가 눈에 완전히 파묻히자 세바스티안은 상자 한가운데를 파이프로 쿵쿵 찍어 널빤지에 구멍을 냈어요. 그러고는 삽을 챙겨 상자 안으로 기어들어갔죠.

그때는 어떻게 그 상자 때문에 목숨을 건지게 될지 아직 까맣게 몰랐어요.

몇 분 후, 화장터 반대편에서 우도의 명령을 받은 나치 친위대원 몇 명이 건물 벽에 구멍을 뚫고 다이너마이트 묶음을 집어넣은 다음 폭파시켜 화장터 건물을 무너뜨렸어요. 폭발과 함께 돌과 파편이 사방으로 날아갔죠. 아무도 신경 쓰지 않는 눈으로 뒤덮인 커다란 나무 상자 주변까지요.

그날 오후, 수감자 수만 명이 아우슈비츠에서 나와서 독일 국경을 향해 행군하기 시작했어요.

세바스티안은 파이프로 숨을 쉬며 상자 속에 머물렀어요. 이틀 동안이나요.

얼마 남지 않은 마지막 힘을 다해 삽으로 상자 뚜껑을 열고 바깥으로 나왔을 때 세바스티안은 눈부신 햇빛 때문에 눈을 깜박거렸어요. 수용소는 텅 비어 있었어요. 바람이 운동장을 휩쓸고 가는 소리가 들릴 정도로 조용했죠. 그는 일어서려다 그만 눈 위에 고꾸라지고 말았어요. 다리가 너무 약해져서 뼈만 남은 상반신조차 지탱하지 못했거든요. 그는 한참 동안 눈밭에 누워 숨을 몰아쉬며 이제 뭘 해야 할지 궁리했어요.

마침내 똑바로 일어선 세바스티안은 수용소 후문을 향해 비틀비틀 걸어갔어요. 그곳에는 수감자 한 무리가 가시철조망 울타리 앞에 서 있었어요. 경비병은 보이지 않았어요. 군견도 없었고요. 사이렌 소리도, 경보도 울리지 않았어요. 수감자들은 옹기종기 모여 있었어요. 꼭 버스를 기다리는 사람들처럼요.

세바스티안은 그 무리에 끼어 그들이 보던 광경을 함께 봤어요. 소련군이 다가오는 중이었어요. 안도감이 밀물처럼 몰려와 세바스티안의 몸을 뒤덮었지만, 뒤이어 떠오른 생각 때문에 가슴이 철렁했어요.

'할아버지. 할아버지는 어디 있지?'

세바스티안이 절뚝거리며 의무실 쪽으로 걷기 시작했을 때, 사람 형상 하나가 눈에 띄었어요. 코트를 입고 모자를 눌러쓴 사람이 수용소를 나서는 중이었어요. 그렇게 옷을 갈아입고 변장했는데도 세바스티안은 그 남자의 걸음걸이를 한눈에 알아봤어요. 남자의 체격도, 아래로 수그린 얼굴도요.

그자는 '경비 감독관'이었어요.

그자는 그저 일과를 마치고 귀가하는 사람처럼 걸어가고 있었고, 그래서 아무도 그자를 멈춰 세우지 않았어요. '안 돼. 안 돼! 이건 말도 안 돼!' 세바스티안의 목은 바싹 말라 따가운 상태였어요. 며칠이나 말을 하지 않았으니까요.

그런데도 그는 악을 지르기 시작했어요.

⸰✳

"저놈을 잡아요! 누가 저놈 좀 잡아줘요! 저놈은 살인자예요! 저놈이 책임자라고요!"

소년이 퍼붓는 말은 유죄 판결이나 다름없었지만 소련군은 라디노어를 알아듣지 못했어요. 그러는 동안에도 우도는 계속 걸었어요. 이마에 땀이 맺히는 느낌을 받으면서요. '저 녀석은 무시해도 돼. 소련 놈들은 저 녀석이 하는 말을 못 알아들으니까. 난 농부야. 여기서 뒤를 돌아볼 이유 같은 건 없어.'

"저놈을 잡아요!" 세바스티안은 날카로운 소리로 외쳤어요. "누가 저놈 좀 잡아줘요!"

다섯 번째 지프차가 우도 곁을 지나갔어요. '이제 조금만 더 가면 돼.' 우도는 속으로 생각했어요. 저 앞 교차로에서 길모퉁이를 돌아 마을로 들어서면 그만이었어요.

그런데 그 순간, 가시철조망 건너편에서 비명 같은 외마디 말이 터져 나왔어요. 어떤 언어로 이야기하든 같은 뜻을 지닌 말이었죠.

"나치!"

우도는 소름이 돋았어요. '계속 걸어. 반응하지 말고.'

"나치! 나치! 나치!"

느닷없이 다른 목소리가 우도 쪽을 향해 터져나왔어요.

"당신! 거기 서!"

우도는 이를 앙다물었어요.

"어이! 이봐, 당신! 거기 서!"

소련군 병사가 트럭에서 외치는 소리였어요.

'빌어먹을 유대인 꼬마 놈. 그때 열차에서 죽였어야 했는데.'

그냥 그 자리에 서서 소련군 병사를 상대했더라면, 폴란드 신분증을 제시하고 저쪽에서 악을 지르는 십대 아이하고는 모르는 사이인 척 어깨를 으쓱했더라면 우도는 무사히 그 자리를 빠져나갔을지도 몰라요. 하지만 세바스티안이 쉬지 않고 내지르는 고함은 우도의 머릿속을 파고들었어요. **나치! 나치!** 몹시도 경멸하는 투로 그에게 악을 질러댔던 거예요. '저 더러운 유대인 놈이, 어떻게 감히?' 그래요, 우도는 나치였어요. 그리고 그 사실에 굳건한 긍지를 품고 있었죠. 그런데 저 유대인 꼬마가 그 말을 무슨 저주처럼 외치고 있었던 거죠!

우도는 참을 수가 없었어요. 앞으로의 모든 것을 바꿔놓을 그 순간 우도는 가시철조망 울타리 쪽으로 휙 돌아서서 권총을 뽑아 세바스티안을 쐈고, 세바스티안은 총에 맞은 충격 때문에 기괴한 자세로 몸이 뒤틀린 채 실이 끊긴 꼭두각시 인형처럼 풀썩 쓰러졌어요.

그 광경을 목격하고 나서 곧바로 우도 본인도 무릎 바로 위에 총을 맞고 땅에 쓰러지고 말았어요. 소련군 병사 두 명이 그의 등에 올라타 얼어붙은 땅바닥에 그를 찍어눌렀어요.

수용소 울타리에 있던 다른 생존자들은 뿔뿔이 흩어지자 해방의 순간에 총을 맞은 십대 아이의 몸뚱이만 홀로 남았어요. 하얀 눈이 아이의 피로 붉게 물들었죠.

우도와 세바스티안의 전쟁은 그렇게 막을 내렸어요.

거기서 1킬로미터도 떨어지지 않은 곳에서

니코는 두 발의 총소리를 들었어요.

곁에 있던 병사들은 고개를 수그렸어요. 그들이 탄 지프차는 소련군 수송대와 함께 기찻길을 따라 계속 나아가다가 어떤 곳의 정문에 이르렀어요. 문 위쪽에 철제 글자를 아치 모양으로 배열해 만든 문구가 니코의 눈에 띄었어요. 세 단어로 이루어진 독일어 문구였죠.

아르바이트 마흐트 프라이

아우슈비츠였어요.

니코의 몸이 부르르 떨렸어요. 가족을 앗아간 열차를 뒤쫓아 달렸던 그날로부터 17개월 만에, 신분을 바꾸고 신분증을 위조하고 갖가지 언어를 배워 말하고 이 수용소에 오기 위해 필요한 거라면 어떤 일도 가리지 않고 뭐든 다 해치우며 17개월을 보낸 끝에 마침내 니코는 이곳에 도착했던 거예요. 나이는 여전히 십 대였지만 이제 니코 크리스피스에게 앳된 구석은 거의 남아 있지 않았어요. 니코의 외모뿐 아니라 영혼도 마찬가지였어요. 전쟁은 그에게 인간의 잔혹성과 냉담성이 어떤 건지 보여줬어요. 하지만 무엇보다 거짓말을 이용해 살아남는 방법을 가르쳐줬어요. 그 무엇도, 특히 진실이라면 더더욱 방해하지 못하는 방법이었죠.

'공식' 신분증명서에 따르면 니코가 가장 최근에 얻은 이름은 필리프 고르카였어요. 적십자사에서 일하는 폴란드인이었죠. 그 전까지 니코는 야로슬라프 스포보다라는 체코인 수습 목수였어요. 그 전에는 헝가리 예술 학교의 학생인 크리스토프 푸스카스였고요.

아우슈비츠가 해방된 당일에 니코가 소련군 트럭에 타게 된

경위는 속임수로 가득한 믿기 힘든 이야기로 가득해요.
　여기서 니코가 걸어온 길을 간략히 소개해볼게요.

°✳

헝가리에서 니코가 배우 커털린 커라디에게 나치가 '전부 다' 빼앗아 가지는 않았다고 말했던 건 여러분도 기억하시죠. 니코는 나치가 커털린의 아파트에 쳐들어오기 전날 몰래 미리 그 집에 들어가 보석류와 모피를 챙긴 다음 근처 골목의 쓰레기통 두 개에 감춰뒀어요. 몇 주 후에 커털린이 다뉴브강 기슭에서 처형당할 뻔한 유대인 아이들의 목숨을 구했던 건 바로 그 물건들 덕분이었죠. 그 아이들 중 한 명은 파니였어요. 니코가 파니를 알아보고 커털린을 설득해 거래에 나서게 했던 거예요.

**　그럼 니코는 파니와 이야기를 나눈 적이 있을까요?**

　그럴 기회는 끝내 얻지 못했어요. 구출된 아이들은 커털린의 아파트에서 몇 킬로미터 떨어진 건물의 지하에 숨어 지냈어요. 한편 커털린이 아이들의 목숨을 대담하게 구했다는 소문은 빠르게 퍼져나갔어요. 그래서 커털린은 이번에는 화살십자당의 손에 체포당하고 말았죠. 니코는 군인들이 철수할 때까지 아파트 옥상에 숨어 있다가 짐 가방과 위조 도구를 챙겨 기차역으로 달려갔어요.
　그곳에서 열차를 타고 슬로바키아로 떠난 니코는 어느 목수의 집에서 방을 빌려 2주 동안 머물렀고, 집주인인 목수는 니코에게 돈을 받고 마차에 태워 폴란드 국경까지 데려다주기로 했어요. 그리고 국경 근처의 카페에서 니코는 폴란드인 적십자 직원을 만났죠. 그 남자는 니코에게 적십자가 연합군과 함께 나치 수용소를 해방시키러 이동할 예정이라고 알려줬어요.

"오시비엥침 외곽에 수용소가 하나 있어요." 남자가 말했어요.

"거기가 혹시 아우슈비츠인가요?" 니코가 물었어요.

"아마 그럴 거예요."

니코는 심호흡을 했어요. 그날 밤 늦게 니코는 위조한 식량 배급표 한 묶음과 남자의 적십자 완장을 교환했어요. 그곳에서 타트라산맥을 지나 북쪽으로 간 니코는 스키 휴양지인 자코파네에 도착해 폴란드 가톨릭교회의 성당을 찾아갔고, 그곳의 사제는 그를 가장 가까운 적십자 지부로 데려갔어요. 그 지부는 일손이 부족한 데다 직원들이 대부분 여성이었죠.

그중 페트라라는 젊은 간호사가 이 잘생긴 신입 직원에게 호감을 품었어요. 그래서 그 신입이 유대인 전쟁 포로를 돕고 싶다는 뜻을 밝혔을 때 페트라는 그를 데리고 어두컴컴한 거리에 있는 어느 집을 찾아가 조용히 하라는 뜻으로 손가락을 세워 입술 앞에 댄 다음, 둘이서 함께 그 집 계단을 내려갔어요. 집 지하에 도착해서 보니 문 옆에 손전등이 놓여 있었어요. 페트라는 그 손전등을 들고 문 안으로 들어가 불을 켰어요.

방 안에는 눈을 동그랗게 뜨고 두 사람을 바라보는 아이들이 잔뜩 있었어요.

"이 아이들 모두 유대인이에요." 간호사가 나직이 말했어요.

니코는 손전등을 받아들고 앳된 얼굴들을 차례로 비춰봤어요. 아이들의 무덤덤한 표정이, 피곤에 지쳐 깜박이는 눈이 보였어요. 니코는 어린 동생들인 엘리자베트와 안나를 보고 싶다는 말을 그때껏 입 밖에도 꺼낸 적이 없었어요. 이제 와서 그 아이들을 만난들 알아볼 수나 있을까요?

벽에 적힌 글씨 몇 자가 손전등 불빛에 드러나자 니코는 벽 쪽으로 가까이 다가갔고, 이내 온 벽에 글씨가 가득 적혀 있는 것을 알아차렸어요. 그곳에서 보호받는 아이들이 자기 이름을 적고 그 위에 여러 가지 언어로 휘갈겨쓴 글씨였어요. '저 살아 있어요'나 '저 살아남았어요', 또는 '부모님께 전해주세요, 제가 어디에 있었냐면……' 같은, 가족들에게 자신을 찾을 방법을 알려주는 갖가지 조언들이었죠.

니코는 가슴이 꽉 막히는 느낌이 들었어요. 그는 간호사를 돌아보며 물었어요.

"아우슈비츠에 가려면 어떻게 해야 하나요?"

°＊

니코의 기회는 사흘 후에 찾아왔어요. 자코파네를 장악한 나치 무리가 갑자기 그곳을 떠난 후의 일이었죠. 그들이 떠난 이유는 이튿날이 돼서야 밝혀졌어요. 소련군 병사들이 양가죽 목깃이 달린 황갈색 코트 차림으로 트럭을 타고 마을을 지나간 거예요. 폴란드인 주민들은 집 앞으로 뛰쳐나와 환호했어요. 소련군 병사들이 식량과 보급품을 조달하려고 멈춰섰을 때 니코는 자신이 들어갈 틈새를 발견했어요.

적십자 제복 차림으로 지프차에 의약품 싣는 일을 거드는 동안 니코는 자기 말을 알아듣는 군인은 아무나 붙잡고서 자신이 독일어를 할 줄 알기 때문에 나중에 나치 포로가 잡히면 도움이 될 거라고 말했어요.

소련군 대위 한 명이 니코의 말에 동의했어요. 물론 니코가 숙소에서 훔쳐냈다가 대위에게 건넨 값비싼 보드카 한 병도 효력을 발휘하기는 했죠.

"의무병들하고 같은 차에 타도록 해." 대위는 술병을 바라보며 말했어요. "동틀 녘에 출발할 거야."

° ✳

1945년 1월 27일 토요일, 오시비엥침을 목표로 진격하던 소련군 대대는 그곳의 약 1.5킬로미터 전방 지점에 연이어 세워진 수용소를 발견했어요. 정차한 트럭에서 내린 니코는 때마침 소련군 병사들이 소총 개머리판으로 아우슈비츠 수용소 정문의 자물쇠를 부수는 장면을 목격했어요. 그곳은 방금 막 세바스티안이 우도 그라프에게 총을 맞은 후문에서 보면 수용소의 반대편 끄트머리에 해당했어요. 하지만 니코는 그런 사실을 알 길이 없었죠. 그 대신 그는 똑같은 줄무늬 죄수복 차림의 생존자들을 가만히 지켜봤어요. 몽롱한 표정으로 정문을 밀어 열고 바깥으로 나온 그들이 갑작스럽게 얻은 자유로 뭘 할지 몰라 그저 자신들을 해방시켜준 군인을 끌어안거나 얼어붙은 땅 위에서 발을 쿵쿵 구르는 모습을요.

여기까지 온 니코는 이제 더는 참을 수가 없었어요. 그래서 트럭에서 뛰어내려 쏜살같이 달려서 정문을 지나 안으로 들어간 다음 식구들을 찾아 그곳의 초췌한 얼굴들을 하나하나 확인했어요. '이 남자는 아니야. 저 여자도 아니고. 이 남자도 아닌데……. 다들 어디 있지?' 소련군 병사들은 상대가 저항하리라 예상하고 총을 똑바로 든 채 전투태세로 진입했어요. 하지만 이내 충격에 빠져 총을 내리고 말았죠.

니코와 소련군 병사들이 마주한 것은 아무도 믿지 못할 광경이었어요. 불에 타 연기가 자욱한 수용소의 잔해 속에서 굶주린 수감자들이 눈밭에 꼼짝도 않고 앉아 멍하니 이쪽을 바라보고 있었어요. 마치 누군가의 손에 의해 무덤 속에서 끌려나온 주검들처럼요. 꽁꽁 언 땅바닥에는 시체 수백 구가 묻히지도 못한 채 보기 흉하게 널려 썩어가는 중이었어요. 무너진 화장터 뒤편에는 한때 인간이었던 잿더미가 산처럼 쌓여 있었고요. 온 사방에 죽음의 악취가 물씬 풍겼어요.

니코는 다리가 후들거리는 느낌이 들었어요. 숨을 쉴 수가 없었죠. 그때껏 니코는 주위의 여러 군인들과 마찬가지로 아우슈비츠가 그저 악명 높은 노동 수용소일 거라 생각했어요. 물론 고된 노역 정도는 예상했죠. 하지만 이런 곳일 거라고는 상상도 하지 못했어요. 이런 살육장일 거라고는요. 니코는 식구들이 살아 있을 거라고, 해방을 기다리고 있을 거라고 진심으로 기대했어요. 하지만 늑대의 기만에 거짓말쟁이 꼬마조차도 깜빡 속고 말았어요. 그의 눈을 뜨게 하는 건 **진실**에게 맡겨진 임무였죠.

저는 가장 가혹한 미덕이니까요.

"저기요. 여기 그리스어 할 줄 아는 사람 있나요?"

니코는 허물어지다시피 한 의무실에 가득 들어찬 덜덜 떠는 사람들을 헤치고 안쪽으로 들어갔어요. 몸이 너무 아파서 바깥에 나갈 기운조차 없는 사람들이었죠. 그곳에는 약이 하나도 남아 있지 않았어요. 알약도 없었어요. 주사약도요. 나치들이 그곳에 있는 아스피린 한 알까지 모조리 털어서 달아났던 거예요. 낡아빠진 침대마다, 지저분한 바닥의 빈자리마다 뼈만 남은 환자들이 누워 신음하고 있었어요.

"여기 누구 그리스어 할 줄 아는 사람 있어요?" 니코는 되풀이해 말했어요.

구석에서 끙끙대는 소리가 났어요. 그쪽을 돌아보니 웬 노인이 손을 들고 있었어요. 니코는 서둘러 그 노인 곁으로 갔어요. 바로 앞까지 다가가고 나서야 니코는 눈에 익은 턱과 코와 입의 생김새를 알아봤어요.

"할아버지?" 니코는 나직이 중얼거렸어요.

"누구요? 거기 있는 사람 누굽니까?"

니코는 목이 메었어요. 이 사람이 정말로 활기차고 풍채도 당당했던 할아버지 라자르가 맞을까요? 할아버지의 체격은 이제 예전의 몇 분의 일에 지나지 않았어요. 목이 니코의 한 손에 잡힐 것처럼 앙상했죠. 짧게 깎은 머리카락은 하얗게 셌고 눈은 회색 눈곱으로 덮여 있었고요.

"나를 좀 도와주시겠소?" 노인은 갈라진 목소리로 말했어요. "나는 앞이 전혀 안 보여요. 나한테는 손자가 있는데……."

"예, 저 여기 있……"

"그 애 이름은 세바스티안이에요. 나한테 남은 건 그 애뿐이에요."

니코는 긴장해서 침을 꿀꺽 삼켰어요. '남은 건 그 애뿐이라니? 그게 무슨 말이지?' 그때 니코의 코트 주머니 속에는 새로 위조한 신분증이 잔뜩 들어 있었거든요. 아버지와 어머니, 할아버지와 할머니, 형제들, 고모와 고모부의 것까지 모조리요. 식구들 모두 수용소를 탈출해 고향으로 돌아갈 수 있도록 위조한 신분증이었어요. 니코가 이때껏 해온 모든 거짓말은 오로지 그 한 가지 목적을 위한 것이었어요. 살로니카로 돌아가는 것 말이에요. 햇살이 화창한 안식일 아침에는 다 함께 시너고그까지 걸어가고, 별이 총총한 밤이면 산책로를 거닐다 하얀 탑에 이르던 그 시절로요. '남은 건 그 애뿐이라니? 왜 세바스티안 형 얘기만 하시는 걸까?'

"선생님." 니코는 미리 연습해둔 어른스러운 목소리로 말했어요. "다른 가족 분들은 어디 계신가요?"

라자르는 큰 소리로 코를 훌쩍거렸어요. 그러고는 고개를 돌렸어요.

"죽었어요."

니코는 자신이 무슨 말을 하는지도 모르는 채 그 말을 되풀이했어요.

"죽었어요?" 니코의 목소리는 나직했어요.

"저들이 다 죽였어요. 저 악마들이. 저 악마들이 다 죽였어요."

노인은 눈물도 흘리지 않고 흐느끼기 시작했어요. 고통스럽게 일그러진 표정은 뭔가 하고 싶은 말이 있는 것처럼 보였지만 입에서는 아무 말도 나오지 않았죠. 한쪽 구석에 있던 여성은 간호사가 다가와 손을 대자 울부짖었어요. 소련군 병사들은 엉엉 우는 환자들을 들것에 실어 옮겼어요.

저는 니코가 바로 그 순간 자신의 가식을 벗어던지고 사랑하는 할아버지를 끌어안았다고 말씀드리고 싶어요. 두 사람이 그 모든 시련을 겪은 끝에 마침내 상봉했다고 말이에요. 하지만 거짓말을 단단하게 다지는 접착제로는 죄책감만큼 훌륭한 것도 없죠. 그래서 사랑하는 식구들을 자기 손으로 모조리 죽음에 몰아넣었다고 믿은 니코는 그 의무실에서 마침내 저를 영영 잃어버리고 말았어요. 우주선 바깥으로 나갔다가 연결선이 끊어져 버린 우주 비행사처럼 말이에요.

"병원에 가셔야 해요, 선생님." 니코는 일어서며 말했어요.

"그때까지 버틸지 모르겠군요."

"버티실 거예요. 그럴 거라고 믿으세요."

노인은 눈곱이 떨어지게 하려고 눈을 깜빡였어요.

"당신은 이름이 뭔가요?" 노인이 나직이 물었어요.

니코는 헛기침을 했어요.

"제 이름은 필리프 고르카예요. 적십자 소속 의사죠. 여기 계세요. 도와줄 사람이 있는지 가서 찾아볼게요."

니코는 돌아서서 눈물을 닦고 그 자리를 떠났어요.

니코의 전쟁은 그렇게 막을 내렸어요.

제 3 부

1946년

'진실은 보편적이다.' 이 문구를 자주 들어보셨을 거예요.

말도 안 되는 소리죠.

제가 정말로 보편적이었다면 무엇이 옳고 무엇이 그른지, 누가 무엇을 받을 자격이 있는지, 또는 행복이 뭔지 같은 문제에 대한 사람들의 의견 차이 같은 건 있지도 않았을 거예요.

하지만 어떤 진실은 보편적으로 경험하게 마련인데, 그중 하나가 바로 상실이에요. 그건 여러분이 무덤 옆에 서 있을 때 가슴속에 느껴지는 공허감이에요. 무너진 집을 바라볼 때 느껴지는 목이 꽉 메는 기분이고요. 그래요. 상실은 보편적이에요. 누구나 살면서 한 번쯤은 경험하게 마련이죠.

1946년 무렵의 살로니카는 상실의 기념비 같은 곳이었어요. 유령들의 도시였죠. 그곳에 남은 유대인은 채 2000명도 되지 않았어요. 그중 '운 좋은' 사람들은 인근 산속에서 마치 쫓기는 짐승처럼 숨어 지냈고, 그들보다 운이 없었던 사람들은 수용소에서 고향으로 힘겹게 돌아와 시체나 다름없는데도 어째선지 살아 있는 몰골로 나타났어요. 사랑하는 이들을 모두 잃고 전에 알던 것들도 모두 잊어버린 채로 뭔가를 찾아 헤맸지만 그게 뭔지는 알지 못했어요.

쌀쌀한 2월의 어느 아침, 이제 어른이 됐지만 몸은 뼈만 앙상한 세바스티안 크리스피스가 클레이소라스가 3번지의 집 앞에 서서 현관문을 두드렸어요. 그가 입은 코트는 적십자사에서 준 것이었고 바지와 셔츠는 구호 단체에서, 신발은 인정 많은 폴란드인 신발 상인이 준 것이었어요. 어깨는 1년 전에 빼낸 총알 때문에 아직도 아픈 상태였죠.

얼굴에 짧은 수염이 잔뜩 난 중년 남자가 속셔츠 바람으로 현관문을 열었어요. 세바스티안은 등을 똑바로 폈어요.

"안녕하세요." 세바스티안은 라디노어로 말했어요. "제 이름은 세바스티안 크리스피스예요. 제 부모님은 레브 크리스피스와 타나 크리스피스고요. 여기는 저희 집이에요."

"*티?*" 남자가 물었어요.

"여기는 저희 집이에요." 세바스티안은 그리스어로 바꾸어 다시 말했어요.

"지금 무슨 소릴 하는 거야?" 남자가 말했어요. "여긴 내 집이야. 내가 샀어."

"누구한테서요?"

"독일인한테서."

"그 독일인은 값을 치르고 이 집을 소유한 적이 없어요. 빼앗아 갔죠."

"뭐, 어떤 식으로 손에 넣었든 그자가 이 집을 나한테 팔았어. 난 값을 치렀다고. 그러니까 내 집이야."

남자는 고개를 갸웃하더니 세바스티안의 옷을 찬찬히 살펴봤어요. "근데 너 몇 살이야? 보아하니 십대 같은데. 너희 식구들 곁으로 돌아가."

세바스티안은 자신도 모르게 이를 앙다물었어요. '식구들 곁으로 돌아가라고?' 그는 거의 1년 전부터 두통에 시달렸어요. 폴란드의 크라쿠프에 있는 병원에서 어깨 아래쪽에 총알이 박힌 채 정신을 차린 날부터 지금껏 내내요. 의사들은 총알이 대동맥에 너무 가까이 박혀서 제거할 수 없다고 했어요. 그러다가 총상 위로 낭종이 생겼고, 이 때문에 우도 그라프가 남긴 공포를 영원토록 떠올리며 살아야 할 판이었어요.

'식구들 곁으로 돌아가라고?' 세바스티안은 그 병원의 침대에 몇 주 동안 누워 있다가 나중에는 난민촌에서 몇 달을 보냈어요. 난민촌에서는 수용소의 생존자들이 신문을 만들어 돌려보며 헤어진 친족들의 행방을 필사적으로 수소문했죠. 세바스티안은 할아버지 소식을 조금이라도 아는 사람이 있는지 거듭 물어보며 돌아다녔지만, 막상 난민촌에 도착한 그리스인 생존자한 명이 라자르가 의무실에서 숨을 거뒀다고 주장했을 때 세바스티안은 할아버지의 시신을 수습하러 난민촌을 떠나도 좋다는 허가를 받지 못했어요. 그곳에서조차도 유대인들은 수감자 취급을 받았던 거예요. 가끔은 아예 생포된 나치 잔당과 같은 막사에서 지내도록 강요받기도 했죠.

'식구들 곁으로 돌아가라고?' 몇 달이 지나자 선의를 지닌 몇몇 유대인 단체에서 난민들이 문화생활을 누리도록 교사를 초

빙하고 스포츠 행사도 개최했어요. 세바스티안은 뮤지컬을 같이 준비하지 않겠냐는 제안을 받았죠. '뮤지컬이라니?' 주위에는 '늑대' 때문에 고초를 겪은 쇠약한 피해자들이 가득했어요. 너무나 지독한 정신적 외상에 시달린 탓에 하루를 살아내는 것도 간신히 해내는 이들이었죠. 독일군 때문에 최악의 기아에 시달리다 살아남은 이들 가운데 일부는 너무 많은 음식을 너무 급하게 먹는 바람에 목숨을 잃기도 했어요. 이른바 '영양 재개 증후군'이라는 이 증상 역시 새로운 형태의 유대인 처치법이었죠.

'식구들 곁으로 돌아가라고?' 체력이 웬만큼 회복되자 세바스티안은 여러 수용소를 차례로 돌아다녔어요. 지친 얼굴들을 샅샅이 훑어보며 자신이 전에 알던 이들 가운데 아직 살아 있을지도 모르는 단 두 명을 찾으려고 했던 거예요. 파니와 니코 말이에요. 그는 명단을 보여달라고 요청했지만 이름은 끝이 보이지 않을 만큼 많았고 정보는 부족했어요. 몇 달에 걸친 헛된 수색 끝에 결국 마음을 접은 그는 그리스로 돌아가려고 주위에 도움을 요청했어요. 그러다가 마침내 기차를 타고 폴란드와 체코슬로바키아, 헝가리, 유고슬라비아를 거쳐 그리스로 보내졌죠. 그는 차창 밖에 펼쳐진 파괴된 마을과 폭격당한 건물, 쑥대밭이 된 들판을 걸어가는 농부, 폐허가 된 교회에서 뛰어노는 아이들을 가만히 바라봤어요.

'식구들 곁으로 돌아가라고?' 아테네에 도착한 세바스티안은 체육관으로 보내진 다음 비스킷과 담배, 독한 증류주인 '우조'를 배급받았어요. 지문도 등록해야 했죠. 한참 후에 트럭이 와서 그를 살로니카에 데려다줬어요. 도착한 때는 밤이었고 그는 갈 곳이 없었어요. 그래서 부둣가 벤치에 누워 덜덜 떨며 잠

들었다가 아침 낚시를 마치고 들어오는 고깃배 소리에 잠에서
깼어요. 졸음에 겨운 눈을 비비며 그는 고향 사람들의 삶은 그
동안에도 계속 이렇게 흘러갔을지 궁금해했어요. 그와 그의 아
버지와 할아버지가 아우슈비츠 운동장에서 짐승처럼 쫓겨다니
는 동안에도 말이에요. 고깃배들은 어떻게 저토록 아무 일도 없
었다는 듯이 태평하게 부두로 들어오는 걸까요? 그 많은 수감
자들이 굶주리는 동안 세상 사람들은 어떻게 밥을 먹었을까요?
이곳의 삶은 어떻게 저토록 섬뜩할 만큼 정상적으로 보일 수가
있을까요? 세바스티안에게는 정상이라고 할 만한 게 하나도 남
질 않았는데?

'식구들 곁으로 돌아가라고?'

"저희 식구들은 모두 다 죽었어요." 세바스티안이 말했어요.

남자는 그를 위아래로 훑어봤어요. "너 유대인이구나."

"예."

남자는 멋쩍은 듯 턱을 긁었어요. "그놈들이 끌고 간 거냐? 그
기차에 태워서?"

세바스티안은 고개를 끄덕였어요.

"소문은 나도 들었다. 끔찍하더구나. 소문이 사실이냐?"

"제발요, 선생님." 세바스티안이 말했어요. "다시 말씀드리지
만요, 여기는 저희 집이에요."

남자는 생각에 잠긴 표정을 하고 시선을 옆쪽으로 돌렸어요.
그러다가 다시 앞을 봤어요.

"잘 들어. 네가 무슨 일을 겪었든 간에, 정말 유감이다. 아마
정부에서 널 도와줄 거야. 하지만 이제 여긴 내 집이야." 남자는
속셔츠 위로 가슴팍을 긁었어요. "그러니까 넌 진짜 다른 데로

가야 해.”

세바스티안은 눈물이 차올랐어요.

“어디로요?” 세바스티안은 갈라지는 목소리로 물었어요.

남자는 알 바 아니라는 듯이 어깨를 으쓱했어요. 세바스티안은 눈물을 닦았어요. 그러고는 남자에게 와락 달려들어 양손으로 목을 틀어잡고 놔주지 않았어요.

그 이튿날, 파니는 에그나티아가에 있었어요.

그곳에서 아버지의 약국이 있던 자리를 물끄러미 바라봤어요. 이제 그곳에는 신발 가게가 들어와 있었죠. 유대인 빵집은 세탁소로 바뀌어 있었고요. 유대인 양복점은 이제 변호사 사무소였어요. 유명한 건물 몇 군데는 알아볼 수 있었지만 건물 안쪽은 모조리 바뀌었고, 주변에 돌아다니는 사람들도 전과 달라 보였어요. 흰 수염을 기른 유대인 남성이나 숄을 두른 유대인 여성의 모습은 전혀 보이지 않았죠. 라디노어도 전혀 들리지 않았고요.

파니는 고향으로 돌아오는 고된 여정 또한 견뎌냈어요. 헝가리 북부의 산지로 숨어든 파니는 그곳에서 몇 달을 보낸 후에야 자신의 정체를 밝혀도 안전하겠다는 느낌이 들었어요. 결국 파니도 세바스티안처럼 난민촌으로 보내졌는데, 그 난민촌은 오스트리아에 있었어요. 파니가 눈 내리던 날에 그토록 애써 탈출하려 했던 바로 그 나라 말이에요. 그곳에서 파니는 2층 침대에서 잠을 잤고 빈약한 배급 식량으로 연명했어요. 의사에게 진찰을 받으려면 며칠씩 기다려야 했죠. 또한 원치 않게 접근하는 남자 일꾼들을 피하느라 늘 긴장해야 했고요. 그런 남자들은 도움을 제공하는 자신들에게 감사해야 마땅하다는 듯이 굴면서 파니의 허리에 팔을 두르거나 목에 입을 맞추려고 들었어요.

몇 달에 걸친 서류 작업 끝에 마침내 파니는 아테네행 열차표를 손에 넣었고, 아테네에 있는 창고의 간이침대에 누워 잠을 자며 열여섯 살 생일을 보냈어요. 1946년 2월에 부다페스트를 떠나 죽음의 행군을 시작하고 나서 1년이 더 지난 후에 파니는 수용소에서 나치 제복을 수선하는 재봉사로 일하며 살아남은 레베카라는 젊은 여성과 함께 살로니카로 돌아가는 여행길에 올랐어요. 레베카는 수용소 담요를 잘라 만든 모직 치마를 입었고 왼쪽 귀 밑에 흉터가 있었어요. 시선은 정면을 향할 뿐 다른 쪽으로는 거의 움직이지 않았죠.

살로니카에 도착한 두 사람은 도시에 남은 두 시너고그 중 한 곳을 숙소로 배정받았어요. 그곳에서 산속에 숨어 살던 유대인 수십 명과 함께 지내야 했죠. 그날은 금요일이었어요. 파니는 몇 년 만에 처음으로 안식일 예배를 목격했어요. 성소에는 희미한 불빛이 켜졌고 생존자들 가운데 일부는 나직한 목소리로 기도를 올렸어요. 파니는 침묵을 지켰죠. 나중에 그들은 수프와 얼마 안 되는 닭고기를 나눠 먹었어요.

그날 밤 다른 사람들은 대부분 바닥에 누워 잠들었을 때 그리스 저항군 소속이었던 남자들 한 무리가 새로 도착한 두 사람을 둘러싸고 모여들었어요.

"네 손목에 그건 뭐야?" 한 남자가 레베카에게 물었어요.

"제 번호요."

"무슨 번호?"

"수감자는 모두 자기 번호를 문신으로 새겼어요."

"너 같은 애들이 더 있어야 하는 거 아니야?"

"거기 도착하고 나서 거의 다 죽었어요."

"죽었다고?"

"살해당했어요."

"어떻게?"

"가스실에서." 레베카가 대답했어요.

"시체는 어떻게 했는데?"

"독일군이 불태웠어요."

잠시 침묵이 흘렀어요.

"진짜야?"

"당연히 진짜죠."

남자들은 서로의 얼굴을 마주 봤어요. 레베카의 말을 믿지 못해 고개를 절레절레 흔들면서요. 그러다가 그중 한 명, 어깨가 넓고 콧수염을 기른 남자가 몸을 앞으로 숙이며 손가락을 펴 레베카를 가리켰어요.

"그럼 넌 어떻게 여기로 돌아온 거지?"

레베카는 영문을 몰라 눈만 깜박였어요. "그게 무슨 말이에요?"

"그자들이 너는 불태우지 않았잖아. 왜 그런 거야?"

"나는…… 살아남았으니까요."

"어떻게?"

"나는 일을 해서……"

"어떤 일? 그 일을 누구랑 같이 했는데? 지금은 누구랑 같이 일하지?"

파니는 방금 그 말을 자신이 제대로 들었는지 의심스러웠어요. 하지만 절멸 수용소의 진실을 이해하는 사람은 거의 없을 거예요. 동조자가 되어 살아남았을 거라는 거짓이 오히려 더 받아들이기 쉽죠.

"넌 어때?" 남자는 파니 쪽을 돌아보며 물었어요.

다른 남자가 그를 말리려 했어요. "얘는 아직 십대잖아⋯⋯."

"네 손목에는 왜 번호가 없지?"

"난 수용소에 있지 않았어요." 파니가 대답했어요.

"어째서? 넌 또 누구랑 같이 일한 거야?"

"아무하고도 안 했어요. 난⋯⋯"

"네 목숨을 건지는 대가로 누굴 밀고했지?"

"그만해요!"

"누구를⋯⋯"

"그 애 건드리지 마!" 레베카가 외쳤어요. "죽지 않고 살았으면 된 거 아니야? 우리한테 살아남았다는 이유로 부끄러워하라는 거야, 지금?"

남자는 화난 표정으로 다른 사람들을 둘러봤어요. 그러다가 헛기침을 하고 자기 손수건에 침을 뱉었죠.

"내 옆에 가까이 오지 마." 남자가 말했어요.

°*

그날 밤 파니는 잠을 이루지 못했어요. 간이침대에 누워 요란하게 코를 고는 남자들 때문에 불안했거든요. 이튿날 아침, 동트기가 무섭게 파니는 시너고그를 나와 바닷가 쪽으로 걸어갔

어요.

항구에는 전쟁 중에 파괴된 선박 여러 척의 뼈대가 여기저기 널려 있었어요. 카페는 상당수가 문을 닫았고요. 살로니카는 유대인 공동체뿐 아니라 활기 넘치는 아침도, 붐비는 시장도, 여러 문화가 어우러진 풍경도 함께 잃고 말았어요. 전쟁의 여파 속에서 도시는 파괴된 채 굶주렸고 그곳에 사는 사람들은 서로 다투느라 바빴어요.

파니는 전차 선로와 나란히 이어진 옛 산책로를 따라 걸었어요. 하얀 탑이 있는 동쪽을 향해 가던 파니는 멀리서 그 탑을 보고 그만 울컥 목이 메었어요. 독일군이 폭격기의 조준경에 포착되지 않게 하려고 탑에 위장무늬를 칠해놓았던 거예요. 탑의 표면은 흰색이 아니라 칙칙한 암녹색과 황갈색이 어지럽게 뒤섞여 있었어요. 어째선지 그 무늬 때문에 파니는 가슴이 찢어지는 것만 같았어요.

그 건물에 가까이 다가가는 사이에 파니는 니코 할아버지 덕분에 그 집 손자들과 함께 탑 꼭대기까지 올라갔던 기억이 떠올랐어요. 그날의 하늘은 이루 말할 수 없이 드넓어 보였고 만 건너편의 산봉우리는 새하얀 눈으로 덮여 있었죠. 그날 세상은 너무나 매혹적인 곳으로, 낙관이 가득한 곳으로 보였어요.

이제 파니는 세상과 엮이고 싶은 마음이 전혀 남아 있지 않았어요. 그저 가만히 앉아 있고 싶을 뿐이었죠. 어느 가게 주인이 산책로 포석 위에 양동이로 물을 뿌리고 비질을 하느라 보도를 박박 긁어대는 거친 소리가 났어요. 이제 어디로 가야 할까요? 뭘 하면 좋을까요? 파니는 너무 오랫동안 숨어 살았던 탓에 자유로운 상태가 오히려 감옥처럼 느껴졌어요.

고향에 돌아오면 절대로 울지 않겠다고 속으로 다짐했건만, 파니는 그만 울음을 터뜨리고 말았어요. 그리고 이때껏 살아오면서 가장 외롭다고 느꼈던 그 순간, 등 뒤에서 발소리가 나더니 웬 남자가 이렇게 말하는 소리가 들렸어요.

"파니, 우리 결혼하자."

뒤를 돌아보니 세바스티안이 서 있었어요. 성숙해 보이는 얼굴에는 구레나룻이 자라 있었고 이마는 까진 상처에서 난 피가 말라붙어 딱지가 져 있었어요. 꼭 싸움에 휘말린 사람 같았죠.

"세상에, 맙소사. 세바스티안? 너 정말 세바스티안 맞아?"

지난날 알고 지내던 사람이 아직 살아 있다는 걸 눈으로 확인하고 감격한 나머지 파니는 세바스티안을 와락 끌어안았어요. 좁지만 억센 그의 어깨와 짧은 머리카락의 까슬까슬한 감촉이 이마에 느껴졌어요.

"널 찾아다니느라 안 가본 데가 없어." 세바스티안의 목소리는 나직했어요.

그 말 덕분에, 그리고 지금도 자신을 찾아다닐 가치가 있는 존재로 여기는 사람이 있다는 사실 덕분에 파니는 언젠가 니코와 짧은 입맞춤을 나눈 후로 줄곧 잠들어 있었던 어떤 감정에 휩싸였어요. 둘은 하얀 탑의 그늘에 앉아 대화에 빠져들었어요. 질문을 하고, 고개를 가로젓고, 또 질문을 하고, 눈물을 흘리면서요. 세바스티안은 3년 동안 내내 하고 싶었던 말을 불쑥 내뱉었어요. "그때 열차 창문 바깥으로 밀어서 미안해." 파니는 다 이해한다고 말했어요. 수용소 얘기를 듣고 나서는 그렇게 된 게 최선이었을 거라는 생각도 들었죠. 둘은 피차 되새기고 싶지 않은 세세한 이야기들은 언급하지 않고 넘어갔어요. 이따금 손을 잡기도 했죠. 한낮의 햇살이 내리쬐어 만 앞바다가 사파이어처럼 새파란 색을 띠었을 무렵에 세바스티안이 말했어요. "좀 걷자."

둘은 도시 곳곳을 걸으며 달라진 모습에 놀랐어요. 해변을 따라 북쪽으로 향하는 동안에는 엑소혼 대로에 줄지어 서 있는 저택들을 손가락으로 가리키기도 했죠. 한때는 여러 부유한 유대인 집안의 소유였지만 독일군이 빼앗아 간 후에 그리스인들이 넘겨받아 이제는 다른 용도로 사용되었어요. 둘은 서쪽을 향해 걷다가 옛 바론 히르슈 구역에 도착했어요. 그들이 추방되기 전까지 갇혀 지내던 곳이었죠. 이제는 동네 전체가 폐허가 돼 있었어요.

저녁 어스름이 깔리고 교차로의 가로등이 환하게 켜질 무렵, 두 사람은 같은 결론에 이르렀어요. 살로니카는 이제 그들의 도시가 아니라는 결론이었죠. '고향'이라는 단어는 획 하나하나까지 모두 날아가버린 후였어요.

유령들의 도시는 젊은 커플이 살 곳이 아니었어요. 그래서 만 앞바다를 물들인 달빛 속에서 세바스티안이 파니의 손을 잡고 앞서 했던 '우리 결혼하자'라는 말을 되풀이했을 때, 파니는 고개를 끄덕이며 말했어요. "그러자."

같은 시각, 이탈리아의 어느 수도원에서는……

한 남자가 고해소 안으로 들어왔어요. 남자는 검은 윤곽만 보이는 창 너머의 얼굴을 향해 말했어요.

"서류는 준비됐나요?"

"예."

"오래도 걸렸군요."

"이런 일은 시간이 걸리는 법입니다."

"제가 배표를 예약하는 걸 그쪽에서 허락하던가요?"

"예."

긴 숨을 토하는 소리가 났어요. "마침내."

"자금은 충분하십니까?"

"입금되는 속도가 느리더군요. 하지만 이젠 충분히 쌓였을 겁니다. 아마도."

"하느님께 감사드릴 일입니다."

"그 돈은 하느님이 보내준 게 아니에요, 신부님."

"모든 것이 다 하느님 소관이랍니다."

"그렇게 말씀하신다면야."

"우리는 반드시 하느님을 거쳐야 죄 사함을 받을 수 있습니다."

"좋으실 대로 하세요."

"이제 어디로 가실 건지 여쭤봐도 되겠습니까?"

우도 그라프는 벽에 등을 기댔어요. 어디로 가야 할까요? 지난 1년 동안 우도는 이곳저곳으로 옮겨다녔어요. 맨 먼저 폴란드에서 탈출했죠. 이는 소련군이 그를 체포한 후에 어리석게도 감방이 아니라 병실에 가뒀기 때문이었어요. 병원 직원 한 명이 크라쿠프에 있는 우도의 지인들에게 연락하자 한밤중에 남자 둘이 병원에 찾아와 우도를 몰래 빼낸 거예요. 그는 소련군의 총에 맞아 다리를 크게 다친 탓에 트럭까지 업혀가야 했어요. 그에게는 몹시도 창피한 경험이었죠.

트럭은 아침까지 쉬지 않고 달렸어요. 마침내 오스트리아에

244

도착한 우도는 나치의 대의명분에 여전히 동조하는 어느 부호 가문에 몸을 숨겼어요. 그는 저택 부지 안쪽에 있는 손님 숙소에서 지내며 이따금 주인 가족이 여는 만찬에 초대받곤 했지만, 자신이 아우슈비츠에서 한 일에 관해서는 철저히 입을 다문 채 그저 명령을 충실히 실행한 중급 장교로 행세했어요. 밤이면 자기 방에서 담배를 피우며 전축으로 독일 음악을 들었죠.

다시 걸을 만큼 몸 상태가 좋아지자 우도는 안내인을 따라 산맥을 넘어 이탈리아에 발을 디딘 다음, 그에게 은신처를 제공하기로 한 몇몇 수도원 가운데 첫 번째 수도원으로 향했어요. 탄탄하게 닦아놓은 이 탈출로를 독일군 잔당은 *라텐리니엔*, 즉 '줄사다리'라고 불렀어요. 도주로라는 뜻이었죠. 그 과정에서 이들은 이탈리아와 에스파냐의 가톨릭 사제들에게서 큰 도움을 받았어요. 어쩌면 여러분이 궁금해할지도 모르겠네요. 하느님 앞에 진실해야 할 성직자들이 어째서 무고한 이들의 죽음에 책임이 있는 자들을 기꺼이 도우려 했냐고요. 하지만 성직자들도 다른 사람들과 마찬가지로 저를 쉽게 왜곡하곤 한답니다.

'그 전쟁은 부당했습니다.'

'그가 저질렀다는 범죄들은 과장됐습니다.'

'감방에서 썩게 하느니 차라리 회개하도록 하는 것이 낫지요.'

우도는 이탈리아의 사렌티노 산악 지대 인근에 있는 메라노라는 곳의 성당 뒷방에 숨어 여러 날을 보냈어요. 아침이면 눈 덮인 산봉우리를 바라보며 늑대의 치밀한 계획이 어쩌다가 물거품이 됐는지 곰곰이 생각하곤 했죠. 몇 달 후, 우도는 새 이름과 새 여권을 만들 서류가 마련되어 있는 로마로 이동했어요. 마침내 새 신분으로 위장한 그는 항구 도시 제노바 근교의 어느 교회에 도착한 다음, 그곳에서 해외여행에 필요한 여비와 여행 증명 서류를 기다렸어요. 그는 가톨릭교회에 의지해 목숨을 부지하는 것을 내심 치욕으로 여겼어요. 가톨릭교회의 신앙을 전혀 믿지 않았던 데다 그들의 의식 또한 거만하다고 생각해 존중하지 않았거든요. 하지만 가톨릭교회에는 와인이 아주 많았어요. 그는 그 점을 톡톡히 이용했죠.

'어디로 가야 하지?' 목적지는 당연히 남아메리카여야 했어요. 그 대륙의 몇몇 정부는 나치 장교들이 피난처를 찾아 건너온다면 못 본 척해주겠다는 뜻을 분명히 밝혔으니까요.

"아르헨티나요." 우도는 사제에게 말했어요. "아르헨티나로 갈 겁니다."

"부디 하느님께서 보우하시길."

"좋으실 대로."

하지만 우도는 거짓말을 하고 있었어요. 그가 아는 나치 친위대 장교 중에는 남아메리카로 순순히 건너간 사람이 너무 많았거든요. 치밀한 전략가였던 그는 그 장교들 가운데 단 한 명만 정체가 발각돼도 나머지 모두 일망타진될 거라고 추론했어요.

그럴 수는 없었어요. 우도는 늑대가 시작한 일을 마무리 짓기 위해 다시 싸우기로 결심했거든요. 그리고 그렇게 하려면 적을 내부에서부터 연구해야 했어요. 그는 사제에게 아르헨티나로 간다고 말했지만, 거긴 경유지에 지나지 않았어요. 그의 머릿속에는 이미 더 훌륭한 은신처가 정해져 있었으니까요.

우도는 미국으로 갈 작정이었어요.

제 4 부

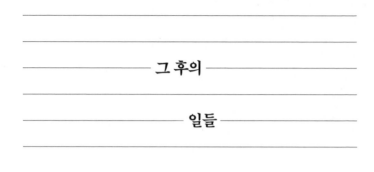

그 후의

일들

만약 우리 이야기가 아이들이 갖고 노는 스노 글로브라면, 바로 지금이 그걸 세차게 흔들어야할 순간이에요. 그러면 수많은 알갱이들이 물속에서 휘휘 돌아다니다가 중력에 이끌려 춤추듯 아래로 내려와 새 자리에 정착할 테니까요.

그 후로 수십 년이라는 세월이 흘렀어요. 장소가 바뀌었죠. 일자리도 생겼고요. 아이들도 태어났어요. 하지만 드넓은 대양을 사이에 두고 떨어져 살아가면서도 니코와 세바스티안, 파니, 그리고 우도는 여전히 서로에게 영향을 미쳤어요. 그들의 삶은 그들이 지닌 진실과 거짓으로 엮여 있었던 거예요.

스노 글로브가 흔들렸어요. 그러자 우리가 그들 넷을 마지막으로 봤을 때로부터 22년이 흘렀고, 네 사람의 삶은 저마다 다음과 같이 달라졌어요.

니코는 부자가 됐어요.

세바스티안은 집착에 빠졌군요.

파니는 어머니가 됐고요.

우도는 스파이가 됐네요.

이제부터 자세히 설명해드릴게요.

먼저 니코 이야기부터 시작해보죠.

늘 진실만을 말하던 저의 소중한 아이는 아우슈비츠의 참상을 목격한 후에 제 곁을 영영 떠났어요. 자기 동포들이 나치에게 어떻게 살해당했고 그들의 시체가 어떻게 재로 바뀌었는지 알고 나서, 그리고 그렇게 되도록 자신이 본의 아니게 거들었다는 사실을 깨닫고 나서 일찍이 정직했던 그 아이는 제가 존재하지 않는 세계로 떠나버렸어요.

심리학자들은 그 상태를 '병적 허언'이라고 해요. 특정한 목적이 없는 거짓말, 심지어 본인에게도 이득이 되지 않는 거짓말을 일삼게 되는 증상을 가리키는 말이죠. 단순히 장애나 정신 질환 때문에 그런 식의 거짓말을 하는 경우도 있지만, 니코처럼 진실이 남긴 정신적 외상이 너무나 강렬한 나머지 저를 보는 눈이 영영 멀어버린 경우도 있답니다.

거짓말의 힘으로 아우슈비츠 잠입이라는 거의 불가능한 일을 해낸 니코는 이제 아주 사소한 것들에 대해서도 거짓말을 하기 시작했어요. 무슨 책을 좋아하는지, 아침으로 뭘 먹었는지, 옷은 어디서 샀는지 같은 것들 말이에요. 스스로도 어쩔 수가 없었어요. 니코에게는 모든 직선이 휘어져 보였으니까요.

✳

앞서 니코가 부자가 됐다고 말했죠. 그렇게 된 건 거짓말 덕분
이었어요.

1946년에 니코는 커틸린 커라디를 다시 만나리라는 희망을
품고 헝가리로 돌아갔어요. 위조 작업용 도구는 아직 다 그대로
있었지만 우도의 가방에서 챙긴 돈은 거의 바닥난 상황이었죠.
니코에게는 자금이 필요했어요.

부다페스트행 열차에서 깜박 잠이 들었다가 쿡쿡 찌르는 기
척에 눈을 떠보니, 차장이 열차표와 신분증을 요구했어요. 니코
는 비몽사몽간에 갈색 독일 여권을 꺼내려다가 자신이 착각한
것을 알아차리고 헝가리 여권을 꺼냈어요. 차장은 그 사실을 눈
치채지 못했죠. 하지만 곁에 앉은 승객은 이를 놓치지 않았어
요. 서른 살쯤 돼 보이는 그 남자는 왼손에 흉터가 있었어요. 그
는 차장이 객실을 나설 때까지 니코를 물끄러미 바라봤어요. 그
러다가 니코 쪽으로 몸을 숙이고 독일어로 말했어요.

"나한테도 그거 하나 만들어줄 수 있어요?"

"그거라뇨?" 니코가 물었어요.

"헝가리 여권 말이에요."

"무슨 말인지 모르겠네요."

"모르기는, 다 알면서. 아까 당신의 독일 여권을 봤어요. 날 속
일 생각은 마요. 요즘 세상에 여권 두 개를 들고 다니는 사람이
라면 한 개 더 만드는 것쯤은 일도 아니겠죠."

"지금 무슨 말을 하는 건지 모르겠군요."

"에이, 그러지 말고. 내 말이 틀렸으면 그쪽이 독일어를 할 수 있을 리가 없잖아요? 나한테 헝가리 여권 하나만 만들어줘요, 값은 섭섭잖게 치를 테니까." 남자는 손을 내밀었어요. "난 귄터예요. 함부르크 출신이죠."

니코는 잠시 고민했어요.

"난 라스예요." 니코가 말했어요.

"고향은?"

"슈투트가르트."

"말씨에 이쪽 억양이 좀 있는데."

"어렸을 때 식구들이랑 같이 헝가리로 왔어요."

"지금 몇 살이지? 열여섯, 아니면 열일곱?"

"열여덟이요."

"내 말 잘 들어, 라스. 난 여권이 꼭 있어야 해."

"차라리 독일 집으로 돌아가지 그래요?"

귄터는 눈길을 다른 곳으로 돌렸어요. "못 가. 난 해야 할 일이 있거든. 그리고 그 일이 끝나면 새출발을 할 거야."

"음, 내가 도울 일은 없을 것 같네요. 미안해요."

니코가 그렇게 대꾸하자 귄터는 코웃음을 치고 창밖을 내다봤어요. 마치 다음 수를 고민하는 사람처럼 말이에요.

"있잖아." 귄터는 나직이 말했어요. "내 말대로 하면 우리 둘 다 부자가 될 수 있어."

니코는 귄터의 옷차림을 유심히 봤어요. 터틀넥 스웨터에 회색 바지, 지저분한 코트, 모피 모자. 누구를 부자로 만들어줄 사람 같아 보이지는 않았어요.

"어떻게요?"

"얼마 전 일인데, 열차가 하나 있었어. 화물칸이 스무 량 넘게 달린 열차였지. 거기엔 금과 보석, 현금이 잔뜩 실려 있었어. 다 우리가 유대인들한테서 뺏은 거였지. 제국 국고에 귀속시키려고 독일로 운반하는 중이었어."

"그런데요?"

"그 열차가 멈춰선 거야."

니코는 다음 이야기를 잠자코 기다렸어요.

"열차는 몇 번에 걸쳐 멈춰섰어. 그리고 그중 한 번에는…… 화물칸에서 커다란 나무 상자 몇 개가 내려졌어."

귄터는 의자 등받이에 몸을 기댔어요.

"난 그 열차의 경비병이었어. 나 말고도 여럿이 같이 탔지. 그리고 그중 몇 명은 나무 상자가 감춰진 곳을 알아."

"그게 어딘데요?"

귄터는 씩 웃었어요. "당연히 그게 궁금하겠지. 하지만 가르쳐주진 않을 거야. 그저 이곳 헝가리의 어느 교회 지하실에 평생 동안 쓰고도 남을 금은보화가 묻혀 있다고만 해두지."

귄터는 니코를 찬찬히 뜯어봤어요. "나한테 새 여권을 만들어줘. 그럼 내가 널 그리로 데려가줄게."

°*

석 달 후 달도 보이지 않는 어느 습한 밤, 잠베크라는 작은 마을의 폐허가 된 로마네스크 양식 교회 앞 진흙투성이 풀밭에 커다란 트럭 한 대가 서 있었어요. 수백 년 전에 지은 그 교회는 17세기에 오스만 제국의 군대가 파괴한 후에 두 번 다시 재건되지 못했어요. 제2차 세계대전이 일어나기 전까지는 관광 명소였죠. 전쟁이 일어난 후로는 찾는 사람이 거의 없었지만요.

니코가 들은 이야기에 따르면 귄터는 동료 경비병과 함께 나치 열차의 야간 재고 조사를 맡았다가 금과 현금과 보석이 든 나무 상자 몇 개를 남몰래 화물칸에서 내린 다음 트럭에 실어 한밤중에 이 교회로 옮겼어요. 귄터는 야간 경비원에게 돈을 주고 상자를 내려 이곳 지하실에 숨겼다고 말했어요. 그러고는 지하실 문에 자물쇠를 채웠다는 거예요.

"당신 동료는 어떻게 됐어요?" 니코가 물었어요.

"죽었어. 소련군한테 당했지."

"그 야간 경비원은요? 그 사람은 당신들이 뭘 하는지 몰랐나요?"

"꿈에도 몰랐을걸."

"그 사람이 그 후로도 입을 다물었을지 안 다물었을지 어떻게 알아요?"

"그 녀석은 입도 뻥긋 안 했어. 우리가 잘 손봐줬으니까."

교회 지하의 돌바닥은 축축하고 곰팡내가 났어요. 니코와 귄터는 자물쇠가 걸린 무거운 문을 발견했고 귄터가 도끼로 그 문을 부쉈어요. 둘은 문을 한쪽으로 치우고 손전등으로 문 안쪽 실내를 비췄어요. 아니나 다를까, 바닥에 나무 상자 네 개가 놓여 있었어요.

"내가 뭐랬어?" 귄터는 헤벌쭉 웃으며 말했어요.

두 남자는 상자를 한 번에 한 개씩 들고 오래된 계단을 힘겹게 올라가 바깥으로 날랐어요. 귄터는 제 한 몸 가누는 것도 힘겨워할 지경이었죠.

"이 안에는 네가 평생을 써도 다 못 쓸 금은보화가 들어 있어, 라스!" 니코는 상자의 무게를 가늠해보고 권터 말이 사실일 거라 짐작했어요.

상자를 트럭에 다 싣기까지 한 시간이 넘게 걸렸어요. 니코는 땀을 하도 많이 흘려서 옷이 흠뻑 젖다시피 했어요. 혹시라도 보는 눈이 있을까 봐 주위를 계속 살폈지만 인근 건물에는 불빛이 전혀 보이지 않았고 밤 귀뚜라미 소리 말고는 아무 소리도 들리지 않았어요. 마지막 상자를 트럭 짐칸에 밀어넣고 나서 권터는 등을 쭉 펴고 어둠 속을 향해 우렁찬 고함을 토해냈어요.

"내가 그토록 고대했던 게 바로 이거야! 그 악취 나는 전쟁을 견뎌내고 드디어 내 몫을 찾았어!"

"어서 여길 뜨죠." 니코가 나직이 말했어요.

"잠깐, 잠깐만. 우리가 뭘 손에 넣었는지 내가 보여줄게."

"지금은 안 돼요."

"얼간이 같이 굴지 마. 내가 널 얼마나 큰 부자로 만들어줄지 궁금하지도 않아?"

권터는 손전등을 허리께에 들고 불빛을 위로 향해 자기 얼굴을 비췄어요.

"날 봐, 라스. 날 보라고! 방금 막 태어난 부자 헝가리인의 얼굴을 좀……"

총알은 니코가 총소리를 듣기도 전에 명중했어요. 권터의 머리가 뒤로 홱 꺾이는가 싶더니, 셔츠 목깃이 붉은 피로 물들었어요. 두 번째 총알이 가슴을 관통하자 권터는 밀가루 포대처럼 풀썩 쓰러졌고 손전등은 휙 날아가 진흙탕에 떨어졌어요.

니코는 몸이 우뚝 얼어붙었어요. 가까이 다가오는 발소리가 들렸죠. 웬 붉은 머리 남자애가 느닷없이 나타나 소총으로 니코의 눈을 똑바로 겨누고 있었어요. 이와 동시에 남자애는 귄터의 상태를 확인했어요. 이제 숨이 끊어진 채 트럭의 뒷바퀴에 기대어 있는 그의 주검을요.

니코는 항복한다는 뜻으로 양손을 들었고, 남자애는 니코의 얼굴을 확인한 후에 총을 내렸어요. 아이는 나이가 열 살쯤 돼 보였어요.

"왜 쐈어?" 니코는 숨도 제대로 쉬지 못한 채 물었어요.

"저놈이 우리 아빨 죽였어." 아이의 목소리는 담담했어요. "저놈이 다시 돌아올까 봐 밤마다 기다렸어. 저놈하고 다른 군인 한 명을."

아이는 멈칫하다가 말을 이었어요. "넌 그 군인이 아닌데."

"그래, 내가 아니야." 니코는 재빨리 말했어요. "내가 그런 게 아니야. 정말이야."

아이는 입술을 꾹 다물었어요. 눈물을 참으려고 안간힘을 쓰는 것 같았죠.

"네 아버지가 혹시 야간 경비원이셨니?"

"응."

"미안. 난 까맣게 몰랐어."

"그 다른 군인은 어딨어?"

"죽었대."

"잘됐네."

아이는 죽은 귄터를 발로 찼어요. 주검은 진흙탕에 쓰러졌죠.

"집에 가서 엄마한테 말할 거야."

아이는 돌아서서 떠나려 했어요.

"잠깐만." 니코는 트럭을 가리켰어요. "저 상자는 필요 없어?"

"안에 뭐가 들었는데?"

"아마 금이 들었을 거야. 돈하고 보석도."

"내 거 아닌데."

아이는 그렇게 말하고는 고개를 갸웃했어요.

"혹시 네 거야?"

"아니. 내 것도 아니야."

"그래. 그럼 누군지는 몰라도 도둑맞은 원래 주인에게 돌려주면 되겠네."

아이는 소총의 멜빵끈을 어깨에 걸치고 손전등 불빛 속을 가로질러 어둠 속으로 사라졌어요.

*

그날 밤 이후 많은 일이 일어났어요. 여기에 다 적지도 못할 만큼 많아요. 니코가 그 보물 가운데 일부를 자신의 교육비로 사용했다는 사실은 말씀드릴게요. 니코는 독일군이 고향 살로니카를 침공했던 열한 살 때 이후로 자신이 제대로 학교를 다니지 못했다는 걸 깨달았어요. 그래서 처음에는 부다페스트에서 십대 학생 행세를 하다가 나중에는 파리에서 대학생 행세를 했고, 더 나중에 영어 실력을 완벽하게 갈고닦은 후인 1950년에는 토마스 게르겔이라는 이름으로 런던 정치경제대학교에 입학해 특히 경영학 분야에서 수준 높은 교육을 받았어요. 니코는 돈을 버는 방법을 배우는 데에 전념했어요. 전쟁 기간 동안 위험을 피해 살아남은 비결이 바로 돈이었다는 걸 알았기 때문이죠. 강의실에서 성숙한 모습을 보인 그는 교수들로부터 신망이 두터웠어요. 교회 지하실에서 발견한 나무 상자 덕분에 그의 개인 은행 계좌에는 동급생들이 보면 깜짝 놀랄 액수의 잔액이 있었지만, 정작 그는 다른 학생들과 마찬가지로 기숙사에 살며 간신히 입에 풀칠할 형편이라는 얘기를 자주 하곤 했어요. 수려한 외모 덕분에 여러 젊은 여성들의 눈길을 사로잡은 그는 스스로 원할 때가 아니면 결코 외톨이로 지낸 적이 없었죠. 데이트 상대에게는 헝가리에 살던 식구들이 전쟁 중에 모두 세상을 떠났다고 말했기 때문에 어머니나 아버지, 또는 명절에 돌아갈 고향 집에 관해 아무도 묻지 않았어요. 연애는 강렬했지만 짧게 끝났죠. 그는 다가가기 쉬운 사람이 아니었어요.

니코는 대학을 우등으로 졸업했고, 졸업장을 든 채 사우샘프턴의 어느 비행장 근처에 있는 호텔의 객실로 향했어요. 병적 허언을 앓는 사람이 흔히 그렇듯이 니코도 새출발을 하고 싶다는 충동을 느꼈어요. 그래서 위조 도구를 사용해 양피지 졸업장에서 '토마스 게르겔'이라는 이름을 지워버렸죠.

그때 문득 머릿속에 어린 시절의 기억이 되살아났어요. 할아버지에 대한 기억, 하얀 탑에 올라갔을 때의 기억, 그리고 자유를 얻는 대가로 건물 전체를 새로 칠하겠다고 제안한 유대인 죄수의 이야기도 떠올랐어요. 니코는 펜을 들어 흠잡을 데 없이 훌륭한 필체로 졸업장에 '나탄 귀딜리'라고 적었어요. 다름 아닌 그 유대인 죄수의 이름이었죠.

이튿날 아침, 니코는 생전 처음 타는 비행기에 몸을 실었어요. 서쪽으로 향하는 첫 번째 구간의 여정이 끝나자 다시 더 먼 서쪽으로 떠났고, 그러다 보니 어느새 햇살이 아찔할 정도로 환한 캘리포니아주의 할리우드라는 곳에 와 있었어요. 다른 사람이 되어 연기하는 일이 흔할 뿐 아니라 돈벌이이기도 한 곳이었죠.

커틸린 커라디는 일찍이 니코에게 이렇게 말했어요. "당신은 나중에 꼭 영화계에서 일해야겠네요."

얼마 후, 니코는 자신의 재산 덕분에 그 말을 실현할 수 있었어요.

이제 같은 성을 쓰는 사이가 된
세바스티안과 파니 차례예요.

둘은 살로니카에서 재회한 지 3주 만에 유대인 복지 사무소에서 결혼식을 올렸어요. 파니는 구호 단체 직원이 빌려준 하얀 리넨 드레스를 입었어요. 드레스가 너무 커서 밑단에 발이 걸려 넘어지지 않게 조심해야 했죠. 세바스티안은 랍비가 준 검은 재킷과 넥타이를 착용했고요.

예식은 짧게 끝났고, 부두 노동자 두 명이 증인으로 참석해 서명했어요. 그들 부부에게는 가족이나 친구가 한 명도 없었어요. 있는 거라곤 두 사람 머릿속을 떠도는 유령들뿐이었죠. 그 유령들을 제외하면 부부가 혼인 서약을 낭독하는 동안 실내는 텅 비어 있었어요. 반지를 교환하고 나서 둘은 어색하게 입맞춤을 했는데, 파니는 비록 찰나일지언정 신랑의 동생과 키스했던 기억이 떠올라 부끄러웠어요.

그 순간 세바스티안은 사춘기 시절의 꿈을 몹시도 어린 나이에 이룬 반면, 파니는 예전의 삶이 남긴 하나뿐인 조각을 붙잡고 매달리는 심정이었다고 해도 지나친 말은 아닐 거예요. 신중한 결혼은 아니었죠. 그렇다고는 해도 둘은 이제 열여덟 살과 열여섯 살이라는 나이에 어엿한 남편과 아내가 됐어요. 그리고 설령 저마다 지닌 열정이 똑같이 깊지는 않다고 해도 둘은 한 가지 생각으로 뭉친 사이였어요. 살로니카에는 잠시도 더 머물고 싶지 않다는 생각이었죠.

두 사람은 약간의 경제적 지원을 받자마자 남쪽으로 가는 배에 올랐어요(기차는 파니가 타지 않겠다고 했거든요). 그러고는 몇 군데 멈춰서 배를 갈아탄 끝에 산이 많은 크레타섬에 내렸어요. 하늘은 눈부신 파란색에 하얀 구름이 기다랗게 뻗어 있었고 목덜미에 와닿는 햇살은 기분 좋게 따뜻했어요.

"우리 어디서 살면 좋을까?" 세바스티안은 파니와 함께 항구도시 이라클리온의 거리를 거닐다가 물었어요.

"여기 말고 조용한 데가 좋겠어. 사람들한테서 떨어진 곳."

"그래."

"네 손으로 집을 짓는 건 어때?"

세바스티안은 빙그레 웃었어요. "내가?"

파니는 고개를 끄덕였어요. 세바스티안은 집 짓는 법을 하나도 모른다고 대답하려다가 파니의 말이 농담이 아닌 것을 깨닫고 입을 꾹 다물었어요. 그러고는 이렇게만 대답했어요. "네가 원하는 게 그거라면, 내가 할게."

완성까지는 1년이 넘게 걸렸고, 그동안 잘못된 조언 때문에 실수도 많이 저질렀어요. 하지만 마침내 세바스티안은 섬 동쪽 끝자락에 있는 올리브 덤불 옆의 땅에 방 세 칸짜리 집을 지었어요. 벽돌과 시멘트로 벽을 세웠고 나무 지붕에는 기와를 덮었죠. 이 깔끔한 보금자리에서 맞은 첫날밤, 파니는 안식일용 촛대에 촛불을 켜고 아버지가 세상을 뜬 후로는 한 번도 입에 올리지 않았던 축복 기도를 외웠어요.

"왜 지금 그 기도를 올리는 거야?"

"이제 우리에겐 집이 생겼으니까."

그날 밤, 부부는 그때껏 시도한 적이 없었던 부드럽고 열정적인 방식으로 사랑을 나눴어요. 그리고 오래지 않아 첫 딸을 맞이했죠. 아이 이름은 세상을 뜬 세바스티안의 어머니 타나를 기리는 뜻에서 '티아'로 지었어요. 파니는 전쟁 중에 꼭꼭 숨겨뒀던 사랑을 아이에게 넘치도록 쏟아부었어요. 아이를 안고 곱슬곱슬한 머리카락에 입을 맞추면 얼얼하고 신선한 숨결이 가슴을 채우는 것 같았고, 그 덕분에 파니의 마음은 '만족'이라는 따뜻하고 경이로운 영역으로 옮겨갈 수 있었어요.

세바스티안은 전쟁을 잊으려 애썼어요.
하지만 전쟁은 그를 놔주려 하지 않았죠.

파니가 찾은 만족은 세바스티안을 피해갔어요. 수용소에서 고통받은 많은 이들과 마찬가지로 세바스티안도 밤이면 죽은 이들이 떠올라 괴로워했어요. 그가 진흙탕이나 눈 속에 던진 앙상한 시체들이 떠올랐죠. 자는 동안 다시 찾아온 공포감 때문에 그는 온몸이 땀으로 범벅이 된 채 깨어나곤 했고, 그럴 때면 손이 덜덜 떨렸어요. 가쁜 숨을 몰아쉬다 보면 뺨에 눈물이 줄줄 흘렀죠. 이런 일이 너무 잦다 보니 그는 침대 머리맡에 나무 숟가락을 놔뒀다가 입에 물곤 했어요. 흐느끼는 소리가 파니 귀에 들리지 않게요.

세바스티안도 동생 니코처럼 정규 교육을 제대로 마치지 못했어요. 하지만 학비를 마련할 여유는 없었고 결과적으로 취업의 폭도 좁아졌죠. 그래도 아버지가 하던 담배 사업은 잘 아는 편이었기 때문에 얼마 후에 그는 크레타섬으로 담배를 수입하는 회사에 취직했어요. 회사에서 받은 급료 덕분에 먹을 것과 옷을 살 돈은 충분했기에 딸을 얻어 행복했던 파니는 그 이상은 바라지 않았어요.

티아의 네 살 생일날 밤, 부부는 딸의 생일을 기념할 겸 인근 어촌에서 노를 젓는 조그마한 배를 빌려 바다로 나가 항구를 바라봤어요. 등유로 불을 밝힌 가로등이 빛의 고리를 이루어 항구를 둘러싼 것처럼 보였어요.

"티아한테 여동생이 필요한 것 같아." 파니가 말했어요.

"남동생은 어떨까?" 세바스티안이 말했어요.

파니는 남편의 손을 쓰다듬었어요. "당신 동생은 어떻게 됐을지 안 궁금해?"

세바스티안이 아내를 똑바로 바라봤어요.

"안 궁금해."

"혹시라도 살아 있으면?"

"아마 살아 있을걸. 언제나 자기가 원하는 걸 얻어내는 방법을 아는 녀석이었으니까."

"아직도 동생한테 화가 안 풀렸어?"

"그 녀석은 나치한테 협력했어, 파니. 놈들의 거짓말을 외치고 다녔다고."

"그걸 당신이 어떻게 알아?"

"내가 봤어! 너도 그 녀석을 봤잖아!"

"난 잠깐 봤을 뿐이야."

"그런데 그 녀석은 너한테 다 괜찮을 거라고 했어. 일자리가 생길 거라고. 가족들이 다시 함께 살 거라고. 그렇지?"

파니는 눈길을 내리깔았어요. "그래."

"내가 뭐랬어."

"그런데 왜 거짓말을 했을까? 자기한테 무슨 이득이 있다고?"

"그자들이 그 녀석을 살려줬잖아."

"그자들도 니코한테 거짓말을 했을 거야. 그 생각은 안 해 봤어?"

세바스티안은 이를 악물었어요. 동생에 대한 분노가 그의 턱 양쪽에 고스란히 드러났어요.

"넌 그날 그 녀석하고 뭘 하고 있었지?"

"그게 무슨 얘기야?"

"알면서 왜 그래. 우리 집에서 말이야."

"또 그 얘기야?"

둘은 그날 아침의 일을 몹시도 여러 번 되풀이해 이야기했어요. 파니는 거듭 또 거듭 설명했어요. 벽장에 숨었던 일, 너무 무서워서 나오지 못했던 일, 니코와 손을 잡았던 일, 그리고 한 시간 후에 그 집을 떠난 일까지요. 파니는 그 대화가 끔찍이도 싫었어요. 이야기를 차근차근 따라가다 보면 어김없이 약국 앞에서 아버지가 죽는 장면이 나오기 때문이었죠.

"됐어." 세바스티안이 말했어요. "상관없어."

하지만 상관이 있었어요. 질투심은 좀처럼 잊히는 감정이 아니니까요. 파니가 일찍이 니코를 더 좋아했다는 것을 알아챈 세바스티안의 마음속 한구석에는 사춘기 시절에 태어난 악마가 살고 있었어요. 그리고 파니가 결혼식에서 그의 손을 잡고 서약을 했고 그의 딸까지 낳았는데도 그 악마는 여전히 가끔씩, 바로 지금 같은 순간에 그의 귀에 무언가를 속삭이곤 했어요.

°＊

어느 날 세바스티안은 잡지에서 어떤 남자가 나치 전범을 전문적으로 추적하는 단체를 비엔나에 설립했다는 내용의 기사를 읽었어요. 보아하니 나치 잔당 가운데 상당수가 새 신분을 얻고 숨어 사는 모양이었어요. 기사에 소개된 남자는 자금을 마련해 사무실을 냈고 심지어 직원도 몇 명 채용했어요. 어떤 이들은 그 남자를 '나치 사냥꾼'이라고 불렀죠. 그는 벌써 전직 친위대 장교 몇 명을 찾아내는 성과를 올렸어요.

그 후 며칠 동안 직장에 출근해 담배가 가득 찬 상자를 옮기며 일하는 내내 세바스티안은 그 남자를 생각했어요. 그러던 어느 날 밤, 파니와 티아가 잠든 후에 세바스티안은 자신이 기억하는 아우슈비츠에 관해 긴 편지를 쓰기 시작했어요. 그는 자신이 맡았던 임무를 비롯해 화장터와 가스실을 담당했던 장교들의 이름, 특정한 친위대 경비병이 살해한 사람의 수, 그리고 '경비 감독관' 우도 그라프가 저지른 수많은 악행 따위를 편지에 적었어요. 다 쓰고 보니 무려 편지지 아홉 장 분량이었죠.

세바스티안은 편지를 비엔나의 그 남자 앞으로 부쳤어요. 남자의 이름과 단체명만 알 뿐 주소는 아예 몰라서 적지 않았기 때문에 편지가 제대로 도착할지는 의문이었어요.

하지만 편지를 부치고 나서 넉 달 후 세바스티안에게 답장이 도착했어요. 그것도 나치 사냥꾼이 직접 쓴 답장이었죠. 그는 세바스티안이 제공한 정보에 감사를 표하며 그가 세부적인 것까지 전부 기억하고 있어 감탄했다고 적었어요. 혹시 나중에 세바스티안이 비엔나를 방문하면 직접 만나 편지에 적힌 세부 정보를 확인하고 정식으로 고발장을 접수하고 싶다고도 적었죠. 그렇게 하면 탈출한 전범들, 그중에서도 우도 그라프를 추적하는 데 도움이 될 거라면서요. 그쪽 단체가 수집한 정보에 따르면 우도는 폴란드의 병원을 탈출해 그대로 잠적한 상태였어요.

세바스티안은 그 편지를 적어도 열 번은 넘게 읽었어요. 처음에는 우도 그라프가 아직 살아 있다는 걸 알고 분노하다 못해 몸이 욱신욱신 아플 정도였어요. 하지만 편지를 다시 읽을 때마다 조금씩 몸에 힘이 돌아오는 느낌이 들었어요. 추위에 얼어붙었던 손가락이 조금씩 따뜻해질 때와 비슷한 느낌이었죠. 이제 그에게는 할 일이 생겼어요. 행동에 나설 수 있게 된 거예요. 수용소에서 보낸 그 긴 시간은 그의 몸을 꽁꽁 묶은 밧줄 같은 것이었어요. 비엔나의 나치 사냥꾼은 그 밧줄을 끊어 세바스티안을 해방시키는 칼이었죠.

세바스티안은 파니에게 편지 이야기를 꺼내지 않았어요.

그는 나치 사냥꾼에게서 받은 편지를 숨겼어요. 그렇게 그는 아내를 속였죠. 새로울 게 없는 일이었어요. 배우자들이 서로에게 하는 가장 흔한 거짓말은 '생략'이니까요. 세부 사항을 건너뛰고, 자신이 품은 상상을 함께 나누지 않고, 어떤 이야기는 아예 통째로 빼먹기도 하고…….

여러분 중 누군가는 이런 행위를 정당화하려고 제가, 그러니까 **진실**이 지나치게 호들갑을 떤다고 말하곤 하죠. '왜 일을 시끄럽게 만들려고 해? 왜 파장을 일으키려고 하는 건데?' 예컨대 세바스티안의 경우를 보면, 그는 전에 리브카라는 소녀와 결혼한 적이 있다는 말을 파니에게 한 번도 하지 않았어요. 그 가없은 아이는 아우슈비츠에서 발진티푸스에 걸려 죽었는데, 남편하고는 제대로 대화를 나눠본 적도 없었죠. 세바스티안의 머릿속에서 자신과 리브카 사이는 남들이 저지른 실수의 결과였어요. 서둘러 올린 결혼식도, 대강 중얼거린 혼인 서약도, 할머니의 반지를 건넨 것까지도요. 그래서 그 기억을 다시 떠올리고 싶지 않았던 거예요. 파니를 화나게 하고 싶지도 않았고요.

그러니 세바스티안의 기만은 상냥함에서 비롯된 것이었어요. 적어도 본인은 그렇게 믿었죠. 파니 역시 자기 나름의 방식으로 같은 일을 했어요. 세바스티안이 동생을 질투하는 걸 알았기 때문에 결혼한 후로 그에게 단 한 번도 자신의 비밀을 말하지 않았던 거예요. 다뉴브강 기슭에서 니코를 다시 봤다는 것, 그리고 자신은 니코 덕분에 목숨을 구했다고 믿는다는 것을요.

°✳

세바스티안이 마침내 편지를 보여줬을 때 파니는 깜짝 놀랐어요.

"왜 그 남자한테 편지를 보낸 거야?" 파니가 물었어요.

"그 사람이 하는 일은 중요하니까."

"그럼 그 일은 그 사람이 하게 놔둬. 우리한테는 여기 그리스에서 꾸려갈 삶이 있으니까."

"하지만 너도 그 사람이 쓴 편지를 읽었잖아. 내 정보가 도움이 된다잖아."

"도움이 된다니, 어디에?"

"그 망할 자식들을 찾는 일에."

"찾아서 어쩔 건데?"

"목을 매달아야지. 매단 채로 썩을 때까지 놔둬야지!"

파니는 고개를 돌렸어요. 그러고는 중얼거렸죠. "또 사람이 죽어야 한다는 거구나."

"이건 사람을 죽이는 짓이 아니야. 정의를 구현하는 거지. 내 부모님, 내 조부모님, 내 쌍둥이 동생들을 위한 정의 말이야. 너희 아버지를 위한 정의이기도 해, 파니! 넌 그걸 바라지 않아?"

파니는 눈물을 닦았어요. "그러면 아빠가 돌아오실까?"

"뭐?"

"네가 그 나치들을 찾으면, 우리 아빠가 살아 돌아오실까?"

세바스티안은 표정을 찡그렸어요. "중요한 건 그게 아니잖아."

"나한테는 그게 중요해." 파니가 나직이 중얼거렸어요.

"난 비엔나로 갈 거야."

파니는 눈을 크게 깜빡거렸어요. "티아랑 나는 여기 놔두고?"

"그럴 리가. 내가 널 떠나는 일은 절대 없을 거야." 세바스티안은 파니의 손을 잡았어요. "다 같이 가자. 그리로 이사를 가는 거야. 난 그 사람 밑에서 일하게 될 거야. 정말이야."

파니는 고개를 저었어요. 처음에는 천천히, 그러다가 더 빠르고 거세게 가로저었어요. 뭔가 끔찍한 것이 자신에게 다가온다는 듯이요.

"오스트리아로? 안 돼, 세바스티안, 안 돼! 난 이미 그 나라에서 한 번 도망쳐 나온 적이 있어! 안 돼, 제발, 안 돼!"

"지금은 그때하고는 달라."

"다르긴! 그 패거리가 죄다 사는 곳인데! 그자들이 처음 생겨난 곳인데!"

"파니. 난 꼭 이 일을 해야 해."

"왜?" 이제 파니는 흐느끼고 있었어요. "그냥 묻어두고 살아가면 왜 안 되는데?"

"난 그렇게 못하니까!" 세바스티안은 고함을 질렀어요. "밤마다 눈앞에 보이니까! 그놈들한테 자기네가 저지른 짓의 대가를 치르게 해야 하니까!"

파니는 눈을 질끈 감았어요. 다른 방에 있는 딸이 울음을 터뜨리는 소리가 들려왔죠. 파니의 어깨는 축 처져 있었어요. 그리고 다시 입을 열었을 때, 파니는 목소리를 떨었어요.

"동생 때문에 그래?"

"뭐?"

"니코 때문에 그러는 거야? 복수하고 싶어서?"

"바보 같은 소리 좀 그만해. 난 그 사람을 도와 나치 잔당을 찾아내서 마땅히 받아야 할 벌을 받게 하고 싶을 뿐이야. 그게 다라고! 그리고 그렇게 할 거야!"

세바스티안은 이를 앙다물고 파니를 노려봤어요. 하지만 이내 시선을 돌릴 수밖에 없었죠. 저야 당연히 그 이유를 아는데, 왜냐하면 파니 말이 옳았기 때문이에요. 맞아요. 우선 세바스티안의 가슴속은 우도 그라프를 붙잡아 재판에 넘기고 처형되는 꼴을 천 번쯤 보고 싶다는 마음으로 가득했어요.

하지만 그의 가슴속 한구석에는 비엔나의 그 남자가 우도 말고도 또 한 사람, 그러니까 니코 크리스피스라는 젊은 나치 동조자도 함께 추적해줬으면 하는 마음도 있었어요.

그리고 그를 법정에 세우고 싶다는 마음도요.

놀이공원에 간 우도 그라프

'내 적의 적은 내 아군이다.' 이 말이 생겨난 때는 까마득히 오래전이었어요. 하지만 제2차 세계대전이 끝난 후에 이 말은 놀랄 만큼 빠르게 현실이 됐고, 그 속도가 너무나 빨랐던 나머지 무슨 일이 일어나는지 알아차린 사람은 거의 없었어요.

나치의 고위 간부들은 오랫동안 미군의 표적이었어요. 하지만 독일 제3제국이 슬슬 무너질 기미가 보이자 미국은 새로운 적에 주목했죠. 늑대가 청산 칼륨 캡슐을 삼키고 자기 머리에 총을 쏘기도 전에(그리하여 그의 나라가 8일 만에 항복하기 전에), 미국의 정보 요원들은 소리 없이 전략을 수정했어요. 독일은 이제 끝났다고 본 거예요. 그들의 다음 주적은 소련이었어요. 그런데 소련만큼 나치를 증오하고 나치에 맞서 맹렬하게 싸운 나라도 없었죠.

그래서 전쟁이 끝나고 나치 친위대원 수천 명이 '줄사다리'를 이용해 탈출했을 때, 그들 가운데 적지 않은 수가 비밀리에 미국 정부를 위해 일하라는 제안을 받았어요. 새 이름과 새 일자리, 새 집, 그리고 새로운 보호 수단을 제공하겠다는 제안이었어요. 그들의 옛 숙적인 소련을 무너뜨리도록 도와주는 조건으로 말이에요.

그런 식의 채용 정책은 당시뿐만 아니라 이후 수십 년 동안 미국 대중에게 결코 공개되지 않았어요. 놀랄 일도 아니죠. 거짓말 실력이라면 뭐니 뭐니 해도 정부가 최고니까요.

느린 배를 타고 대서양을 건넌 우도 그라프는 부에노스아이레스의 어느 아파트에서 1년 동안 지냈어요. 가명을 쓰면서 정육점에서 일했죠. 에스파냐어는 그럭저럭 통하는 수준까지 익혔고요. '다 임시로 하는 것뿐이야.' 우도는 속으로 생각했어요. 권력을 되찾는 장기적이고 용의주도한 계획의 일부에 지나지 않는다고 말이죠. 그는 목소리는 낮추고 귀는 쫑긋 세운 채 살아갔어요.

1947년 초까지 우도는 자기 거주지에서 반경 10킬로미터 이내에 사는 독일계 이주자를 세 명 정도 알고 지냈어요. 모두 나치 친위대 장교 출신이었죠. 그들은 주말이면 남의 눈을 피해 한자리에 모였어요. 미국 정부에 포섭된 동료 나치들의 소문을 주고받기도 했죠. 우도는 그런 기회가 생기면 자신도 기꺼이 응할 거라는 뜻을 내비쳤어요.

어느 토요일, 우도가 집에서 송아지 고기 커틀릿을 만들고 있을 때 현관문을 두드리는 소리가 들렸어요. 복도에서 누군가 흠잡을 데 없는 독일어로 차분하고 나직하게 말했어요.

"그라프 씨. 문 좀 열어주십시오. 안심하셔도 됩니다. 저는 한

가지 제안을 드리러 왔습니다. 제 얘기를 듣고 싶으실 겁니다."

우도는 불 위의 프라이팬을 옆으로 내려놨어요. 그러고는 살금살금 현관으로 향했어요. 문 옆 옷걸이에 걸린 코트의 주머니 속에 권총이 있었어요. 그는 그 권총을 손에 쥐었어요.

"어디서 온 제안인가요?" 우도가 물었어요.

"먼저 어떤 제안인지 알고 싶으신가요?"

"어디서 온 제안인가요?" 우도는 다시 물었어요.

"워싱턴에서 왔습니다. 그곳이 어디냐면……"

우도는 현관문을 열었어요. 그러고는 코트를 집어들었죠.

"어디에 있는지는 나도 알아요." 우도는 처음 보는 상대에게 말했어요. "갑시다."

*

그로부터 반 년 후, 우도 그라프는 메릴랜드주 교외에 있는 어느 연구소에서 조지 메클린이라는 새 이름으로 일하고 있었어요. 신분증명 서류에는 벨기에 출신 이민자라고 적혀 있었죠. 우도를 포섭한 미국인들은 과학을 전공한 그의 이력을 미리 파악하고 그가 나치 친위대에서 자기 전공을 살려 일했으리라 짐작했어요. 또한 소련 군대에 관한 그의 지식을 입수하고 싶어 안달했죠. 저를 무너뜨리는 재주가 무척이나 뛰어났던 우도는 자신이 그런 지식에 해박하다고 대담하게 허풍을 떨었고, 심지어 전쟁 기간 동안 거의 내내 첩보전과 병기 관련 업무를 수행했다고 자랑하기도 했어요. 그가 '공산주의자'라는 단어를 입에 올리는 횟수가 늘어가면서 미국인들은 그가 하는 말을 점점 더 신뢰했어요.

"그럼 당신이 아우슈비츠에 있었다는 이 보고서들은 어떻게 된 겁니까?" 나무 패널로 벽을 두른 사무실에서 면접을 볼 때 미국 정보 요원이 우도에게 던진 질문이었어요. 다부진 체격에 스포츠머리를 한 그 요원은 독일어를 유창하게 구사했죠. 우도는 그가 질문을 하면 신중하게 대답했어요.

"아우슈비츠요? 예, 거기 다녀온 적이 있습니다."

"그곳에서 근무하지 않았다는 말인가요?"

"당연히 안 했지요."

"그곳을 방문한 목적은 뭡니까?"

우도는 대답을 망설였어요.

"장교님, 성함이 뭐라고 하셨죠?"

"저는 장교가 아닙니다. 그냥 요원입니다."

"죄송합니다. 독일어 실력이 아주 훌륭하셔서요. 그렇게 능력 있는 분이면 아마도 고위 장교이실 거라 짐작했습니다."

요원은 의자 등받이에 몸을 기대며 짐짓 겸손한 척 빙그레 웃었어요. 우도는 그 몸짓을 놓치지 않았죠. '칭찬을 즐기는 인간은 남에게 휘둘리게 마련이지.' 우도는 속으로 중얼거렸어요.

"벤 카터입니다." 요원이 말했어요. "독일어는 어머니한테서 배웠습니다. 어릴 적에 뒤셀도르프에서 사셨거든요."

"음, 카터 요원님, 아우슈비츠는 단순한 수용소가 아니었다는 점을 아셔야 합니다. 그곳에는 전쟁을 수행하는 데 필수적인 공장이 많이 있었거든요. 저는 공습 대비 계획을 전달하고자 그런 공장을 찾아가곤 했습니다."

우도는 한마디를 덧붙였어요. "소련의 공습 말입니다."

요원의 눈이 동그래졌어요.

"그럼 아우슈비츠에서 벌어진 잔학 행위에 대해서는 얼마나 알고 계신가요?"

"잔학 행위라니요?"

"가스실 말입니다. 집단 처형. 그곳에서 살해당한 수많은 유대인들."

우도는 애써 겁에 질린 표정을 지었어요. "그런 비난은 전쟁이 끝나고 나서야 들었을 뿐입니다. 전쟁 중에 저는 조국 방어에 집중했거든요. 물론 거기서 벌어졌으리라 추정되는 일들을 기사에서 읽었을 때는 충격을 받았지요."

우도는 카터가 펜을 손에 든 채 자신의 눈을 가만히 관찰하는 것을 알아차렸어요.

"한 사람의 독일인으로서 저는 제 조국이 승리하기를 바랐습니다." 우도는 술술 말했어요. "하지만 한 명의 인간으로서 저는 그런 잔인한 행위를 유대인 수감자들에게 저지른 것을 용납할 수 없습니다. 다른 누구에게라도 마찬가지입니다."

요원이 뭔가 적기 시작하자 우도는 계속 말했어요. 그가 하는 말과 그가 하는 생각은 서로 반대 방향으로 질주했죠.

"모종의 끔찍한 일들이 벌어졌을지도 모릅니다."

'그때 우린 왕이었어. 그리고 다시 왕이 될 거야.'

"만약 그랬다면, 그런 비인간적인 행위는 옳지 않습니다."

'희생자가 인간 이하의 존재들이라면 얘기가 다르지.'

"저는 다른 사람들이 제 조국의 이름으로 저질렀을지도 모르는 그런 일들을 유감스럽게 생각합니다."

'나는 아무것도 후회하지 않아.'

카터 요원은 메모를 다 마치고 나서 서류철을 덮었어요. 그러고는 몸을 앞으로 숙이고 말했죠. "이제 소련 미사일 이야기를 해보죠." 그 순간 우도는 자신의 죄가 사면받았다는 걸 알았어요. 이탈리아의 그 사제가 틀렸던 거예요. 그에게는 하느님이 아예 필요하지 않았어요.

°*

조지 메클린이라는 이름으로 알려진 우도 그라프는 얼마 안 가서 미국 정부의 비공식 스파이가 됐어요. 그는 자기 명의의 집과 전화 회선을 소유했고 집 차고에는 자가용차가, 뒷마당에는 바비큐용 그릴이 있었죠. 세월이 흘러 냉전이 격화되자 그는 연구소의 미사일 개발 계획에 참여해 일했어요. 하지만 그는 본업이 아닌 분야에서 가장 크게 능력을 인정받았는데, 다름 아닌 공산주의자들의 정보를 수집하는 일이었어요. 그의 옛 조국 독일은 둘로 갈라져 한쪽은 서유럽에, 다른 한쪽은 소련에 충성했어요. 미국 정보기관은 우도가 예전 인맥을 이용해 정보를 수집해줬으면 했죠. 그래서 그에게 독일 쪽 감청 회선을 들려주고 중간에 가로챈 메시지도 읽게 해줬어요. 소련에 대한 의심이 하도 만연했던 탓에 우도는 기관에 넘겨주는 정보를 상당 부분 자기 선에서 지어내기도 했는데, 그 정보의 진위는 아무도 입증하지 못했어요. 그는 이따금씩 순전히 자신의 상상만으로 정체불명의 적을 만들어내기도 했죠.

1950년대 내내 우도는 그런 일을 하며 버젓이 월급을 받았어요. 영어 실력도 굉장히 좋아졌죠. 그는 미국 생활이 몸에 배었어요. 집 앞마당 잔디는 직접 깎았어요. 크리스마스 파티에도 참석했고요. 언젠가 놀이공원으로 회사 야유회를 갔을 때는 동료 직원들과 함께 롤러코스터를 탄 적도 있어요.

우도는 연구소에서 전화 교환원으로 일하는 패멀라라는 여성을 만났어요. 웨이브가 진 금발 머리에 키가 작고 예쁘게 생긴 패멀라는 집 꾸미기를 좋아하고 필터가 달린 순한 담배를 즐겨 피웠어요. 어느 날 저녁에 패멀라가 만들어준 햄버거를 처음으로 맛보고 나서 우도는 그 여성과 함께 완벽한 미국인 위장 가족을 이룰 수 있겠다고 판단했어요. 완벽한 독일인 아내를 얻어 가족을 이루겠다는 꿈은 이미 접은 상태였죠. 그는 자기 계략을 함께 실행할 파트너가 필요했어요. 패멀라가 전형적인 미국식 습관을 지닌 여성이라고 생각했죠. 텔레비전 드라마를 즐겨 보고, 껌을 씹고, 우도가 직장에서 누리는 지위를 흠모하는 것처럼 보였어요. 특히 그가 받는 보수를요. 그가 청혼했을 때 패멀라는 먼저 자신에게 자동차를 사줄 수 있냐고 물었어요. 우도가 그렇다고 하자 패멀라는 청혼을 수락했어요.

둘은 교회에서 결혼했어요. 결혼 후에는 친구들과 함께 테니스를 치곤 했죠. 부부 관계도 자주 가졌고요. 하지만 우도가 패멀라에게 품은 감정은 동료애였을 뿐, 그 이상은 결코 아니었어요. 그가 미국인을 방종한 민족으로 낙인찍었기 때문이에요. 그가 보기에 미국인들은 후식을 너무 많이 먹었어요. 텔레비전도 너무 많이 봤고요. 자기네 나라가 베트남전쟁에 참전했을 때는 항의 시위를 벌였어요. 심지어 자기네 국기까지 불태우면서 말이에요!

우도는 그토록 불충한 행위가 혐오스러웠어요. 하지만 그 덕분에 이른바 강대국이라는 이 나라도 제대로 된 적을 만나면 패배할지 모른다는 생각을 품게 됐죠.

그 생각이 우도에게는 희망이 되어주었어요.

걱정은 어떤 신문 기사를 읽고 나서 시작됐어요.

비엔나에 사는 수용소 생존자 출신 유대인 남자가 전문 단체를 결성해 나치 전범을 폭로하는 일에 매진한다는 기사였어요. '정신 나간 유대인 하나가 외국 정부에 전범 명단을 공개하고 있다고? 게다가 몇몇 나라에서는 그 명단에 실린 사람들이 실제로 재판에 회부됐다고?'

우도는 자신이 미국에 있다는 사실을 아는 사람이 얼마나 될지 궁금했어요. 대양을 건너 자신을 찾아올 사람이 있을 것 같지는 않았죠. 하지만 1960년에 늑대의 최고 심복 가운데 한 명이었던 아돌프 아이히만이라는 남자가 아르헨티나에서 붙잡혀 약물을 투여당한 채 비밀리에 이스라엘로 끌려간 다음, 재판을 거쳐 교수형에 처해졌어요. 우도는 자신이 안심할 때가 아니라는 것을 깨달았어요. 나치 잔당 가운데 누구도 안심할 때가 아니었죠. 그는 비엔나의 그 유대인을 막아야 했어요.

그러려면 가짜 신분보다 더 큰 것이 필요했어요.

우도에게는 권력이 필요했던 거예요.

°＊

기회는 오래지 않아 찾아왔어요.

우도와 오랫동안 함께 일한 벤 카터 요원은 1956년에 정보기관을 떠나 정계에 입문했고, 메릴랜드주의 주 의원 선거에서 당선됐어요. 그리고 그다음 선거에서도, 또 다음 선거에서도 당선됐고 마침내 1964년 연방 상원 의원 선거에 출마했어요.

우도와 카터는 그동안 내내 연락을 주고받았어요. 우도는 선출직 공무원을 자기편으로 두면 도움이 될 거라 생각했기 때문에 두 사람은 각자의 아내에게서 잠시 벗어나 단골 바에서 함께 브랜디를 즐기곤 했어요. 세월이 흐르는 동안 카터는 자신이 일찍이 나치당과 그들의 조직에 대해, 또 순수한 이상과 순수한 혈통에 헌신하는 그들의 태도에 동경 비슷한 감정을 품었노라고 고백했어요.

"오해하진 마요." 어느 늦은 밤, 카터는 우도에게 말했어요. "사람들을 가스실에 처넣어 죽이는 짓까지 용납하는 건 아니니까요. 하지만 국가는 바람직하지 않은 자들을 처리할 권리가 있죠. 안 그래요?"

우도는 카터의 말에 맞장구치며 비위를 맞춰줬어요. 또 걸핏하면 그를 칭찬했고요. 언젠가 그를 써먹을 날이 오리란 걸 알았거든요.

우도의 기회는 카터의 상원 의원 선거 운동 기간에 찾아왔어요. 어느 날 밤, 두 사람은 단골 바에서 만났어요. 카터는 심란해 보이는 상태로 술을 잔뜩 마셨어요. 우도가 곁에서 슬슬 찔러보자 카터는 선거 운동이 위기에 처했다고, '다 끝장날 판'이라고 순순히 털어놨어요. 카터 말에 따르면 모든 게 '애초에 얽히지 말아야 했던' 어떤 여자 때문이었어요. 그 여자는 오래전부터 다이아몬드를 미국으로 밀반입해 엄청난 이윤을 남기고 되팔았어요. 카터는 공무원인 자신의 권한을 남용해 위조 서류를 만들어 그 여자의 일을 거들었고 그 대가로 이윤의 절반을 챙겼죠. 그런데 이제 연방 의회에 진출할 계획을 세웠으니 그 일은 그만둬야 한다고 여자에게 말했어요. 너무 위험한 일이었으니까요. 그 말에 여자는 화를 냈죠. 그러면서 다 폭로하겠다고 카터를 협박했어요.

"상대 후보 진영에서 이 일을 눈치채면 난 끝장이에요."

카터는 신음하듯 말하고는 두 손에 얼굴을 파묻었어요. 우도는 술잔을 단숨에 비우고 쾅 소리가 나도록 세게 내려놨어요. 카터의 약한 모습이 거슬렸거든요. 고작 여자 하나 때문에?

"그 여자 이름을 가르쳐줘." 우도가 말했어요.

"뭐라고요?"

"그 여자 이름하고 주소를 말해봐."

"이건 무슨 스파이 활동 같은 게 아니에요."

"아니." 우도가 말했어요. "그보다 더 간단한 일이야."

일주일 후, 몇 차례의 미행 끝에 그 여자가 밤이면 집 근처 다리를 지나 산책을 나간다는 사실을 파악한 우도는 그 다리 위에 차를 세우고 트렁크에서 정비용 잭을 꺼내어 타이어를 교환하는 척했어요.

여자가 혼자 나타나자 우도는 무릎을 꿇은 채 고개만 들어 여자에게 인사했어요.

"길을 막아서 죄송합니다."

"차에 문제가 있나 봐요?" 여자가 물었어요.

"타이어가 펑크 났지 뭡니까."

우도는 주위를 둘러보고 아무도 없다는 것을 확인했어요.

"부탁 하나만 드려도 될까요? 잠깐 이것 좀 들어주시겠습니까?"

"그럼요."

우도는 일어서서 여자에게 렌치를 내민 다음, 여자가 건네받는 순간 재킷에서 권총을 꺼내어 여자의 이마에 총을 한 발 쐈어요. 소음기를 장착한 탓에 발사음은 나직한 '팡' 소리가 전부였죠. 잠시 후, 그는 여자의 시체를 다리 난간 너머로 밀어버리고 아래로 흘러가는 강물에서 풍덩 소리가 나는 것을 확인했어요. 그러고는 렌치와 잭을 트렁크에 넣고 차를 몰아 그 자리를 떠났고, 미리 약속해둔 폐차장에 차를 버렸어요. 그 차는 이튿날 정오가 되기 전에 파쇄돼 고철이 될 운명이었죠.

카터는 선거에서 압승을 거뒀어요. 그리고 조지 메클린이라는 남자는 카터의 보좌진에서 굳건한 지위를 차지했죠. 살인이라는 재능이 그토록 쉽게 되살아났다는 사실에 흐뭇해진 우도 그라프는 혼자서 축배를 들었어요. 이제 그는 진짜 권력에 한 걸음 더 가까워졌어요. 비엔나의 그 유대인을 제거하고도 남을 권력, 장차 나치의 꿈이 부활하는 광경을 보고도 남을 권력이었어요.

모두가
부러워하는
괴짜

이 세상이 당혹스러운 곳이라는 점을 고백하지 않을 수가 없네요. 사람들은 진실이 소중하다고 그토록 시끄럽게 떠들면서 왜 그렇게도 거짓말쟁이에게 매료되는 걸까요?

여러분의 문학은 오래전부터 거짓말쟁이를 주제로 다뤘어요. 몰리에르의 희곡 『타르튀프』는 처음부터 사기꾼이 주인공이죠. 『위대한 개츠비』의 주인공도 마찬가지고요.

여러분이 즐겨 보는 오늘날의 영화도 거짓말쟁이와 사기꾼을 찬양해요. 〈이브의 모든 것〉이 그렇죠. 〈대부〉도 그렇고요. 어쩌면 그래서 니코가 영화에 반했는지도 몰라요. 어떤 것도 진짜가 아니니까요. 그 속에서는 모든 것이 가식이죠.

어느 날 오후, 커틸린 커라디와 함께 시간을 보내던 니코는 커틸린에게 어째서 배우가 되려고 마음먹었는지 물었어요.

"사라질 수 있기 때문이지." 커틸린이 말했어요. "난 다른 사람 속으로 사라질 수 있어. 다른 사람 몫의 눈물을 흘리고, 다른 사람 몫의 욕을 퍼붓고, 다른 사람 몫의 사랑을 하지만 실제로는 그중 어떤 것도 나를 건드리지 못해. 난 그 경험들을 고통 없이 누리는 거야.”

'고통 없이 누리는 경험.' 니코는 그 생각에 매혹되었어요. 미국의 캘리포니아주에 도착하고 나서 니코는 곧바로 영화계에 들어가 일할 방법을 수소문했어요. 그러다가 가장 빠른 방법은 보조 출연자로 취직하는 것이라는 얘기를 들었죠. 손쉽게 영화 세트장에 들어가 제작 과정을 관찰할 수 있기 때문이었어요.

당시에는 전쟁이 소재인 영화를 많이 만들었어요. 그중 한 편의 촬영 현장에서 니코는 전투 장면의 배경에 나오는 군인 역을 맡아 일당을 받고 출연하게 됐어요. 그런데 분장을 다 마쳤을 때 배우 한 명이 철판 조각에 걸려 넘어지는 바람에 다리를 다쳐 병원으로 실려가는 일이 벌어졌어요.

“어이!” 누가 니코를 향해 외쳤어요. “거기, 금발 남자! 대사 칠 자신 있어?”

니코는 촬영 중에 대사가 있는 역을 맡아본 적이 한 번도 없었지만 대뜸 이렇게 대답했어요. “그럼요, 당연하죠.” 그는 쓰러진 군인에게 달려가 그의 몸을 뒤집어본 다음 '죽었습니다!'라고 외치라는 지시를 받았어요. 그다음은 감독이 '컷!'을 외칠 때까지 기다리면 그만이었어요.

한 차례 연습을 하면서 니코는 눈을 감고 있는 상대 배우의 몸을 일으켜 앉혔어요. 감독이 '세트 준비!'를 외치자 상대 배우가 눈을 뜨더니 니코에게 말했어요. “어라, 아까 그 사람은 어디 갔어요?”

"다쳤어요."

"저런, 안됐네. 괜찮은 친구였는데."

"그러게요."

"난 찰리 니콜이에요."

"나는…… 리치라고 해요."

"이름은 리치, 성은요?"

"리치 제임스요."

니코가 즉석에서 지어낸 이름이었어요.

"그렇군요. 영화는 많이 찍어봤어요, 리치?"

"그럼요."

"어떤 영화에 나왔는데요?"

"여기저기 많이 나왔어요. 그나저나 우리도 촬영 준비를 해야되지 않을까요?"

"준비할 게 뭐 있나? 난 여기 누워만 있으면 되는데. 그쪽은 나를 찾아오면 되고. 그나마 그쪽은 대사라도 한 줄 있지."

"그러네요." 니코는 바지를 꽉 움켜쥐었어요. "군복이 되게 뻣뻣하군요."

"진짜 군복보다 형편없진 않아."

"그런 것 같네요."

"리치?"

"예?"

남자는 찡그린 표정으로 니코를 봤어요.

"복무 경험은 있어?"

"복무 경험요?"

"참전 경험 말이야."

"아, 예. 그럼요. 저도 참전했어요."

"나도야. 남태평양에서 싸웠지. 과달카날에서. 거기에 비하면 이쯤은 애들 장난이지, 안 그래?"

"그럼요."

"자넨 어디 있었어?"

"유럽에요."

"유럽 어디?"

"여기저기요."

"아, 그래?"

"예."

"리치?"

"예?"

남자는 뭔가 낌새를 챈 듯 코를 킁킁거리고는 물었어요. "사람 죽여본 적 있어?"

니코는 멍하니 눈만 껌뻑거렸어요. 아주 잠깐 그때 그 기차역 플랫폼이 떠올랐어요. 주위에 가득했던 사람들도 떠올랐고요. 매일매일 그가 인파를 헤치고 돌아다니며 거짓말을 들려줬던 그 사람들이요.

"나치들만요." 니코가 대답했어요.

"나치?"

니코는 고개를 돌려 남자의 눈을 피했어요. "예. 나치요. 나치를 아주 많이 죽였어요."

"이야, 리치." 남자는 흙바닥에 앉아 있는 다른 배우들을 향해 외쳤어요. "어이, 친구들! 여기 진짜배기 전쟁 영웅이 계셨어! 나치를 엄청 많이 해치웠대!"

다른 배우들은 대수롭잖다는 듯이 어깨를 으쓱했어요. 그중 두 명은 손뼉을 쳤죠.

"세트 준비 다 됐나?" 감독이 우렁차게 외쳤어요.

그들은 전투 장면을 촬영했어요. 니코가 '죽었습니다!'를 외치자 감독은 흡족한 표정으로 다음 장면을 준비하라고 지시했죠. 한 남자가 니코에게 다가와 퇴근할 때 대사가 있는 역을 맡은 대가로 출연료를 더 받으려면 어디로 가야 하는지 알려줬어요.

"고맙습니다." 니코는 그렇게 중얼거렸어요. 하지만 다른 배우들이 뿔뿔이 흩어지자마자 그는 주차장으로 가서 버스를 탔고 영화 세트장으로는 두 번 다시 돌아가지 않았어요.

그 대신 니코는 영화에 투자해 성공을 거뒀어요.

니코는 수영 클럽에서 로버트 모리스라는 젊은 감독과 아는 사이가 됐어요. 로버트는 솔로몬 왕의 이야기를 소재로 영화를 만들려고 구상하는 중이었어요. 그가 제작비가 부족하다며 한탄했을 때 니코가 말했어요. "내가 도와줄 수 있는데."

두 사람은 함께 영화사를 찾아갔어요. 그리고 위험 부담을 나눌 파트너가 있다는 사실에 고무된 영화사 측은 로버트의 영화에 투자하기로 결정했죠. 영화는 엄청난 인기를 끌었고, 그 덕분에 니코는 투자금의 몇 배나 되는 돈을 돌려받았어요. 오래지 않아 영화사에는 니코의 전용 사무실이 생겼어요. 그가 영화 제작 계획서를 들고 찾아오는 사람들의 이야기를 듣고 어떤 계획에 투자할지 결정하는 곳이었죠. 그가 성공을 거둘수록 영화사의 수입도 점점 더 늘어갔어요. 업계 사람들은 어떤 영화가 인기를 끌지 판단하는 그의 재능에 몹시 감탄했지만, 저한테는 놀랄 일도 아니었어요. 훌륭한 거짓말쟁이는 사람들이 무슨 말을 듣고 싶어 하는지 알게 마련이니까요. 그러니 사람들이 뭘 보고 싶어 하는지도 당연히 알지 않겠어요?

니코의 영향력은 빠른 속도로 어마어마하게 커졌어요. 사람들은 그가 성공을 거두는 확률이 얼마나 높은지를 두고 소곤거렸죠. 그를 만나고 싶어 안달하기도 했고요. 이 무렵 그는 자기 사무실 벽에 걸어둔 졸업장에 적힌 나탄 귀딜리라는 이름을 사용했어요. 남들에게는 자신을 네이트라고 불러달라고 했죠.

1950년대가 지나면서 영화가 더욱 인기를 끌자 영화 산업은 더욱 복잡해졌고 투자 규모도 더욱 커졌어요. 니코 또한 영화사 쪽에서 보면 더욱 소중한 인력이 됐죠. 그 덕분에 니코는 두둑한 보수를 받을 뿐 아니라 일정을 자유롭게 조정할 권한까지 누렸는데, 가끔은 아예 며칠씩 출근을 하지 않을 때도 있었어요.

겉모습만 보면 남부러울 게 없는 삶이었어요. 높은 보수를 받는 일자리, 매력이 넘치는 업무, 사람들의 가장 황당무계한 꿈을 셀룰로이드 위에서 현실로 만드는 영화 제작사에 마련된 전용 사무실까지.

하지만 환한 낮에 거짓말을 하는 사람은 어둠 속에서 맛보는 고독으로 대가를 치르는 법이에요. 니코는 꿈속에서 망령들에게 시달렸어요. 전쟁의 기억 때문에 숨을 헐떡이며 깨어나지 않은 밤이 거의 없다시피 했죠. 그의 꿈에는 나치의 총에 맞아 다뉴브강에 빠진 사람들의 시체가 나왔어요. 진흙탕에 겹겹이 쌓인 시체들도 보였죠. 다만 대체로는 그가 기차역 플랫폼에서 거짓말을 들려준 수많은 유대인 동포가 나왔어요. 그들의 초췌한 얼굴이, 신뢰에 찬 그들의 눈이, 니코에게서 다 잘될 거라는 말을 들은 후에 파멸이 기다리는 열차 화물칸에 얌전히 오르던 그들의 모습이요.

때로는 부모님의 유령이 꿈속에 나타날 때도 있었어요. 두 분은 언제나 단 한 가지 질문을 던졌죠. '왜 그랬니?' 그럴 때면 니코는 너무나 격양된 나머지 도저히 참지 못하고 집을 뛰쳐나갔고, 동네를 몇 시간이고 걸어다닌 후에야 비로소 호흡이 차분해지고 신경이 가라앉았어요.

그 결과로 니코는 아침에 출근하는 날이 거의 없었어요. 점점 더 수면제에 의존했고, 가끔은 오후가 절반이나 지난 후에 출근하기도 했죠. 핑계는 늘 있었어요. 자동차가 고장 났다거나, 병원 예약 때문이라거나. 그의 재능이 너무나 소중했던 영화사 운영진은 그런 핑계를 기꺼이 받아들였죠.

결국 니코는 밤에만 업무 회의를 열었어요. 사무실 조명도 어둡게 유지했는데 불안해하는 표정이나 수면제 때문에 나른해하는 기색을 방문객에게 들킬까 봐 걱정했기 때문이었어요. 그렇다 보니 그는 영화사에서 괴짜로 알려졌지만, 영화 업계에는 성공한 사람이 괴상한 행동을 하면 같은 업계 종사자들이 오히려 그 괴상한 짓을 칭송하는 풍조가 있었어요. 얼마 안 가서 영화사의 다른 직원들도 밤에 회의를 열기 시작했죠.

1960년 여름, 그 영화사는 제작비가 굉장히 많이 드는 서부 영화를 제작하는 중이었어요. 니코가 제작을 승인한 영화였죠. 영화사 소유주였던 로버트 영은 영화 홍보의 일환으로 주요 신문과 인터뷰를 했어요. 거기서 괴짜 네이트 귀딜리에 관해 자신이 아는 바를 얘기했는데, 알고 보니 기자의 진짜 관심사는 바로 네이트였어요. 기자는 미스터 귀딜리의 출신 배경을 캐기 시작했어요. 그러다가 런던 정치경제대학교에 전화로 문의해 그 이름이 졸업생 명부에 없다는 걸 알아냈죠. 기자는 그 정보를 영에게 알려줬고, 영은 이튿날 밤에 사무실을 나서려는 니코 앞을 가로막았어요.

"네이트, 자네한테 물어볼 게 있는데." 영이 말했어요. "자네 사무실 벽에 졸업장을 걸어놨잖아. 그런데 정말로 그 학교에 다닌 적이 있나?"

니코는 소름이 오소소 돋는 느낌이 들었어요. 미국에 온 후로 자신의 거짓말과 처음 대면한 순간이었거든요. 그의 머릿속은 정신없이 빠르게 돌아갔어요. '어떻게 알아냈지? 또 뭘 알고 있을까?' 영국에서 보낸 대학 시절이, 또 그 시절 자신이 토마스 게르겔이라는 이름으로 얼마나 좋은 성적을 거뒀는지가 떠올랐어요. '정말로 그 학교에 다닌 적이 있냐고? 물론 다녔고말고.'

"아뇨, 그런 적 없습니다." 니코가 대답했어요. "죄송합니다. 그렇게 보이면 사람들에게 좋은 인상을 줄 것 같아서 그만……."

영은 대수롭잖다는 듯이 어깨를 으쓱하고 깊은 숨을 내쉬었어요. "뭐, 나한테는 아무래도 상관없는 일이지. 그 기자한테 얘기하지 말걸 그랬군. 그 건은 회사에서 알아서 처리할 걸세."

"그게 무슨 말씀이신가요?"

영은 니코의 팔을 철썩 쳤어요. "걱정 마. 자넨 그저 성공작만 계속 고르면 돼. 그래도 거짓말은 여기까지야, 알겠지?"

니코는 멀어져가는 영의 뒷모습을 지켜봤어요. 그 후로 그는 날마다 자신에 관한 폭로 기사가 나오기를 기다렸어요. 하지만 그런 기사는 결코 나오지 않았어요. 서부 영화는 개봉 후 엄청난 성공을 거뒀어요. 니코는 보너스를 받았고요. 석 달 후, 그는 다니던 영화사를 그만두고 자기 영화사를 차렸어요. 새 회사에 있는 그의 사무실은 뒷문을 열면 곧바로 전용 주차 공간과 연결되었기 때문에 아무도 그의 출퇴근 모습을 보지 못했어요.

마음,
그리고
마음이 갈망하는 것

이제 여기서 사랑에 관해 말씀드릴게요. 여러분은 이렇게 물으실 거예요. **진실**이 그 주제에 관해 뭘 안다고? 하지만 사람들이 가장 순수한 형태의 사랑을 묘사할 때 흔히들 고르는 말이 뭐죠?

'진실하다.'

그러니 제 얘기를 끝까지 한번 들어보세요.

여러분은 진실한 사랑의 의미를 놓고 오랜 세월 동안 논쟁해왔어요. 어떤 이는 상대방의 행복이 스스로의 행복보다 더 중요하게 느껴지는 것이 진실한 사랑이라고 하죠. 또 어떤 이는 상대방이 없는 세상을 상상할 수도 없다면 그것이야말로 진실한 사랑이라고 하고요.

저에게 진실한 사랑이란 단순해요. 바로 스스로에게 거짓말을 하지 않아도 되는 사랑이죠.

솔직히 말해 파니는 세바스티안을 진실하게 사랑한 적이 없었어요. 그저 도피처 삼아 그에게 달려갔을 뿐이에요. 위안 삼아 그를 끌어안았을 뿐이고요. 살로니카의 하얀 탑 근처에서 서로를 발견했을 때 그들은 둘 다 살아 있었지만, 어째서 자신들이 살아 있는지는 알지 못했어요. 그들이 살아남은 의미를 찾은 건 결혼 덕분이었어요.

하지만 비극이 두 사람의 혼인을 주선했고 죽음이 하객으로 예식에 참석했어요. 둘의 사랑은 상대보다는 오히려 자신들을 둘러싼 유령들을 위한 것이었어요. 세월이 흐르면서 그 유령들은 파니와 세바스티안에게 각기 다른 말을 소곤거렸어요. 파니의 경우에는 아버지만 찾아와 '네 삶을 살아가렴'이라고 말했죠. 세바스티안의 경우에는 수용소에서 살해당한 가족 삼대가 머릿속에서 '우리 복수를 해다오!'라며 악을 질렀어요.

그래서 세바스티안은 아내의 반대를 무릅쓰고 끝내 가족을 데리고 비엔나로 이사를 갔어요. 나치 사냥꾼과 함께 일하려고 말이에요.

그리고 파니는 그런 남편을 결코 용서할 수 없었어요.

파니는 오스트리아에 있기가 끔찍이도 싫었어요. 그곳의 기억이 증오스러웠거든요. 그곳의 추위도 끔찍이 싫었고요. 파니는 독일어를 배우는 것도, 산에 가는 것도, 스키를 배우는 것도 다 거부했어요. 그저 티아를 키우는 일에만 전념했는데, 학교가 끝나면 아이 곁을 맴돌며 아이에게 유대계 혈통을 상기시켜줬죠. 내성적이고 영리한 티아는 책을 많이 읽는 아이였고, 어머니와 마찬가지로 자신의 미모에 별 관심이 없었어요. 티아는 날씨도 더 따뜻하고 바다에서 수영도 할 수 있는 그리스로 언제 돌아갈 수 있냐고 부모에게 걸핏하면 묻곤 했죠.

세바스티안은 야간 경비원으로 취직했는데 그 덕분에 낮에 몇 시간씩 짬을 내어 나치 사냥꾼과 함께 명단을 검토하고, 전화를 돌리고, 편지를 쓰고, 정보를 추적하는 일을 했어요. 이 단체에는 수는 적어도 모두 한결같이 헌신적인 직원들이 있었는데, 대부분이 수용소 생존자였어요. 그들은 함께 담배를 피우며 커피를 마셨죠. 사무실 벽에는 탈출한 나치 잔당의 사진을 붙여 두고 한 명씩 체포되거나 추방될 때마다 다 함께 축하했어요. 세바스티안은 이들과 함께 일하느라 아내와 딸과 함께하는 식사 자리를 놓칠 때가 많았고, 집에 오면 자기네 단체가 하는 일이 얼마나 진전됐는지 얘기하고 싶어 했어요. 파니는 그 이야기를 못하게 금지했고요.

"티아 앞에서는 안 돼." 파니가 말했어요.

"자기 가족한테 무슨 일이 있었는지 우리 딸도 알아야 해, 파니. 왜 자기한테는 할아버지도, 할머니도, 사촌도 없는지 알아야 한다고!"

"뭐 때문에? 이제 티아까지 그 기억에 시달리라고? 당신은 왜 잊지를 못해? 할 얘기가 왜 나치, 나치밖에 없냔 말이야. 왜 언제나 과거로 돌아가야만 하는 건데?"

"이건 내가 잃어버린 모든 사람을 위한 일이야."

"당신 곁에 아직 남아 있는 사람들은 어쩌고?"

이 논쟁은 여러 가지 형태로 적어도 한 달에 한 번은 되풀이됐어요. 세바스티안에게 그가 하는 일은 곧 살아가는 이유였어요. 파니는 그 일 때문에 자신들의 삶이 망가진다고 느꼈고요. 둘은 서로에게 싸우고 싶지 않다고 말했지만, 결국에는 두 사람이 함께하는 거라곤 그 싸움밖에 남지 않았죠.

세바스티안은 단체에서 진급하면서 외국의 도시에 출장을 가기 시작했어요. 외국 정부에 압력을 넣으면 그 나라에 사는 전직 나치 친위대 간부들을 추적할 수 있으리라는 희망을 품고 떠난 출장이었죠. 그의 머릿속에는 언제나 파니에게 이야기한 우도 그라프와 파니에게 한마디도 하지 않은 니코가 있었어요. 그 둘이 지은 죄의 무게는 결코 똑같지 않았지만, 그가 보기에는 둘 다 전범이었어요. 그래서 둘 다 처벌하고 싶었죠.

그런 식의 출장이 잦아질수록 파니는 세바스티안에게서 점점 더 마음이 멀어졌어요. 그러던 어느 날, 집으로 돌아오는 열차가 연착하는 바람에 그가 딸의 고등학교 졸업식에 참석하지 못했을 때 파니는 마침내 그에게 마음을 닫고 말았어요.

티아가 학교 강당에서 우는 동안 파니는 딸의 손을 꼭 잡아줬어요. 어쩔 수 없다고, 그렇게 안달하지 말라고, 화 풀라고 타이르면서요. 그러고는 딸을 데리고 나가 아이스크림을 사주고 밤에는 잘 자라고 키스해줬어요. 자정이 지나 마침내 세바스티안이 귀가했을 때 파니는 소리치지 않았어요. 소란을 피우지도 않았고요. 말도 거의 하지 않았죠. 사랑이 식으면 사람들은 서로에게 관심을 덜 주는 게 아니라 아예 끊어버려요. 그건 어쩔 수 없는 사랑의 진실이죠.

몇 년 후, 티아가 이스라엘에 있는 대학에 입학하려고 집을 떠나자마자 파니는 여행 가방을 열고 옷을 챙겨넣은 다음 세바스티안에게 혼자 여행을 떠날 거라고 말했어요. 그날은 토요일, 즉 안식일이었어요. 독실한 유대교 신자라면 여행을 떠나지는 않는 날이었죠. 파니는 아랑곳하지 않았어요. 남편이 미간을 찌푸린 채 팔짱을 끼고 문간에 서 있었지만, 파니는 코트 단추를 잠그고 가방을 든 다음 남편을 빤히 바라봤어요.

"언제 돌아오는데?" 세바스티안이 물었어요.

"전화로 알려줄게." 파니가 대답했어요.

하지만 파니는 마음속으로 이미 알고 있었어요. 자신이 집에 다시 돌아오지 않으리라는 걸요. 그리고 세바스티안 역시 마음속 깊은 곳에서는 그 사실을 알고 있었어요. 진실한 사랑은 거짓말을 할 줄 모르는 법이니까요.

파니의 첫 번째 목적지는 헝가리였어요.

약 25년이라는 세월이 흐르는 동안 파니는 전쟁 중에 자신에게 크나큰 친절을 베풀어준 기젤라가 어떻게 됐는지 줄곧 궁금해했어요. 화살십자당에게 붙잡혔던 그날 이후로 파니는 그 불쌍한 여인을 두 번 다시 보지 못했죠. 병사들은 기젤라가 반역 행위를 저지른 죄로 처형될 거라고 했어요. 하지만 파니는 확실히 알고 싶었어요. 그때 봤던 독이 든 기도 묵주가 생각났거든요. 파니는 기젤라가 그 묵주를 사용할 일이 부디 없었기를 바라며 기도했어요.

파니는 비엔나에서 부다페스트로 향했어요. 거기서 다시 기차를 두 번이나 갈아탄 끝에 기젤라가 살던 산비탈 마을에 도착했어요. 거의 하루 종일 걷고 나서야 예전에 봤던 길을 알아볼 수 있었죠. 너무나 많은 것이 변했거든요. 건물들이 새로 세워졌어요. 가로등도 생겼고요. 기젤라의 집은 더 크고 더 현대적인 건물로 바뀌어서 집 뒤쪽 비탈에 그대로 남아 있는 닭장이 아니었다면 파니는 하마터면 그 집을 몰라보고 지나칠 뻔했어요.

파니는 여행 가방을 들고 집으로 이어지는 길을 올라갔어요. 심장 박동이 빨라지는 느낌이 들었어요. 머리가 희끗한 그 여성에게 발견됐던 날의 기억이, 또 군인들에게 붙잡혀 끌려갔던 날의 기억이 떠올랐어요.

파니는 그 집 문을 두드렸어요. 문을 열고 나온 사람은 체격이 튼실한 중년의 간호사였어요.

"안녕하세요." 파니는 헝가리어를 떠올리려 애쓰며 말했어요. "제가 누굴 찾고 있는데…… 제가 알던…… 전에 이 집에 살던 여자인데요, 이름은 기젤라거든요?"

간호사는 고개를 끄덕였어요.

"혹시 아시는지…… 그러니까…… 아직 살아 있나요?"

"그럼요." 간호사가 대답했어요.

파니는 참았던 숨을 단숨에 토해내며 몸을 앞으로 숙였어요. "아아, 하느님, 감사합니다. 감사합니다, 하느님. 어디로 가야 그 사람을 찾을 수 있는지 혹시 아세요?"

간호사는 당황한 기색이었어요. 그러다가 이내 문을 안쪽으로 당겨 더 활짝 열었는데, 그러자 집 안쪽에 있는 벽난로와 그 옆의 휠체어를 탄 여성이 파니의 눈에 들어왔어요. 여성은 오른쪽 눈을 안대로 가리고 있었고 얼굴 오른쪽도 축 처져 있었죠. 그런데 파니를 발견한 그 여성이 날카로운 소리를 지르는 거예요. 파니는 그 여성에게 달려가 휠체어 발치에 주저앉았어요. 그 여성의 무릎에 얼굴을 묻고 어찌나 서럽게 흐느껴 울었던지, 입 밖에 나온 말은 이것뿐이었어요. "미안해요, 미안해요, 미안해요……."

✳

화살십자당은 기젤라를 조사실로 끌고 간 다음 집에 숨겨준 소녀가 유대인이냐고 물었고, 기젤라가 아니라고 부인하자 구타했어요. 그러고는 무려 3주 동안 제대로 된 음식도, 물도, 심지어 적절한 치료조차 제공하지 않고서 기젤라의 자백을 받아내려 했죠. 기젤라는 평소에 다니던 교회의 나이 지긋한 사제가 조사실로 찾아와 밝혀지지 않은 액수의 돈을 건넨 후에야 비로소 풀려났어요.

구타의 후유증 때문에 기젤라는 한쪽 눈의 시력을 잃었고 지팡이 없이는 걷지 못하는 몸이 됐어요. 세월이 흐르면서 고관절이 안 좋아진 탓에 이제는 휠체어를 타야 돌아다닐 수 있었죠. 파니가 사과를 얼마나 여러 번 했던지 기젤라는 '미안해요'라는 말을 더는 하지 못하게 했어요. 전쟁에서는 많은 희생자가 생기게 마련이니 그저 살아 있는 것만으로도 축하할 일이라면서요.

그들이 상봉한 첫째 날 저녁, 파니는 간호사와 함께 저녁을 준비했어요. 파니가 수프 한 그릇을 가져다주자 기젤라는 빙그레 웃으며 말했어요. "내가 너한테 만들어줬던 수프 기억하니?"

"그건 죽을 때까지 못 잊을 거예요."

"지금 네 모습을 좀 보렴. 이 얼굴, 이 머릿결, 게다가 키도 이렇게 커지다니! 파니, 넌 정말 예쁘구나."

파니는 얼굴이 붉어졌어요. 자신이 예쁘다는 생각을 오랫동안 해본 적이 없었거든요.

"당신 생각을 안 한 날이 하루도 없었어요, 기젤라."

"나도 네 이름을 기도에서 뺀 날이 하루도 없었단다."

"정말 많은 일이 있었어요." 파니가 말했어요. "참 끔찍한 일들이⋯⋯."

"나한테 들려줄래?"

"어디서부터 시작해야 할지 모르겠어요. 전 다뉴브강에서 하마터면 죽을 뻔했어요. 그다음엔 강제로 행군에 나섰는데, 눈 속을 며칠 동안이나 쉬지 않고 걸어야 했어요. 그때 웬 꼬마가⋯⋯."

파니는 차츰 목이 메었어요. 자신이 겪은 고난을 얘기하려니 부끄러웠던 거예요. 그토록 큰 고난을 겪고 이제는 휠체어에 앉아 있는 기젤라 앞에서 말이에요.

"네가 어떤 고난을 겪었든, 네가 아직 이렇게 살아 있는 건 그럴 이유가 있기 때문이란다." 기젤라가 말했어요.

"그 이유가 뭔데요?"

"때가 되면 하느님께서 너에게 알려주실 거야."

파니는 입술을 깨물었어요.

"그때 왜 그렇게 저를 친절하게 대해주셨어요?"

"오래전에 내가 가르쳐줬잖니, 얘야. 넌 내 마음의 구멍을 메우라고 보내진 사람이야. 그런데 지금, 이렇게 또 한 번 메워주고 있구나."

파니는 눈물이 뺨을 타고 흐르는데도 빙그레 웃었어요.

"드세요." 파니는 나직이 말했어요.

기젤라는 수프를 한 숟가락 삼켰어요.

"좋구나."

"수프 맛이요?"

기젤라는 파니의 손을 쥐었어요.

"네가 여기 있는 거 말이야."

° ✳

자, 이야기를 계속 진행해야 하다 보니 파니와 기젤라가 2주 동안 함께 지내며 나눈 기쁨을 일일이 다 적을 수는 없지만, 그래도 이 재회의 시간은 두 사람 모두에게 오랜만에 맛보는 더없이 만족스러운 한때였어요. 여기서 두 사람이 나눈 대화 한 타래를 언급하고 넘어갈게요. 그야말로 무심코 나온 말들이지만, 한편으로는 우리 이야기의 방향을 돌이킬 수 없이 바꾸어놓은 말들이기도 하니까요.

그때 파니는 주방에서 오래전 기젤라와 함께 요리하던 기억을 더듬어가며 만두를 만드는 중이었어요. 발효시킨 밀가루 반죽과 커드 치즈를 섞어 밀대로 밀었죠.

"이 새 집은 언제 지었어요?" 파니가 물었어요.

"응, 아주 오래전에."

"집이 되게 아늑해요."

"고맙구나."

"저 닭장은 왜 그대로 두셨어요?"

기젤라는 빙긋 웃었어요. "혹시라도 네가 돌아와서 날 찾을까 봐."

"그래요, 그럼 효과가 있었네요." 파니는 웃음을 터뜨렸어요. "솔직히, 저 닭장이 아니었으면 이 집 앞을 그냥 지나쳤을 거예요."

파니는 만두를 들고 식탁으로 와 앉았어요. 그러고는 나직한 목소리로 말했죠.

"이런 걸 여쭤봐도 될지 모르겠지만…… 이렇게 멋진 집을 무슨 돈으로 지으셨어요? 그러니까 제 말은, 그때 그렇게……."

"그자들한테 그렇게 당하고 나서?"

파니의 미간이 찡그려졌어요. "네."

"얘야, 난 너도 다 알 거라고 생각했는데."

"뭘요?"

"그 남자애 말이야."

"남자애라뇨?"

"붉은 머리 남자애 말이야."

"어떤 남자애요? 그게 누군데요?"

"그 애는 자기 이름을 절대 안 가르쳐줘. 하지만 전쟁이 끝나고 몇 해가 지난 후부터 날 찾아오기 시작했단다. 나한테 돈 가방을 갖다줬어. 그 가방은 내 건데 왜 그런지는 묻지 말라고 하더구나." 기젤라가 이어서 말했어요.

"그 애는 그 이듬해에 다시 날 찾아왔어. 그 이듬해에도 또 왔고. 지금은 다 큰 어른이 됐는데도 해마다 같은 날 찾아온단다. 8월 10일에. 와서 나한테 돈 가방을 주고는 그냥 가버려."

"잠깐만요." 파니가 말했어요. "무슨 말씀인지 이해가 안 가요. 그 돈을 누가 보내는데요?"

기젤라의 눈이 동그래졌어요.

"난 네가 보내는 돈인 줄 알았는데."

기젤라가 말한 날짜는 의미심장했어요.

아마 여러분도 기억하시겠죠. 파니는 기억해요. 기젤라의 얘기를 듣고 나서 몇 주 후, 부다페스트의 어느 기차역을 빠져나오던 순간에도 여전히 그날을 생각했어요.

8월 10일.

파니가 탄 열차가 살로니카를 떠난 날이었어요.

파니는 그날 아침을 결코 잊지 못할 거예요. 기차역 플랫폼의 아수라장과 니코, 화물칸 안으로 떠밀려진 자신의 모습, 빛이 사라지는 느낌, 숨이 턱 막히는 느낌, 출발할 때 무시무시하게 흔들리던 그 화물칸의 진동……. 그날은 파니 인생의 전환점이었어요.

그런데 그날이 어쩌다가 기젤라와 연결된 걸까요?

어째서 하고많은 날 중에 하필 그날, 헝가리에 있는 기젤라에게 돈이 전달됐을까요? 그저 우연이었을까요? 정부에서 기젤라에게 보상금을 준 걸까요? 아니요, 그건 말이 안 돼요. 그런 거라면 왜 붉은 머리 소년이 돈 가방을 갖다주겠어요?

파니는 다른 사람에게 기젤라 이야기를 한 적이 있는지 기억을 되짚어봤어요. 세바스티안뿐이었어요. 그가 이 일과 관련이 있을까요?

기차역의 전화실을 찾아간 파니는 교환원에게 부탁해 비엔나의 아파트로 전화를 걸었어요. 그러고는 한참 동안 기다렸죠. 아무도 전화를 받지 않았어요. 파니는 잠시 망설이다가 교환원에게 세바스티안이 일하는 단체의 전화번호를 알려줬어요. 누군가 전화를 받아 그가 자리에 있다고 말했어요.

"여보세요?"

세바스티안의 목소리는 희미하고 아련하게 들렸어요.

"세바스티안, 나야."

"어디야?"

"부다페스트."

"거긴 웬 일로?"

"혹시 기젤라에 관해 아는 거 있어?"

"누구?"

"기젤라."

"그게 누군데?"

"열차에서 떨어진 나를 보살펴준 사람."

멈칫하는 기색이 느껴졌어요.

"그 사람을 만나러 간 거야?"

"그래, 기젤라를 찾았어. 살아 있었어. 얼마나 안심했는지 몰라. 그런데 있잖아, 세바스티안. 누가 기젤라한테 돈을 보내주고 있어. 해마다 큰돈을."

"어디서?"

"몰라. 혹시 당신이 그 돈하고 무슨 관련이 있는지 물어보려고 전화한 거야."

"내가?"

세바스티안의 웃음소리에서 비꼬는 기색을 느낀 파니는 그가 그 돈과 무관하다는 것을 대번에 알아차렸어요.

"됐어." 파니가 말했어요. "내가 바보 같은 생각을 했어."

"미안."

"그럼 잘 있어."

"잠깐만."

"왜?"

"파니?"

"응?"

"조만간 집에 돌아올 거야?"

파니는 자신도 모르게 가슴에 손을 얹었어요.

"당분간 계속 여행을 하려고 해."

한참 동안 침묵이 흘렀어요.

"난 네가 내 동생을 찾았다는 얘기를 하려고 전화한 줄 알았어."

"왜 그렇게 생각했는데?"

"나도 몰라. 신경 쓰지 마."

"잘 있어, 세바스티안."

"또 전화할 거야?"

"응. 할게."

"언제?"

파니는 심란한 듯 이마를 문질렀어요. "나중에 할게."

그러고는 전화를 끊었어요.

*

그날 오후, 파니는 다뉴브강변을 거닐었어요. 여름의 산들바람이 휙 불어와 웨이브 진 검은 머리가 어깨 위로 나부꼈어요. 파니는 이번 방문이 너무 고통스러운 기억으로 남을까 봐 불안했지만, 20년이 넘게 지난 후 환한 대낮에 찾아온 이곳은 눈에 익은 풍경이 전혀 보이지 않았어요. 그저 도시를 가르며 흘러가는 드넓은 강, 대륙을 가로질러 흑해로 나가는 그 강만 알아봤을 뿐이에요.

파니는 부다페스트의 웅장한 의사당 건물을 바라봤어요. 전면은 고딕 양식이었고, 중앙부에는 커다란 돔이 있었죠. 강변을 따라 늘어선 여러 교회도 바라봤어요. 그 건물에 있는 수많은 사람들은 20여 년 전 유대인들이 총살당하고 강물로 던져지던 그 밤에 뭘 하고 있었을지 궁금했어요.

그날 있었던 일의 상당 부분을 파니는 기억 속에 꼭꼭 묻어뒀어요. 그건 파니만의 방식이었어요. 세바스티안은 기억이 문득문득 떠오를 때마다 전전긍긍했던 반면, 파니는 머릿속에 담을 쌓아 어두운 기억으로부터 스스로를 보호했던 거예요. 그날 오후, 파니는 그 담의 안쪽에 안전하게 머물 수도 있었어요. 해가 중천에 떴을 무렵에 다뉴브강 기슭의 벤치에 앉지 않았다면요.

파니가 벤치에 앉고 나서 잠시 후 한 노인이 기도서를 들고 그곳에 나타났어요. 그는 강변 부지 가장자리 쪽으로 걸어간 다음 몸을 앞뒤로 흔들기 시작했어요. 파니는 그가 읊는 기도문이 귀에 익었어요. 히브리어 기도였거든요.

기도를 다 마친 노인은 손수건으로 얼굴을 닦고 파니 앞을 지나 걸어갔어요.

"누구를 애도하셨나요?" 파니가 물었어요.

노인은 놀란 표정으로 우뚝 멈춰섰어요.

"카디시 기도를 알아요?"

파니는 고개를 끄덕였어요.

"내 딸입니다." 노인이 말했어요.

"따님이 언제 돌아가셨는데요?"

"23년 전에요. 그자들이 여기서 그 애를 죽였어요." 노인은 거세게 흘러가는 강물을 바라봤어요. "무덤조차 안 남았지요. 그저 강물뿐이에요."

"너무 안타깝네요."

노인은 파니의 얼굴을 찬찬히 살펴봤어요.

"헝가리 사람이 아니군요. 억양을 들어보니."

"그리스 출신이에요. 하지만 전에 여기 온 적이 있어요. 이 강가에요. 그때는 밤이었죠. 저는 양손이 묶인 채였고요."

파니는 노인에게서 눈길을 돌렸어요. "저는 따님보다 운이 좋았어요."

노인은 그런 파니를 물끄러미 바라봤어요. 눈물이 그렁그렁한 눈으로요. 그는 벤치에 앉아 부드럽게 파니의 어깨를 다독였어요. 파니도 울고 있었다는 걸 알았거든요.

"*바루크 하솀*(주님의 이름을 찬양하나이다)." 노인이 나직이 말했어요. "난 그 고난에서 살아남은 사람을 처음 봐요. 얘기해줘요. 누가 당신의 목숨을 구했나요?"

"저도 몰라요." 파니는 내뱉듯이 불쑥 말했어요. "그렇게 긴 세월이 흘렀는데 아직도 몰라요. 어떤 영화배우라는 말은 들었지만 얼굴은 전혀 못 봤어요. 그때는 밤이라 캄캄했거든요. 사람들이 저흴 어떤 지하실로 데려갔어요. 저흰 거기서 몇 주 동안이나 지냈어요."

노인은 벤치에 등을 기댔어요. 놀란 표정으로요.

"커털린 커라디." 노인이 중얼거렸어요.

"누구라고요?"

"영화배우예요. 난 그냥 소문으로만 들었는데."

"그 사람을 아세요?"

"헝가리인이라면 모르는 사람이 없어요. 굉장히 인기가 많았거든요. 그랬는데 정부에 저항하는 바람에 경력이 망가지고 말았어요. 고문도 당했고요. 그 예쁜 얼굴을 망가뜨린 거예요. 듣자 하니 턱이 부러졌다고 하더군요." 노인이 이어서 말했어요.

"커라디가 유대인 아이들의 목숨을 구하는 대가로 화살십자당에게 보석을 줬다는 소문이 돌았어요. 그런데 그 소문이 진짜라는 얘긴가요? 당신이 그 아이들 중 한 명이라고요?"

"맞아요!" 파니가 말했어요. "그분은 지금 어디 계세요? 가르쳐주세요! 전 그분을 찾아야 해요!"

노인은 고개를 가로저었어요. "오래전에 쫓겨나듯이 헝가리를 떠났어요. 정부가 커라디의 평판을 망쳐버렸거든요. 더는 영화 일을 할 수가 없었어요. 전에 어디서 커라디가 미국 뉴욕에 산다는 기사를 읽은 적은 있어요. 아마 거기서 가게를 열었다고 한 것 같은데. 모자 가게인가, 그랬을 거예요."

파니는 고개를 푹 숙였어요. '뉴욕이라고?' 어느새 파니는 눈물을 흘리고 있었어요.

"왜 그래요?" 노인이 물었어요.

"아니에요. 그냥…… 그분을 찾고 싶었거든요. 그분께 감사 인사를 꼭 드리고 싶었어요. 그리고 그분께 어떤 사람의 소식을 여쭤보고 싶었어요. 제가 알던 남자애인데, 그날 밤에 그 애를 봤거든요. 아마 그 애가 그분과 같이 일했던 것 같아요."

파니는 노인의 얼굴을 올려다봤어요. "제 생각엔 제 목숨을 구한 사람은 그 애인 것 같아요."

바람이 거세게 불어왔어요. 노인은 손수건으로 눈물을 훔쳤어요.

"탈무드에서는 사람의 목숨을 구하는 일을 뭐라고 얘기하는지 알아요?"

파니는 고개를 끄덕였어요. "한 사람을 구하는 건 온 세상을 구하는 것과 같다고 하죠."

"맞아요." 노인은 자신의 양손을 포갰어요. "몇 살인가요?"

"서른여덟이에요."

"내 딸하고 동갑이군요." 노인의 얼굴에 서글픈 미소가 스쳤어요. "그 애가 아직 살아 있다면요."

"죄송해요. 제 이야기를 듣느라 많이 힘드셨겠죠."

"아니, 아니에요. 나에게 당신은 상상도 못할 만큼 큰 기쁨을 줬어요. 당신은 이렇게 살아남았잖아요. 그놈들을 이긴 거예요. 당신이라는 하나의 생명이 구원받았어요. 그러니 온 세상이 당신과 함께 구원받은 거나 마찬가지죠."

노인은 자신의 손을 파니의 손 위에 포갰어요. "아이가 있나요?"

"딸이 하나 있어요."

"최고의 복수를 했군요." 노인은 씩 웃었어요.

그는 강을 바라보다가 이내 고개를 들어 해를 올려다봤어요. 그러더니 손수건을 주머니에 집어넣고 일어섰어요.

"나랑 같이 내 사무실에 좀 들르지 않겠어요?" 노인이 파니에게 물었어요. "여기서 그리 멀지 않아요."

"왜요?"

"당신이 찾아 헤매는 걸 발견하도록 나도 돕고 싶어서요."

파니는 카펫 공장 2층에 있는 노인의 사무실로 갔어요. 노인은 직원 몇 명에게 파니를 인사시키고 자기 딸의 어릴 적 사진을 보여줬어요. 그러고는 파니가 떠날 때가 되자 벽장으로 가서 금고를 열더니 뉴욕행 비행기 표를 사고도 남을 만한 액수의 돈을 봉투에 넣었어요. 제가 앞에서 이 이야기에는 행운의 반전이 몇 군데 있다고 말씀드렸죠. 물론 이 일도 그중 하나예요.

파니는 처음에는 노인의 친절을 거절했지만 노인은 웃으며 뜻을 굽히지 않았어요. 자신이 돈을 모은 데는 이유가 있다고, 이렇게 하면 자신은 꿈을 이루지 못하고 죽은 자기 아이를 도와 주는 기분이 든다고 말하면서요.

사무실을 나서며 파니는 노인과 포옹을 나눴어요. 노인은 파니의 머리 위로 축복 기도를 낭송했어요. 그러고는 마지막 인사 한마디를 건넸는데, 파니는 그 속삭이는 소리를 듣고 오싹한 느낌이 들었어요. "여기서 벌어진 일을 온 세상에 알려주세요."

파니는 멍한 기분으로 건물을 나섰어요. 3주 후, 파니는 뉴욕의 어느 거리를 걷고 있었어요. 손에 쪽지 한 장을 쥐고 어떤 주소를 찾아가는 길이었죠.

제 5 부

─── 웃기도 하고,

거짓말도 하고 ───

성서에는 아브라함과 사라 부부의 이야기가 나와요. 두 사람 다 아흔이 넘었을 때, 낯선 사람 셋이 부부의 집을 찾아왔어요. 사실 그들은 주님이 보내신 천사들이었죠. 아내 사라는 집 안에서 음식을 준비했어요. 한편 집 바깥에서는 한 천사가 아브라함에게 깜짝 놀랄 소식을 전해줬어요.

"내년 이맘때 내가 다시 이 집에 들르면, 그대의 아내는 아들을 낳아 키우고 있을 겁니다."

집 안에 있던 사라는 그 말을 듣고 웃음이 터졌어요. 그러고는 혼잣말을 중얼거렸죠. "나는 이미 월경이 멈췄고 내 남편은 저리 늙었는데…… 나한테 그런 기쁜 일이 생길까?"

물론 전능하신 하느님이 함께하실 때 중얼거리는 혼잣말은 사실 혼잣말이 아니죠. 천사들은 대뜸 아브라함에게 물었어요. "사라가 방금 웃은 까닭은 무엇입니까? '월경이 멈춘 나에게 정말로 아이가 생길까?'라고 생각한 까닭은 또 무엇입니까? 하느님께서는 원하시는 바를 무엇이든 이루시지 않던가요?"

아브라함은 아내를 불렀고, 천사들 앞에 선 사라는 두려워진 나머지 거짓말을 했어요.

"저는 웃지 않았어요." 사라가 말했어요.

"웃었잖습니까." 천사가 대꾸했죠.

자, 이 일화를 보면 하느님은 기만을 용납하지 않으신다는 걸 알 수 있어요. 설령 사소한 것이라고 해도요.

그런 반면에 천사가 아브라함에게 사라가 한 말을 되풀이해 들려줬을 때, 아브라함이 아이 아버지가 되기에는 너무 늙었다고 말한 부분을 빼놨다는 걸 여러분도 눈치채셨을 거예요. 남편을 모욕하는 말을 들려줘서 부부 사이에 불화를 일으키는 일이 없게끔 그 부분은 그냥 건너뛰었던 거예요.

그러니까 결론은, 천사도 거짓말을 한다는 거죠.

저는 그 사실을 조금 다른 관점에서 보는 편이에요. 조화를 유지하려면 말하지 않는 편이 더 나은 것들이 있어요. 설령 여러분이 정확히 아는 것이라고 해도 말이에요. 엄밀히 따지자면 그건 기만행위죠. 그리고 한편으로는 사랑의 행위이기도 해요. 그 둘은 여러분 생각보다 더 긴밀히 연결돼 있답니다.

여러분도 이제 곧 목격할 테지만요.

과거에서 온 ─
엽서 ─

파니는 뉴욕의 이스트 23번가에 있는 상점에 들어섰어요. 가게 안은 모자로 가득했어요. 옷걸이에도, 선반 위에도, 마네킹 머리 위에도 온통 모자가 얹혀 있었죠. 다른 손님은 한 명도 없었어요. 조그만 스피커에서는 은은한 클래식 음악 선율이 흘러나왔고요.

"어서 오세요." 인사하는 목소리가 들렸어요. 외국 억양이 섞인 영어였죠.

가게 안쪽 사무실에서 나온 중년 여성이 파니의 눈에 띄었어요. 그 사람이었어요. 그 배우. 틀림없었어요. 쉰 살이 훨씬 넘어 보이는데도 여전히 아름다웠어요. 화장이 무척 짙었는데 아이섀도는 진청색이었고 입술은 포도색이었죠. 검은 머리는 당시 유행에 맞게 부풀린 스타일이었어요.

"*요 나포트*." 파니는 헝가리어로 인사했어요.

그 여성은 파니의 눈을 똑바로 노려봤어요. 눈빛이 얼마나 날카로웠던지 파니는 오싹한 느낌이 들었어요.

"당신 누구죠?"

"잠시만요. 여쭤볼 게 있어요."

"모자를 사러 왔나요?"

"아니요."

"그럼 내가 도울 일이 없겠네요."

여성은 돌아서서 안쪽 사무실로 향했어요.

"잠깐만요!" 파니는 불쑥 외쳤어요. "1944년 다뉴브강변에서 유대인 여러 명이 살해당할 위기에 처한 적이 있었어요. 사람들은 당신이 그때 그곳에 있었다고 했어요. 그리고 어떤 남자애도 거기 있었어요. 독일군 장교 군복을 입은 남자애였어요. 부탁이에요. 그 애가 누군지 아세요?"

여성은 천천히 뒤로 돌아섰어요.

"당신, 누구 밑에서 일해?"

"저는 같이 일하는 사람이 없어요."

"누구 밑에서 일하냔 말이야."

파니는 고개를 가로저었어요. 머리가 어질어질했어요. 선반을 붙들고 몸을 가눠야 할 정도로요.

"그런 사람 없어요. 아무도 없어요. 저한테는…… 아무도 안 남았어요."

여성은 말없이 파니를 주시했어요. 그러다가 파니가 울음을 터뜨리자 팔짱을 꼈죠.

"그 남자애 이름이 뭐죠?"

"니코요. 그 애 이름은 니코였어요."

"그런 이름은 들어본 적이 없는데."

"그 애는 그리스 출신이었어요."

여성은 고개를 가로저었어요.

"미안해요. 나는 모르는 사람이에요."

"좀 앉아도 될까요? 몸이 안 좋아서요."

그 배우는 거울 옆에 있는 의자를 손짓으로 가리켰어요. 파니가 의자에 앉는 사이에 그 배우는 파니 뒤편을 지나 걸어갔어요. 거울 속에 두 사람의 모습이 나란히 비쳤죠.

"1944년에 몇 살이었죠?" 배우가 물었어요.

"열네 살요."

"그때 다뉴브강변에서 뭘 하고 있었어요?"

"다른 사람들하고 같이 묶여 있었어요. 화살십자당의 손에 처형당하기 직전이었고요. 그런데 누가 저희를 구해줬어요. 스스로의 목숨을 위험에 빠뜨리면서요. 그리고 그 덕분에 전 이렇게 살아 있어요."

파니는 눈물을 훔쳤어요. "그냥 살아 있는 정도가 아니에요. 그 덕분에 저는 자라서 어른이 됐어요. 결혼도 했고요. 아이를 낳아서 저는 갖지 못했던 것들을 그 애한테 줬어요."

여성은 말이 없었어요. 하지만 파니는 여성의 아랫입술이 어느새 파르르 떨리는 것을 놓치지 않았어요.

"당신이었죠, 맞죠? 날 구해준 사람은 당신이었어요."

파니는 여성의 손을 잡았어요.

"당신이 그 사람이었어요."

"내가 한 일이 아니에요." 여성은 잡힌 손을 빼내며 말했어요. "내 돈이 했죠. 모든 것에는 대가가 따르게 마련이에요. 누군가의 목숨을 구하는 일에도 당연히 대가가 따르는 법이죠. 그리고 그 선택의 결과에 대한 책임도요."

여성은 자기 턱에 손을 갖다댔어요.

"그자들이 끔찍한 짓을 저질렀다고 들었어요." 파니가 말했어요.

"다른 사람들에 비하면 그렇게 끔찍한 것도 아니에요."

"그날 밤 그곳에는 저 말고 다른 사람들도 있었어요. 적어도 스무 명은 됐어요."

"스물세 명이었어요." 여성은 나직이 말했어요.

이윽고 여성은 계산대 안쪽으로 가서 그 밑에 있는 조그만 금고를 열었어요. 그러고는 안에 있는 것들을 뒤적거리다가 웬 봉투를 꺼냈죠. 봉투 안에는 접힌 종이가 한 장 들어 있었어요. 여성은 그 종이를 펴서 파니 앞에 내려놨어요.

종이는 낡아서 모서리가 노랗게 바랜 상태였어요. 하지만 손으로 적은 글씨는 또렷이 보였어요. 그건 이름과 생년월일이 적힌 명단이었어요. 모두 스물세 명이 적혀 있었죠.

"이 안에 당신도 있나요?" 여성이 물었어요.

파니는 명단을 훑어봤어요. 명단의 19번 줄에 이르렀을 때, 파니는 숨을 헉 들이마시며 거기 적힌 이름 아래를 손끝으로 짚었어요.

'파니 나미아스. 1930년 2월 12일생'

"당신 맞아요?"

파니는 고개를 끄덕였어요.

"그렇다면 진심으로 사과할게요. 아까 그렇게 차갑게 대한 것 말이에요." 여성은 파니의 어깨를 손으로 감쌌어요. "당신이 살아 있어서 정말 다행이에요."

"다른 사람들은요?" 파니가 물었어요. "다른 사람들은 어떻게 됐어요?"

"어린애들은 살아남았어요. 나이가 조금 있는 아이들은 게토에 갇혔고요. 그 후에 어떻게 됐는지는 나도 몰라요."

"저는 알아요." 파니가 말했어요.

여성은 곁에 있던 의자에 앉았어요.

"말해봐요."

"그자들은 저희를 오스트리아까지 행군시켰어요. 몇 날 며칠을 계속 걸어야 했죠. 너무나 추웠어요. 먹을 건 하나도 없었고요. 물도 없었어요. 잘 때는 땅바닥에 누워서 잤고요. 걸음을 멈추면 그자들이 총을 쐈기 때문에 계속 걷는 수밖에 없었어요. 그래서 많은 사람이 죽었죠. 여자들과 아이들도요. 그자들은 표적을 가리지 않았어요. 시체는 진흙탕에 그냥 버려졌고요."

여성은 한숨을 쉬었어요. 그러고는 손으로 그 종이를 가리켰어요.

"여기 이름이 적힌 사람들 중에 열네 명은 지금도 살아 있어요. 이제 당신까지 열다섯 명이네요. 부다페스트에 사는 어떤 여자가 그 사람들의 근황을 계속 조사하고 있어요. 몇 명은 아직 헝가리에 살아요. 몇 명은 이스라엘에, 또 몇 명은 이곳 미국에 살죠. 남편, 아내, 아이도 있고요. 그 사람들은 참 끔찍한 고난을 겪었어요. 하지만 다들 든든하게 지원받는다는 사실을 알고 나서는 마음이 좀 놓이더군요."

파니는 고개를 들었어요. "그게 무슨 말씀이세요?"

"그 사람들은 해마다 돈을 받아요. 어디서 보내는 돈인지는 아무도 모르지만요. 전쟁이 끝나고 나서 계속 받았대요.”

그 배우는 파니의 안색이 변한 것을 알아차렸어요.

“당신도 그 돈을 받나요?”

“아뇨. 하지만 제가 아는 어떤 사람이 받고 있어요. 해마다, 같은 날짜에…….”

“8월 10일.” 여성이 말했어요.

“네, 8월 10일에요.” 파니도 똑같이 말했어요.

그 배우는 입술을 꾹 다물고 있다가, 이내 종이를 다시 접어 봉투에 넣었어요. 그러고는 한참 동안 파니를 응시했어요.

“여기서 잠깐 기다려요.”

여성은 그 말을 남기고 안쪽 사무실로 들어가 잠시 모습을 보이지 않았어요. 그러다가 다시 나타났을 때, 여성은 고무 밴드로 묶은 엽서 한 뭉치를 손에 들고 있었어요.

의자에 앉은 여성은 고무 밴드를 풀고 파니 앞의 테이블에 엽서 뭉치를 올려놨어요. 적게 잡아도 스무 장은 돼 보였어요. 엽서마다 새 영화의 개봉 소식이 적혀 있었어요.

“몇 년 동안 나한테 온 엽서들이에요.” 배우가 말했어요. “아무 용건도 안 적혀 있어요. 서명도 없고요. 그냥 엽서뿐이죠. 당신이 찾는 그 남자애 말인데요, 혹시 머리가 금발이었나요? 웃는 얼굴이 잘생긴 아이였어요?”

파니는 대번에 고개를 끄덕였어요. “네, 맞아요!”

“그렇다면 당신은 내가 만나본 사람 중에 가장 영리한 아이를 찾는 중이군요. 그 애는 여러 나라 말을 거침없이 구사했어요. 누구나 반할 만큼 매력적이었고요. 그 애는 나치의 눈을 피해 내 보석과 모피 일부를 몰래 감춰놨어요. 그게 없었으면 난 화살십자당과 거래할 밑천이 하나도 없었을 거예요. 하지만 이름이…… 아까 뭐라고 했죠?"

"니코요?"

"아니에요. 그 애 이름은 에리히 알만이었어요. 적어도 내가 아는 이름은 그거예요. 난 언젠가 그 애한테 영화계에서 일해야 겠다고 말한 적이 있었죠."

여성은 엽서를 가리켰어요. "내 말대로 된 것 같네요."

여성은 엽서를 한데 모아 고무 밴드로 묶었어요. 그러고는 엽서 묶음을 파니에게 건네며 말했어요.

"여기 나온 영화들을 만든 사람을 찾아봐요. 그럼 당신이 찾던 그 애를 만날 수 있을 거예요."

─── 1978년, 비엔나 ───

우리 이야기가 이만큼 펼쳐진 이상, 이제 여러분은 등장인물 네 명 가운데 세 명이 미국에 도착했다는 사실을 알아차렸을 거예요. 그런데 네 번째 인물도 미국에 도착했어요. 그리고 자신이 두 번 다시 보지 못하리라고 생각했던 것을 목격하게 되죠. 그 사연을 설명하려면 연표를 빠르게 넘겨 1978년으로 가야 해요. 파니가 커털린 커라디를 만난 해로부터 10년 후에 해당하는 시점이죠.

세바스티안 크리스피스는 '나치 사냥꾼'의 으뜸가는 참모로 성장했어요. 세월이 흐르는 동안 그 단체의 직원 몇 명이 세상을 떠나는 바람에 그는 이제 상근 직원으로 일하는 중이었어요. 큰손 기부자 몇 명은 여전히 단체에 자금을 지원했지만 전범에 대한 관심은 점점 옅어져갔어요. 운영비를 마련하기가 쉽지 않았죠.

방 세 칸짜리 아파트에 혼자 살던 세바스티안은 단체의 대의에 자신을 바쳤어요. 그는 아침 일찍 출근했어요. 밤까지 사무실에 머물렀고요. 늦은 밤에 사무실에서 치즈와 겨자를 넣은 샌드위치를 먹다 보면 자신에게 남은 거라곤 오로지 대의뿐이라는 생각이 들 때가 가끔 있었어요.

세바스티안은 파니와 티아의 사진을 침대 옆에 놔뒀어요. 가족이 곁에 없다고 생각하면 가슴이 찢어지는 것만 같았죠. 그러면서도 가끔은 몇 주 동안이나 두 사람에게 연락하지 않고 지낼 때도 있었어요. 무슨 말을 해야 좋을지 몰랐거든요. 그는 자기 속마음을 털어놓는 일에 점점 좌절을 느꼈어요. 어째서 나치 괴물들에게 정의의 심판을 내리는 일이 자신에게는 상상할 수 있는 가장 고귀한 소명이자 유일하게 가치 있는 일인지 설명하는 것도 그랬고요. 아내와 딸이 왜 같은 감정을 느끼지 않는지 그는 이해가 가지 않았어요. 마음속 깊숙한 곳에서 그는 자신이 견뎌야 했던 참상에 집착했고 그 집착 때문에 우울했지만, 한편으로는 그러한 참상을 일으키고도 대가를 치르지 않는 자들에게 극심한 분노를 느꼈어요.

결국 세바스티안은 제 손으로 삶의 궤도를 비틀어버렸다며 스스로를 책망했어요. 그러지 말았어야 했죠. 하지만 그의 정신은 이미 그의 것이 아니었거든요. 그의 정신은 여태 전쟁의 인질로 붙잡힌 신세였어요. 전쟁이 끝나고 한참이 지난 후에도요.

°＊

세바스티안이 미국에 온 까닭은 일리노이주의 작은 교외 도시

스코키에서 새롭게 등장한 나치 패거리가 시가행진을 계획한다는 충격적인 소식을 들었기 때문이었어요. 그 일대에는 새 삶을 일구려고 미국으로 건너온 유대계 홀로코스트 생존자들이 다른 곳보다 유난히 더 많았어요. 스코키에만 거의 7000명이 거주할 정도였죠.

나치가 그곳을 표적으로 삼은 이유가 바로 그거였어요. 행진을 하는 동안 그들은 갈색 셔츠 제복을 입고, 깃발을 흔들고, 갈고리 십자가 그려진 완장을 차고, 오른팔을 쭉 뻗고 손바닥을 똑바로 펴는 나치식 경례를 할 예정이었어요.

세바스티안은 그 기사를 읽고 속이 뒤집히는 것 같았어요. '미국에서? 이건 말도 안 돼!' 하지만 악은 민들레 홑씨처럼 퍼져나가는 법이라 바람을 타고 국경을 넘어 울분에 찬 마음에 뿌리를 내리곤 하죠.

'늑대'가 추종자들을 선동했던 1930년대에 그의 공작이 성공을 거둔 까닭은 독일인에게 유대인을 미워하는 성향이 있었기 때문이 아니에요. 인간이라면 누구나 타인이 자기 불행의 근원이라고 믿을 때 그 타인을 미워하기 때문이죠. 비결은 사람들에게 확신을 심어주는 거예요.

어려운 일은 아니에요. 그저 불만을 품은 집단을 찾아낸 다음 그 불만의 근원으로 다른 집단을 지목하기만 하면 돼요. 예전의 나치는 유대인을 표적으로 삼아 그 일을 했어요. 그리고 이 무렵에 출현한 새로운 나치는 독일에 대한 늑대의 열렬한 충성심을 공유하지는 않았지만, 결국 늑대가 했던 주장을 똑같이 늘어놨어요. 인종적 순수성이 어떻다느니, 보호받아 마땅한 이들의 삶이 오염되기 전에 불순한 자들을 축출해야 마땅하다느니

하는 소리였죠. 증오는 오래된 멜로디예요. 남 탓하기는 그보다 더 오래됐고요.

세바스티안은 일리노이주의 그 시가행진이 전직 친위대 장교 무리를 솎아낼 기회인지도 모른다고 나치 사냥꾼을 설득했어요. '아마 몇 명은 참가하지 않을까요? 멀리서 지켜보면 어떨까요? 사진도 찍을 수 있을 겁니다. 정보도 수집하고요.'

사냥꾼도 동의했어요. 그리하여 세바스티안은 얼마 후 미국으로 가는 여행길에 올랐어요. 겉으로 내세우기로는 증오 단체가 발흥하는 현장을 관찰할 예정이었지만, 실제로는 우도 그라프와 니코 크리스피스를 추적할 단서를 찾을 예정이었죠.

파니도 만나면 좋겠다고 솔직하게 인정한 건 비행기에 오르고 난 후의 일이었어요.

우도 역시 그 시가행진에 주목하고 있었어요.

워싱턴 외곽에 살던 우도는 나치즘의 새싹이 점차 고개를 쳐든다는 사실을 잘 알고 있었어요. 그 사실이 뿌듯했죠. 희망적이기까지 했고요.

우도가 탈출로를 따라 이탈리아에서 아르헨티나를 거쳐 미국까지 건너온 지도 벌써 30년이 넘었어요. 그의 위장 신분은 탄탄했어요. 상원의원 카터를 위해 갖가지 부적절한 일들을 처리해준 덕분에 우도는 '특별 보좌관' 직위에까지 올라갔어요. 그는 전용 사무실을 배정받았고 급여도 후하게 받았죠. 한편으로 그는 비공식적으로 미국 첩보 기관에 계속 협력했는데, 공산주의에 맞서 열띤 전쟁을 벌였던 이 기관 또한 그를 높은 지위로 승진시켜줬어요. 그는 남들의 전화 통화를 감청했어요. 훔친 서류를 번역하기도 했죠. 한번은 기관에서 그에게 이른바 '정보 인맥'을 만들어보라며 유럽에 보내주기도 했어요.

우도는 그 여행길에 고국을 방문하고 싶었지만 너무 위험해서 안 된다는 말을 들었어요. 누가 그를 알아볼지도 모르기 때문이었죠. 그는 짜증이 났어요. 사랑하는 독일에 그토록 가까이 가는데도 정작 독일 땅에 발을 들여놓을 수 없다니. 설령 동독과 서독으로 양분된 상황이라 해도, 또 그가 어린 시절을 보낸 베를린이 거대한 장벽으로 분단되어 있다고 해도 말이에요. 그럼에도 그는 전쟁과 관련해 계속 사과해야 하는 현실에 대해 어떤 독일인들은 점점 더 강하게 불만을 표한다는 사실을 알고 흐뭇해졌어요. 일부는 아예 독일의 도시에 홀로코스트 기념관을 설립하지 말라고 반대하기까지 했어요.

'그 정도면 됐어.' 그들은 이렇게 말했어요. '이제 잊고 다음으로 넘어갈 시간이야.'

'그렇게 시작하는 거지.' 우도는 속으로 중얼거렸어요. '시간은 흐르게 마련이야. 사람들은 잊게 마련이고. 그러면 우리는 다시 일어설 거야.'

*

이제 우도는 나이가 60대 초반이었는데도 아침 운동을 절대 빼먹지 않고 꾸준히 하며 몸을 날씬하게 유지했어요. 매일 해가 뜨기 전에 일어나 두 시간에 걸쳐 혼자서 윗몸 일으키기와 턱걸이, 역기 들기, 달리기를 했죠. 몸에 안 좋은 인스턴트식품은 입에도 대지 않았어요. 그의 미국인 아내 패멀라는 찬장에 그런 식품을 잔뜩 채워놨지만요. 그는 치아 건강을 세심히 챙겼어요. 땡볕에 노출되지 않게 조심했고요. 흰머리를 감추려고 머리를 갈색으로 염색했어요. 그래서 거울을 볼 때 그의 눈에는 늙어가는 남자가 아니라 호출을 받으면 임무를 재개할 준비가 된 그리운 군인의 얼굴이 보였어요. 자신의 머릿속에서 그는 여전히 수풀 속에 매복한 전사였어요.

일리노이주의 시가행진은 우도가 참가하기에는 너무 위험한 행사였어요. 그곳은 너무 작은 도시였거든요. 유대인도 많이 살았고요. 누군가 그를 기억해낼 위험은 늘 존재했어요. 볼티모어에 숨어 살던 동료 나치가 슈퍼마켓에 갔는데 수용소 생존자가 그를 알아보고는 이디시어로 '*데르 카체프! 데르 카체프!*(도살자! 도살자!)'라고 외쳤다는 이야기를 들은 적도 있었죠. 생존자 여성이 하도 소란을 피우는 바람에 경찰은 그 나치를 체포했고, 결국에는 비엔나의 그 유대인 늙은이가 보내준 서류 덕분에 그의 과거가 드러났어요. 그는 독일로 송환돼 재판에서 유죄 판결을 받았죠.

우도는 그런 결말을 결코 원하지 않았어요. 그는 수첩에 다른 친위대 장교들이 저지른 실수와 이를 피하는 방법을 기록했어요. 하지만 시카고에서 열리는 집회에 역량을 집중한다는 이유로 소도시 스코키의 시가행진이 취소됐을 때, 그는 생각을 고쳐먹었어요. 시카고 같은 대도시라면? 군중 속에 몸을 감출 수도 있었어요. 구경꾼들 사이에 섞이는 식으로요. 그러고는 이 나라가 나치의 부활을 위한 무대로서 얼마나 무르익었는지 확인하는 거죠. 그는 자신이 믿는 집단에 소속된 기분이 너무나 그리웠어요. 그 유혹을 뿌리치기가 힘들었죠.

우도는 처가인 패멀라네 가족을 방문한다는 핑계로 시카고 여행을 준비했어요. 전체 맥락에서 보면 사소한 거짓말이었고, 그의 머릿속에서는 충분히 정당화할 만한 일이었어요. 시카고로 가는 비행기 안에서 그는 인상적인 군대 행사를 목격하는 상상을 했어요. 수천 명까지는 안 되더라도 수백 명은 되는 젊고 건장한 나치 병사가 단정하고 절도 있게 발맞춰 행진하며 우월한 민족의 힘을 보여주고, 이로써 세상에 분명한 메시지를 전하는 광경을 말이에요.

°*

하지만 그날 우도가 본 것은 그의 상상과 완전히 딴판이었어요. 일요일이었던 그날 아침, 집회 장소인 공원에 도착했을 때는 이미 구호를 외치는 반(反)나치 단체와 팻말을 든 강경파 흑인 인권 운동가들이 공원을 둘러싸고 있었어요. 경찰관 수백 명도 방석모를 쓰고 곤봉을 든 채 주위를 어슬렁거렸고요. 머리를 길게 기른 십대 아이들은 옹기종기 모여 담배를 피우며 재미난 구경거리를 찾고 있었죠. 우도가 추산한 바에 따르면 그곳에는 적게 잡아도 수천 명이 모여 있었지만, 그중 나치는 한 명도 없었어요.

마침내 승합차 두 대가 공원 앞에 멈춰섰어요. 한 대는 흰색, 한 대는 검은색인 승합차에서 아마도 스무 명쯤 되는 남자들이 우르르 내렸어요. 모두 나치 제복 차림이었지만 우도가 보기에는 건강하지도, 잘 훈련되지도, 심지어는 질서정연하지도 않았어요. 그들은 사람들이 '나치, 꺼져!'라고 외치자 서둘러 승합차에 다시 타려고 우왕좌왕했어요. 그들이 하려는 말은 함성에 파묻혀 거의 들리지도 않았죠. 구경꾼 무리가 그들에게 물건을 던졌어요. 경찰은 항의 시위에 나선 사람들을 뒤로 밀어내기 시작했고요. 몇몇 시위자는 체포돼 수갑을 차기도 했어요. 우도는 사람들이 웃고 담배를 피우며 아비규환의 현장에 몰려갔다가 몰려나오는 광경을 지켜봤어요.

우도는 그 장면 전체가 역겨웠어요. 그건 행동을 촉구하는 호소가 아니었어요. 서커스였죠. 한 줌밖에 안 되는 남자들이 조국의 제복을 입고서, 망신스럽게도 늑대가 주창한 지배 민족의 신념이 아닌 백인 동네로 이사 오는 흑인들에 관한 불평이나 떠들어댔어요. '이 게으름뱅이들 좀 보라지.' 우도는 속으로 생각했어요. 그 패거리의 우두머리가 외쳤어요. "나는 홀로코스트 같은 건 없었다고 믿습니다!" 그러자 항의 시위대에서 한 사람이 소리쳤어요. "지옥에나 떨어져라, 마틴!"

우도 곁에 서 있던 남자가 우도 쪽으로 몸을 기울이더니 방금 그 우두머리가 있는 쪽을 가리켰어요. "저 녀석 아버지가 유대인인 거 알아요?"

"뭐라고요?" 우도가 물었어요.

"저 조그만 녀석 말이에요. 승합차 위에 서 있는 우두머리. 저 녀석 아버지가 유대인이에요. 대체 저기서 뭘 하고 있는 걸까요?"

우도는 격분했어요. 그보다 더한 모욕은 없었으니까요. 유대인의 아들이라고? 그런 주제에 제복을 입고 있다고? 그는 구호를 외치는 흑인 청년 무리와 대치중인 경찰관들 사이를 비집고 들어가 승합차 쪽으로 다가갔어요. 그렇게 차 바로 앞까지 간 다음, 그 짜리몽땅한 사기꾼과 눈을 마주쳤어요. 그러고는 상대가 똑바로 알아듣게끔 입 모양까지 또렷이 하며 이렇게 외치려 했어요. '내려와! 이 수치스러운 놈아!'

하지만 우도에게는 끝내 그럴 기회가 오지 않았어요. 그의 분노는 그가 지난 수십 년 동안 듣지 못했던 두 단어에 가로막히고 말았어요. 너무나 뜻밖의 일이라 그는 자신도 모르게 그만 그 말이 들려온 쪽으로 고개를 돌리고 말았어요.

"우도 그라프!"

공원 건너편에서 키가 크고 깡마른 남자가 거의 미치광이 같은 표정을 하고 서 있었어요. 우도는 그 얼굴을 알아봤어요. 이제 나이를 먹어서 더는 십대 아이가 아니었지만요. 그 녀석의 형이었어요. 세바스티안. '하지만 내가 쐈는데! 어떻게 살아 있는 거지?'

"우도 그라프!"

우도는 양쪽 주머니에 손을 꽂고 돌아서서 반대 방향으로 재빨리 움직였어요. '내가 무모하게 여길 왜 왔을까?' 그의 이름을 거듭 외치는 소리가 들렸지만, 그는 애써 그 소리를 무시하고는 시위자들이 일으키는 시끄러운 불협화음과 승합차 지붕 위에서 땅딸막한 남자가 외치는 '홀로코스트가 그렇게 좋으면 우리가 해주마!' 같은 소리에 귀를 기울였어요. 머릿속이 쿵쿵 울리는 느낌이 들었죠. '어떻게 할지 생각해. 생각을 해.' 그는 경찰관 앞을 지나가다가 문득 그쪽으로 몸을 숙였어요.

"경관님, 저쪽에서 웬 미친 남자가 '우도 그라프'라고 고래고래 외치고 있는데요, 그 사람 총을 갖고 있어요. 제가 봤어요."

경찰관이 동료 한 명을 데리고 서둘러 달려가는 사이, 우도는 멈추지 않고 계속 걸어갔어요. 서두르되 뛰지는 않으며 고개를 숙인 채 속으로 중얼거렸어요. '고개 들지 마, 고개 들면 안 돼.' 33년 전, 소련군 병사들 앞을 지나갈 때도 그는 속으로 그렇게 중얼거렸죠. 그때는 그의 성질머리가 그를 이기는 바람에 저 싸움꾼 유대인에게 발목이 잡히고 말았어요. 그는 두 번이나 굴복할 마음은 없었어요.

우도는 계속 걸어가 공원을 빠져나온 다음 붐비는 거리를 건너갔어요. 마침 다가오는 버스가 보이기에 손을 들어 차를 세우고 올라탄 다음 운전사에게 1달러 지폐를 건네고 재빨리 뒤쪽으로 들어가 차창으로부터 멀어졌어요. 그는 자리에 앉고 나서야 셔츠와 양말과 속옷이 모조리 땀에 젖어 축축해졌다는 걸 알아차렸어요.

°*

세바스티안은 허리를 숙인 채 가쁜 숨을 골랐어요. 하도 악을 질러서 목이 얼얼했죠. 거리를 끝에서 끝까지 훑어봤지만 그 노인은 눈에 띄지 않았어요. 그자가 확실했어요. 세바스티안은 알 수 있었어요. 그의 의심이 옳았어요. 나치가 부활한다는 생각에 전직 '경비 감독관'은 가만히 있을 수가 없었던 거예요. 이때껏 납작 엎드려 숨어 지내다가 그만 고개를 쳐들고 만 거죠.

세바스티안의 머릿속은 정신없이 핑핑 돌아갔어요. 악몽에 시달리고, 한밤중에 악을 지르며 잠에서 깨고, 상상 속의 복수를 거듭하며 30년이 넘는 세월을 보냈지만 그러는 동안 내내 그자가 살아 있는 상태로 벌을 받을지 어떨지는 알 길이 없었어요. '그런데 그놈이 살아 있어! 내가 봤어!' 그때와 똑같이 튀어나온 턱. 아우슈비츠의 운동장 건너편에서 세바스티안을 물끄러미 바라보던 그 강철 같이 차가운 눈빛. 심지어 머리색도 그때와 똑같았어요.

세바스티안은 우도를 뒤쫓아 공원을 가로질러 달려갔지만 경찰이 그를 붙잡았을 뿐 아니라 시위대 때문에 시야까지 가려졌어요. 그는 일생일대의 기회가 이렇게 손가락 사이로 빠져나간다는 생각에 마음 한구석이 철렁했어요.

하지만 이와 동시에 세바스티안은 자신의 진짜 손가락에 생각이 미쳤어요. 그 손가락들이 마치 매의 발톱처럼 단단히 움켜쥐고 있는 물건이 그에게는 위안이자, 마침내 정의를 실현할 기회가 왔다는 실낱같은 희망이었어요.

그 물건은 바로 카메라였어요.

세바스티안은 그 카메라로 사진을 적어도 스무 장은 찍었어요.

세바스티안이 맨 먼저 전화한 사람은 사냥꾼이었어요.

그는 흥분을 가라앉히기가 힘들었어요. '그놈을 찾았어요!' 그 말을 시작으로 그는 이때껏 일어난 일을 자세히 설명했어요. 사냥꾼은 기뻐하는 한편으로 신중하게 대답했어요. 그는 악마를 목격하는 것과 그 악마를 붙잡는 것은 완전히 다른 일이라는 점을 세바스티안에게 일깨워줬죠.

그럼에도, 우도 그라프에게 거의 2년 동안 고문당한 기억이 있는 세바스티안의 목격자 진술에 사진까지 있으면 미국 수사 당국을 개입시키기에 충분할 거라고 사냥꾼은 말했어요. 하지만 그는 세바스티안에게 미국인들의 관점에서 보면 나치 전범 수색을 돕는 것은 자신들이 나치를 숨겨줬다고 본의 아니게 인정하는 일이기도 하다는 점을 명심하라고 경고했어요.

"신중하게 진행하게." 사냥꾼이 경고했어요. "믿을 만한 사람이 있는지 한번 알아봐."

전화를 끊은 세바스티안은 양손으로 머리를 쓸어넘기고 긁적이다가 이내 관자놀이를 문질렀어요. 이때껏 기다렸던 증거가 드디어 눈앞에 나타났는데, 정작 내려진 지시는 '신중하게 진행하게'라고요?

세바스티안은 호텔 방의 냉장고에서 조그만 보드카 병을 꺼냈어요. 그러고는 프런트에 전화해 캘리포니아로 전화를 연결해달라고 부탁했어요. 그는 수첩 주소록에 휘갈겨둔 숫자 몇 자리를 프런트 직원에게 불러줬어요. 이제는 전처가 된 파니가 마지막으로 남긴 번호였죠.

1980년, 할리우드

"상영 시작하시죠."

필름이 거꾸로 뒤집힌 상태로 영사기 내부를 지나가는 동안 강렬한 빛이 렌즈를 통과해 스크린에 이미지를 뿜어냈어요. 필름에 인화된 사진은 그 과정에서 어찌된 일인지 똑바로 보이는 이미지로 바뀌었죠. 1초에 24개의 프레임이 영사됐고 각각의 프레임이 세 번 반복됐지만, 그런데도 스크린에 비춰지는 장면들은 부드럽게 이어져서 마치 배우들이 눈앞에서 연기하는 것처럼 보였어요. 영화를 본다는 건 작은 부분 하나하나까지 모두 일종의 기만이에요. 하지만 저에게나 그렇게 느껴질 뿐, 시사실에 앉아 있는 이 지친 남자에게는 해당되지 않는 이야기죠.

"불 좀 꺼주세요." 니코가 말했어요.

"네, 죄송합니다." 영사 기사가 말했어요.

실내가 캄캄해졌어요. 필름이 돌아가기 시작했죠. 이로써 니코는 3주 동안 세 번째로 그 영화를 혼자서 보는 셈이었어요. 아직 개봉하지 않은 그 영화의 주인공은 제2차 세계대전 당시 독일의 광대였는데, 그는 술에 취해 난동을 부린 죄로 수용소에 갇히는 신세가 돼요. 그곳에서 그는 함께 수감된 유대인 아이들을 위해 공연을 하죠. 나치는 아이들을 웃게 하는 그의 재주를 알아보고는 그를 이용해 아이들을 안심시켜 절멸 수용소행 열차에 오르게 해요. 광대는 자기 뜻과 무관하게 그 일을 거듭 또 거듭 되풀이하죠. 그러다 결국 자신이 저지른 기만에 죄책감을 느낀 나머지 스스로 아우슈비츠로 향하고, 그곳에서 한 아이의 손을 잡고 함께 가스실로 들어가요.

니코가 제작비를 조달한 그 영화는 허구의 산물이었지만, 영화가 결말에 이를 때마다 니코는 긴장한 나머지 몸이 덜덜 떨리는 느낌이 들었어요.

"다시 틀까요?" 영화가 끝나자 영사 기사가 물었어요.

"아뇨. 이제 됐어요."

"정말 가슴 아픈 이야기 아닌가요?"

니코는 자리에서 일어서서 환한 불빛이 비치는 영사실을 바라봤어요.

"방금 뭐라고 하셨죠?"

"죄송합니다. 실례했습니다." 영사 기사가 웅얼거렸어요. 영사실의 불이 꺼지는가 싶더니 영사 기사의 솜씨가 아직 어설픈지 곧바로 필름 통이 바닥에 떨어지는 소리가 들려왔어요.

니코는 고개를 절레절레 흔들고는 다시 자리에 앉았어요. 새로 온 영사 기사는 시사실의 규칙을 아직 모르는 게 분명했어요. 그가 먼저 말을 걸지 않는 한 시사실에서는 절대로 말을 하면 안 되는데 말이죠.

니코는 할리우드에서 '자금책'이라는 별명을 얻기에 이르렀어요. 사람들은 그 별명을 프랑스식으로 발음해 '피낭시에'라고 불렀죠. 이제 그는 영화계에서 가장 영향력이 큰 거물의 반열에 올랐어요. 배우와 감독이 화려해 보이기는 해도 할리우드를 움직이는 힘은 결국 돈이었는데, 피낭시에보다 돈이 더 많은 사람은 거의 없었죠. 하지만 같은 업계의 다른 많은 이들과 달리 그는 관심 받기를 꺼렸고 영화가 완성되면 혼자서만 관람했을 뿐 공개 시사회에 참석하거나 세트장을 방문하는 일은 없었어요. 그가 투자한 영화는 대부분 큰 이익을 거뒀는데 그는 그 이익을 새 영화에 다시 투자해 더 많은 돈을 벌었어요.

40대에 들어섰는데도 니코는 우묵하게 자리 잡은 파란 눈과 곱슬거리는 금발, 그리고 호리호리한 체격 덕분에 외모를 중시하는 이 업계에서 여전히 남의 시선을 끌었어요. 하지만 사람들은 그를 자주 보지는 못했어요. 그는 늦은 시각에 출근했거든요. 퇴근도 늦게 했고요. 비서도 없었고, 일처리는 대부분 전화로 했어요. 인터뷰는 절대로 하지 않았죠. 그는 자신이 하는 일이 비교적 단순하다는 것을 깨달았어요. 사람들이 듣고 싶어 하는 이야기를 고르고 제작비가 제대로 책정됐는지 확인한 후 투자를 진행하는 게 전부였죠.

일하는 사이사이 니코는 한 번에 며칠씩 모습을 감추곤 했기 때문에 그에게 전화를 건 사람들은 응답을 못 받기가 일쑤였어요. 응답을 받는 경우에는 그가 지어낸 이야기를 듣게 마련이었죠. 발목을 접질렸다, 갑자기 뉴욕에 출장을 갔다, 차가 고장 났다 같은 평계를요. 사람들은 약속을 잡으려고 몇 달씩 기다렸어요. 그가 약속을 취소하면 다시 몇 달을 더 기다렸고요.

이제 니코는 하얀 스크린을 바라보며 방금 본 영화의 마지막 장면을 생각했어요. 광대가 가스실로 걸어 들어가는 장면이었죠. 그는 이마를 손으로 문지르다가, 관람석 팔걸이를 손으로 세 번 두드렸어요.

"마음이 바뀌었어요." 니코는 영사 기사에게 말했어요. "다시 틀어주세요."

자, 여러분은 궁금할 거예요. 파니가 니코를 찾았을까요?

답은 바로 여러분 눈앞에 있어요. 하지만 그 답이 밝혀지기까지는 12년이 걸렸죠. 그 긴 세월에서 중요한 대목 몇 군데를 꼽자면 다음과 같아요.

1968년

파니는 커털린 커라디를 만난 후에 유럽으로 돌아왔어요. 비행기 표는 탑승 기한이 있었고 여권용 서류도 필요했던 데다 여비도 부족해서 뉴욕 말고 다른 곳은 갈 엄두도 내지 못했죠.

엽서 묶음은 돌아올 때 같이 가져왔어요.

1969년

파니는 헝가리의 시골 마을에 사는 기젤라를 다시 찾아가 달력의 8월 10일에 동그라미를 쳐놓고 여름 내내 함께 지냈어요.

그날이 되자 붉은 머리에 혈색이 좋고 체격이 실팍한 남자가 돈 가방을 들고 찾아왔어요. 파니는 그 남자 앞에 버티고 섰

어요.

"당신 누구예요? 누가 보냈죠? 이 돈의 출처는 어디예요?"

남자는 질문을 받을 때마다 번번이 고개를 가로저었어요. 파니가 끝까지 추궁하자 그는 자기가 타고 온 작은 차에 올라 시동을 걸더니 그대로 출발해 사라져버렸어요.

1970년

파니는 딸 티아가 사는 이스라엘로 여행을 떠났어요. 둘은 몇 달 동안 함께 지내며 티아가 좋아하는 바다에도 자주 갔어요. 티아는 졸업하고 나서 무슨 일을 할지에 관해 어머니와 의논했고, 교제 중인 청년이 이제 곧 입대할 예정이라는 얘기도 들려줬어요. 가끔 세바스티안 이야기를 할 때도 있었죠. 어느 날 밤, 둘이 함께 바닷가를 따라 걷다가 티아가 물었어요. "아빠한테 다시 돌아갈 거예요?" 파니가 모른다고 하자 티아는 다시 물었어요. "엄마 아빠는 도대체 어떤 사이예요?" 그러자 파니는 한숨을 쉬고 대답했어요. "처음에는 친구였다가, 나중에는 난민이었다가, 함께 부모가 됐다가, 이제는 모르는 사이가 된 것 같아."

1971년

파니는 헝가리로 돌아와 기젤라네 집에 머물며 집안일을 돕고 휠체어를 밀며 함께 마을을 산책했어요. 8월 10일 아침, 그 붉은 머리 남자가 도착했을 때 파니는 이미 준비된 상태였어요. 돈의 출처가 어디인지 다시 물었죠. 남자가 대답하지 않자 파니는 그의 차로 달려가 앞자리에 냉큼 들어가 앉았어요. "안 가르쳐주면 절대 안 내릴 거예요!" 파니가 외쳤어요.

남자는 잠시 파니를 물끄러미 바라보다가, 차를 놔두고 그냥 걸어서 돌아가버렸어요.

1972년

파니는 다시 이스라엘로 갔어요. 그곳에서는 딸 티아와 사위가 첫 아이를 막 맞이한 참이었어요. 아이는 아들이었어요. 티아 부부는 파니 아버지의 이름을 따서 아이 이름을 시몬으로 지었어요. 그 덕분에 파니는 행복했지만 한편으로는 슬프기도 했죠.

1973년

티아는 딸의 권유로 '홀로코스트'의 유대인 희생자들을 추모하는 기념관을 찾아갔어요. 이제는 흔하게 쓰이는 말이 된 홀로코스트는 나치 치하에서 일어난 일들을 일컫는 용어였어요. 원래는 불에 태워 바치는 제물을 가리키는 고전 그리스어 '홀로카우스토스'에서 유래했죠. 파니는 그 표현이 부적절하다고 말했어요. 그럼 어떤 표현을 쓰고 싶냐고 티아가 묻자 파니는 그런 일을 가리키는 말은 없다고, 있어서도 안 된다고 대답했어요.

'야드 바셈'이라 불리는 그 기념관은 예루살렘 서부의 언덕에 지어졌어요. 그곳에서 파니는 수용소의 풍경을 상세히 찍은 사진들을 봤어요. 아픈 사람과 굶주린 사람, 야윈 사람, 죽은 사람들의 모습을 봤죠. 일부 사진 옆에 인쇄된 증언에는 생존자들이 어떤 고난을 이겨냈는지 자세히 적혀 있었어요.

파니는 일곱 살배기 아들을 잃은 어머니의 이야기를 읽었어요. 아이 이름은 요시였어요. 나치 병사가 요시를 어머니의 품에서 빼앗아 갔어요. 그 이야기에서 파니는 어쩐지 부다페스트에서 시작된 죽음의 행군과 배낭을 멘 채 눈 속에서 죽은 아이가 떠올랐어요. 만약 그 아이가 요시라면 어떡하죠? 그 아이가 어떤 운명을 맞았는지 파니는 알지만 정작 그 가여운 어머니는 모른다면, 도대체 어떻게 해야 할까요?

파니는 울음을 터뜨렸어요. 처음에는 천천히 훌쩍였지만, 이내 걷잡을 수 없이 흐느껴 울었어요. "왜 그래요, 엄마?" 티아가 물었어요. "괜찮아요?" 파니는 그저 고개만 가로저었어요. 열차 안에서 그 턱수염 남자는 이렇게 말했어요. '여기서 벌어진 일을 온 세상에 알려주렴.' 하지만 파니는 아직 진실을 알리지 못했어요. 실제로 어떤 일이 일어났는지 말하고 싶지 않았으니까요. 누구에게도, 심지어 자기 딸에게조차도요.

1974년

파니는 헝가리로 돌아왔어요. 이제 60대 후반에 접어든 기젤라는 건강이 많이 안 좋아진 상태였어요. 기억도 많이 흐려졌고요. 밤이 되면 기젤라는 벽난로 앞에 앉아 파니의 손을 잡고 있다가, 이따금 방 쪽으로 고개를 돌려 오래전에 세상을 뜬 남편에게 말하곤 했어요. "밖에 나가서 장작 좀 더 가져와요. 우리 딸 춥겠어요."

1975년

어느 날 아침, 침대에 누워 있던 기젤라는 파니에게 안대를 벗겨달라고 부탁했어요.

"왜요?"

"이제 예수님을 만나러 갈 거니까."

"저를 두고 가지 마세요. 아직은 안 돼요."

기젤라는 손을 뻗어 파니의 손을 쥐었어요. "나는 우리가 떨어져 사는 동안에도 너를 한 번도 떠난 적이 없어. 그런데 어떻게 지금 떠나겠니?"

가을 햇살이 창문으로 비쳐들어 일렁거렸어요.

"아아, 기젤라." 파니는 목이 메어 목소리가 갈라졌어요. "제가 당신 인생에 끼어들지 않았다면 당신이 더 잘 살았을 거란 생각이 자꾸만 들어요."

노인은 고개를 간신히 흔들었어요.

"네가 없었으면, 난 오래전에 이미 죽었을 거야."

그러고는 파니의 손을 꼭 쥐었어요.

"부탁이야. 내 눈 좀."

파니는 천천히 안대를 벗겼어요. 흉터는 보기 힘들 만큼 심했지만, 파니는 눈을 돌리지 않았어요. 기젤라는 고개를 뒤로 젖혔어요. 마치 자기 위쪽 허공에 있는 어떤 것을 바라보는 사람처럼요.

"그가 널 기다리고 있어." 기젤라가 나직이 말했어요.

"누가요?" 파니가 물었어요.

기젤라는 마지막 숨을 내쉬고는 빙긋이 웃는 얼굴로 세상을 떠났어요.

1976년

8월이 되어 붉은 머리 남자가 나타났을 때, 파니는 집 앞 현관에 앉아 그를 기다리고 있었어요. 남자가 가방을 들고 다가오자 파니는 무릎을 덮은 담요를 치우고 숨겨뒀던 권총을 꺼내 남자를 똑바로 겨눴어요.

"이 돈을 보내는 사람이 누군지 말해. 지금 당장."

붉은 머리 남자는 가방을 떨어뜨리고 양팔을 쳐들었어요. 그러고는 뒤로 한 걸음 물러났죠.

"나도 몰라요." 남자가 말했어요. "정말이에요. 나도 다른 사람들처럼 돈을 받아요. 1년에 한 번씩요. 내가 입만 뻥긋해도 돈을 끊어버리겠다고 경고했어요."

"누가 경고했는데요?"

"어떤 집시가요."

"이건 그 사람의 돈인가요?"

"그런 것 같진 않아요. 옷차림으로 봐서는요."

"그럼 누구 돈이죠?"

"굳이 추측하자면, 우리 아버지를 죽음으로 몰아넣은 돈인 것 같긴 해요."

"당신 아버지요?"

"아버지는 교회 관리인이었는데, 나치들이 그 교회에 상자를 숨기러 왔을 때 놈들 총에 맞아 돌아가셨어요. 난 그 상자 속에 뭐가 들었는지는 몰랐어요. 하지만 1년 후에 두 남자가 그 상자를 찾으러 왔어요. 그중 한 놈은 우리 아버지를 죽인 자였어요."

"그자는 지금 어디 있죠?"

"내가 쏜 총에 맞아 죽었어요."

"그럼 다른 한 명은요?"

"그 후로는 두 번 다시 못 봤어요."

"그 남자가 상자를 가져갔나요?"

"네."

"그 남자는 왜 상자 안에 있던 돈을 남들한테 나눠 주는 거죠?"

"나도 몰라요."

"그 남자 인상착의를 설명할 수 있겠어요?"

붉은 머리 남자는 고개를 저었어요. "너무 오래전이라서요. 나치처럼 보였어요. 어렸고요. 나보다 나이가 그렇게 많지 않았어요."

파니는 오래전 그날 밤 다뉴브강변에서 봤던 니코를 떠올렸어요. '나치처럼 보였어요. 어렸고요. 나보다 나이가 그렇게 많지 않았어요⋯⋯.'

"난 그 남자도 죽이려면 죽일 수 있었어요." 붉은 머리 남자가 말했어요. "하지만 그러지 않았어요. 아마 그래서 나도 돈을 받는 것 같아요."

1977년

파니는 커틸린 커라디에게서 받은 엽서 묶음을 손가방에 넣은 채 비행기에 올랐어요. 목적지는 미국이었어요. 답을 찾으러 나선 길이었죠.

로스앤젤레스에 도착한 파니는 주차장에 야자수가 있는 단층짜리 모텔에 방을 얻었어요. 첫날에 파니는 모텔 프런트의 남성 직원에게 엽서를 보여주며 거기 소개된 영화를 만든 사람이 누구인지 아느냐고 물었어요. 직원이 모른다고 하자 복도를 청소하던 여성에게 물었어요. 그 여성도 모른다고 하자 파니는 길 건너편의 간이식당에 가서 그곳 주인에게 물어봤어요. 식당 주인은 영화에 관해서는 아예 문외한이었지만, 파니의 억양을 들고 '*이세 엘리나스?*(그리스 사람이에요?)'라고 물었어요. 파니는 '*네*(예)'라고 대답했고, 잠깐의 대화 끝에 파니는 그 식당에서 커피와 달걀 요리, 팬케이크를 만드는 일자리를 얻었어요. 그 일을 하며 영어 실력을 키웠죠. 그렇게 키운 영어 실력으로 영화업계가 어떻게 돌아가는지 배웠어요.

1978년

마침내 엽서에 소개된 여러 영화를 제작한 사람이 누군지 알아낸 파니는 그 사람이 일한다고 알려진 영화사를 찾아갔어요. 소문에 따르면 남들 눈에 띄는 일이 거의 없는 그 수수께끼의 제작자는 '귀딜리'라는 성을 가진 남자였어요. 가장 멋진 드레스를 차려입고 영화사 건물에 들어선 파니는 로비의 접수원에게 혹시 직원을 채용할 계획이 있냐고 물었어요.

파니는 그로부터 여덟 달 동안 매주 한 번씩 그 영화사를 찾아갔고, 매번 일자리가 없다는 말을 들었어요.

1979년

매주 한 번씩 영화사에 들르던 파니가 또다시 그곳을 찾아간 어느 봄날, 어느새 파니와 친해진 접수원은 일자리가 있냐고 묻는 파니에게 빙그레 웃는 표정을 지었어요.

"운이 좋으시네요." 접수원은 이어서 말했어요. "마침 수습 직원 자리가 하나 비었거든요. 처음에는 급여가 적어요. 하지만 업계에 첫발을 들여놓을 기회죠. 혹시 관심 있으세요?"

파니는 이튿날부터 출근했어요. 회사 복도나 로비에서 니코로 추정되는 남자와 마주칠지도 모른다는 희망을 품었지만, 이

내 아무도 그 남자에게 접근할 수 없다는 사실을 알게 됐죠. 그 남자는 전용 출입구를 이용해 출퇴근했어요. 직원들도 전혀 만나지 않았고요. 파니는 이때까지 기울인 모든 노력이 죄다 한바탕 시간 낭비였던 것은 아닌지 궁금했어요.

1980년

수습 기간도 1년이 지났을 무렵, 파니는 선임 직원인 로드리고에게서 은퇴한다는 말을 들었어요. 건강이 안 좋아졌기 때문이었죠. 그는 파니에게 명민한 제자라는 칭찬과 함께 이제 승진할 때가 됐다는 말을 들려줬어요.

"그게 무슨 말씀이에요?"

"네가 내 자리를 대신 맡는다는 말이야."

파니는 숨이 막힐 것만 같아 호흡을 가다듬었어요. 그 말이 무슨 뜻인지 알았기 때문이죠.

"명심할 게 있어." 로드리고가 경고했어요. "시간은 늘 엄수하도록 해. 그분이 지시하는 일만 정확히 수행하고. 그리고 절대로 그분에게 먼저 말을 걸면 안 돼."

파니는 고개를 끄덕였어요. 그리고 11월이 되자 정식으로 업무를 인계받았어요.

이제 파니는 '피낭시에'의 개인 영사 기사가 된 거예요.

네 차례의
대면

진실과 대면하면 할수록 마음이 불편해질 가능성은 더 커지게 마련이에요. 하지만 만약 진실이 우리를 자유롭게 한다는 오래된 격언을 여러분이 믿는다면, 저는 사실 여러분이 남몰래 갈망하는 대상인 게 아닐까요?

1980년 그해, 우리 이야기의 등장인물 네 명은 마침내 오랜 세월 그림자처럼 자신들을 따라다녔던 진실과 대면했어요.

그 대면 이후 그들이 어떻게 행동했는지가 우리 이야기의 결말을 위한 무대를 만들어갔죠.

세바스티안은 자신에게 고통을 안긴 장본인과 대면했어요.

우도 그라프를 다시 목격한 세바스티안은 다른 생각은 전혀 할 수가 없었어요. 그가 찍은 사진은 또렷하게 현상됐고, 사냥꾼이 입수한 옛 사진과 비교해 보니 분명하게 일치했어요. 세월이 흘렀는데도 '경비 감독관'은 변한 구석이 별로 없었어요.

하지만 사냥꾼의 말은 옳았어요. 악마를 목격하는 것과 그 악마를 붙잡는 것은 완전히 별개의 문제였죠. 여러 미국 정치인에게 수없이 여러 번 전화를 걸었지만 나치 고위 간부가 미국 땅에 은신해 있다는 말을 선뜻 믿는 사람은 아무도 없었어요. 세바스티안은 빈손으로 비엔나로 돌아왔어요.

이후 몇 달에 걸쳐 세바스티안은 사냥꾼이 수집한 문서를 뒤지며 우도 그라프에 관한 자료를 힘닿는 데까지 모조리 찾아 사건의 얼개를 짰어요. 몇 차례 뉴욕으로 출장을 가 여러 유대인 단체를 만나기도 했어요. 그들 역시 전직 나치 친위대 장교들이 자기네 나라에 숨어 있을지도 모른다는 말에 경악했죠. '어떻게 여기까지 건너왔지? 누가 그자들을 숨겨주는 걸까?'

1980년에 세바스티안은 미국 연방 상원의원을 형부로 둔 어떤 여성을 만났는데, 그 상원의원이 마침 유대인이었어요. 상원의원은 의사당 근처 자기 사무실에서 세바스티안과 면담하기로 약속했어요.

세바스티안은 용기가 솟았어요. 미국 고위직 정치인에게 우도 그라프를 추적해야 하는 까닭을 설득시킬 수만 있다면 미국 정부가 틀림없이 그라프를 찾아낼 테니까요.

면담 전날 밤, 워싱턴에 있는 호텔의 객실에서 세바스티안은 룸서비스로 주문한 닭고기 샌드위치를 먹었어요. 그런 다음 다시 한번 캘리포니아에 사는 파니에게 전화를 걸었어요. 전에도 여러 번 전화를 걸었지만 번번이 받지 않았죠. 이번에는 통화 연결음이 몇 번 들리고 나서 파니가 전화를 받았어요.

"나야." 세바스티안이 말했어요.

파니는 놀란 눈치였어요. "어디야? 목소리가 잘 들리는 걸 보니 되게 가까운 곳 같은데."

"워싱턴에 와 있어."

"무슨 일로?"

"그라프 때문에. 아우슈비츠의 그놈 말이야. 지금 일이 잘 풀려가는 중이야."

수화기 너머에서 파니의 한숨 소리가 들려왔어요.

"우린 그놈을 찾을 거야, 파니. 내가 장담할게."

"나도 그랬으면 좋겠어, 세바스티안."

"꼭 그렇게 할 거야."

"하지만 부탁이야."

"부탁이라니?"

"제발 몸조심해."

파니가 그런 말을 할 때면 세바스티안은 여전히 파니가 자신을 사랑한다는 느낌이 들었어요. 비록 둘은 5년 전에 이미 이혼 서류에 서명한 사이였지만요. 세바스티안의 목소리가 한결 부드러워졌어요.

"당신은 어떻게 지내?" 세바스티안이 물었어요.

"잘 지내."

"지금도 식당에서 일해?"

"새 직장을 구했어."

"어딘데?"

"영화사야."

"그렇구나. 일은 잘돼?"

"응. 티아랑 통화한 적 있어?"

"여기 온 후로는 못 했어. 국제 전화 요금이 비싸서. 시차도 있고."

"전화 꼭 해. 당신이 잘 있다고 얘기해줘."

"그럴게."

"고마워."

"파니, 있잖아. 이 일이 다 끝나면…… 내가 당신을 보러 가도 될까? 난 캘리포니아에는 가본 적이 없거든. 다음에 또 이렇게 가까이 올 기회가 있을지 어떨지는 모르는 일이니까."

"워싱턴에서 캘리포니아까지는 가까운 거리가 아닌데."

"그래, 알아. 하지만…… 무슨 말인지 알잖아."

"알지."

"그래서, 가도 돼?"

잠시 침묵이 흘렀어요.

"안 돼."

우도는 자신의 과거와 대면했어요.

이제 더는 부정할 수 없었어요. 그자들은 우도의 뒤를 쫓고 있었어요. 그는 워싱턴으로 돌아와 평소처럼 바비큐 파티에서 스테이크를 굽고 아내와 이웃과 함께 술을 마시며 위장 생활을 이어갔지만, 이제는 뭔가 달랐어요. 그의 과거가 생각만큼 깊숙이 묻히지 않았던 거예요. 그 꼬맹이의 형이, 고래고래 악을 지르던 그 유대인의 입이 곧 증거였어요.

우도는 이제 경계 태세를 갖췄어요. 그의 내면에서 잠자고 있던 군인이 눈을 뜬 거예요.

시카고 시가행진 이후 몇 주 동안 우도는 자신과 마찬가지로 미국에 거주하는 전직 나치 친위대 장교 두 명에게 은밀히 전화를 걸었어요. 한 명은 메릴랜드주에, 한 명은 플로리다주에 살았죠. 그는 둘에게 혹시 세바스티안 크리스피스라는 유대인을 아느냐고 물었어요. 둘 다 모른다고 했죠. 하지만 그들은 자기들 나름대로 알아볼 방법이 있었어요. 다만 두 사람 모두 우도가 애초에 그 시가행진을 찾아갔다는 사실에 경악했어요.

"도대체 무슨 생각을 한 거야?" 한 명이 물었어요.

"그들이 준비됐는지 확인하고 싶었어."

"그들은 우리와 달라, 우도. 우리 흉내를 내기는 하지만, 그들에게는 확신이 없지."

"그들에게 필요한 건 우리가 지닌 리더십이야."

"동감이야. 하지만 우리 방식대로 해야 해. 신문 기자들이나 좋아할 서커스 행렬은 안 돼. 우리가 일하는 방식은 그런 게 아니니까."

"동감이야."

"우도?"

"응."

"전화 통화는 이제 안 하는 게 좋겠어."

"어째서?"

"감청 때문에. 놈들이 지금도 엿듣고 있을지 몰라. 다음번엔 중개인을 이용해."

"그래, 알았어."

우도는 전화를 끊고 스스로에게 격분했어요. 그 오랜 세월 동안 조심조심 살아왔는데 정작 이제 와서 무모한 행동을 하다니? 자칫하면 모든 것이 무너질 수도 있었어요. 동료 말이 옳았던 거예요. 이제 조심할 때였어요.

하지만 미국은 거대한 나라였어요. 그런 나라에서 사람 한 명을 찾기란 쉬운 일이 아니죠. 우도는 그 사실에서 위안을 얻었어요. 게다가 나치 사냥꾼도 전처럼 유능하지는 않았어요. 사냥꾼의 자금줄이 말라간다는 소문은 우도의 귀에까지 이미 들어왔으니까요.

몇 달이 흘렀어요. 아무도 우도를 찾으러 오지 않았어요. 그는 그 틈을 타 사냥꾼의 작전을 분석했어요. 성이 크리스피스인 그 유대인이 늙은 사냥꾼의 최측근 참모가 됐다는 사실도 알아냈죠. 오스트리아에 사는 지인은 크리스피스가 비엔나의 어느 아파트에서 혼자 산다는 정보를 그에게 전해줬어요. 실망스러운 소식이었죠. 한집에 사는 다른 식구가 있으면 유리하게 써먹을 수 있었거든요. 위협하거나 인질로 삼는 식으로요.

1980년에 우도는 크리스피스가 비엔나를 떠나 미국으로 건너갔다는 소식을 오스트리아의 지인에게서 전달받았어요. 크리스피스가 무엇을 위해 미국의 어느 도시로 갔는지는 아무도 몰랐죠. 그러던 어느 날 아침, 우도는 차를 몰고 카터 상원의원의 사무실로 출근해 의사당 건물의 원형 홀에 서 있는 경비원 앞을 지나갔어요. 경비원에게 출입증을 보여주는 사이 그는 신원을 확인받으려고 줄지어 기다리는 방문객들을 흘깃 쳐다봤어요. 그러다 돌연 피가 차갑게 식는 기분이 들었어요.

거기에 그가 있었던 거예요. '그 유대인 놈이야. 또 나타났어!' 그는 회색 양복 차림으로 접수대를 향해 다가오는 중이었어요.

그러다가 우도 쪽으로 고개를 돌리자 아주 짧은 순간 둘의 눈이 마주쳤고, 우도는 대번에 돌아서서 홀 저편으로 부리나케 달렸어요. 그러고는 문이 막 닫히려 하는 엘리베이터 안으로 몸을 밀어 넣었죠. 하도 손이 떨려서 버튼을 세 번이나 눌러야 했어요. 그러고는 사람들을 피해 구석으로 가서 고개를 숙였어요.

'저 망할 놈이 여긴 왜 왔지? 뭘 알고 온 걸까?'

파니는 자신의 감정과 대면했어요.

승진 소식을 들은 날, 파니는 회사에 늦게까지 남아 일하다가 그만 평소에 타는 퇴근 버스를 놓치고 말았어요. 앉아서 다음 버스를 기다리는 사이에 주차장 뒤편으로 빠져나가는 낡은 차 한 대가 눈에 띄었어요. 그리고 그 차가 신호에 걸려 멈춰섰을 때, 파니는 숨이 턱 막히는 기분이 들었어요.

'그 사람이야.' 운전석에 앉은 남자는 그 사람이 맞는 것 같았어요. 그래요. 어른이 된 모습이기는 했지만, 틀림없이 니코였어요. 같은 반 앞자리에 앉았던 그 애, 클레이소라스가의 집 벽장에 함께 숨었던 그 애, 다뉴브강변에서 파니가 기절하기 전에 이름을 불러준 그 애였어요.

마음 한구석으로는 그 차로 달려가 차창을 두드리며 외치고 싶었어요. '나야, 파니! 너 지금 뭐 하는 거야? 왜 다른 사람 이름으로 살고 있어?'

하지만 그렇게 하지 않았어요. 확신이 필요했거든요. 이튿날 밤, 파니는 같은 곳으로 다시 돌아왔어요. 이번에는 전에 일하던 식당의 주인에게서 빌린 차를 타고 왔죠. 전날 본 그 낡은 차가 다시 주차장을 빠져나오자 파니는 그 차의 뒤를 따라갔고, 한참 후에 공항 근처에 있는 어느 아파트 앞에 도착했어요. 운전자는 차를 세우고 아파트 건물 안으로 들어갔어요. 밤이라 캄캄해서 보이는 게 별로 없었어요. 파니는 이튿날 아침에 다시 그 아파트 앞으로 돌아갔어요. 차는 그대로 있었어요. 그 이튿날도 마찬가지였죠. 그리고 그 이튿날도요.

도무지 이해가 안 갔어요. 왜 잘나가는 사업가가 이토록 가난한 동네에 사는 걸까요? 파니는 슬슬 자신이 실수한 게 아닐까 하는 생각이 들었어요. 이 모든 정신 나간 짓이 자신의 상상 때문에 일어났다는 생각, 또 자신이 세바스티안과 행복하게 살지 못한 탓에 첫사랑이자 자신의 목숨을 구해줬는지도 모르는 니코를 모든 문제의 답으로 여기게 됐다는 생각도 들었어요. 어리석은 망상이었죠. 파니는 스스로가 부끄럽고 유치하게 느껴졌어요.

그다음에 그 아파트 건물 앞을 지나갈 때 파니는 이번이 마지막이라고 스스로에게 다짐했어요. 그 낡은 차는 여전히 제자리에 있었어요. 파니는 주먹으로 핸들을 내리쳤어요. 딸 티아가 떠올랐어요. 세바스티안도 떠올랐죠. 이제 집으로 돌아가야 했어요. 바람을 붙잡으려고 쫓아다닐 게 아니라.

파니는 차의 방향 지시등을 켰어요. 바로 그때, 아파트 건물에서 나오는 사람이 보였어요. 파니는 헉 소리가 나도록 세게 숨을 들이마셨어요. '바로 저기에 있잖아.' 낡은 여행 가방을 들고 있는 그는 슬랙스에 흰 티셔츠 차림이었어요. 낮이라 얼굴이 훨씬 더 잘 보였는데 분명 파니가 기억하는 그 아이의 얼굴이었어요. 다만 이제는 귀엽다기보다 잘생긴 얼굴이었고, 눈가에는 세월의 흔적도 조금 느껴졌죠. 호리호리한 몸은 날씬하고 햇볕에 그을린 흔적이 보여서 40대 후반이라고는 믿기 힘들었어요. 니코는 파니보다 딱 한 살 아래였는데도 말이에요.

그가 자기 차에 올라 출발하자 파니는 그 차의 뒤를 쫓아 구불구불한 거리를 지나 고속도로에 진입했어요. 거기서 거의 한 시간 동안 교통 체증에 시달리다가 겨우 빠져나와 어느 교외 동네로 들어섰어요. 파니는 다시 한번 자신의 상상이 현실을 집어삼킨 것은 아닌지 궁금해졌어요.

하지만 그 의심은 곧이어 일어난 일 덕분에 말끔히 사라졌어요.

그 낡은 차는 '평화의 집 기념 공원'이라는 이름이 붙은 유대인 공동묘지로 들어섰어요. 남자는 물통과 걸레가 든 자루를 들고 차에서 내렸어요. 그러고는 언덕길을 천천히 올라가 오래된 무덤이 모여 있는 묘역에 도착한 다음, 땅에 무릎을 꿇고 묘비를 닦기 시작했어요.

파니는 그때 확신했어요. 눈물이 쏟아졌죠. 살로니카의 공동묘지에 갔던 날 오후, 파니 자신과 니코와 세바스티안이 라자르 할아버지가 말씀하신 '진실하고 다정한 친절'을 발휘해 선조의 묘비를 닦았던 그때가 떠올랐거든요. 그리고 그들 셋 가운데 니코가 일어서서 모르는 사람의 묘비로 향하며 파니와 세바스티안에게 같이 닦자는 뜻으로 '얼른 와'라고 했던 기억도 떠올랐어요. 그 순간 파니는 '히오니'라는 별명으로 불리던 그 애의 따뜻하고 순수한 마음에 감탄했던 기억을 처음으로 떠올렸어요. 그리고 비로소 깨달았죠. 니코 크리스피스를 찾아 이 길고 구불구불한 길을 따라오는 동안 자신을 이끈 건 머리가 아니었다는 사실을요.

파니는 자신의 마음을 따라왔을 뿐이었어요.

니코는 익숙한 미소와 대면했어요.

거짓말만 하면서 살다 보면 어디에도 속할 수 없는 몸이 되고
말아요. 그래서 니코는, 또는 네이트는, 또는 미스터 귀딜리는,
또는 '피낭시에'는 캘리포니아에서 남들과 단절된 채 살아갔어
요. 결혼은 하지 않았어요. 아이도 없었죠. 친척도 없었고요. 진
정한 친구도 없었어요. 그는 격식을 갖추는 것이 좋다며 동료들
에게 '선생님'이나 '부인' 같은 호칭을 붙였고, 자신에게도 그렇
게 해달라고 부탁했어요.

신뢰할 사람이 한 명도 없는 채로 살아가다 보니 니코의 나날
은 쓸데없는 거짓말로 가득해졌어요. 그는 집배원에게 스쿠버
다이빙을 할 줄 안다고 말했어요. 가게 점원에게는 자신이 회계
사라고 했고요. 은행 직원이 오늘 하루는 어떻게 보냈냐고 물었
을 때는 아이들을 데리러 학교에 가느라 일찍 퇴근했다고 말했
죠. 심지어 아이들 이름까지 대면서요. 안나와 엘리자베트라는
이름이었죠.

그 모든 거짓말은 곧 나이를 먹을수록 점점 더 심해지는 그의
상태를 보여주는 증거였어요. 니코는 미술품 딜러 행세를 하며
미술관에 들어가곤 했어요. 재산이 그렇게 많으면서도 가끔 싸
구려 부동산을 구경하고 나서 자기 형편으로는 어렵겠다고 말
하곤 했죠. 가끔은 독일에서 온 이민자들이 모이는 맥줏집에 가
서 이민 온 지 얼마 안 된 사람처럼 행세하기도 했어요.

니코는 어린 시절의 언어인 그리스어나 라디노어는 전혀 쓰지 않았지만, 매주 토요일 아침이면 버스를 타고 도시 반대편까지 가서 시너고그에서 세 블록 떨어진 곳에 내렸어요. 시너고그에서 그는 머리에 탈리트를 쓰고 한 시간 동안 몸을 앞뒤로 흔들며 아무에게도 방해받지 않고 히브리어로 기도했어요. 무슨 기도를 올렸는지는 니코와 하느님 사이의 비밀로 남겨둘게요. 세상에는 우리가 관여하지 말아야 할 일도 있으니까요.

이제 니코는 위조 기술을 써먹을 일이 사실상 없었는데도 연습을 그만두지 않았어요. 가명으로 신용 카드를 신청했다가 막상 발급받으면 한 번도 쓰지 않았어요. 운전면허증은 세 장이 있었는데 발급한 주가 제각각 달랐죠. 여권은 각기 다른 국적으로 네 나라에서 발급받았어요. 개인 금고를 개설해둔 은행은 열 군데가 넘었고요.

할리우드의 부자 동네에 비싼 저택을 소유했으면서도 니코는 주로 공항 근처의 허름한 아파트에서 잤어요. 급하게 해외에 나갈 때도 많았는데 그럴 때면 가장 싼 비행기 좌석을 이용했죠. 짐은 낡은 여행 가방 한 개뿐이었어요. 미국에 처음 도착할 때 가져온 그 가방이었죠. 모르는 사람들에게 자기소개를 할 때는 구두 회사의 영업 사원이라고 했어요.

수십 년에 걸쳐 병적인 거짓말을 그토록 거듭했으면서도 니코는 단 한 번도 병원에 가지 않았어요. 의사의 도움을 받으려면 과거를 돌아봐야 했는데 그것만은 절대 하고 싶지 않았거든요. 그 대신 그는 과거와 현재 사이에 점점 더 많은 모래주머니를 쌓았고, 그렇게 기억이 거대한 해일처럼 몰려와도 너끈히 막아낼 만큼 높다란 댐을 지었어요.

그러다가 새 영사 기사를 만난 거예요.

＊

파니는 로드리고 밑에서 일을 배웠어요. 그는 오랫동안 그 일을 맡아온 멕시코 출신의 노인이었죠. 니코가 로드리고를 좋아한 까닭은 그가 영리하고 시간을 잘 지키며 질문을 거의 하지 않는 데다, 시사실에서 상영하는 영화에 관해 자기 의견을 밝히는 일도 결코 없기 때문이었어요. 로드리고가 당뇨병 때문에 은퇴해야 한다고 말했을 때 니코는 로스앤젤레스에서 으뜸가는 내분비 내과 전문의가 매달 로드리고의 집에 찾아가 진료하도록 주선하고 장기 간병 비용도 부담하겠다고 약속했어요.

독일인 광대가 주인공인 영화의 완성본을 관람한 날 니코는 새로 온 영사 기사를 처음 만났어요. 그날 영화를 두 번째로 보고 나서 그는 영사실로 이어지는 계단을 올라갔어요. 영사실 안에는 기다랗고 웨이브 진 검은 머리를 한 여성의 뒷모습이 보였어요. 여성은 필름 통을 치우려고 몸을 숙인 참이었죠.

"부인?"

여성은 손을 멈췄지만 돌아보지는 않았어요.

"왜 저 영화가 가슴 아픈 이야기라고 하셨죠?"

여성은 천천히 일어서서 뒤로 돌아선 다음, 빙그레 웃었어요. 그 여성의 얼굴을 본 순간 니코는 자신의 능숙한 거짓말 솜씨로도 뭐라 형용할 길이 없는 격한 감정을 느꼈어요.

"왜냐면 정말로 가슴이 아팠으니까요. 안 그런가요?"

니코는 파니를 알아봤을까요?

    니코의 반응만 보면 판단하기가 힘들어요. 정신이 건강한 사람이었다면 파니의 이름을 부르며 달려가 끌어안았겠죠. 하지만 니코의 정신은 오랫동안 건강하지 않았어요. 그는 일단 모든 걸 부정하고 봤죠. 아무리 좋은 일이라고 해도요.

    "그냥 영화일 뿐이에요." 니코는 눈길을 돌렸어요.

    "실화인가요?" 파니가 물었어요.

    "아뇨."

    "진짜 같다는 느낌이 들었어요."

    "영화란 게 다 그렇죠."

    니코는 도저히 참지 못하고 흘깃 눈을 돌려 파니가 입술을 깨무는 모습을 봤어요. 이목구비가 모두 가슴이 아릴 만큼 눈에 익었어요. 선이 가는 얼굴 윤곽도, 지중해 출신 특유의 그을린 피부색도, 반짝이는 커다란 눈도, 심지어 풍성하게 어깨 위로 너울거리는 검은 머리카락까지도요. 이제 어른의 얼굴이었는데도 십대 시절의 파니가 대번에 떠올랐어요.

    "솔직히 말하면, 저는 영화를 많이 보는 편이 아니에요." 파니는 순순히 인정했어요.

    "그럼 왜 여기서 일하시나요?"

    "저한테 도움이 될 것 같아서요."

    "아."

    니코는 바닥을 내려다봤어요. 그러다가 선반을 올려다봤죠.

    "음, 감사합니다, 부인. 그럼 다음 주에 뵙겠습니다."

    니코는 영사실에서 나가려고 돌아섰어요.

"저, 대표님?"

"네?"

"제 이름이 궁금하지 않으신가요?"

니코는 파니와 눈을 마주쳤어요.

"꼭 알아야 할 필요는 없으니까요." 니코가 말했어요.

제6부

─────── **끝의 시작** ───────

커털린 커라디가 말했듯이, 삶에서 일어나는 모든 일에는 대가가 따르는 법이에요. 이제 우리는 이 이야기의 등장인물 네 명이 어떤 대가를 치렀는지 목격할 거예요. 그건 그들이 밝힌 진실의 대가이자, 그들이 견뎌낸 거짓말의 대가이기도 해요. 그들이 받은 마지막 청구서는 우리 이야기가 처음 시작된 바로 그날 바로 그곳에서 값을 치러야만 했어요.

그들 넷 모두가 한곳에 모인 계기는 1983년 당시 살로니카에서 가장 잘 팔리던 신문 《마케도니아》에 실린 어떤 기사였어요.

유대계 그리스인 전쟁 희생자 추모 행사 3월 15일 개최 예정
오늘 발표된 바에 따르면, 3월 15일 화요일 오후 2시에 자유 광장에서 옛 기차역까지 특별 추모 행진이 열릴 예정이다. 이 추념식은 살로니카에서 아우슈비츠의 나치 절멸 수용소로 향하는 첫 열차의 운행 40주년을 기념하는 행사이다. 살로니카 시장을 비롯한 고위 인사들이 참석할 예정이다.

다른 곳에서라면 이 행진 소식은 달력의 메모 정도에 지나지 않았을 거예요. 기억에서 희미해져가는 전쟁을 기념할 목적으로 전 세계에서 열리는 셀 수 없이 많은 행사 가운데 하나였을 테죠.

하지만 우리 이야기에서 이 소식은 사람을 홀리는 주문이나 다름없었어요.

그리스에서 열리는 행진은 세바스티안의 아이디어였어요.

벌써 몇 년 전부터 추진한 계획이었죠. 나치 사냥꾼과 일하는 동안 세바스티안은 늑대의 전쟁에서 희생된 그리스인들이 관심을 받지 못하는 현실을 줄곧 안타까워했어요. 폴란드와 독일의 이야기는 책이나 영화로 널리 알려졌지만, 나치가 그리스를 침공한 사실이나 일찍이 살로니카에 살던 5만 명이 넘는 유대인 가운데 생존자가 고작 2000명도 안 된다는 사실을 아는 사람은 드물어 보였어요.

사냥꾼은 그리스 정부 관계자들과 대화하며 그들에게 그리스의 역사에 새겨진 참상을 인정하라고 압박했어요. 그 참상은 대부분의 그리스 관료들이 동조했기 때문에 더욱 처절해졌으니까요.

하지만 무릇 국가는 과거사를 순순히 인정하지 않고 시간을 끌게 마련이죠. 결국 사냥꾼은 행사에 직접 참석하겠다고 약속까지 해가며 관계자들을 설득했고, 끝내 살로니카 시내 중심부에서 시작해 옛 기차역까지 행진해도 좋다는 허가를 받아냈어요. 기차역은 너무나 많은 그리스인 가족이 서로 영영 이별하는 광경을 목격한 현장이었죠.

그리고 세바스티안이 동생을 마지막으로 목격한 현장이기도 했고요.

*

이쯤 되면 여러분은 어째서 니코가 아직도 자기 형의 머릿속에서 사라지지 않는지 궁금할 거예요. 어쨌거나 그 둘은 수십 년 동안 서로를 만나지 못했으니까요. 세바스티안은 이제 손자를 둔 50대 중반의 중년이 되어 비엔나에 살고 있었어요. 그리고 솔직히 말하면(그것 말고 저에게 어떤 선택권이 있겠어요?) 일찍이 니코가 차지했던 정직이라는 왕관은 이제 세바스티안의 것이었어요. 그는 밤이든 낮이든 오로지 진실을 추구하는 일에 치열하게 헌신했으니까요

하지만 시간도 모든 상처를 아물게 하지는 못해요. 어떤 상처는 더 깊게 곪을 뿐이죠. 세바스티안은 어릴 적부터 늘 니코를 부러워했어요. 니코의 잘생긴 외모, 식구들을 재미있게 해주는 재치, 할아버지 라자르가 니코를 유독 귀여워하는 티가 났던

것까지도 부러워했죠. '이런 손자가 하나 더 생기면 얼마나 좋을까?'

형제간의 시샘은 흔한 일이에요. 한쪽이 사랑을 독차지한다고 다른 한쪽이 느끼는 경우가 많으니까요. 하지만 세바스티안이 분노한 진짜 이유는 니코의 정체가 마침내 드러난 후에도 그가 받는 사랑이 사그라지지 않았기 때문이에요.

그러기는커녕, 아우슈비츠로 향하는 혼잡한 열차 속에서 먹을 것도 없고 마실 물도 없고 공기 중에는 죽음의 냄새가 숨이 막힐 것처럼 짙게 감도는 와중에도 세바스티안의 부모님은 잃어버린 작은아들 생각에 울음을 그칠 줄을 몰랐어요.

"그 애는 이제 어떻게 될까요?" 타나는 울부짖었어요.

'그 애는 이제 어떻게 되냐고요?' 세바스티안은 속으로 중얼거렸죠. '우리가 어떻게 될지나 생각해보는 게 어떨까요?'

"그 애는 방법을 찾을 거야." 레브는 아내를 위로했어요. "영리한 애잖아."

'영리하다고요? 그 녀석은 거짓말쟁이에요! 거짓말쟁이 꼬마라고요!'

니코의 여동생들조차도 오빠가 걱정돼 울고 있었어요. 오직 파니만이, 아니면 머릿속에 떠올린 파니 생각만이 세바스티안을 위로했어요. 그들이 끌려가는 곳이 어디든 파니도 함께 갈 테고, 그러면 그에게는 파니를 위로해줄 기회가 생길 테니까요. 그는 파니에게 중요한 사람이 될지도 몰랐어요. 다른 사람들에게 그토록 중요한 존재로 보였던 니코처럼 말이에요.

그런데 그 덩치 큰 남자가 화물칸 창문의 창살을 떼어냈을 때 세바스티안은 오랫동안 그의 가슴을 아프게 할 선택을 찰나의

순간에 내리고 말았어요. 자신에게 희망을 준 유일한 사람을 창
문 밖으로 밀어냈던 거예요. 그는 파니를 사랑했기 때문에 그렇
게 했어요.

그리고 세월이 흐른 후, 파니는 그를 사랑하지 않았기 때문에
그를 밀어내게 되죠.

✳

세바스티안은 한동안 파니와 연락을 하지 않고 지냈어요. 지난
몇 차례 전화 통화에서 파니가 너무나 멀게 느껴졌기 때문에 이
제 더는 고통을 자초하고 싶지 않았어요. 파니는 캘리포니아에
있었어요. 그는 오스트리아에 있었고요. 그게 전부였죠.

세바스티안은 파니가 새로운 사랑을 찾았을지 자주 궁금해
했어요. 본인은 그렇지 않았거든요. 매력적으로 느껴지는 여성
도 있었고 그에게 관심을 보이는 여성도 몇 명 있었지만 그에게
는 언제나 일이 우선이었어요. 자신을 괴롭히는 자들을 쫓는 것
만큼 매력적인 일은 없으니까요. 그러니 무시당한다고 느끼던
소년이 정의를 추구하는 남자로 성장하게 된 건 아마 놀랄 일은
아닐 거예요.

그렇기는 해도, 세바스티안은 살로니카에서 열리게 된 행사
에 자신도 힘을 보탰다는 사실이 당연히 자랑스러웠어요. 그곳
에서 일어난 비극을 공식적으로 인정하는 최초의 자리였으니
까요. 그리고 설령 파니가 미국의 새집에서는 자신을 만나기를
꺼릴지 몰라도, 전에 함께 살았던 옛집에서는 만나줄지도 몰랐
어요.

세바스티안은 파니에게 행사 소식을 알리는 신문 기사와 편지를 보내 그 행진에 참여할지 한번 생각해보라고 부탁했어요. 무엇보다 돌아가신 파니 아버지를 기리는 뜻에서라도요. 혹시 티아가 같이 와줄지도 모른다는 생각도 했죠.

세바스티안은 파니의 주소가 그 사이에 바뀌지 않았기를 바라며 편지를 부쳤어요.

파니는 남의 눈을 피해 혼자서 그 편지를 읽었어요.

그리스에 마지막으로 발을 디딘 것도 이미 수십 년 전 일이었어요. 딸에게 전화를 걸었더니 '엄마가 가면 나도 갈게요'라고 대답했고, 파니는 이참에 가족이 다 함께 모이면 좋겠다고 생각했어요. 세바스티안을 향한 파니의 분노는 지난 5년 동안 서서히 사그라졌는데 이는 어느 정도는 서로 상관할 일이 거의 없었기 때문이기도 했고, 또 어느 정도는 세바스티안의 동생을 향해 다시 불붙은 애정 덕분이기도 했어요. 이제 파니와 니코는 시사실에서 일주일에 한 번씩 만나는 사이가 되었어요.

매주 수요일, 니코는 오후 2시가 되면 파니가 영사기에 건 영화를 보러 시사실에 왔어요. 니코가 영화를 보는 동안 파니는 그를 지켜봤어요. 여전히 잘생겼으며 이제는 성숙한 미남이었죠. 하지만 말은 거의 하지 않았어요. 그는 영화가 끝난 후에야 영사실로 걸어 올라와 사소한 잡담을 나누곤 했어요. 언제나 친절한 태도로 일은 잘 맞는지, 혹시 필요한 것은 없는지 물었죠. 그의 목소리는 부드럽고 어딘가 연약한 구석이 있어서 파니를 끌어당겼어요. 그리고 물론, 마음 깊숙한 곳에서 파니는 그와 강렬하게 연결된 기분이 들었어요. 우리가 어릴 적에 사랑했던 사람에게 느끼는 그 기분, 심지어 수십 년이 지나고 그 사람이 많이 변한 뒤에도 여전히 느끼는 그 기분 말이에요.

둘은 과거에 관해 이야기를 나눴을까요?

아니요. 파니는 한 주가 지나고 또 한 주가 올 때마다 그 순간이 불현듯 찾아오기를 기다렸어요. 이렇게 말해도 좋다고 느껴지는 순간이 오기를 기다렸던 거예요. '우리가 피하려고 하는 그 얘기를 이제 시작해볼까요?' 하지만 그런 순간은 오지 않았어요. 그러기는커녕 두 사람은 무언의 공범 관계에 안주하는 쪽을 택했어요. 그가 파니의 정체를 인정하지 않은 까닭은 자신이 초래한 고통과 대면하고 싶지 않아서였어요. 그리고 그의 정신이 한눈에 봐도 온전하지 않았기 때문에 파니는 그를 몰아세우지 않았죠. 그건 겹겹의 기만이었어요. 의미 없는 거짓말이었고요. 파니는 그가 분명 이유가 있어서 그럴 거라고 생각했어요. 자신의 진실이 그를 멀리 쫓아버릴까 봐 불안하기도 했어요. 파니가 궁금해하는 것들(그동안 어디서 살았을까? 어떤 고난을 이겨냈을까? 사람들에게 해마다 돈을 보내는 사람이 니코일까?)은 불쑥 꺼내기에는 너무 무거운 이야기였어요. 인내심이 필요했어요. 파니는 그토록 오랫동안 그가 살아 있는지 어떤지조차 모른 채 살지 않았냐고 스스로에게 일깨워줬어요. 기다리는 것쯤은 얼마든지 할 수 있었어요.

그리하여 한동안 둘은 보기 드문 친절을 주고받았어요. 침묵이라는 이름의 친절이었죠. 둘은 그저 시사실에서 함께 일했을 뿐, 그들의 과거는 방해받지 않고 잠들어 있게 내버려뒀어요.

그렇게 함께 일한 지 거의 1년이 됐을 무렵, 파니는 오랜만에 열린 저녁 시사회 때 음식을 가져와 니코에게 건넸어요.

"이게 뭐죠?" 니코는 치킨 팬케이크와 속을 채운 양배추 쌈이 담긴 쟁반을 보고 깜짝 놀랐어요.

"그냥, 시간이 많이 늦었으니까 나중에 식사하시기가 힘들겠다 싶어서요." 파니가 말했어요. "입맛에 맞으면 좋겠네요."

니코는 고맙다고 인사했고 파니는 영사실로 돌아갔어요. 시사회가 끝나고 나서 파니는 그가 쟁반을 깨끗이 비운 것을 알아차렸어요.

"정말 맛있었어요."

"감사합니다."

"이런 요리는 어디서 배웠어요?"

"헝가리인 아주머니가 가르쳐주셨어요."

니코는 잠시 멈칫했어요.

"그럼 당신은 헝가리 출신인가요?"

"아뇨. 그냥 그 아주머니하고 한동안 같이 살았어요."

"언제요?"

"전쟁 때요." 파니는 다음에 할 말을 신중하게 골랐어요. "저는 숨어 지냈어요. 독일군을 피해서요. 그 헝가리인 아주머니 덕분에 목숨을 부지하다가 화살십자당에 붙잡혔어요."

파니는 니코의 표정을 자세히 살폈어요. 자신의 말에 반응하는지 보려고요.

"저는 파리에서 요리 학교에 다닌 적이 있어요." 니코가 말했어요.

그러고는 자리에서 일어섰어요.

"그럼, 편안한 밤 보내세요, 부인."

＊

마음에는 사랑에 이르는 길이 여러 갈래 있는데, 그중 하나는 연민이에요. 파니는 매주 니코와 함께하는 시간을 제외한 나머지 시간을 모조리 이용해 니코가 겪는 고통의 근원을 이해하려 애썼어요. 가끔은 건물을 나서는 그의 뒤를 미행하며 죄책감을 느끼기도 했죠. 파니가 관찰하는 동안 그는 싸구려 식당에서 혼자 식사를 하거나 서점에서 책을 뒤적거리거나 공항 근처의 아파트에 틀어박혀 며칠씩 모습을 감추곤 했어요.

매주 금요일 아침, 니코는 차를 몰고 공동묘지로 가 묘비를 닦았어요. 파니는 그의 뒤를 밟곤 했죠. 무덤 위로 몸을 숙인 그의 모습에 파니는 깊은 감동을 받았어요. 니코가 어떤 고난을 겪었는지는 몰라도 그 고난 때문에 산 자보다 죽은 자와 함께 있을 때 마음이 더 편안해 보이는 것만 같았어요.

파니는 처음에 자신들의 과거를 찾고 싶어서 니코의 뒤를 밟았지만, 시간이 흐르는 사이에 더 중요한 사실을 하나 깨달았어요. 과거를 알지 못한다 해도 그를 좋아하는 건 얼마든지 할 수 있다는 사실을 말이에요. 세바스티안과 함께 살 때는 모든 것이 전쟁과 연관돼 있었어요. 그들은 전쟁의 그늘에서 결코 벗어나지 못했죠.

하지만 니코와 함께 있으면 그런 공포를 안전한 곳에 꼭꼭 감출 수 있었어요. 파니는 사실 그렇게 하는 게 더 좋았어요. 어쩌면 그가 파니를 모르는 척하는 건 파니가 전쟁 중에 겪어야 했던 고통을 다시 들추고 싶지 않아서인지도 몰랐죠. 파니가 보기에 그런 태도는 상냥함에서 비롯된 것이었어요.

영화 시사가 끝나면 두 사람은 파니가 가져온 커피를 마시며 대화를 나눴어요. 그렇게 함께하는 시간이 점점 더 길어졌죠. 니코는 자신이 영화를 얼마나 사랑하는지, 또 자신이 생각하는 훌륭한 이야기의 조건은 뭔지 얘기했어요. 파니는 이스라엘에 사는 딸 이야기와 자신이 그 아이를 얼마나 자랑스러워하는지 얘기했고요. 파니는 딸의 아버지가 누군지는 한 번도 언급하지 않았고, 니코 역시 한 번도 묻지 않았어요.

그러다가 1983년 초의 어느 날 밤, 바깥에 비바람이 몰아쳐서 니코가 우산을 받쳐들고 파니를 차까지 바래다줬어요. 비가 억수같이 쏟아지는 와중에 바람까지 불어 빗발이 가로로 퍼붓다시피 했죠. 파니는 신발이 미끄러지는 바람에 니코가 붙잡을 틈도 없이 그만 널따란 물웅덩이에 넘어졌어요. 드레스가 쫄딱 젖고 말았죠. 파니는 웃음이 터졌어요.

"혹시 다쳤어요?" 니코가 물었어요.

"아, 아뇨. 괜찮아요."

"왜 웃어요?"

"이 정도로 흠뻑 젖으면 어차피 다 상관없지 않나요? 우리 어렸을 때 여름 같아요. 기억나요? 그땐 비가 쏟아지면 그냥 옷을 입고 바다에 뛰어들곤 했잖아요."

"그래요. 옷을 입고 뛰어들었죠." 니코는 씩 웃었어요.

파니는 눈을 깜박거렸어요. "정말 기억나요?"

니코의 표정이 굳어졌어요.

"애들은 다 그러면서 놀잖아요." 니코가 말했어요.

파니는 뺨에 흐르는 빗물을 닦은 다음 니코의 어깨를 한쪽 팔로 짚고 똑바로 섰어요. 그러고는 신발을 신으려다가 그만 균형을 잃고 니코의 품에 쓰러지고 말았는데, 위를 올려다보니 바로 코앞에 니코의 얼굴이 보였어요. 파니는 이때껏 니코의 그런 표정을 본 적이 없었어요. 길을 잃고 어쩔 줄 모르는 아이 같은 표정을요.

그 순간 파니는 인생에서 두 번째로 니코에게 키스했어요. 어렸을 때 한 키스는 사춘기 아이들답게 서두르느라 어설펐죠. 하지만 이번에는 부드럽고 오랫동안 지속되었어요. 파니는 눈을 감은 채 잠깐 동안 허공에 둥둥 떠 있는 기분을 느꼈고, 그래서 그 시간이 실제보다 훨씬 더 길게 느껴졌죠. 눈을 떠 보니 자신을 바라보는 니코의 얼굴이 보였어요.

"괜찮아." 파니가 속삭였어요.

니코는 긴장한 듯 침을 꿀꺽 삼키고는, 파니에게 우산을 건네고 빗속으로 뛰쳐나갔어요.

니코는 회의에서 그리스의 행진 소식을 들었어요.

니코와 파니가 뜻밖의 방식으로 마주치고 나서 한 영화감독이 사무실로 니코를 찾아왔어요. 유명한 나치 사냥꾼에 관한 다큐멘터리 영화를 만들 비용이 필요해서였죠. 니코는 자신도 사냥꾼의 업적을 안다고 말했어요. 고위급 나치 잔당 여럿이 체포됐다는 기사를 읽었기 때문이었죠.

"그 사람은 아주 멋진 소재가 될 겁니다." 영화감독은 힘주어 말했어요. "한번 상상해보세요. 달아난 나치 잔당을 모조리 법정에 세우기 전까지는 한순간도 쉬지 않겠다고 다짐하는 남자를요. 나치에 협력한 자들 역시 그의 표적이죠."

"협력한 자들도요?" 니코가 물었어요.

"예. 나치에 힘을 보탠 자들도 똑같이 죄가 있으니까요. 그렇지 않나요?"

니코는 어딘가 불편한 듯 자세를 고쳐 앉았어요.

"사냥꾼 본인도 영화에 출연하기로 동의했습니까?"

"그동안 편지를 주고받았어요. 고민하는 중이라고 하더군요. 다음 달에 그리스에 가서 그 사람을 촬영할 거예요. 3월 15일에요. 거기서 사냥꾼이 추모 행사를 열 예정이거든요."

니코는 고개를 번쩍 들었어요.

"3월 15일이라고요?"

"예."

"어디서요?"

"테살로니키요."

"살로니카 말인가요?"

니코의 말에 영화감독이 씩 웃었어요. "사실 그리스 사람들은 그곳을 테살로니키라고 부르죠. 아무튼 사냥꾼은 그곳에서 전쟁 중에 희생된 모든 그리스계 유대인을 기리는 행진을 이끌 예정이에요. 행진을 마치는 곳은 절멸 수용소행 열차가 출발하던 옛 기차역이라고 하더군요. 인터뷰하기에 좋은 장소 아닌가요?"

니코는 가슴이 철렁 내려앉는 느낌이 들었어요. 온몸의 근육이 팽팽해졌어요. 이마에는 땀방울이 맺혔고요.

니코는 의자에서 벌떡 일어섰어요.

"대표님?" 감독이 물었어요. "제가 뭔가 실수를 했나요?"

"그 영화는 한번 생각해보겠습니다. 그럼, 이만."

니코는 서둘러 문을 열고 나갔어요. 영화감독을 자기 사무실에 혼자 놔둔 채로요.

니코는 그날 밤 잠을 이루지 못했어요. 캄캄한 동네를 한참 동안 걷다가 나중에는 차 뒷자리에 날이 밝을 때까지 앉아 있었죠. 그러고는 차를 몰고 시너고그로 가 두 시간 동안 혼자 기도를 드렸어요. 그리고 나서는 파니가 사는 아파트로 가 입구 계단에 앉아 출근하는 파니가 나타날 때까지 기다렸죠. 파니는 그를 발견하고 빙그레 웃었어요.

"당신한테 할 얘기가 있어요." 니코가 불쑥 말했어요.

"제 집이 여기란 걸 어떻게 알았어요?"

"앉아봐요."

파니는 계단에 앉았어요. "무슨 일이에요?"

"난 떠나야 해요."

"언제요?"

"조만간에요."

"어디로 가는데요?"

"멀리요."

"무슨 일로요?"

"그건 말 못 해요."

파니는 니코의 가슴이 오르락내리락하고 이마에는 땀까지 맺힌 것을 알아차렸어요. 파니가 보기에 그건 일종의 공황 상태였어요. 파니도 여러 차례 겪은 적이 있는 증상이었죠. 차 안에 혼자 있을 때나 한밤중에 혼자 잠에서 깼을 때요. 파니는 손을 뻗어 니코의 손을 잡았어요.

"심호흡을 한 번 하세요. 그리고 또 한 번." 파니는 니코에게 힘주어 권했어요.

여러분은 니코가 그 영화감독의 말을 듣고 흥분했다고 생각할지도 몰라요. 하지만 그는 나치 사냥꾼에 관해서라면 모르는 게 없었어요. 실은 오래전부터 사냥꾼의 가장 든든한 후원자였죠. 그 단체는 니코가 보내는 익명의 수표 덕분에 계속 운영될 수 있었어요.

사냥꾼이 나치 협력자들을 찾는다는 생각 때문도 아니었어요. 니코는 사냥꾼이 하는 일은 모조리 꿰뚫고 있었으니까요. 그가 누구를 찾아냈고 또 누구의 뒤를 쫓고 있는 중인지까지요.

니코가 괴로워한 이유는 영화감독에게서 그리스의 추모 행진 이야기를 들은 순간 그가 알아챈 어떤 사실 때문이었어요. 뭔가 걱정스럽고 위험한 것, 파니는 알지 못하는 어떤 것이었죠.

"날 봐요." 파니가 속삭이듯 말했어요. "당신은 괜찮을 거예요."

파니에게 들려주고 싶은 말이 금방이라도 터져나올 것처럼 입속에서 부글거렸고, 그러다 끝내 참지 못한 눈물이 니코의 뺨을 타고 흘러내렸어요. 그는 한쪽 손으로 파니의 목을 부드럽게 받쳤고, 이내 그들의 세 번째 키스가 이어졌어요. 이번엔 니코가 처음으로 먼저 다가간 키스였어요. 두 사람의 입술은 부드럽고 다정하게 포개졌죠.

그 순간 캘리포니아의 구름 한 점 없이 맑은 아침 하늘 아래 아파트 입구 계단에서 파니는 신호등 아래 서 있는 차 안의 니코를 처음 봤던 날 밤부터 줄곧 참아온 말을 불쑥 꺼냈어요.

"니코, 나야, 파니. 말 좀 해봐. 너라는 거 알아."

우도는 달력의 날짜에 동그라미를 쳤어요.

3월 15일, 살로니카. 변장이 필요했어요. 그리고 총도.

우도는 브랜디 병을 기울여 한 모금 마시고는 뚜껑을 닫아 선반에 다시 올려놨어요. 그는 말년에 알코올 의존증에 빠졌던 아버지를 보고 일찍이 자신은 그렇게 되지 않겠노라 다짐했어요. 하지만 요즘 들어 그는 술잔을 사용하는 것조차 귀찮아했어요. 내킬 때면 그냥 술병에 입을 대고 홀짝거렸죠. 그런데 그 횟수가 점점 더 늘어갔어요.

너저분한 침대에 드러누운 우도는 아파트 창밖으로 눈을 돌려 이탈리아 북부의 눈 덮인 산봉우리를 바라봤어요. 실내는 천장이 낮고 벽의 페인트가 슬슬 벗겨져갔어요. 거미줄도 쳐져 있었죠. 우도는 그 거미줄을 손바닥으로 눌러 망가뜨렸어요.

우도는 지난 3년 동안 이 아파트에서 살았어요. 미국에서 쌓아올린 모든 것이 다 무너져내린 후로 줄곧 말이에요. 그는 상원 의원 사무실로 불려갔어요. 카터는 그에게 비엔나의 그 유대인 노인이 만든 단체에서 누가 찾아와 시카고의 나치 시가행진에서 찍힌 그의 사진을 여기저기 뿌리고 다닌다고 알려줬어요. 전쟁 중에 나치 친위대 제복을 입고 있는 그의 다른 사진들과 함께 말이에요. 그의 얼굴을 알아본 기자 한 명이 이미 의원 사무실에 문의 전화를 한 상태였어요.

"우리야 당연히 죄다 부인했죠." 카터가 말했어요. "기자에게 사진만 갖고서는 아무것도 증명할 수 없다고 얘기해뒀어요. 사람을 잘못 본 거라고 말이죠. 그냥 그렇게 된 거라고."

"잘했어." 우도가 말했어요.

"하지만." 카터는 목소리를 낮췄어요. "당신은 이제 여기 있으면 안 돼요."

"무슨 뜻으로 하는 말이지?"

"그자들이 머잖아 들이닥칠 거라는 말이에요. 자칫하면 우리 계획이 모조리 날아갈지도 모른다는 말이죠."

"나더러 워싱턴을 떠나라는 건가?"

카터는 고개를 가로저었어요.

"워싱턴이 아니라, 이 나라를 떠나야 해요."

"뭐라고? 언제까지?"

"내일 아침까지요."

✳

그리하여 우도 그라프는 인생에서 두 번째 도피 생활을 시작했어요. 하룻밤 사이에 챙길 수 있는 귀중품을 모조리 챙겨 여행가방 한 개에 넣은 다음 새벽 비행기로 뉴욕에 도착해 로마행 비행기로 갈아탔죠. 사무실에 있던 서류는 한 장도 가져오지 않았어요. 아내에게 작별 인사도 하지 않았고요. 그는 유령이 됐어요. 수사 관계자들이 상원 의원 사무실로 찾아왔을 때 카터는 조지 메클린이라는 남자가 일주일 전에 일신상의 사유로 사직했다고 말했어요. 그들이 메클린의 과거에 관해 아는 사실이라곤 그가 벨기에 이민자이며 그곳에서 근무하는 동안 평판이 좋은 직원이었다는 것뿐이었어요. 그가 지금 어디에 있는지는 아무도 몰랐죠.

이탈리아의 지인들이 새 위장 신분을 마련하는 사이 우도는 로마 외곽의 호스텔에서 넉 달 동안 숨어 지냈어요. 전쟁이 끝난 후에 그를 숨겨줬던 지하 조직은 여전히 이 나라에서 명맥을 유지하기는 했어도 세력은 전만 못했어요. 우도는 마침내 이탈리아 여권을 손에 넣었지만 금고에서 허겁지겁 챙겨온 도피 자금 가운데 상당한 액수를 대가로 지불해야 했어요. 그의 위장 신분은 티롤주의 알프스 산맥 근처에 위치한 육류 가공 공장의 노동자로, 이탈리아어를 할 필요가 없는 사람이었어요. 그곳에서 그는 빗자루를 들고 청소를 하고 배달된 물품을 장부에 기록했어요. 우도에게는 하찮은 일이자 영혼을 갉아먹는 일이었죠.

망명지에서 보내는 하루하루가 우도에게는 스스로를 조금씩 허무는 나날처럼 느껴졌어요. 워싱턴에서 그는 이때껏 무언가 쌓아올리며 살아왔어요. 그에게는 돈이 있었죠. 권력도 있었고요. 그는 지저분한 일을 처리해준 대가로 상원 의원인 카터를 손아귀에 쥐다시피 했고, 언젠가 때가 무르익으면 손에 쥔 그 칩을 현금으로 바꿀 생각이었어요.

이제 그 모든 것이 물거품처럼 사라졌어요. 비엔나에서 온 유대인 늙은이와 그 꼬맹이의 형이 전부 다 무너뜨렸어요. 우도는 그 꼬맹이의 형에게 쫓기는 바람에 하수도로 숨어든 생쥐 신세가 됐죠. 그렇지만 생쥐도 적을 쫓을 수는 있어요. 때와 장소가 잘 맞으면 적을 죽일 수도 있죠. 우도는 자신이 탄 비행기가 워싱턴에서 이륙하는 순간부터 그 두 유대인을 어떻게 없애버릴지 궁리하기 시작했어요.

우도는 달력에 동그라미를 쳐 표시해놓은 날짜를 다시 봤어요. 3월 15일. 그가 받은 어떤 편지에 그리스 신문의 기사가 함께 들어 있었어요. 살로니카에서 죽은 유대인들을 위한 추도식이 열린다는 소식과 예상 참석자 명단이 담긴 기사였죠. 명단 속 나치 사냥꾼과 꼬맹이 형의 이름은 붉은 잉크로 동그라미가 표시되어 있었고, 옆에는 독일어 단어 두 개가 적혀 있었어요. 틀림없이 아직 숨어 지내는 그의 동료 나치가 적은 것이었어요.

그 두 단어는 '*베엔데 에스*'였어요.

'끝장낼 것.'

우도는 선반으로 가서 브랜디 병을 집어들었어요. '살로니카? 이렇게 잘 어울릴 수가.' 그 도시는 그가 가장 훌륭한 업적을 이룬 현장이었고, 이번 일은 그 업적의 정점이 될지도 몰랐어요. 나치 사냥꾼을 처치하면 숨어 지내는 다른 동료들이 더 안전해질 수도 있었어요. 그러면 그들은 다시 모습을 드러낼지도 몰랐어요. 태양 아래 자신들의 자리를 떳떳이 마련하는 거죠.

우도는 병뚜껑을 열고 브랜디를 한 모금 더 마셨어요. 변장이 필요했어요. 총도 필요했고요. 둘 다 그에게는 이미 있는 것들이었죠.

그들이 저마다 걸어간 길을 살펴볼게요

인간이 무언가를 얼마나 마음속 깊이 아끼는지 보여주는 척도가 다름 아닌 '말'이라면, 여러분은 저를 무척이나 소중히 여기고 있는 거겠죠. 여러분이 **진실**을 가리킬 때 사용하는 표현이 얼마나 많은지 생각해본다면 말이에요.

사람들은 말하죠. '사실대로 말하자면'이나 '터놓고 얘기해도 될까요?' 아니면 '솔직히'라거나, '있는 그대로'라거나, '거짓말이 아니라' 또는 '사실은 말이죠'나, '안타깝지만 사실은'이나, '명백한 진실'이나, '그 사안의 진실은'이라거나……

그런가 하면 프랑스어에는 '*주 디 라 베리테*(내 말 진짜예요)', 에스파냐어에는 '*라 베르다드 아마르가*(쓸쓸한 진실)' 같은 표현이 있죠. 독일어에는 '*사그 미르 디 바르하이트*(사실대로 말해줘)'라는 말이 있지만, 전쟁 중에 그 표현은 고아 같은 신세가 되고 말았죠. 진실을 가리키는 그리스어 단어는 '알리티아'인데 사전

적 의미는 '잊지 않는다'예요. 사람들이 저를 잊어버리는 경우가 많다는 걸 사실상 인정하는 거죠.

이건 그저 개인적인 의견이지만, 제가 등장하는 수많은 말들 가운데 제가 유독 좋아하는 건 '진실은 밝혀진다'예요. 그렇게 선언하는 왕을 떠올려보세요. 그렇게 외치며 탄원하는 어머니를요. 그렇게 명령하는 전능하신 하느님을요.

'진실은 밝혀진다.'

이로써 우리는 이 이야기가 시작된 곳으로 다시 돌아가게 돼요. 40년 전, 살로니카에 있는 자유 광장, 나치가 유대인 남자 9000명을 땡볕이 내리쬐는 안식일 아침에 일제히 집결시켜 모욕을 주고 끝이 없는 맨손 체조를 시키며 도중에 쓰러지는 사람은 구타하고 저항하는 사람은 사살했던 그곳으로 말이에요.

3월 15일 오후에 이 장소에서 이번에는 수많은 시민이 그 시절의 치욕을 기억하기 위해 모였어요. 희생자를 추모하는 뜻에서 빨간 카네이션을 든 사람이 많았죠. 다른 이들은 그리스어 단어 두 개가 적힌 하얀 풍선을 들고 있었어요.

포테 차나.

'다시는 되풀이되지 않도록.'

세바스티안은 종이를 들고 연단 위에 서 있었어요.

세바스티안은 앞머리가 이마 반대편으로 날릴 만큼 거센 바람을 맞으며 1940년대 살로니카의 유대인들이 겪은 여러 가지 고통을 마이크에 대고 열띤 목소리로 이야기했어요. 구타에 관해 이야기했죠. 모욕에 관해서도, 아무렇게나 일어난 총살에 관해서도 이야기했고요. 그는 유대인들이 강제로 달아야 했던 노란 별도 언급했어요. 바른 히르슈 게토 이야기도 했고요. 담 위의 가시철조망과 달아나려 했던 사람에게 어김없이 찾아온 죽음이라는 결말에 관해서도 이야기했어요.

세바스티안은 나치가 그의 아버지 회사를 생판 남인 두 남자에게 넘기고 아버지를 본인 소유의 가게에서 쫓아낸 이야기도 했어요. 그러면서 그 두 남자의 자녀가 혹시 눈앞의 군중 속에 있을지, 만약 있다면 부끄러운 기분을 조금이라도 느낄지 궁금해했어요.

"우리 역사가 파괴됐고, 우리 공동체가 파괴됐고, 우리 가정이 파괴됐습니다." 세바스티안은 엄숙하게 말했어요. "하지만 우리 믿음은 파괴되지 않았습니다. 오늘, 우리는 기억합니다. 그리고 내일은, 정의의 심판이 계속될 것입니다……."

사람들은 고개를 끄덕였어요. 몇몇은 박수도 쳤죠. 연설을 마친 세바스티안은 나치 사냥꾼이 연설하도록 옆으로 물러났어요. 사냥꾼은 연설을 끝맺으며 마지막으로 말했어요. "우리는 결코 쉬지 않을 것이며, 우리는 결코 잊지 않을 것입니다." 뒤이어 군중은 다 함께 옛 기차역 쪽을 향해 걷기 시작했어요.

세바스티안은 행진 대열의 맨 앞줄에 섰어요. 그는 숨을 깊게 들이마시고 찡그린 눈으로 구름을 올려다봤어요. 3월치고는 춥고 비가 올 것만 같은 날씨였죠. 그는 주머니에 손을 집어넣었어요. 이 행사가 열리게 되어 기뻤지만 한편으로는 뭔가 께름칙한 느낌이 들었어요. 행진하는 사람들은 건강하고 여유가 느껴지는 사람들이었고, 상당수는 젊었으며 일부는 유대인도 아니었어요. 유행하는 옷을 입고 운동화를 신은 차림이었고요. 길가의 건물들도 세바스티안의 기억과 달랐어요. 거대한 주차 빌딩이 보였어요. 새 법원 건물도 있었죠. 유서 깊은 라다디카 올리브유 시장은 유흥가로 재개발되는 중이었고 포석이 깔린 길에는 카페와 바가 늘어서 있었어요.

세바스티안의 눈에는 그 풍경이 엄숙한 행사 성격에 비해 지나치게 현대적인 데다 밝아 보이기까지 해서 꼭 아이 신발에 어른의 발을 끼워 넣는 것처럼 느껴졌어요. 하지만 다시 생각해보면 무언가를 기념하는 것과 그것을 겪으며 사는 것은 별개의 문제였죠.

세바스티안은 그날 자신이 잃어버린 사람들을 생각했어요. 어머니와 두 쌍둥이 동생을 생각했고 그들과 함께하는 삶이 어떻게 그렇게 갑작스럽게 끝났는지도 생각했죠. 아버지와 할아버지가 아우슈비츠의 참상으로부터 자신을 보호하려 했던 일들, 또 할아버지 라자르가 매일 밤 하느님께서 내리신 그날의 좋은 일 한 가지를 알려달라고 고집했던 일도 떠올랐어요. 그는 식구들이 이제 모두 하느님과 함께 있는지, 그리고 어떻게든 지난날의 기억을 떠올리며 이 행진을 지켜보고 있지는 않는지 궁금했어요. 무려 40년이나 늦게 이루어진 이 연대에 대해 그들이 어떻게 생각할지도 궁금했고요.

세바스티안은 어깨 너머를 돌아봤어요. 그곳에서 행진하는 사람은 1000명 남짓 돼 보였어요. 오늘날 살로니카에 남은 전체 유대인의 수와 맞먹는 숫자였죠. 1000명이라니, 한때는 5만 명이 번성했던 곳인데 말이에요.

세바스티안은 목을 길게 빼고 주위를 두리번거렸어요. 인파 속 어딘가 파니와 티아가 있다는 걸 알았지만, 도무지 둘의 모습이 보이지 않았거든요. 그는 궁금했어요. 방금 한 연설 덕분에 자신이 평생 무슨 일을 해왔는지, 또 어째서 그토록 오랜 세월 동안 아내와 딸을 챙기지 못했는지가 조금이나마 전해졌을까 하는 궁금증이었죠.

파니는 딸의 손을 잡았어요.

두 사람은 다른 행진 참가자들과 발맞춰 걸었어요. 거의 황폐해진 상태로 남아 있는 옛 바론 히르슈 구역에 이르렀을 무렵, 파니는 맥박이 빨라지는 느낌이 들었어요. 어렸을 때 여성 둘의 손에 팔꿈치를 잡혀 이곳으로 끌려왔던 기억이 떠올랐기 때문이었죠. 아버지가 약국 앞에서 문손잡이를 잡은 채 총에 맞아 살해되는 장면은 아직도 머릿속에 생생했어요.

"왜 그래요, 엄마?" 티아는 파니의 얼굴을 보며 물었어요.

"아무것도 아니야. 그냥 추억이 떠올라서." 파니는 억지로 입꼬리를 올려 빙긋 웃었어요. 하지만 머릿속은 과거로 둥실둥실 흘러갔어요. 그날로, 그때 입었던 비옷으로, 나치를 피해 숨었던 벽장 속으로, 그리고 니코에게로.

아파트 입구 계단에서 '너라는 거 알아'라고 말한 그날 아침 이후로 파니는 니코를 한 번도 보지 못했어요. 그때 그의 눈에는 눈물이 그렁그렁했고, 파니는 그가 마음을 터놓고 모든 것을 인정하리라고 확신했어요. 하지만 그는 그러지 않았어요. 그저 계단에서 일어서서 '이제 출근하지 않아도 돼요. 월급은 계속 지급할게요'라고 중얼거리듯 말하고는 서둘러 차를 몰고 떠났어요.

그 후로 니코의 모습은 어디에서도 보이지 않았어요. 파니는 그날로부터 3주 동안 매일 회사로 출근했어요. 그의 집에도 가봤고요. 공항 근처의 아파트에도 가봤어요. 그는 흔적도 보이지 않았죠.

그리스로 떠나기 전날 밤, 파니는 한 번 더 영화사에 가봤어요. 니코가 무슨 이유로든 늦게까지 사무실에 있을지도 모른다고 생각했거든요. 시사실에는 아무도 없었어요. 그의 사무실은 캄캄했고요. 파니는 문을 두드려봤어요. 자물쇠는 잠겨 있지 않았죠. 파니는 망설이다가 안으로 들어갔어요.

파니는 니코가 없을 때 이 방에 들어온 적이 한 번도 없었어요. 먼저 그의 책상으로 다가갔어요. 책상 위는 시나리오 몇 권이 가지런히 쌓여 있을 뿐, 모든 것이 깨끗하게 치워져 있었어요. 파니는 서랍을 열어봤어요. 아무것도 없었어요. 다른 서랍도 열어봤어요. 텅 비어 있었죠.

서류 캐비닛으로 간 파니는 위쪽 서랍 손잡이를 당겼어요. 시사실에서 본 영화들의 제목이 적힌 서류철 여섯 개가 보였어요. 그 아래 서랍도 마찬가지로 휑했어요. 서류가 너무 적다 보니 니코가 혹시 모든 자료를 머릿속에 저장해두는 것은 아닌지 궁금했어요. 그게 가능하기나 할까요?

파니는 맨 아래 서랍은 그냥 놔두려고 했어요. 하지만 마음이 바뀌어 몸을 숙이고 서랍 손잡이를 잡아당겼어요. 서랍은 열리지 않았어요. 그래서 더 세게 잡아당겼어요. 끝내는 쪼그리고 앉아 손잡이를 당긴 끝에 서랍을 열었고, 이내 그 서랍이 왜 그렇게 열기 힘들었는지 대번에 알아차렸어요.

그 서랍 안에는 1946년부터 이때까지 연도별로 정리된 서류철 수십 개가 가득 들어 있었어요. 그중 한 개를 꺼내 열어본 파니는 숨이 턱 막히는 느낌이 들었어요.

서류철 안에는 유대계 이름과 나이 및 주소가 적힌 명단이 잔뜩 들어 있었어요. 주소지는 프랑스와 이스라엘, 브라질, 오스트레일리아 등이었고 주소 옆에는 몇 자리 숫자와 함께 확인 표시가 돼 있었어요. 사진과 더불어 출생 및 사망 증명서 같은 신상 자료의 복사본도 함께 들어 있었고요.

파니는 다음 서류철을 꺼냈어요. 그 안에도 명단이 들어 있었어요. 또 다음 서류철을 꺼냈죠. 마찬가지였어요. 해가 바뀔수록 서류철은 점점 더 두꺼워졌어요. 1983년이라고 적힌 마지막 서류철은 너무 두꺼워서 두 손으로 들어올려야 할 정도였어요. 서류철을 들고 낑낑대던 파니는 서랍 안쪽에 뭔가 있다는 것을 눈치챘어요. 커다란 마닐라지 봉투였는데 겉봉에 파란색 매직펜으로 '파니'라고 적혀 있었죠. 파니는 떨리는 손으로 봉투의 조임 끈을 풀었어요.

10분 후, 파니는 사무실을 뛰쳐나갔어요. 주차장에 도착한 후에는 자기 차에 기대어 울었죠. 자신의 인생에서 잃어버린 모든 것을 떠올리며, 그리고 방금 또 다른 무언가를 잃어버렸다고 생각하며 엉엉 울었어요. 파니는 그 봉투를 바라보다가 문득 니코가 다시는 돌아오지 않으리라는 것을 깨달았어요. 진실과 거짓 사이에서 갈팡질팡한 끝에 파니는 제3의 길에 빠져들고 말았어요. 어떤 것이 진실이고 어떤 것이 거짓인지 알 수 없는 길 말이에요.

우도는 권총 손잡이의 불룩한 느낌을 음미했어요.

우도는 행진 대열이 기차역에 가까이 다가오는 동안 재킷 주머니에 감춰진 그 권총을 쓰다듬었어요. 자유 광장에서 나치 사냥꾼을 죽일까 하는 생각도 해봤지만, 거리가 너무 멀어서 정확히 명중시키기가 힘들었어요. 게다가 기차역이 더 잘 어울리기도 했어요. 기차역은 그가 가장 열심히 일한 장소였으니까요. 이 도시에서 유대인들을 박멸하기 위해서요. '그때는 5만 명이 죽었지. 이제 곧 둘이 더 죽을 거야.'

살로니카는 그가 떠난 후로 많이 변했지만 떠오르는 추억이 아예 없지는 않았어요. 행진 인파가 기찻길에 가까워지는 동안 행진 참가자로 변장하고 흰 풍선을 든 우도는 자신이 이곳에서 쏠쏠하게 써먹었던 인재를 떠올렸어요. 니코 크리스피스. 절대로 거짓말을 하지 않는 소년.

우도는 그 아이가 어떻게 됐을지 자주 궁금해했어요. 그때 그는 아이의 목숨을 살려줬어요. 세월이 흐르는 동안 그는 누군가를 죽일 때마다 유일하게 자비로웠던 그 행동을 떠올리며 스스로를 칭찬받을 자격이 있는 사람으로 여겼어요. 클레이소라스 거리의 그 집에서 아이와 함께 지낸 시간이 그에게는 부모가 된 것과 가장 비슷한 경험이었죠. 그리고 그는 자신이 아이에게 독일어 책을 읽어준 날과 두통에 시달리는 자신을 위해 아이가 뜨거운 물수건을 가져다준 날을 아직도 기억했어요. 기차역 플랫폼을 바라보는 지금, 그는 자신이 아이에게 마지막으로 남긴 말이 '이 멍청한 유대인 꼬마야'였을지도 모른다는 사실을 깨달았어요. 그러고는 자신의 그 행동을 거의 후회할 뻔했죠.

우도의 미국인 아내 패멀라가 아이를 갖자는 얘기를 한두 번 꺼낸 적이 있었지만, 우도는 아내와 아이를 갖겠다는 생각을 해본 적이 없었어요. 패멀라의 아버지는 레바논 출신이고 할머니는 세르비아 출신이었거든요. 그는 이 세상에 잡종을 하나 더하고 싶은 생각이 없다고 늘 입속으로 되뇌었죠.

우도는 손을 위로 뻗어 머리를 덮은 흰머리 가발과 그 위에 얹은 모자를 만지작거렸어요. 가렵고 불편했지만 그래도 꼭 필요한 것들이라고 스스로를 타일렀어요. 그는 그 꼬맹이의 형에게 두 번이나 정체가 발각됐으니까요. 오직 바보만이 실수를 되풀이하는 법이죠.

기차역에 도착한 행진 대열은 플랫폼을 따라 널따랗게 흩어져 추도식이 시작되기를 기다렸어요. 우도는 50미터쯤 떨어진 선로 위에 나치가 유대인을 수용소로 이송할 때 사용했던 가축용 목제 화물칸이 아직도 있는 것을 보고 깜짝 놀랐어요. 화물칸 옆면에는 무슨 박물관에 전시된 작품처럼 명판이 붙어 있었어요. 그는 그 화물칸을 바라보며 차량의 길이와 폭이 얼마였는지, 또 내부에 수용할 수 있다고 추정한 유대인 수가 몇 명이었는지 같은 정보를 떠올렸어요. 기억이 정확하다면 87명이었지만, 그때 그는 100명 넘게 밀어넣었던 것을 자랑으로 여겼죠.

마이크와 연설대가 설치됐고, 뒤이어 주최 측 인사가 유대인 희생자의 친족은 한 번에 한 명씩 앞으로 나와 떠나보낸 가족의 이름을 말한 다음 선로에 카네이션 한 송이를 놓으라고 알려줬어요.

회색 코트를 입은 할머니가 먼저 나섰어요.

"40년 전 이 플랫폼에서 저는 제 남편 아브람 다혼을 잃었습니다." 할머니가 말했어요. "남편은 저를 보호하려고 그 일주일 전에 저를 아테네로 보냈습니다. 그러고는 나치에게 끌려갔습니다. 저는 그이를 두 번 다시 만나지 못했습니다. 부디 하느님께서 그이의 영혼을 지켜주시길 바랍니다."

할머니는 카네이션 한 송이를 선로에 떨어뜨리고 연설대에서 서둘러 물러났어요. 그다음은 턱수염을 말끔하게 다듬은 호리호리한 중년 남자 차례였어요.

"저는 이 플랫폼에서 제 부모님인 엘리아후 홀리와 루차 홀리를 잃었습니다……."

우도는 한숨이 나왔어요. 이 따위 멜로드라마라니. 떨리는 목소리와 눈물이라니. 그 열차를 운행하느라 얼마나 심혈을 기울여 작전을 짜고 보급을 추진했는지 이들은 알기나 하는 걸까요? 서류와 인력만 따져도 그게 얼마나 방대한 일이었는지 알고 있을까요?

"이 플랫폼에서 저는 증조할아버지를 잃었습니다……."

"이 플랫폼에서 저는 고모 세 분을 떠나보냈습니다……."

우도는 고개를 절레절레 흔들었어요. 이 사람들이 추모의 대상으로 삼는 것이 그에게는 곧 명예의 증표였어요. 이들이 비극으로 여기는 것이 그에게는 곧 커다란 업적이었고요. 그가 든 풍선에는 '다시는 되풀이하지 않도록'이라고 적혀 있었어요. 그에게는 정말로 가소로운 말이었죠. 그가 꾸미는 계획은 그 말과 정반대였으니까요.

친족 추모객들이 기다랗게 늘어서서 대기 줄이 완성되자 우도는 꼬맹이의 형과 나치 사냥꾼이 줄 뒤쪽에 서 있다는 것을 알아차렸어요. 그는 스스로에게 일러줬어요. 저 둘이 연설대에 가까워지면 먼저 첫 번째 놈의 머리를 쏴서 처치한 다음 몇 걸음 떨어진 곳에 있는 두 번째 놈을 처치하라고요. 그는 인파 사이로 미끄러지듯 나아간 끝에 마침내 총을 쏘기에 가장 좋은 위치를 찾았어요.

"이 플랫폼에서 저는 모리스 삼촌을 잃었습니다……."

"이 플랫폼에서 저는 제 언니 비다를 잃었습니다……."

'계속 질질 짜라, 유대인들아.' 우도는 속으로 중얼거렸어요. 그는 코트 주머니에 있는 권총을 만지작거렸어요. 손끝이 강철에 닿으니 흐뭇했어요. 반격을 준비하는 기분이 짜릿했죠. 그 유대인들을 피해 3년 동안 쫓겨 다닌 끝에 이제서야 쫓는 쪽이 되니 기분이 좋았던 거예요.

선로는 기억합니다

세상에는 네 가지 방위가 있어요. 그리고 계절도 네 가지고요. 수학의 기본 셈법도 네 가지이고 지구계 또한 지권과 수권, 기권, 생물권 네 가지로 분류되죠. 성서에는 에덴동산의 주변에 강 네 줄기가 흐른다고 적혀 있어요. 천국에는 네 갈래 바람이 불고요. 카드 한 벌에는 네 가지 무늬가 들어 있어요. 자동차 바퀴는 네 개, 테이블의 다리도 네 개죠.

4는 토대예요. 4는 균형이죠. 4는 모든 누를 거쳐 완전한 동그라미를 그리는 만루 홈런을 뜻해요. 우리가 출발한 곳, 다름 아닌 집으로 돌아간다는 의미죠.

이제 우리도 집으로 돌아갈 시간이에요.

그럼 이제 귀퉁이가 네 개인 우리 이야기의 결말을 알아볼게요.

세바스티안은 빨간 카네이션 다발을 들고 있었어요.

한 사람에게 한 송이씩 바칠 꽃이었어요. 부모님과 조부모님, 쌍둥이 동생들, 고모, 그리고 고모부에게요. 추모사를 낭독하는 줄에 사람이 몇 명 남지 않았을 무렵 세바스티안은 누군가 어깨를 두드리는 느낌이 들었어요. 뒤를 돌아보니 파니와 티아가 와 있었어요. 파니는 그를 가볍게 안아주고 자기 눈에 맺힌 눈물을 닦았어요.

"당신이 자랑스러워." 파니가 말했어요. "이런 일을 다 해내다니."

"저도요, 아빠." 티아가 말했어요.

세바스티안은 목이 메는 느낌이 들었어요.

"고마워." 속삭이듯 나직한 목소리가 나왔어요.

파니는 카네이션 한 송이를 내밀었어요. "당신 동생에게 바치는 거야."

세바스티안은 잠시 망설이다가 그 꽃을 받았어요.

"아빠, 이제 아빠 차례예요." 티아가 말했어요.

잔잔하던 바람이 점점 거세지자 하얀 풍선들이 바람에 날렸어요. 세바스티안은 플랫폼을 가로질러 걸어가서 마이크 앞에 멈춰섰어요. 그러고는 힐긋 하늘을 보다가 특이한 광경을 목격했어요. 하늘에 눈송이가 날리고 있지 뭐예요. 눈송이라뇨? 3월에? 그는 신기한 듯 고개를 들었고, 곧이어 눈송이 하나가 콧등에 내려앉는 느낌을 받았어요. 차갑고 조그맣고 촉촉한 눈송이였어요.

10미터 남짓 떨어진 곳에서는
우도 그라프가 자기 재킷 안에 손을 넣었어요.

우도는 오랫동안 기다려온 순간을 드디어 마주했어요. 자신의 인생을 망친 이 유대인을 끝장낼 힘이 이제 그에게 주어진 거예요. '처음은 꼬맹이의 형 차례, 그다음이 늙은이 차례야.' 이 정도 거리면 팔을 크게 움직일 필요도 없겠다고 그는 속으로 계산했어요.

그때 세바스티안은 다른 사람들이 했던 것처럼 추도사를 낭독하려고 입을 열었어요. 그 말은 군중의 머리 위로 울려퍼졌어요.

"이 플랫폼에서……"

우도는 허공을 올려다봤어요. 세바스티안도 동시에 고개를 들었어요. 방금 그 말이 자기 목소리가 아니라 다른 사람의 목소리를 타고 들려왔기 때문이었어요. 그 목소리가 울려퍼진 곳은 일찍이 나치가 열차 출발을 알릴 때 사용했던 확성기였어요.

"이 플랫폼에서…… 저는 여러분의 가족에게 극악한 거짓말을 했습니다!" 그 남자는 우렁찬 목소리로 외쳤어요. "저는 그분들께 안심해도 된다고 말했습니다! 멋진 곳으로 갈 거라고 했습니다! 일자리를 얻을 거라고, 가족들이 다시 함께 살 거라고 했습니다!" 그 남자가 이어서 말했어요.

"죄송합니다. 그 말들은 결코 진실이 아니었습니다."

사람들은 조용해졌어요. 이쪽저쪽을 두리번거리는 사람도 있었어요. 세바스티안과 파니와 우도 그라프는 이때껏 살아오면서 처음으로 다 함께 동시에 똑같은 대상을 떠올렸어요.

'니코.'

"이 플랫폼에서 저는 제 동포들을 속였습니다. 제가 아는 모든 사람을, 제가 사랑했던 모든 사람을요. 저는 그들 모두가 끌려가는 모습을 보면서도 여전히 제가 그들에게 한 말을 믿었습니다. 하지만 저 역시 거짓말에 속았습니다. 저는 제가 하는 말이 사실이라고 들었습니다. 제 가족은 안전할 거라고 들었습니다."

잠시 아무 말도 들리지 않았어요.

"하지만 그들은 안전하지 않았습니다."

세바스티안은 이쪽저쪽 두리번거리며 그 목소리가 어디에서 나오는지 알아내려고 안간힘을 썼어요. 그 남자의 말이 이어지는 동안 그의 마음속에는 분노가 치솟았죠.

"이곳에서 일어난 끔찍한 일에 책임을 져야 할 사람은 많습니다. 하지만 누구보다도 책임이 무거운 사람이 한 명 있습니다. 그의 이름은 우도 그라프입니다. 나치 친위대 대위였죠. 그자가 모든 일을 꾸몄습니다."

군중 속의 우도는 얼어붙고 말았어요. 손에는 여전히 재킷 속의 권총을 쥔 채로요.

"그자는 저희 식구들을 게토에 가뒀습니다. 나중에는 아우슈비츠로 보냈습니다. 그리고 아우슈비츠에서 식구들은 그자의 지시 아래 짐승처럼 죽어갔습니다. 총에 맞거나 가스실에 갇혀서요. 시신은 묻지히도 못하고 불에 태워져 재가 됐습니다."

우도는 가발 밑으로 땀이 흐르는 걸 느꼈어요.

"하지만 여러분은 정의가 실현됐다는 걸 아셔야 합니다. 우도 그라프는 죽었습니다. 그자는 용감한 유대인의 손에 죽었습니다. 자신의 악독한 야망을 모조리 부정당한 채 죽었습니다. *에르 슈타프 알스 파이클링. 에르 슈타프 알레인!* 그자는 겁쟁이로 죽었습니다. 그자는 외톨이로 죽었습니다!"

우도는 더 이상 참을 수 없었어요. 그래서 모자와 가발을 벗어던지고 풍선이 달린 실을 놔버린 다음 권총을 휙 꺼내들었어요.

"거짓말이야!" 우도가 외쳤어요. "넌 거짓말쟁이야! 거짓말쟁이라고!"

∘*

뒤이어 벌어진 일은 겨우 9초도 되지 않는 짧은 시간 동안 일어났지만, 꼭 기나긴 꿈처럼 느껴졌어요. 세바스티안은 하늘로 떠오르는 하얀 풍선과 그 아래에서 권총을 뽑아드는 우도 그라프를 목격했어요. 자신의 이름을 외치는 파니의 목소리가 들렸어요. 나치 사냥꾼이 땅바닥에 재빨리 엎드리는 모습도 보였죠. 그런데 총소리가 터지기 직전, 세바스티안은 느닷없이 누군가의 몸에 밀쳐져 플랫폼에 쓰러졌고 손에 쥔 카네이션은 허공으로 날아갔어요.

쿵 소리가 날 정도로 세게 쓰러지자 충격 때문에 잠시 눈앞이 캄캄했어요. 세바스티안은 호흡을 되찾으려고 안간힘을 썼어요. 땅바닥에 벌러덩 누워 어깻죽지에서 콘크리트의 싸늘한 기운을 느끼다가 눈을 떠보니 몸 위에 엎드려 있는 웬 금발 머리 남자가 보였어요. 그리고 40년이 지난 지금도 그가 곧바로 알아볼 수 있는 얼굴이 드러났어요.

"너······!" 세바스티안은 숨이 턱 막혔어요.

"미안해, 형." 니코가 속삭이듯 힘없이 말했어요. "난 그놈이 여기 오리란 걸 알았어. 제 발로 나오게끔 수를 써야 했어."

"그라프 말이야?"

"그놈은 이제 형 차지야. 형 손으로 법정에 세우면 돼."

인파 속에서 남자 셋이 우도를 덮쳐 땅에 쓰러뜨렸어요. 또 다른 남자 한 명이 그의 팔을 밟아 권총을 빼앗았고, 이내 경찰관이 인파를 헤치고 다가와 총을 확보했어요. 티아는 주저앉아 비명을 지르며 파니를 붙잡고 매달렸어요. 플랫폼 위에 뒤엉켜 있는 두 남자에게 다가가려고 버둥거리는 파니를요.

세바스티안은 동생의 축 저진 몸에 깔려 그 무게를 느낄 뿐 너무 놀라서 말도 나오지 않았어요. 우도 그라프와 니코라고요? 그가 성인이 되고 나서 이때껏 내내 집착했던 그 두 사람? 그는 마침내 그 둘 모두를 붙잡았어요. 하지만 그가 상상했던 방식은 아니었죠.

"그러니까 정말로 너란 말이야?"

"나야." 니코는 고통스러운 신음을 흘렸어요.

세바스티안은 그 목소리를 집중해서 들으려고 애썼어요. 그 목소리를 마지막으로 들었을 때 니코는 아직 어린애였으니까요.

"난 널 미워했다, 니코. 이때껏 내내."

"그건 중요하지 않아, 형."

"중요해. 진실은 중요한 거니까."

"어떤 진실 말이야?"

"네가 우리한테 거짓말을 했다는 진실. 왜 그랬어, 니코? 왜 그자들을 도운 거야?"

니코는 고개를 들었어요.

"우리 식구들을 구하려고."

세바스티안은 눈을 정신없이 껌뻑거렸어요.

"뭐?"

"그라프는 우리 식구들 모두가 집으로 돌아올 거라고 했어. 우리가 다시 함께 살 거라고 약속했단 말이야."

"그래서 그 말을 믿었다고? 맙소사. 니코, 그놈들은 나치잖아!"

니코는 한숨을 쉬었어요. "그때 난 꼬맹이였잖아."

세바스티안은 눈물이 차오르는 느낌이 들었어요. 수십 년 동안 엉뚱한 표적을 겨눴던 분노가 눈 안쪽에서 녹아내리는 것만 같았죠.

"너 어디 있었어? 어떻게 지냈는데? 그렇게 오랫동안 뭘 하면서 살았어?"

"속죄하면서." 니코는 가르랑거리는 목소리로 말했어요.

그러고는 억지로 빙긋 웃었지만 이제는 숨쉬기도 힘들어 했어요. 한편 세바스티안은 마땅히 솟아야 할 분노를 끌어내려 했지만 이제는 잘 되지 않았죠. 그 순간에는 그저 아버지의 마지막 부탁만 귓가에 맴돌 뿐이었어요. '언젠가 네 동생을 찾으렴. 그 애한테 용서한다고 말해줘.'

"이제 속죄는 그만해도 돼." 세바스티안은 한참 만에 속삭이듯 말했어요.

잠깐 동안 형제는 서로를 그저 가만히 바라봤어요. 세월이 새긴 주름과 희끗한 수염이 녹아내려 사라지는 느낌이 들 때까지요. 둘은 다시 어린 형과 어린 동생으로 돌아갔어요. 방금 전까지 방에서 레슬링을 하며 놀던 아이들처럼 서로의 몸을 포갠 채로.

"내 말 좀 들어봐." 니코의 목소리는 점점 가늘어졌어요. "나한테 그라프의 나치 신분증명서가 있어. 그자의 지문이 찍힌 증명서야. 내 주머니에 들어 있어. 알겠어?"

"뭐라고?"

"내 주머니에 있다고. 가져가."

"나중에 네가 직접 줘."

니코는 눈을 질끈 감았어요. "그건 힘들 것 같아."

세바스티안은 몸을 꿈틀거리다가 가슴에 뭔가 뜨뜻하고 축축한 것을 느꼈어요. 알고 보니 피였어요. 그것도 엄청나게 많은 피. 그 끈끈한 피가 형제를 하나로 잇고 있었어요.

니코는 몸을 굴려 뒤로 벌러덩 넘어졌고, 그 자세로 하늘을 올려다봤어요. 총알을 두 발 맞은 그는 가슴 아래에서 피를 철철 흘리고 있었어요. 헤 벌어진 입은 희미하게 웃는 것처럼 보였죠. 구름 속에서 벌어지는 재미난 광경이라도 보는 것처럼요.

그 때 파니가 니코 곁에 나타났어요. 파니는 몸을 숙이고 울면서 그의 얼굴을 손으로 감쌌어요.

"니코! 니코!"

"니코!" 세바스티안도 파니를 따라 외쳤어요.

니코는 심장 박동이 느려지는 그 순간 그들 셋이 다시 모여 정말로 기쁘다는 생각을 했어요. 만 옆의 하얀 탑에 셋이서 함께 올라갔을 때처럼 말이에요. 그리고 그가 이때껏 살면서 했던 모든 일이, 그 모든 거짓말과 그 거짓말을 바로잡으려고 기울인 모든 노력이 주마등처럼 떠올라 끝내는 희끄무레하게 사라져가는 동안 니코는 할아버지에게서 들은 그 죄수 이야기가 옳았다는 것을 깨달았어요. 죄를 용서받기에 충분할 만큼 탑이 새하얘질 때까지 탑을 칠하고 또 칠했다는 그 죄수 말이에요.

사람은 용서받을 수만 있다면 무슨 일이든 해내요.

뒤이어 일어난 일, 그러니까 파니가 니코의 머리를 받치고 세바스티안이 니코의 총상 부위를 누르는 사이에 일어난 일에 대해선 저로서는 제대로 설명할 길이 없어요.

낡은 화물칸 차량이 움직이기 시작했어요. 선로를 따라 천천히 속도를 내며 3미터, 5미터를 나아갔어요. 꼭 오랜 여행을 마치고 역으로 들어서는 것처럼요. 인파 속의 사람들은 너 나 할 것 없이 서로 툭툭 치며 그쪽을 가리켰고, 마침내 다 함께 입을 떡 벌린 채 화물칸 차량을 멍하니 바라봤어요.

이윽고 눈송이가 재처럼 가볍게 겨울바람을 타고 흩날리는 사이, 화물칸 차량이 멈춰섰어요. 그러고는 문이 스르르 열렸죠. 파니는 손이 가벼워진 느낌 덕분에 니코가 고개를 들었다는 것을 알아차렸어요. 니코는 한참 동안 화물칸 안을 바라보다가 눈물이 뺨을 타고 흘러내리는 와중에도 빙긋 웃었어요. 마치 그가 이때껏 사랑해왔고 또 속여왔던 모든 사람이 그를 집에 데려가려고 찾아오기라도 한 것처럼, 그리고 그들의 얼굴을 정말로 보기라도 한 것처럼요.

니코는 잠시 후에 숨을 거뒀어요. 자신을 몹시도 사랑해준 여성의 품에, 또 자신의 죄를 용서해준 형의 손에 안긴 채로요. 믿기 힘든 이야기처럼 들릴지도 모르지만, 그건 실제로 일어난 일이에요. 진실은 밝혀진답니다. 반드시 밝혀져요.

이제 함께 말합시다......

살로니카에서 그 일이 일어나고 여러 해가 지났어요. 비록 그날 벌어졌던 일만큼 극적인 사연은 이제 남아 있지 않아도, 저에게는 이 이야기를 마무리 지을 의무가 있답니다.

죽은 사람은 거짓말을 하지 않지만 그들의 진실은 누군가 파내지 않으면 그대로 묻히고 말죠. 니코 크리스피스는 파헤쳐야 할 진실의 지층을 여러 겹 남기고 떠났어요. 할리우드 사람들 사이에서는 니코의 정체가 끝내 밝혀지지 않았어요. 니코가 '피낭시에'였다는 걸 파니와 세바스티안 말고는 아무도 몰랐거든요. 그의 영화사는 소리 소문 없이 문을 닫았어요. 영화계 사람들은 은둔자형 창업자가 갑자기 은퇴했기 때문이라는 식으로 추측할 뿐이었죠. 그의 사무실 캐비닛에서 발견된 마닐라지 봉투 속에는 전용 영사 기사인 파니라는 이름의 여성 앞으로 남긴 상세한 지시 사항이 적혀 있었어요. 그가 하던 일들을 마무리하고, 미납 상태인 청구서를 결제하고, 사업을 정리하라는 지시였죠. 파니는 지시를 따랐어요.

이삿짐센터 직원들이 니코의 집에 찾아갔을 때는 파니도 동행했어요. 가구가 거의 없는 침실에 우두커니 서서 옷장에 있던 낡은 가죽 가방 한 개만 물끄러미 바라봤죠. 그러다 직원 한 명이 '지하실에 있는 물건들은 어떡할까요?'라고 묻자 파니는 그를 따라 계단을 내려가 조명이 어두침침한 지하실에 들어섰어요. 거기서 파니는 다시 한번 깜짝 놀라고 말았어요.

회색 커튼을 배경으로 삼각대 위에 장착한 영화 카메라와 의자, 조명 세트가 설치돼 있었어요. 선반 위에는 파란 금속제 통이 줄지어 놓여 있었죠. 통마다 번호가 적혀 있고 안에 필름이 하나씩 들어 있었어요.

"아아, 니코." 파니는 나직이 중얼거렸어요.

그날 밤, 영화사 시사실에 찾아간 파니가 첫 번째 필름을 풀어 영사기의 릴에 끼우고 스위치를 켜자 20대였을 때의 니코의 얼굴이 스크린에 나타났어요. 금발 머리에 이목구비는 아직 앳된 티가 희미하게 남은 니코는 카메라 렌즈를 똑바로 응시하며 이렇게 말했어요.

"지금부터 제가 어떻게 전쟁에서 살아남았는지 말씀드리겠습니다……."

파니는 필름을 멈추고 곧바로 세바스티안에게 전화했어요. 그러고는 물었죠. "당신, 캘리포니아에 지금 올 수 있어?"

이로부터 몇 주 동안 두 사람은 모든 필름을 다 봤어요. 거기에는 니코가 자신의 놀라운 삶에 관해 들려주는 이야기가 담겨 있었죠. 그는 독일군 병사, 유고슬라비아인 학생, 헝가리인 음악가, 폴란드인 적십자사 직원 같은 자신의 다양한 신분을 자세히 설명했어요. 로마니인 무리와 함께 살면서 문서 위조 기술을 배우고, 군복을 훔치고, 젊은 나치 군인으로 위장한 이야기도 털어놨어요. 배우 커털린 커라디와 어떤 사이인지 얘기하고 자신은 커라디에게서 용기를 얻었다고, 또 영화에 관해서도 배웠다고 말했죠. 그는 다뉴브강변의 그날 밤을 떠올리며 자신이 파니를 어떻게 알아봤는지, 살아 있는 파니를 보고 얼마나 기뻤는지도 얘기했어요. 또한 파니를 화살십자당의 손에서 구출한 후에는 커털린의 인맥을 동원해 파니를 보호해준 헝가리인 기젤라를 찾아냈다는 이야기도, 그리고 그곳 교회의 사제에게 돈을 보내 기젤라가 풀려나게 했다는 이야기도 들려줬어요.

파니는 그 이야기를 듣고 울음을 터뜨렸죠.

니코는 자신이 나눴던 수많은 대화를 화면 속에서 되풀이했어요. 그는 오랫동안 세상 사람들에게 거짓을 말했지만 카메라 앞에서는 오로지 진실만을 얘기했어요. 누구에게도 들려주지 않았기 때문에 오히려 진실의 자잘한 부분까지 꼼꼼하게 기억하는 것 같았죠.

마지막 필름에서 그는 자기 유산을 어떻게 분배해야 하는지에 관한 뜻을 남겼어요. 그가 소유한 모든 재산, 즉 헝가리의 교회에서 손에 넣은 보물과 영화로 벌어들인 모든 돈을 서류철에 자료가 들어 있는 생존자 가족에게 앞으로도 계속 전달하는 것이었죠. 그는 오랜 세월 동안 미국과 유럽을 오가며 폴란드 자코파네의 어느 지하실 벽에 휘갈겨적은 아이들 이름부터 시작해 살로니카에서 출발한 나치 열차 명단에 있는 모든 사람의 이름까지, 힘닿는 한 많은 사람의 발자취를 추적했어요.

니코는 재산이 모두 바닥날 때까지 매년 8월 10일에 희생자 자녀에게, 또는 그 자녀의 자녀에게 돈을 전달해야 한다고 딱 잘라 말했어요. 또한 그 일이 '체세드 셸 에멧', 즉 '보답을 바라지 않는 친절'이 되게끔 익명으로 이루어지기를 바랐죠.

그리스로 출발하기 직전에 촬영한 마지막 필름에서 니코는 우도 그라프가 살로니카에 오리라는 것을 어떻게 알았는지 설명했어요. 이는 그가 어느 미국 상원 의원에게 비밀리에 뇌물을 제공하며 오랫동안 우도를 감시했기에 가능했죠. 그래서 그 전직 친위대 대위가 3월에 이탈리아발 그리스행 비행기 표를 구했다는 정보를 미리 입수한 거예요. 니코는 영화감독에게서 세바스티안의 행사 소식과 그 행사에 나치 사냥꾼과 세바스티안이 참석한다는 사실을 듣고 나서 우도 그라프가 어떤 음모를 꾸미는지 눈치챘어요. 그는 그 음모를 막아야만 했죠.

니코는 파니에게 감사했어요. 자신을 찾아줘서, 맛있는 음식을 만들어줘서, 스스로 준비될 때까지 자신의 실체와 대면하라고 강요하지 않아줘서 고맙다고 했죠. 파니 없이는 그렇게 못했을 거라면서요. 그리고 자신에게 '사랑받는다는 느낌이 어떤 것인지 느끼게 해줘서' 고맙다고도 했어요. 비록 잠깐 동안이기는 했지만요.

니코는 마지막 필름을 형을 위해 남겨뒀어요. 그는 세바스티안이 자신을 가족을 버린 사람으로 생각한다는 걸 알고 있다고 했어요. 하지만 사실, 그는 기차역 선로에서 가족들과 헤어진 날 이후로 하루도 빠짐없이 아우슈비츠로 가려고 애썼어요. 그렇게 오랜 시간 애쓴 끝에 마침내 찾아온 해방의 날에 그와 세바스티안이 어떻게 단 몇 분 차이로 서로를 보지 못하고 놓쳤는지 니코는 설명했어요. 하지만 그는 의무실에서 할아버지 라자르를 발견했고, 비록 자신의 진짜 정체를 밝히지는 못했지만 나중에 다시 돌아와 할아버지의 마지막 나날을 곁에서 지켰어요. 의사 행세를 하며 할아버지의 손을 잡고서요. 그동안 시력을 잃은 노인 라자르는 걸핏하면 '내 용감한 손자 세바스티안'은 어떻게 됐냐고 묻곤 했어요.

니코는 그 말을 형이 들었더라면 좋아했을 거라고 생각했어요.

라자르가 죽고 나서, 할아버지가 나치 수용소의 흙 속에 묻히려 하지 않았으리라는 것을 알았던 니코는 시신을 수용소 바깥으로 옮겨 멀리 떨어진 들판에 묻었어요. 그곳에서 작은 바위를 찾아 묘비 대신 세워놨죠. 1년 후, 니코는 이제 막 손에 넣은 재산으로 할아버지 무덤이 있는 땅을 사들였어요. 그러고는 매년 여름마다 그곳에 가서 물에 적신 걸레로 묘비를 닦았어요. 그는 세바스티안이 그 일을 이어받아 계속하고 싶어 할 거라고 생각했어요.

그럼 우도 그라프는 어떻게 됐을까요?

글쎄요. 지금까지의 이야기만 보면 여러분은 우도가 마땅히 받아야 할 벌을 받았으리라고 생각할지도 몰라요. 하지만 법정의 판결은 언제나 정의롭다고 할 수는 없어요. 법의 저울은 때로는 조작되기도 하죠.

우도는 살인 혐의를 부인하며 자신은 그저 항의하는 뜻에서 허공에 대고 총을 쐈을 뿐이라고 주장했어요. 나치와 연관됐다는 의혹도 철저히 부인했고요. 그는 이탈리아 여권을 보여주며 자신은 단지 '홀로코스트라는 거짓말'을 믿지 않는 민족주의자일 뿐이라고 우겼어요.

세바스티안이 공판에서 니코가 건넨 우도의 나치 신분증명서를 높이 쳐들며 '이 공식 문서에 우도 그라프의 지문이 있습니다'라고 말하고 나서야 우도는 갑자기 말을 바꿔 자신의 진짜 정체를 인정했어요. 그로서는 니코가 살면서 다뤘던 다른 많은 문서와 마찬가지로 그 신분증명서 역시 위조됐다는 사실을 알 방법이 없었죠.

하지만 우도의 공작은 여기서 끝나지 않았어요. 그의 변호사가 그가 고국에서 재판받게 해달라고 요청한 거예요. 믿기 힘들게도 그 요청은 받아들여졌어요. 정체불명의 후원자들에게서 뇌물을 받은 그리스 관리들이 전직 나치를 처벌하는 일에는 그리스 법원보다 독일 법원이 더 적합하다는 데 동의했기 때문이었죠. 우도가 전쟁 당시 살로니카에서 자신에게 협력한 이들의 명단을 공개하겠다고 비밀리에 협박한 것 또한 그의 송환과 깊은 관련이 있었어요. 우도는 일기를 꼼꼼하게 썼거든요. 결국에는 그의 일기에 자기 아버지의 이름이 적혀 있는 판사가 우도의 손을 들어줬어요.

그리하여 나치 친위대 대위는 귀향길에 올랐어요.

세바스티안과 나치 사냥꾼은 격분했어요. 그들은 검찰청에 쳐들어가 '누구 돈을 받고 이러는 거요?'라고 소리쳤지만 아무런 대답도 듣지 못했어요. 독일이 알아서 처리할 거라는 대답만 돌아올 뿐이었죠.

그라프를 독일로 인도하기까지 몇 주가 걸렸어요. 원래는 프랑크푸르트까지 비행기를 타고 갈 예정이었지만, 그는 비행기의 경로가 중간에 변경되어 이스라엘로 끌려갈까 봐 두려웠던 나머지 기차로 가자고 요청했어요. 놀랍게도 그의 요청은 이번에도 받아들여졌어요.

우도를 투옥하라고 요구했던 여러 단체들은 이 모든 상황을 지켜보며 격분했어요. 사람들은 신문에 사설을 게재했죠. 반대 청원도 제기했고요.

하지만 우도라는 자가 다른 이들에게 저지른 짓을 적잖이 목격한 누군가는 단순히 청원을 제기하는 데서 그치지 않았어요. 진실은 지금 당장이든 아니면 먼 훗날이든 언젠가는 심판을 불러오게 마련이에요. 우도의 경우에는 꽤 오래 걸렸죠. 하지만 그날은 결국 왔어요.

양옆을 지키는 그리스 경찰관 두 명과 함께 열차에 올랐을 때 우도의 가슴속은 자신감으로 가득했어요. 사랑하는 조국 독일로 돌아간다는 말은 곧 명예롭게 대우받으리라는 뜻이기 때문이었죠. 그 점만은 의심할 여지가 없었어요. 열차가 시골 들판을 달리는 동안 카트를 밀고 가던 여성 승무원이 그들에게 마실 것을 권하자 우도는 레드 와인을 한 잔 마셔도 되겠냐고 경찰관에게 물었어요. 경찰관들은 좋을 대로 하라는 듯이 어깨를 으쓱했죠. 우도는 자신의 뛰어난 생존 능력을 자축하며 축배를 들었어요. 그는 사실 재판을 고대하고 있었어요. 법정에서는 모국어로 말할 수 있을 테니까요. '늑대'의 목소리를 다시 사람들에게 들려줄 수 있을 테니까요. '도이칠란트 위버 알레스!'라고 말이죠.

우도는 와인을 마지막 한 방울까지 다 마시고 나서 승무원에게 잔을 돌려줬을 뿐, 다른 이상한 점들은 전혀 눈치채지 못했어요. 승무원이 손에 하얀 장갑을 낀 것이나 목에 오래된 붉은 묵주 목걸이를 걸고 있는 것, 그리고 그 묵주에서 빠진 구슬 두 개가 으깨져서 와인에 녹아 사라졌다는 것까지도요.

독일 국경까지 약 3킬로미터를 앞둔 지점에서 우도 그라프는 숨이 막혀 기침을 하다가 쓰러졌고, 그대로 영영 눈을 감았어요. 몸속에 들어온 독은 그가 그토록 고대하던 귀향을 허락할 마음이 없었던 거예요.

니코가 기차역에서 했던 말 그대로였어요. 우도는 겁쟁이로 죽었어요. 외톨이로 죽었죠. 용감한 유대인의 손에.

때때로 거짓말은 아직 일어나지 않은 진실일 뿐이에요.

저는 처음에 **진실**이 하느님에게 쫓겨났다고 얘기했어요. 하지만 여러분이 다음 세상에서 사랑하는 사람들을 만나고 싶어 하듯이, 저 또한 천국으로 돌아갈 날을 꿈꾼답니다. 전능하신 분께 다시 받아들여질 날을요.

그날이 오기 전에 고백할 것이 있어요. 이 이야기를 시작하고 나서 이때껏 제가 사소한 사실을 하나 빼먹고 있었거든요.

제가 지상으로 추방된 까닭은 제가 인간들을 제대로 봤기 때문이에요. 인간은 실수투성이예요. 걸핏하면 죄를 짓고요. 고상한 정신을 지니고 태어났음에도 불구하고 결국 탐욕과 권력의 길로 들어서곤 하죠. 걸핏하면 거짓말도 해요. 그리고 그 거짓말에 취해 스스로를 하느님이라 여기기도 하죠.

오직 **진실**만이 그들을 막을 수 있어요.

하지만 그렇다 해도 침묵으로 소음을 잠재울 수는 없어요. **진**

실에는 목소리가 필요해요. 이 이야기를 여러분과 나누기 위해 저는 누군가의 목소리가 필요했어요. 니코가 자신의 파란만장한 여정을 고백하는 동안 귀를 기울여준 사람, 세바스티안을 가장 사적인 방식으로 이해해준 사람, 파니가 고된 여정을 거치는 동안 각각의 단계마다 함께했던 사람, 우도 그라프가 죽은 후에 발견된 그의 일기를 단어 하나하나까지 놓치지 않고 기억한 사람 말이에요.

살로니카의 거리에서 시작해 사람들로 붐비는 기차의 화물칸, 절멸 수용소, 가스실, 피비린내 나는 다뉴브강변에 이르기까지……. '늑대'가 이 지상에 불러온 공포에 관해 이야기할 수 있는 사람.

재봉사의 친절함에서, 영화배우의 용기에서, 사랑으로 지켜준 아버지와 할아버지의 가슴속에서, 어떻게든 다시 만나리라는 것을 알았던 세 아이의 다정한 마음속에서 희망이 어떻게 악을 이기고 살아남았는지 설명할 수 있는 사람.

한 번의 거짓말은 밝히기 쉽지만, 천 번의 거짓말은 진실처럼 보이기도 한다고 경고해줄 수 있는 목소리.

그리고 그런 거짓말은 자칫하면 세상을 파괴한다고 경고하는 목소리.

제가 바로 그 목소리예요. 그리고 이 이야기를 전하기 위해 저는 처음에 소개했던 우화처럼 화려한 옷을 차려입었고, 이로써 진실의 심판이 확실히 이루어지게 했어요.

저는 인간으로 살아가면서 '여기서 벌어진 일을 온 세상에 알려주렴'이라는 부탁을 두 번이나 받았어요. 그래서 그 부탁을 들어주는 것이 제 평생의 짐이었죠. 지금 이 마지막 순간까지도

말이에요. 저는 선한 사람이 되려고 애썼지만 이제는 늙었고,
죽을 날도 머지않았어요. 다른 사람들은 이미 땅속에 묻혔죠.
이제 이 이야기에는 저만 남았어요.

　그럼 여기서 저의 마지막 말로 이야기를 마무리할게요.

　제 이름은 파니 나미아스 크리스피스예요.

　세바스티안의 아내이자,

　니코의 연인이며,

　우도 그라프의 처형인이죠.

　제가 여러분께 들려드린 말은 모두 진실이에요.

　이로써 주님의 축복으로 마침내 저는 자유를 얻었답니다.

이 이야기는 허구의 산물이지만 그 얼개 속에는 잔인한 진실이 많이 담겨 있습니다. 그러므로 누구보다 먼저 홀로코스트 당시의 경험담을 들려주신 모든 용감한 분들, 즉 제가 탐독한 책을 써주신 역사가들부터 보통 사람들은 상상도 하기 힘든 일을 직접 겪고 증언해주신 생존자들까지 그분들 모두에게 감사드린다는 말씀을 전하고 싶습니다.

자신이 겪은 최악의 일을 되새기려면 엄청난 용기가 필요합니다. 생존자들이 용감하게 증언해주지 않았다면 우리는 나치가 저지른 악이 얼마나 심원한 것이었는지 결코 헤아리지 못했을 테고, 두 번 다시 그런 일이 일어나지 않도록 막아야 한다는 다짐 또한 세우지 못했을 것입니다.

저는 이 책에서 생존자들이 남긴 증언의 본질을 충실히 보존하는 한편 살로니카의 유대인에게 일어난 일을 정확히 묘사하고자 했으며, 이를 위해 다양한 문화에 영향을 받은 그곳의 모습 또한 반영하고자 했습니다. 물론 소설은 역사서가 아닙니다만, 이 이야기에서 벌어진 사건들에는 1930년대 후반과 1940년대에 그 도시에서 일어난 일들이 최대한 정확히 반영돼 있습니다.

그렇다면 저는 왜 하필 지금 이 책을 썼을까요? 글쎄요. 저는 작가로서 활동을 시작한 후로 지금껏 거의 항상 홀로코스트가 배경인 이야기를 쓰고 싶었습니다. 하지만 이미 우리에게 친숙해진 비극 말고 다른 이야기는 좀처럼 떠오르지 않았습니다.

지금으로부터 10여 년 전 홀로코스트 박물관을 방문했을 때 저는 당시 몇몇 유대인이 강제 수용소행 열차의 목적지를 같은 동포들에게 거짓말로 가르쳐주곤 했다는 생존자의 증언을 동영상으로 본 적이 있습니다. 생사가 걸린 진실을 그런 식으로 왜곡했다는 사실은 이후 몇 달 동안, 심지어 몇 년 후까지도 제 마음속 깊이 남아 있었습니다.

바로 그 동영상 속 이미지가 『살로니카의 아이들』의 씨앗이 되었던 겁니다.

그러고 나서 몇 년 뒤 저는 나치 치하 그리스인들의 삶을 다룬 책을 읽기 시작했습니다. 일찍이 저는 대학을 졸업한 후에 그리스에 산 적이 있습니다. 그때 크레타섬에서 음악가로 활동했죠. 그곳에서 지내는 동안 저는 그리스 사람들과 그들의 문화를 사랑하게 됐습니다.

책을 쓰기 위해 자료를 조사하는 과정에서 나치가 파괴한 모든 도시 가운데 살로니카(당시에는 그리스인이 아닌 사람들은 대부분 그렇게 불렀습니다)의 유대인 인구 비율이 가장 높았다는 사실을 알게 됐습니다. 저는 제 이야기의 출발점을 찾았다고 생각했고, 그때부터 그곳의 유서 깊은 거리를 배경으로 이야기의 등장인물들이 하나둘 떠오르기 시작했습니다.

저는 이 책이 진실을 추구하는 것이 더 이상 시급한 의무가 아니게 될 때 어떤 일이 벌어지는지 경고하는 역할을 하는 동시에, 제2차 세계대전 기간 중에 그리스의 유대인들이 겪어야 했던 고난에 더 관심을 갖도록 이끄는 계기가 되기를 바랍니다. 나치에게 박해당한 다른 수많은 희생자들과 마찬가지로 그들 또한 이루 헤아릴 수 없이 깊은 상실과 고통을 겪었으니까요.

이 책을 집필하는 고된 작업을 해나가는 동안 많은 분이 저에게 큰 도움을 주셨습니다. 먼저 수년 동안 저의 여행 가이드이자 번역가, 역사가로서 살로니카 사람들이 어떻게 살아가는지 전반적으로 알려준 지칠 줄 모르는 여성 에피 칼람푸키두에게 감사의 말을 전하고 싶습니다. 에피는 저에게 이 도시가 어떤 곳인지를 남다른 방식으로 보여줬습니다. 제가 글을 쓰는 동안 에피가 들려준 크고 작은 이야기들에 대해서는 영원토록 감사할 따름입니다. 옛 기차역 플랫폼에 에피와 나란히 서서 이야기를 듣는 동안 저는 발밑에서 나중에 이 책이 될 이야기가 우르릉대는 느낌을 받았습니다.

병적 허언의 과학적 근거와 니코 같은 사람이 그 병 때문에 어떻게 고통받는지에 관해 저에게 끈기 있게 설명해주신 앤젤로주립대학교의 드루 커티스 박사님께도 특별히 감사드립니다.

랍비 스티븐 린더만 선생님께도 깊은 감사를 드립니다. 선생님은 여러 가지 우화와 탈무드에서 참고할 만한 부분들, 진실과 거짓에 대한 유대인의 관점 등을 제게 알려주셨고 이 책이 출간되기 전에 먼저 읽어주셨습니다. 그런 다음 몇 쪽 분량의 질문지를 만들어주셨죠. 그러는 동안에도 저와 함께 아이티에서 아이들을 돌보는 일을 하셨는데, 이는 전부터 선생님이 정기적으로 하시는 일이었습니다. 그야말로 '진실하고 다정한 친절'입니다.

절멸 수용소에서, 게토에서, 자유 광장에서, 다뉴브강변에서 벌어진 일들을 쓰기까지, 또한 커틸린 커라디의 놀라운 용기에 관한 이야기를 쓰기까지 어떤 자료를 참고했는지 일일이 밝히기는 불가능할 것입니다. 집필 과정에서 수많은 사람들의 증언을 조사했기 때문입니다. 그러므로 만약 니코와 파니와 세바스티안이 겪은 일들 가운데 익숙한 사건이 눈에 띄었다면 아무쪼록 쉬지 않고 되풀이해야 할 이야기를 다시 함께 나누려는 시도로 여겨주시기를 바랄 따름입니다.

제켈만 홀로코스트 센터의 직원 여러분과 그곳에서 열리는 강연의 연사분들, 그리고 소중하고 유용한 자료를 제공해주신 예루살렘의 야드 바셈 기념관에 특히 감사드립니다.

저와 늘 함께 일하는 팀은 이번에도 저를 놀라게 했습니다. 꼼꼼한 조사로 글에 깊이를 더해주는 조앤 바나스, 크고 작은 업무를 도맡아 처리하는 케리 알렉산더, 제가 디지털 세상을 이해하도록 애정을 갖고 조언해주는 안토넬라 이아나리노, 제가 글에 집중할 수 있게끔 제 삶을 깔끔하게 정리해주는 마크 '로지' 로젠탈이 바로 그 팀입니다.

데이비드 블랙과 저는 처음 악수한 날 이후로 35년 동안 함께 일해왔고, 그날의 악수는 이제 단순한 사업이 아니라 우정의 상징이 됐습니다. 그리고 제 책을 누구보다 많이 편집한 캐런 리날디는 제가 이 이야기에 깊이 빠져들었을 때, 인생의 가장 힘들고 어려운 상황에서도 소박한 아름다움을 찾을 수 있다는 사실을 잊지 말라고 격려해줬습니다. 이야기에 나오는 하얀 탑의 영감을 준 사람 또한 다름 아닌 캐런입니다.

하퍼콜린스 출판사의 모든 직원들, 브라이언 머리와 조너선 버넘, 레슬리 코언, 티나 안드레디스, 더그 존스, 커비 샌드마이어, 그리고 이번에도 멋진 표지를 만들어준 밀란 보지크에게도 감사드립니다. 그리고 제 이야기가 다른 나라에서 다른 언어로도 읽힐 가치가 있다고 믿어준 해외 출판사들에게도 깊은 감사를 표합니다. 또한 그 일이 가능하도록 세계 곳곳에서 저를 열심히 홍보해주는 수전 라이호퍼에게 감사의 말을 전하고 싶습니다.

저는 손목에 새겨진 파란색 숫자 문신을 감추려고 무더운 여름에도 긴팔을 입는 노인들을 보며 자랐습니다. 영화에나 나올 법한 끔찍한 일들을 나직하게 띄엄띄엄 말해주는 사람들도 여럿 목격했습니다. 여기에 이름을 적고 싶은 분들은 너무나 많지만, 그중에서도 에바 네세르와 솔로몬 네세르, 조 매건과 샤나 매건, 리타 스밀로비츠와 이지 스밀로비츠는 꼭 언급하고 싶습니다. 그분들은 자신들의 기억을 되짚으며 '다시는 되풀이하지 않도록'이라는 말이 그저 단순한 표현이 아니라 굳은 맹세여야 한다는 것을 저에게 가르쳐주셨습니다.

제가 이야기를 들려준다는 특권을 누리고 있는 것은 오래된 독자들과 새로운 독자들 덕분입니다. 제가 세상을 더불어 살아가는 기쁨을 알게 된 것은 곁에 있는 가족과 멀리 사는 가족 덕분이죠. 아이티의 저희 아이들 덕분에, 그리고 가장 최근에는 저희 아기 네이디 덕분에 저는 새 생명이 어떻게 오래된 아픔을 치유하는지 목격할 기회를 얻었습니다. 하지만 저의 대학 시절 룸메이트인 멘델, 그 친구는 지금도 부랑자 같은 녀석이죠.

끝으로 소중한 아내 재닌의 사랑이 없었으면 저는 제가 지금까지 해온 일을 결코 해낼 수 없었을 겁니다. 그리고 하나님의 사랑이 없었다면 저희 둘 모두 아무것도 할 수 없었겠죠. 진실은 밝혀진답니다. 반드시 밝혀져요.

2023년 7월
미치 앨봄

------------------------------- 옮긴이의 말 -------------------------------

아일랜드 작가 오스카 와일드는 에세이 「예술가로서의 비평가」에 다음과 같이 적었다. "사람은 자기 본연의 모습으로 말할 때 스스로에게서 가장 동떨어져 있다네. 그에게 가면을 줘보게. 그러면 진실을 이야기할 걸세."[*] 오늘날 이 문구는 익명성의 힘을 강조하는 경구로 쓰이는 경우가 많지만, 사실 여기에는 창작자와 작품 사이의 내적 관계를 꿰뚫어 보는 통찰이 담겨 있다. 와일드는 겉보기에 객관적인 작품일수록 오히려 창작자의 주관이 강하게 반영되어 있다고 역설했다. 창작자는 자기 내면에 깃든 충동과 열망을 현실의 삶에서 실천하고자 할 때 필연적으로 행위에 제약을 받을 수밖에 없지만, 예술이라는 상상의 차원에서는 등장인물의 몸을 빌려 어떠한 제한도 없이 자유로이 구현할 수 있다. 이때 등장인물이라는 가면의 만듦새가 정교하면 정교할수록 작품 속 세계의 객관성도 덩달아 강해지고, 이와 동시에

---

[*] Oscar Wilde, 『The Artist As Critic: Critical Writings Of Oscar Wilde』(University Of Chicago Press, 1982), 389쪽.

창작자 본인의 내면 또한 우리 눈앞에 한층 더 명확하게 드러난다. 이로써 창작자는 스스로의 이름으로는 아무것도 하지 않으면서 모든 것을 성취하기에 이른다. 결국 "객관적 형식이야말로 내용 면에서 가장 주관적"**인 것이다.

위의 관점에서 이 책의 주인공 니코 크리스피스의 삶을 되짚어보면, 그가 누구보다도 더 큰 성공을 거둔 창작자인 동시에 스스로의 이름으로는 아무것도 성취하지 못한 실패자였다는 아이러니가 사무치도록 절절하게 느껴진다. 그는 일찍이 소년 시절부터 평생에 걸쳐 자신의 본모습을 감추고 거짓 신분으로 살아갔다. 탁월한 언어 습득 능력과 명석한 머리, 수려한 외모 같은 자질을 타고난 그에게 남의 눈을 속이기란 식은 죽 먹기나 다름없었다. 만약 작가나 배우의 길을 걸었더라면, 즉 자기 본연의 모습을 지닌 채 세상이 허락한 가면을 바꿔가며 쓰는 삶을 살았더라면 그는 성공한 창작자로 남았을 것이다. 그러나 니코에게 그러한 삶은 처음부터 허락되지 않았다. 스스로가 자기 본연의 모습을 인정하지 못했기 때문이었다. 비록 남의 거짓말에 속았을지언정, 그는 자기 손으로 가족과 동포를 절멸 수용소로 보낸 거짓말쟁이였다. 그러한 자신을 용서할 수 없었기에 그는 계속해서 새로운 자신을 만들어냈다. 그리하여 오로지 가짜 자신으로 행세하는 동안에만 진짜 자신을 잊고 현실을 견뎌낼 수 있었다.

이렇게 자신의 본모습을 받아들이지 못해 현실에서 수많은

** 앞의 책, 같은 쪽.

가면을 만들어 써야 했던 니코가 '꿈의 공장'이라 불리는 할리우드에서 영화 제작자라는 천직을 찾은 것은 필연처럼 보인다. 그는 20세기 영화 산업의 중심지였던 그곳에서 은둔자***로 살아가며 수많은 영화를 제작해 흥행시켰다. 영화 속의 등장인물들은 그에게 일찍이 스스로 되고 싶어 했던, 되어야 했던, 어쩌면 될 수도 있었던 자신의 모습이나 다름없었다. 그렇게 현실을 잊기 위해 환상에 몰두한 그는 끝내 병적 허언 상태에 빠지고 만다. 그 고통스러운 삶의 씨앗이 그가 아직 십대였을 때 이미 뿌려졌다는 점을 떠올리면 새삼 안타까울 따름이다.

살로니카에서 인연을 맺은 등장인물들의 삶이 영화 제작자로 살아가는 니코의 삶과 나란히 펼쳐지면서 이 책의 이야기는 한 편의 영화 같은 분위기를 띠기 시작한다. 그러나 이 책을 읽는 동안 등장인물들의 삶이 결국에는 다시 이어지리라는 기대를 품었던 까닭은 단지 그 이유 때문만은 아니다. 비록 역사가 개개인의 경험의 총합을 넘어서는 하나의 거대한 서사처럼 보일지라도, 결국 역사라는 드넓은 캔버스의 씨실과 날실을 이루는 것은 한 사람 한 사람의 행위와 그에 따른 결과이다. 그리고 그 실 한 올 한 올이 엮이는 지점에 자리한 우리 각자의 삶은 언뜻 드넓은 평면 위에 외따로 찍힌 점처럼 보일지라도, 실은 저마다 제 나름의 인력을 지닌 벡터와도 같다. 수많은 그물코가 서로를 끌어당김으로써 팽팽한 균형을 유지하던 그물에 구멍이 뚫리면

*** 할리우드에 도착한 이후 니코의 삶은 항공 공학자이자 영화 제작자였던 하워드 휴스를 모델로 삼은 것처럼 보인다. 영화 〈아이언맨〉의 주인공 토니 스타크의 모델로 잘 알려진 휴스 또한 타인과의 접촉을 극단적으로 피하는 은둔 생활과 여러 기행으로 유명했다.

걷잡을 수 없이 커지듯이, 하나의 삶을 도려낸 자리에 남은 공백은 잇닿은 여러 삶에까지 파고들게 마련이다. 그렇게 우리는 인드라의 그물처럼 서로 연결되어 있다. 그물을 따라가다 보면 언젠가는 어떻게든 다시 만나 이어지는 것이다.

역사를 이러한 관점에서 파악할 때 오늘날 이 책이 전하는 '진실'은 누구도 부인할 수 없을 만큼 자명하다. 80여 년 전 살로니카의 아이들이 겪어야 했던 "인간이 다른 인간을 그토록 무시하는 행위"(64쪽)를 지금 이 순간 겪는 이들은 누구인가? 우리는 그 질문의 답을 이미 알고 있다. 바로 이스라엘군의 폭격에 불바다가 된 라파 난민촌의 아이들, 폭탄에 팔다리를 잃고 칸유니스 병원에 실려간 아이들, 가자시티 학교의 무너진 잔해 밑에서 주검으로 발견된 아이들이다. 그 학살을 저지르는 이스라엘은 다름 아닌 살로니카의 아이들이 세운 나라라는 것과 국제사회가 그 학살을 강 건너 불구경하듯 방관한다는 것 또한 명백한 진실이다. 그 진실 앞에서 눈을 돌릴 수 없는 이는 아무도 없다. 앞서 말했듯이 우리는 모두 연결되어 있기 때문이다.

『살로니카의 아이들』은 2023년 미국의 하퍼콜린스 출판사에서 펴낸 『The Little Liar(거짓말쟁이 꼬마)』를 저본으로 삼았다. 이 책에 등장하는 '진실의 목소리'가 읽는 이의 마음에 나직하게나마 어떤 울림을 전했다면 오로지 이 책을 기획하고 편집한 이들의 공일 것이요, 다만 한 글자라도 잘못 옮긴 부분이 있다면 오롯이 옮긴이의 흠일 것이다. 독자 제현의 질정을 바란다.

2025년 5월

장성주

지은이 │ 미치 앨봄

세계적으로 유명한 소설가이자 저널리스트, 영화 시나리오 작가, 극작가, 방송인, 음악가다. 회고록 『모리와 함께한 화요일』을 비롯해 총 10권의 저서가 《뉴욕타임스》 베스트셀러에 올랐으며, 그의 책은 전 세계 51개국에서 48개 언어로 출간되어 4200만 부 이상 판매되었다. 그중 여러 작품이 텔레비전 영화로 제작되어 에미상을 수상하고 평단의 찬사를 받기도 했다. 앨봄은 본인이 설립한 'SAY 디트로이트' 산하의 자선 단체 9곳을 운영하고 있다. 또한 아이티의 포르토프랭스에 '해브페이스Have Faith' 고아원을 세워 매달 방문하고 있다. 현재 아내 재닌과 함께 미국 미시간주에 살고 있다.

옮긴이 │ 장성주

출판 편집자를 거쳐 번역자 및 기획자로 일하고 있다. 미치 앨봄의 『신을 구한 라이프 보트』, 켄 리우의 『종이 동물원』 『어딘가 상상도 못 할 곳에, 수많은 순록 떼가』 『신들은 죽임당하지 않을 것이다』 『은랑전』, 스티븐 킹의 『별도 없는 한밤에』 『언더 더 돔』 「다크 타워」 시리즈, 옥타비아 버틀러의 『씨앗을 뿌리는 사람의 우화』, 데즈카 오사무의 『아돌프에게 고한다』 등을 우리말로 옮겼다. 2019년 『종이 동물원』으로 제13회 유영번역상을 수상했다.

살로니카의 아이들

펴낸날 초판 1쇄 2025년 6월 30일
지은이 미치 앨봄
옮긴이 장성주
펴낸이 이주애, 홍영완
편집장 최혜리
편집2팀 송현근, 홍은비
편집 박효주, 한수정, 강민우, 안형욱, 김혜원, 이소연, 최서영, 이은일
디자인 윤소정, 김주연, 기조숙, 박정원, 박소현
홍보마케팅 김태윤, 김준영, 백지혜, 박영채
콘텐츠 양혜영, 이태은, 조유진
해외기획 정미현, 정수림
경영지원 박소현
펴낸곳 (주)윌북 **출판등록** 제2006-000017호
주소 10881 경기도 파주시 광인사길 217
홈페이지 willbookspub.com **전화** 031-955-3777 **팩스** 031-955-3778
블로그 blog.naver.com/willbooks
트위터 @onwillbooks **인스타그램** @willbooks_pub
ISBN 979-11-5581-831-2 (03840)